民國文化與文學 研究文叢

十三編　北京師範大學特輯

李怡　主編

第1冊

哈爾濱與中國現代文學

教鶴然 著

國家圖書館出版品預行編目資料

哈爾濱與中國現代文學／教鶴然 著 -- 初版 -- 新北市:花木
蘭文化事業有限公司,2020〔民109〕
目 4+222 面;19×26 公分
(民國文化與文學研究文叢 十三編;第 1 冊)
ISBN 978-986-518-229-8 (精裝)
1. 現代文學 2. 民間文學 3. 黑龍江省
820.9　　　　　　　　　　　　　　　　　109010935

ISBN-978-986-518-229-8

特邀編委(以姓氏筆畫為序):

丁　帆	王德威	宋如珊
岩佐昌暲	奚　密	張中良
張堂錡	張福貴	須文蔚
馮　鐵	劉秀美	

民國文化與文學研究文叢
十三編　北京師範大學特輯　第 一 冊　　ISBN:978-986-518-229-8

哈爾濱與中國現代文學

作　　者	教鶴然
主　　編	李 怡
企　　劃	四川大學中國詩歌研究院
總 編 輯	杜潔祥
副總編輯	楊嘉樂
編　　輯	許郁翎、張雅淋　美術編輯　陳逸婷
出　　版	花木蘭文化事業有限公司
發 行 人	高小娟
聯絡地址	235 新北市中和區中安街七二號十三樓
	電話:02-2923-1455 ／傳真:02-2923-1452
網　　址	http://www.huamulan.tw 信箱 hml 810518@gmail.com
印　　刷	普羅文化出版廣告事業
初　　版	2020 年 9 月
全書字數	203590 字
定　　價	十三編 6 冊 (精裝) 台幣 15,000 元

哈爾濱與中國現代文學

教鶴然　著

作者簡介

教鶴然，女，生於 1990 年，漢族，黑龍江哈爾濱人。北京師範大學文學院中國現當代文學專業博士，現為《文藝報》社評論部編輯。已在《魯迅研究月刊》《當代文壇》《勵耘學刊》《現代中國文化與文學》《華文文學》《名作欣賞》《文學自由談》《民國文化與文學》《中國社會科學報》、Journal of East-West Thought 等重要學術期刊發表十餘篇學術論文，參與完成專著《文的傳統與現代中國文學》。主要研究興趣為中國現當代文學與文化、東北地區左翼歷史與文學、臺港及華語語系文學等。

提　　要

　　本書嘗試突破以往研究界關於區域文化及地域文學研究的固有思路，將哈爾濱作為一種研究中國現代文學的方法。在對 20 世紀 80 年代以來地域文學研究成果回顧的基礎上，本研究提出以哈爾濱作為方法來觀照中國現代文學整體生態的理論嘗試，並進一步梳理既往學界關於哈爾濱與現代文學之關係的相關研究成果，指出此前研究固有範式的意義與侷限，以期呈現出一種以「區域／地域」作為方法重新審思哈爾濱與中國現代文學之內在關聯的必要性。

　　哈爾濱與現代中國的歷史時空動態互動過程中，出現了多種文化共生的可能性。本研究將民國時期東北邊地哈爾濱的政治、經濟、社會、文化及文學生態作為解讀、闡釋與激活現代文學各個相關議題的重要途徑，從不同時段內哈爾濱與關內各區域間的文化活動、作家流動與文學互動、跨國視野下哈爾濱對紅色文化的接受，以及中俄間的政治交往與左翼文學空間的拓延、多重殖民統治語境下異質的民族主義書寫等幾個方面，更為具象地呈現現代知識分子在政治、文化體制包裹之下的文學選擇和精神追求。在此基礎上，觸摸與探索哈爾濱特殊的文學機制，進一步討論以「哈爾濱作為方法」來解釋現代文學奧秘的可能方向，重新建構「區域／地域」與現代中國文學整體間的關係。

「平民主義」與理想堅守——
民國文化與文學·北京師範大學卷序言

李　怡

　　「民國文化與文學」叢書推出以大陸高校為單位的專輯儼然已經成為一大特色，到目前為止，我們先後組織了南京大學專輯、蘇州大學專輯、四川大學專輯，它們都屬於近年來「民國文學」研究的代表性學校，產生了為數不少的代表性學人。而北京師範大學無疑是這一研究領域的重鎮，這不僅僅它曾經在我任教的 10 多年中成立了「民國文化與文學研究中心」，召開了有影響的「民國歷史文化與中國現代文學」學術研討會，也不僅僅是有一大批的青年博士生紛紛加入，在「民國視野」中提出了關於中國現代文學研究的重要話題，結出了一個又一個的學術成果，更重要的還在於，北京師範大學在百餘年學術歷程中所形成的氛圍、氣質和追求，似乎與「民國文學」研究所倡導的「史學意識」與社會人文關懷，構成了某種精神性的聯繫，值得我們治學者（至少是北京師範大學的治學者）深切緬懷和脈脈追念。

　　「百年師大，中文當先」。描繪北京師範大學中文學科的發展歷史，這是一句經常被徵引的判斷，在一個較為抽象的意義上，它的確昭示了某種令人鼓舞的氣象。不過，「百年」來的中國社會文化實在曲折多變，中國學術的發展也可謂是源流繁複，「當先」的真實意義常常被淹沒於時代洪流的連天浪淘之中，作為「思想模式」與「學術典範」的北京師範大學中文傳統尤其是現代文學的學術傳統期待著我們更多的理解與發揚。

　　現代中國的高等教育肇始於京師大學堂，由京師大學堂而有 1908 年 5 月的京師優級師範學堂，進而誕生了 1912 年 5 月的北京高等師範學校，當然同

樣的 1912 年 5 月，也由京師大學堂誕生了中國現代高等教育翹首的北京大學，北京師範大學秉承「辦理學堂，首重師範」理念，引領現代教育與文化發展的首功勳績由此銘篆於史。但是，這一史實絕非僅僅是證明了北大與北師大「一奶同胞」，或者說北師大的歷史與北京大學一樣的「古老」，它很快就提醒我們一個十分重要的事實：與作為「時代先鋒」的北京大學有別，北京師範大學走出了另外一條教育之路，形成了自己的文化品格，雖然它和北大一樣背負著近代歷史的憂患，心懷了五四新文化的理想，也可以說共同面對了現代教育與現代文化建設的未來。

從京師優級師範學堂裡走出了符定一，京師中國語言文學的優質教育讓這位著名的教育家與語言文字學家在後來創辦湖南省立一中、執掌嶽麓書院之時胸懷天下、垂範後學，培養了包括毛澤東在內的一代青年；北京高等師範學校的中文學科更是雲集了當時中國的學術精英，如魯迅、黎錦熙、高步瀛、錢玄同、馬裕藻、沈兼士，不時應邀前來講學的還有李大釗、蔡元培、胡適、陳獨秀等思想名流，可謂盛極一時。京師優級師範學堂、北京高等師範學校、北京（北平）師範大學、北京女子師範大學、國立北平師範大學、國立西北聯合大學、輔仁大學，京師中文學科的漫漫歷史清晰地交融著中國現代語言文學的學術歷程與教育歷程，這裡，活躍著眾多享譽中外的學術巨匠，書寫了現代中國語言文學研究的華章：從九十餘年前推行白話文、改革漢字，奠定現代漢語的基石到半個多世紀以來開創現代中國民俗學與民間文學的卓越貢獻，諸多學科先賢都將自己堅實的足跡留在了中國現代思想文化發展的旅程中。值得注意的是，同樣置身於相似的歷史進程之中，北京大學常常更主動地扮演著「時代弄潮兒」的角色，佔據學術的高地振臂吶喊，以「文化精英」的自信引領時代的前行，相對而言，北京師範大學的知識分子更習慣於在具體的社會文化問題上展開自己的探索和思考，面對時代和社會的種種固疾，也更願意站在相對平民化的立場上進行討論，踐行著更為質樸的「為了人生」的理想，這就是我所謂的「平民主義」。

就中國現當代文學而言，我們目睹的也是這樣的事實：民國以來北京師範大學知識分子參與現代中國學術的社會背景是近百年來中國社會發展的風波與激浪，這裡交織著進步對落後的挑戰，正義對邪惡的戰鬥，真理與謬誤的較量，作為「民眾教育」基本品質的彰顯，北京師範大學的學術精英似乎沒有將自己的生命超脫於現實，從來沒有放棄自己關注社會、「為了人生」的

責任和理想，中國語言文學學術哺育了一代一代的校園作家，從黃廬隱、馮沅君、石評梅到蘇童、畢淑敏、莫言，他們以自己的熱情與智慧描繪了「老中國兒女」的受難與奮鬥，為現代語言文學的學術思考注入了新的內容；同樣，在「五四」運動，在女師大事件，在「三一八慘案」，在抗日烽火的歲月裡，北京師範大學的莘莘學子與皓首窮經的教授們一起選擇了正義的第一線，在這個時候，他們不僅僅以自己的思想和智慧，更是以自己的熱血和生命實踐著中國士人威武不屈、身任天下的人格理想，他們的選擇可以說是鑄造了現代中國學術的另一重令人肅然起敬的現實品格與理想堅守。這其中的精神雕像當然包括了魯迅。雖然魯迅作為教育家的歷史同時屬於北京大學與北京師範大學，但是就個人生活的重要事件（與女師大學生許廣平的戀愛）、政治參與的深度（女師大事件、「三一八慘案」）以及反精英的平民立場這些更具影響力的生命元素而言，魯迅無疑更屬於北京師範大學的知識群體。

魯迅式的「為人生」的精神傳統也在北京師範大學的學術脈絡中獲得了最充分的繼承和發揚。在新時期，魯迅精神的激活是中國學術開拓前行的旗幟，這面旗幟同時為北京大學和北京師範大學的學者所高擎，北京大學努力凸顯的是魯迅的先鋒意識和複雜的現代主義情緒，在北京師範大學這裡，則被一再闡述為「為人生」的「立人」的執著，新時期之初，北京師範大學中國現當代文學的帶頭人之一楊占升先生最早闡述了魯迅的「立人」思想，而北京師範大學培養的新中國第一個文學博士王富仁則將「立人」的價值推及到思想文化的諸多領域，並在此基礎上構建了他獨特的「反封建思想革命」的學術框架、「中國文化守夜人」的啟蒙理想。今天，北京師範大學中國現當代文學的學術成果，可能並不如北京大學等中國知名高校學術群落的那麼炫目，那麼引領風騷，或者那麼的咄咄逼人，但是，仔細觀察，我們就能夠發現其中浮現著一種質樸的「為人生」的情懷和方式，這肯定是十分寶貴的。

民國文學研究，無論學界有過多少的誤讀，都始終將尊重歷史事實，在近於樸素的歷史考辨中呈現現代文學的面貌作為自己的根本追求，這裡也體現著一種「平民主義」的學術態度，當然，對歷史的尊重也屬於現代中國人「為了人生」的基本訴求，屬於啟蒙文化「立人」理想的有機構成，北京師範大學的學術場域能夠容納「作為方法的民國」思想，能夠推出一大批的「重寫民國文學現象」的成果，也就是學術空間、精神傳統與個人選擇的某種契合，值得我們緬懷、記憶和總結。

在既往的「民國文化與文學」叢書中，我們已經收錄過北京師範大學學人的多種著述，今天又以專輯的形式予以集中呈現，以後，還將繼續關注和推出這一群體的相關成果。但願新一代的年輕的師大學人能夠在此緬懷我們的歷史，從中獲得繼續前行的有益啟示。

2020 年春節於峨眉半山

目

次

緒　論

第一節　選題緣起與研究意義

　　二十世紀八十年代以來，中國現代文學作為一個整體進入文學研究視野，在此基礎上對北京、上海、三晉、齊魯、巴蜀、東北等不同地區文化現象及地域文學相關議題的關注，在一定程度上填補了既往文學史研究的空白。在這一時段，區域文化及地域文學的視野可以將我們著眼於中國現代文學的整體性研究時可能忽略的文學現象打撈、突顯出來。

　　自從文化地理學等相關西方理論引入中國現代文學研究範式，「區域」、「地域」這兩個相互聯繫又互有區別的概念，在許多研究者的論述中經常存在混用或等同的現象，因而本研究首先對這兩個概念進行簡單辨析，以應論述之便。在英語詞彙中，無論是「地域文化」還是「區域文化」都統一翻譯為 Regional Culture，「地域／區域」對應的英文單詞均為 Region，在《牛津英語詞典》中的基本釋義為"a large area of land, usually without exact limits or borders"〔註 1〕，也就是指通常沒有明確邊界的一塊土地。而在《現代漢語詞典》中，我們能夠看到「地域」這一詞條的漢語解釋為「面積相當大的一塊地方」〔註 2〕，對「區域」的解釋是「地區範圍」〔註 3〕。這種相對簡練的概

〔註 1〕 https://www.oxfordlearnersdictionaries.com/definition/english/region?q=Region
〔註 2〕 中國社會科學院語言研究所詞典編輯室編：《現代漢語詞典》（2002 年增補本），
　　　　北京：商務印書館 2002 年版，第 276 頁。
〔註 3〕 中國社會科學院語言研究所詞典編輯室編：《現代漢語詞典》（2002 年增補本），
　　　　北京：商務印書館 2002 年版，第 1046 頁。

念界定雖然不能直接挪移到文學問題中來，但是也反映出這兩個概念差異的關鍵一方面在於「範圍」與「界限」的明確與否，另一方面在於表意「地方」與「區劃」的側重。當討論到邊界較為模糊的某個地方內部具有某種相對一致的文化特性，且這種文化特徵也呈現在作家的文學作品中時，就可以稱作是文學的地域性。

如果我們以邊界清晰、區劃明確的當代哈爾濱城市及當代文學作品作為研究對象，那麼在學理上可以將其稱作「區域」性文學問題。但顯見的是，民國時期的哈爾濱地區與現代通行的黑龍江省省會哈爾濱市在政治從屬、地域劃分等諸多方面都並不能作為同等概念而一概而論。二十世紀初期中東鐵路建成時，哈爾濱地區的濱江段為吉林、黑龍江兩將軍協領轄區，松花江北岸地區歸黑龍江管轄。1906 年 5 月 11 日，清廷批示濱江關道於哈爾濱傅家甸（現道外區）正式設置道臺府辦公，啟用「濱江關道兼吉江交涉事宜」〔註 4〕關防，哈爾濱地區隸屬吉林將軍管轄。次年，哈爾濱開埠後，俄國中東鐵路公司成立哈爾濱自治公議會，企圖將哈爾濱埠頭區（現道里區部分街區）、鐵路市區（現南崗區部分街區）劃入俄國統治轄區勢力範圍。同年，清政府改組東北地區行政制度，設立吉林、黑龍江及奉天三省。1921 年 2 月，中國政府宣布哈爾濱中東鐵路全線附屬地為東省特別區，並設立市政管理局。1932 年 2 月 5 日哈爾濱淪陷後，偽滿洲國成立哈爾濱市政籌備處，次年成立偽哈爾濱特別市公署，轄境包括原濱江市（濱江地區）、松浦市（松北地區）、東省特別區等全部地區。1937 年 7 月 1 日，偽滿洲國政府將「偽哈爾濱特別市公署」改為「哈爾濱市公署」，隸屬偽滿濱江省，改革地方行政制度以後的新哈爾濱轄區並無變動〔註 5〕。至此，哈爾濱行政區劃統一，偽滿時期的哈爾濱市真正建立，地方行政區劃一直持續到日軍投降撤出哈爾濱以前均未再有變動。1945 年 8 月蘇聯紅軍進駐哈爾濱市以後，成立了蘇軍管制下的哈爾濱市政府。1946 年 1 月國民政府直屬哈爾濱特別行政市政府成立，隸屬於松江省政府。1946 年到 1949 年 4 月間，雖有數次市政府稱謂的變化，且隸屬地在東北行政委員會及松江省之間波動，但一直到新中國成立以後，在行政區劃方

〔註 4〕哈爾濱市地方志編纂委員會編：《哈爾濱市志·政權》，哈爾濱：黑龍江人民出版社 1998 年版，第 153 頁。

〔註 5〕關於哈爾濱行政區劃變化的相關史料，來源於哈爾濱市地方志編纂委員會編：《哈爾濱市志·總述》，哈爾濱：黑龍江人民出版社 2000 年版，第 40～56 頁。

面哈爾濱市仍隸屬於松江省管轄。1953 年哈爾濱由省屬直轄市改為中央直轄市，次年 8 月，撤銷原松江省建制，哈爾濱市由中央直轄市改為新黑龍江省屬市，並取代齊齊哈爾市成為黑龍江省省會城市，後又併入呼蘭、雙城、阿城等周邊縣城。至此，現代意義上通行的哈爾濱市才真正成型。與現代文學發生及發展密切關聯的哈爾濱，是自清末至民國時期作為吉林、黑龍江、偽滿濱江省及松江省多個省屬行政區劃交叉地帶，及日、俄兩國爭奪殖民權力、輸出殖民文化主要對象的「哈爾濱」，在概念的界定方面顯然應該更接近於「地域」而非「區域」。

　　既往十餘年間的現代文學研究及文學史敘述，已逐漸由偏重整體性和中心文化區轉向對兼顧細部和地方的體察與觀照。既有研究成果中對文學地域性特質的關注，一般是對於在某些特定地域呈現得較為鮮明的文學文本或作家群體中，關乎人文環境、景觀風物以及區域文化資源的突出表現的分析及探討，嚴家炎主編的《二十世紀中國文學與區域文化叢書》就是此類研究成果的集中體現。自九十年代以來，既往學界關於地域文學及文化的研究成果主要集中體現在幾個方面：文學材料及文獻史料的基礎性搜集整理；具有某種地域特性的作家或作品個案的專題分析，比如魯迅與紹興、沈從文與湘西、張愛玲與上海、蕭紅與哈爾濱、白先勇與臺北、李碧華與香港等；地域性作家群體或文學流派的研究，如朱曉進的《「山藥蛋派」與三晉文化》〔註 6〕、楊義的《京派海派綜論》〔註 7〕、逄增玉的《黑土地文化與東北作家群》〔註 8〕等；以及地方性文學史的撰寫，如馬清福的《東北文學史》〔註 9〕、王齊洲、王澤龍的《湖北文學史》〔註 10〕、陳伯海、袁進的《上海近代文學史》〔註 11〕，等等。值得注意的是，既往關於區域性文學議題研究的主流趨勢主要還是在現代文學整體性方法的統攝下，將地域文學視為中國文學在不同地域呈現出的不同面貌，本質上是參照整個中國文學的現代化進程而來的。

　　因而在傳統地域文化及文學議題逐漸發展和漸臻完熟的過程中，會使得

〔註 6〕朱曉進：《「山藥蛋派」與三晉文化》，長沙：湖南教育出版社，1995 年版。
〔註 7〕楊義著；郭曉鴻輯圖：《京派海派綜論・圖志本》，北京：中國社會科學出版社，2003 年版。
〔註 8〕逄增玉：《黑土地文化與東北作家群》，長沙：湖南教育出版社，1997 年版。
〔註 9〕馬清福：《東北文學史》，瀋陽：春風文藝出版社，1992 年版。
〔註 10〕王齊洲，王澤龍：《湖北文學史》，武漢：華中理工大學出版社，1995 年版。
〔註 11〕陳伯海，袁進主編：《上海近代文學史》，上海：上海人民出版社，1993 年版。

部分研究者產生這樣的焦慮：「如果過度依戀地域文化所提供的安全感和歸屬感……強大的地域影響有可能對文學的個性和創造力構成限制和壓抑」〔註12〕。這是基於文學「整體性」而對文學「地域性」的警惕，甚至還有研究者認為：「如果因為交通的發展而促進了文學交流的繁榮，使地域不再成為影響作家創作的主要因素，文學的地域性特徵逐漸喪失，那麼文學的地域性研究，從理論上講，亦就逐漸失去了意義。」〔註13〕顯然，進入新世紀以來，固有的地域文學研究方法及文化視野的侷限性愈來愈明顯，因已經取得的部分研究成果在強調地域之間差異性的同時，往往未能很好地兼顧各區域間文學內部的整體性和內在同一性，也未能很好地考察到區域之間、地方與中心區域間動態的文學互動、共生關係，將許多富有延展可能和闡釋空間的文學現象限縮在了某個特定的靜態時空場域中。進而在這樣的學術背景下，有學者認為應該堅持以文學史視野及文化地理學的方法來觀照地域文學及文化問題的研究，並斷言：「『地域文學』只是文學的一種題材類型或風格類型，它本身並不是一種研究方法，也不是一種理論，更不是一個學科」〔註14〕。

地域，難道真的不能成為一種方法嗎？

既往數十年間的研究，大都傾向於以中國現代文學研究的方法，來應對與解決地域文學及文化的相關問題，因而有時候會成為一種凝固性的地區文學史料及現象的梳理和呈現。在跨國視野與全球視野的觀照之下，較為看重穩定性的地域研究似乎失去了普適性及學理性，但這並不意味著地域性研究就此失去了意義。具有生命力和張力的地域文學及文化研究，應是相對於全球性的文化整體而言的，在這個意義上，地域性的文學現象在具有特定文化穩定性之外，其文化的互通性、作家的流動性及文學作品的對話性，都構成了地域文學及文化研究的豐富層次。更重要的是，地域文化及文學反過來也能透視與折射出整個中國文學現代進程研究中的複雜維度。也就是說，地域性的文學研究應該找到自我內部的線索，使得某些地域現象的動態研究，也能成為我們重新理解與認識現代文學諸多議題的關鍵節點，以地域作為方法

〔註12〕劉小新：《文學地理學：從決定論到批判的地域主義》，《福建論壇》2010年第10期。

〔註13〕汪文學：《邊省地域與文學生產‧文學地理學視野下的黔中古近代文學生產和傳播研究》，上海：上海古籍出版社2016年版，第40頁。

〔註14〕曾大興：《「地域文學」的內涵及其研究方法》，《東北師大學報（哲學社會科學版）》2016年第05期，第4頁。

來反哺整個現代文學進程。

　　倘若我們在解決中國現代文學「普遍問題」的意義上提出地域文學現象問題，並將地域作為一種方法，其方法論的價值則指向整個中國現代文學，也許能獲得一種與八、九十年代地域文化研究有所不同的追求與收效。在這個意義上，本書嘗試突破哈爾濱僅作為文學發生特定區域的既往研究侷限，將哈爾濱作為一種研究中國現代文學的方法。換言之，也就是將民國時期東北邊地哈爾濱的政治、經濟、社會、文化及文學生態作為激活現代文學各個相關議題的途徑，以期可以從不同時段內哈爾濱與關內各區域間的文化活動、作家流動與文學互動、跨國視野下哈爾濱對紅色文化的接受，以及中俄間的政治交往與左翼文學空間的拓延、多重殖民統治語境下異質的民族主義書寫等幾個方面，去觸摸與探索哈爾濱特殊的文學機制，並嘗試進一步討論以「哈爾濱作為方法」來解釋現代文學奧秘的可能方向。

第二節　既往學界研究現狀回顧

　　近年來對偽滿洲國文學的研究與史料整理正逐步受到重視，北滿哈爾濱地區的文學生態也成為此類研究的重要組成部分。但是，既有東北區域文學研究成果及資料彙編大都僅關注到當下地理意義上的東三省地區的整體性，對於各省內具體地域文壇的研究亦主要涉及長春（新京）、瀋陽（奉天）及大連等地，相比之下，北滿重鎮哈爾濱與中國現代文學相關議題一直被淹沒在東北區域文學研究之中。現有的整體性研究大都關注共和國時期乃至新世紀以來文學作品中的哈爾濱書寫，而既往學界對於哈爾濱與中國現代文學這一議題的專門性研究幾乎未見。相對豐富的研究成果主要集中在民國時期哈爾濱日俄僑民文學及民族主義問題，偽滿洲國時期北滿哈爾濱地區的部分作家、作品及報紙刊物等專題研究，哈爾濱區域文化、城市空間與文學書寫等研究面向。

一、對民國時期哈爾濱日俄文化、僑民文學及民族主義的研究

　　由於地緣原因，哈爾濱地區的外來影響因素主要來自於日俄兩國殖民侵略與文化滲透，在哈爾濱的俄文報刊成為俄羅斯遠東文學研究者及日俄海外學者重點考察對象，如吳彥秋的《哈爾濱俄羅斯僑民期刊歷史（1901～1955

年）》（齊齊哈爾大學學報，2012.04）、巴基奇的《在哈爾濱的俄文報刊：1898
～1961 年歷史書刊簡介》、澤田和彥的《哈爾濱俄羅斯僑民雜誌概述》（俄羅
斯文藝，2012.01）、劉豔萍的《20 世紀上半葉哈爾濱俄羅斯僑民文學與報刊》
（延邊大學學報，2014.02）等專著、論文，都主要著眼於哈爾濱俄文報刊的
歷史、性質、內容等方面。此外，還有大量以俄系文人在哈的俄文寫作為主
要關注對象的研究，如王亞民、郭穎穎《哈爾濱俄羅斯僑民文學在中國》（中
國俄語教學，2005.02）、榮潔等著的《俄僑與黑龍江文化・俄羅斯僑民對哈爾
濱的影響》（2011）等。相似地，祝然的《日本殖民文學與哈爾濱》（北京師範
大學，2014），著眼於日系文人在哈的日文寫作，並未論及其與同時空場域下
的中文報刊及中文寫作間的交互影響，此類研究中的哈爾濱僅僅為研究者分
析與探討殖民文學提供地域空間與歷史底色，並不具有文化獨立性。

　　民國時期大量聚居哈爾濱的日俄僑民群體的文化問題，在近現代史學研
究視野中也較多受到關注。如於湘琳的《民國時期哈爾濱的俄僑文化》（北京
師範大學，2000）、王培英的《論俄羅斯文化對哈爾濱的影響》（黑龍江教育
學報，2002.03）、王盤根的《中國哈爾濱的俄僑文學》（浙江大學，2007）、胡
博雅、魯剛的《哈爾濱俄羅斯僑民與中俄文化的交匯融合》（黑龍江省社會主
義學院學報，2010.02）、金鋼的《現代黑龍江流域文學中的俄羅斯文化因素》
（學理論，2015.26）等，都是建立在近現代史學、新文化史學和歷史地理學
的基礎上，對哈爾濱的歷史時期、地理景觀和殖民文化下的市民生活進行分
析。這部分的研究成果非常豐厚，但幾乎都停留在文化影響層面的分析，對
於俄僑文化在事實上構成民國時期哈爾濱地區中文寫作重要影響因子這一問
題的著墨不多。還有部分研究者能夠將殖民文化真正內化到中國現代文學文
本中來，如侯文婧的《哈爾濱與中國文學中的「白俄」元素》（黑龍江日報，
2015.7.2）、楊慧的《隱秘的書寫——1930 年代中國東北流亡作家的白俄敘事》
（中國現代文學研究叢刊，2014.03）、《熟悉的陌生人：中國現代文學中的白
俄敘事（1928～1937）》（廈門大學，2010）等，敏銳而準確地關注到了這種
因素在中國文學內部的呈現方式，並觀察到在哈爾濱接受文學啟蒙的北滿流
亡作家與同時期上海文壇左翼作家筆下的白俄書寫，存在著幽微而隱秘的差
異。可惜研究成果尚且未能形成規模，而且涉及到的作家和文本體量較少，
對於「白俄」群體內部的國籍、身份、立場等諸多複雜問題的辨析還存在著
含混與模糊，尚未建立有效而深入的闡釋體系。

　　在前述涉及日俄殖民文化文學的具體研究之外，也有極少數學者在此基礎上進一步探討哈爾濱地區文學中的民族主義問題。閻瀟的學位論文《文學中的哈爾濱與民族國家觀念的多重建構》（西南大學，2017），首先考察了中東鐵路在哈爾濱殖民化、現代化進程中的重要角色，接著探討多重殖民統治下的左翼文學語境中的民族主義問題書寫，進而以偽滿洲國時期附逆文人爵青為代表，分析其殖民語境下的反殖民敘事，最後以俄僑眼中的哈爾濱形象作結。該論文呈現出非常多與哈爾濱密切相關的重要議題，雖然沒有充分考察到哈爾濱與中國現代文學之間的複雜對話關係，也未能脫離於文化地理學及城市空間理論的窠臼，不過該論文對本研究仍然有著一定的啟示意義。

二、對哈爾濱區域文化、城市空間與文學書寫的研究

　　居於中國東北邊地的哈爾濱區域文明與文化的興起和發展，使其社會、文學、教育等諸多問題都成為該地區內外作家共同關注與描述的對象。因而，將哈爾濱文學作為東北區域文學的一部分，考察區域文化影響下的哈爾濱地方性文學書寫是對該地區文藝活動最普遍的關注方式。在此類區域文化研究中，關於哈爾濱地區文化歸屬的定位主要有兩種方式：一是將哈爾濱文學歸入北大荒區域文化之中；二是將其歸入黑龍江區域文化之中，以黑土文化或黑水文化作為命名方式。

　　狹義的上「北大荒」是黑龍江北部三江平原、沿河平原及嫩江流域的北大荒墾區，這裡的北大荒文學在廣義上指的是在黑龍江省全境地域上發生的，反映北大荒生活和精神風貌或者具有「北大荒風格」的作品總和。這一命名方式因1985年「北大荒文學風格」會議在哈爾濱的召開而在八十年代中後期盛行，1985年至1986年間《文藝評論》雜誌還開設了「北大荒文學專欄」，上面發表以彭放、關沫南、文立祥、劉樹聲等為代表的諸多作家、學者探討東北作家與北大荒風格的系列文章。1987年《中國現代文學研究叢刊》上發表了姜志軍的《「蕭紅式」與北大荒文學風格》，也延續這一說法，不僅將哈爾濱文學定名為「北大荒文學」的一部分，而且將蕭紅作品中對哈爾濱道外街區地景的描寫歸為北大荒風貌。這種闡釋邏輯顯然有將「北大荒」在時空範圍上無限泛化的不良趨勢，也必然帶來對原本擁有風格特質的作家及作品的曲解、誤讀和遮蔽。

　　發展到新世紀以來，出現以「黑土」、「黑水」文化為代表的新的命名方

式，指的是自古以來在黑龍江流域形成的肥沃黑土地上，以滿族為主幹的諸多少數民族聚居創造的文化生態區，如許寧等編的《別樣的白山黑水——東北地域文化的邊緣解讀》（2005）、郭崇林等編的《龍江春秋‧黑水文化論集》（2005）、姜玉田等編的《黑土文化》（2012）及汪樹東的《黑土文學的人性風姿》（2015）等。這種概括方式在一定程度上重視了地域文化研究本身的模糊性，在面對當代龍江文學作品和文化現象時具有較好的闡釋能力，但卻將北國邊地哈爾濱地區與中原文化完全區隔開來，置於一種獨立而完整的邊地文化中。顯然，在面對中國現代文學發展進程中的諸多問題時，這種「圈地」式的區域文學命名及研究範式會在一定程度上割裂中國現代文學的完整性。

以當代文化地理學、都市空間等西方理論為主要依託，將哈爾濱作為城市文化空間的載體以分析文學作品中對於哈爾濱城市文化特質的書寫，是近年來逐漸升溫的一種研究傾向。具體研究成果主要有以下幾種呈現方式：其一是以哈爾濱文學書寫為文本依託，探討哈爾濱城市文學的創作模式。如小川的《「城市文學」的命名與創作模式——以哈爾濱為例》（文藝評論，2009.05）、莊鴻雁的《哈爾濱都市文學發展軌跡探微》（黑龍江社會科學，2010.05）、陶曉宇的《在摩登背後——二三十年代哈爾濱形象的再認知》（哈爾濱師範大學，2012）、時新華的《新時期中長篇小說中的哈爾濱書寫》（華中師範大學，2013）、葉紅的《文學地理與城市文化異質性——以哈爾濱文學書寫為例》（學術交流，2016.03）、陳愛中的《漂泊的靈魂：新世紀詩歌中的哈爾濱意象》（黑龍江社會科學，2016.03）等。此類研究成果著力分析中國現當代文學進程中以哈爾濱為背景的各體裁文學文本中關於哈爾濱地域文化、方言、服飾及民俗文化等書寫，基本上仍處於景觀式呈現層面，未深入現象本質。另一種研究方向，是將哈爾濱與其他具有可比性的「都市空間」並置，如柳書琴的《殖民都市、文藝生產與地方反應——1930年代臺北與哈爾濱都市書寫的比較》（中國現代文學研究叢刊，2011.03）、張惠苑的《在文學中復活的城市：西安哈爾濱——論新世紀以來城市懷舊中新興城市類型的再現》（文藝評論，2011.03）是此類研究的代表。柳文以三十年代哈爾濱文學書寫為文本，對話的是民族主義分析框架對於殖民地文藝生產的淺泛性闡釋邏輯；張文以新時期以來哈爾濱文學書寫為文本，對話的是以北京、上海為代表的文學中心城市獨霸中國文學闡釋話語權局面，均以哈爾濱地區文學為切入點，對中國文學整體性研究方式進行了一定程度的有效反思。

　　黑龍江地理位置毗鄰蘇俄，自十七世紀以來就受到俄蘇文化殖民與經濟輸出，哈爾濱的街道建設、城區建築、飲食、服飾及語言文化都有著鮮明的「歐化」色彩和「俄式」風情，因此素有「東方小巴黎」、「東方莫斯科」之稱。坐落在道里中央大街的著名建築馬迭爾賓館（MODERN，原名哈爾濱旅館）則是由俄國投資、歐洲設計，被譽為東方的「小凡爾賽宮」〔註15〕。因此，既往文學史著和部分研究專著中經常將民國時期的哈爾濱認定為「殖民都市」，而以其城市文化空間背景來分析現代文學作品中對於哈爾濱的「城市文學」文本、「都市文化」特質的書寫，在近十餘年間哈爾濱文學研究成果中具有相當的話語權。這種近年來逐漸升溫的研究傾向及學術視野，針對的主要是文學作品中涉及的哈爾濱地理空間考察、哈爾濱城市景觀展現與現代生活書寫，主要以當代文化地理學、都市空間等西方理論為主要依託。現代都市文化理論的源頭，可以上溯至芝加哥學派及十九至二十世紀西方社會學理論開創者馬克思、韋伯、涂爾幹等學者，這種都市研究視野的基本前提是將「城市看成資本主義最清晰地表現自身的空間」〔註16〕。而回到歷史的具體情境中，我們不難發現，即使二十世紀三、四十年代的北國邊地哈爾濱地區是在沙俄殖民的影響下逐漸形成的，哈爾濱在本質上仍然並不具備現代意義上的資本主義都市的經濟基礎及文化氛圍。民國時期哈爾濱地區在「殖民都市」的表象下，實際上潛藏著巨大的文明斷裂。

　　二十世紀初期中東鐵路全線通車以後，哈爾濱地區被劃分為由吉林將軍管轄的傅家甸（現道外區）和由俄國政府殖民統治的中東鐵路附屬地（現道里區、南崗區）兩個部分。所謂在哈爾濱形成了「近現代城市的雛形」〔註17〕，實際上指的主要是道里區、南崗區（原秦家崗）一帶。這一區域由於蘇俄殖民統治使得在風俗文化、生活習慣、飲食偏好、服飾特質，以及交通、建築等諸多方面具有非常濃厚的異域風情。在俄國十月革命以後，大量白俄流民及猶太移民湧入哈爾濱，基本大都聚居在這一帶。由此，隨著時間的推延和殖民文化浸染程度加深，在道里及南崗區域逐漸形成了具有所謂的資產階級

〔註15〕阿成：《他鄉的中國：密約下的中東鐵路秘史》，武漢：武漢大學出版社 2013 年版，第 213 頁。

〔註16〕包亞明主編：《現代性與都市文化理論》，上海：上海社會科學院出版社 2008 年版，第 3 頁。

〔註17〕哈爾濱年鑒編輯部編：《哈爾濱年鑒 1998》，哈爾濱：哈爾濱年鑒社 1998 年版，第 45 頁。

「城市」社會文化空間性質的格局。而與此同時，道外區一帶，則是老哈爾濱城區的本土文化及平民階層生活聚居區，遍布著乞丐、匪徒、流氓等社會底層流民，倘若從西方現代城市空間的公共領域理論結構出發，大約僅能算作近似於小型村鎮的格局，與「都市」相去甚遠。這種文明形態的斷裂和城鎮格局的分野，在「五四」以來最早進入哈爾濱並與之產生交互影響的一批現代外省作家，如瞿秋白、胡適、徐志摩等人筆下，有著很清晰的呈現。「道里」租界帶與「道外」本城區生活差異的背後，隱藏著哈爾濱地區文明的巨大斷裂：以「汽車」及工業文明為代表的租界區是上層階級的主要聚居區，以「洋車」及「作牛馬的文明」為代表的本地城區是下等僑民和貧民階層的主要聚居區。哈爾濱所謂的「半歐化」都市文明是在殖民暴力的擠壓之下形成的「異化」而且虛假的文明形態，真正的普通中國民眾仍然在城鄉結合部過著下等人的生活。中東鐵路建立後日俄殖民經濟勢力壟斷哈爾濱，使得哈爾濱與中國內陸經濟來往幾乎被完全切斷，這種文明的斷裂和分化在根本上消解了以現代城市文明定義民國時期哈爾濱文化性格的意義。以文化地理學、城市地景理論為主要支撐的文化景觀與文學研究，對於 1937 年以前的民國時期哈爾濱地區文學現象的分析與探討，是把各種文學形式看作研究地理景觀意義、印證城市空間理論的途徑，在根本上缺乏對哈爾濱地區歷史真實及文學生態複雜性的充分考量。

三、對偽滿洲國時期北滿哈爾濱地區作家、文學作品及刊物的研究

　　1987 年哈爾濱市舉辦「東北淪陷時期文學國際研討會」，該會議論文集、作品選構成對於偽滿哈爾濱地區研究各面向的基礎。一方面，是關注蕭軍、蕭紅等流亡關內的「東北作家群」的作家及其作品，另一方面是關注「北滿左翼作家群」的作家及其作品，除卻關注這一群體的總體文學活動以外，還格外關注淪陷後仍留在哈爾濱繼續進行文學創作的關沫南、金劍嘯等作家的作品，並重視哈爾濱文壇中陳隄、支援等後繼青年作家的研究。許多關於哈爾濱地區文學的關鍵問題，如內外省作家分流與中國現代文學整體的關係、殖民統治下偽政府作家寫作的反殖民性等已經被觸及，然而自此以後，許多更為深層的討論與更廣泛文本及文化現象的研究卻並未能進一步展開，在很長一段時間內，對偽滿時期哈爾濱地區的研究似乎被擱置了。

　　從近年來的淪陷區文學研究發展態勢來看,從美國學者耿德華的專著《被冷落的繆斯》(1980),到徐迺翔、黃萬華合著的《中國抗戰時期淪陷區文學史》(1995),再到錢理群主編的《中國淪陷區文學大系》(1998～2000),各種淪陷區文學研究和資料彙編大多涉及的是對於偽滿洲國整體文學的討論。從申殿和、黃萬華的《東北淪陷時期文學史論》(1991),馮為群、李春燕的《東北淪陷時期文學新論》(1991),到世紀之交學者孫中田、逄增玉、黃萬華等合著的《鐐銬下的繆斯——東北淪陷區文學史綱》(1999)、日本學者岡田英樹的專著《偽滿洲國文學》(2001),再到劉曉麗的《異態時空中的精神世界》(2008),及 2017 年由劉曉麗等國內外學者共同編著的《偽滿時期文學資料整理與研究》、《偽滿洲國文學研究資料彙編》等系列專著,偽滿作家及刊物的研究正逐步受到重視,北滿哈爾濱作為偽滿洲國文學的一個組成部分,對其作家、作品及文學現象的研究正在以散見在此類整體性研究之中的狀態重新回到學界研究視野中來。

　　需要特別指出的是,日本學者岡田英樹的《偽滿洲國文學》(2001)第 2 編「偽滿洲國的中國文學諸相」第 3 章「異色的哈爾濱文壇」將北滿哈爾濱地區的文學單列出來並專門分析,肯定了這些活動在客觀上促進了偽滿洲國整體的發展,是為數不多的對哈爾濱淪陷區文化建設予以專門討論的研究,但其研究仍然難以掙脫日本民族主義立場。此外,值得注意的還有張毓茂的《東北現代文學史論》(1996),專著中專門單列兩節「從北滿作家群到東北作家群的劇作」與「淪陷初期北滿作家群的理論批評」對二三十年代以哈爾濱為中心形成的北滿作家群體及其與東北流亡作家的關係和對東北現代文學的整體性影響進行分析,肯定了此時段哈爾濱文學之於中國現代文學發展進程中的部分影響作用。包學菊的研究論文《偽滿洲國「文學雙城記」》(文藝評論,2017.02)將哈爾濱與偽滿政治中心長春進行比較分析,很可貴的是,論文在平行分析過程中已經呈現出哈爾濱與長春文學資源的呼應、共享,也揭示了受偽滿當局高壓管控的長春文藝需通過處於低壓狀態的哈爾濱才能實現反殖民左翼文學的持續創作。但可惜的是,該研究本質上仍是以城市文化空間理論為支撐,並落腳於以哈爾濱為核心的北滿作家邊緣化和貧弱化的結論,並未能立體、具象地在現代文學的動態發展過程中,考察北滿作家的地域流變和文學波動。

　　偽滿洲國時期東北文學發展對於報紙副刊的依附程度很深,近年來許多

青年學者也在努力關注和發掘這一方面的史料素材及研究可能，如蔣蕾的學位論文《精神抵抗：東北淪陷區報紙文學副刊的政治身份與文化身份》（吉林大學，2008）、卞策的《黑龍江淪陷時期報紙文藝副刊研究綜述》（哈爾濱師範大學，2009）以及佟雪的學位論文《淪陷初期（1931～1937）的東北文學研究——以〈盛京時報〉〈大同報〉〈國際協報〉文學副刊為中心》（東北師範大學，2012）等，為偽滿洲國文學研究原始報刊文獻的史料搜集整理做出有益且紮實的基礎工作。關於此時段活躍在哈爾濱的幾種重要報紙文藝副刊的專門性研究成果也較為豐富，如張瑞的《〈大北新報〉與偽滿洲國殖民統治》（吉林大學，2014）、鈄坤的《〈哈爾濱五日畫報〉研究》（哈爾濱師範大學，2016）、張岩的《論哈爾濱近代民營報紙〈濱江時報〉的特點及其作用》（黑龍江社會科學，2010.03）（後出版專著《〈濱江時報〉研究》，2011年）等，都分別從歷史學、美術學、文化學及傳播學角度切入，系統分析殖民統治下哈爾濱本地重要報紙及副刊的文化導向、辦報策略和商業發展情況。其中，王翠榮的《哈爾濱〈國際協報〉研究》（華中科技大學，2010）在探討報刊傳播背景的基礎上，對《國際協報》各副刊在不同時段刊發的新文學及抗戰文藝作品進行分析，對本研究有著材料參考價值。近年來，隨著抗日戰爭史學界研究範式的轉變，學界日益重視社會史及新文化史研究視角，在拓寬東北抗日戰爭史研究視野的同時，也影響到文學研究範式轉移，其中以報刊為載體研究哈爾濱淪陷區戰時都市民眾日常生活是較為受到關注的研究趨勢。如張華的《〈濱江時報〉視野下的哈爾濱民眾心態——1921～1937年》（北京師範大學，2008）、熊雪菲的《〈濱江時報〉廣告視野中的哈爾濱社會生活》（哈爾濱師範大學，2013）、李偉峰的《哈爾濱市民消費文化變遷——以〈遠東報〉廣告為例》（黑龍江省社會科學院，2015）等學位論文，以哈爾濱本地報紙為載體，旨在藉此觀看抗戰時期哈爾濱殖民文化是如何具體而微地影響著民眾的日常生活衣食住行諸方面，本質上是借用報刊來為哈爾濱區域新文化史及社會生活史研究提供史料佐證。

簡言之，學術界已經觀照了哈爾濱文學歷史的特殊品味，的確也在現代文學文化維度上初步反思了其應有的意蘊，不過，就其研究的深度與廣度看仍有一定的學術拓展空間。這實際上也為以政治社會與地域視角來重新審思哈爾濱文學與中國現代文學之內在關聯，提出了迫切的現實需求。

第三節　進一步的研究空間

一、區域間的文化活動、作家流動與文學互動

　　哈爾濱不是中國現代文學發生與發展的中心，但在哈爾濱獲得文學啟蒙並從北滿走出的東北流亡作家蕭紅、蕭軍、舒群、羅烽、白朗等，如星散之群般紛紛參與到現代中國文學進程中的諸多關鍵事件、主要問題或思潮、流派以及社團運動中。北地邊城哈爾濱的文化性格和精神養分也通過這些作家的文學活動和文學創作，與中國現代文學的整體脈絡產生了血脈聯繫。儘管楊義在談及「文學地理」時早就提出要關注「作家的出生地、宦遊地、流放地」〔註 18〕，但顯然目前在古典文學研究中的體察更為充分，尤其是對於八十年代以來才作為一個群體進入現代文學研究視野中的「東北作家群」而言，前述三地間的流動性研究，仍然十分薄弱。

　　在中國現代文學進程中，哈爾濱本土作家似乎僅有舒群、高莽、朱繁等寥寥數人，且僅有舒群一人的文學成就較高。倘若以當下哈爾濱市轄區範圍來看，如於毅夫（雙城）、許默語（雙城）、王和（阿城）、白拓方（通河）、張伯彥（呼蘭）、梁彥（呼蘭）、蕭紅（呼蘭）等多位作家也可以被納入廣義的哈爾濱籍作家群體來討論，還有司馬長風、李敖等出生於哈爾濱的遷臺、遷港作家。此外，以蕭紅、蕭軍、舒群、羅烽、白朗、關沫南、金劍嘯等為代表的東北籍作家及部分外省籍作家，在二十世紀三十年代的北滿哈爾濱地區創辦文學雜誌、報紙副刊、進步書店，成立民間沙龍、文學社團、藝術團體，組織左翼文學活動，並筆耕不輟地創作了一批為後人銘記、傳誦的優秀文藝作品。由此，我們能夠看到大量以哈爾濱時空場域為對象的詩歌、小說、散文、戲劇乃至音樂、影視文本，這些作品中有關於哈爾濱地理景觀、地域風貌、建築風格、地方語言、服飾及民俗文化等諸多方面或顯或隱的藝術呈現，也有著對哈爾濱歷史、政治、經濟等社會生態的理解、認知和文學重構。部分作家作品雖未必直接以哈爾濱的人事物為對象，但卻是在哈爾濱社會文化宏觀環境的潛在影響下進行在地或異地寫作的。

　　三十年代後中後期，自哈爾濱出走而流亡關內的東北作家們，承載著偽滿時期哈爾濱的文學經驗和文化品格，在不同時段不同空間的中國現代文學

〔註 18〕楊義：《文學地圖與文化還原——從敘事學、詩學到諸子學》，北京：北京師範大學出版社 2009 年版，第 5 頁。

歷史進程中留下了不可磨滅的烙印。而作為流亡關內東北作家群體前身的北滿作家群及其在哈爾濱的文學活動，及其中很大一部分作家的外省身份，則幾乎未被研究界和前輩學者所突顯。所謂「北滿作家群」，指的是 1932 年 2 月哈爾濱淪陷以後，以金劍嘯、舒群、羅烽、姜椿芳等共產黨作家為核心，依託於哈爾濱陷落以後的文藝副刊在哈爾濱地區形成的作家群體，這一群體中的其他代表作家有蕭軍、蕭紅、舒群、白朗、羅烽、金人、楊朔、塞克、唐景陽、方未艾、金劍嘯、孫陵、姜椿芳、楚圖南、關沫南、梁山丁、陳隄、王光逖、于浣非等。嚴格意義上來說，北滿作家群中屬於狹義「本省」作家僅有蕭紅、舒群、唐景陽、于浣非幾位，但如孫陵、金劍嘯、關沫南、陳隄等生於斯、長於斯甚至死於斯的「外省」作家，其外省身份只不過是一個符號而已，作家從性格、生活習慣及創作風格，已經與哈爾濱本省作家融為一體難以區隔了。以陳凝秋為例，他筆名塞克，原籍為河北灤縣人，最初於 1922 年因反抗父親逼婚與家庭決裂來到哈爾濱，考入警察訓練所併在畢業後於濱江警察廳工作。1924 年擔任哈爾濱《晨光報》副刊《光之波動》、《江邊》的主編，成為繼《藝林》副刊以後積極刊發新文學作品和各地新文化運動時事新聞的重要平臺。1926 年因副刊公開發表《女權運動與人權運動》、《暴烈的呼聲》等支持反築路學生運動言論被濱江警察廳逮捕，出獄後南遷上海並加入田漢組織的上海左翼話劇團體「南國社」前身「魚龍會」。1929 年又重返哈爾濱，同趙惜夢、孔羅蓀、陳紀瀅等外省作家一起發起組織了幾乎囊括了哈爾濱所有的新文學作家的文學社團「蓓蕾」，為金劍嘯等本省青年作家進入文壇提供了幫助。次年，自導自編自演話劇《北歸》、《哈爾濱之夜》、歌劇《愛情與生命》等作品並產生廣泛影響，揭開了黑龍江左翼話劇活動的序幕。「文叢刊行會」的領軍人物梁山丁，曾在八十年代創作的回憶性文章中寫下「哈爾濱是我的文學故鄉」〔註19〕，駱賓基亦曾回憶道：「哈爾濱是我五十四年前和中國共產黨領導下的左翼文學陣線接觸的進步點」〔註20〕。在某種意義上，哈爾濱成為許多外省籍東北作家接觸文學、初入文壇時的精神原鄉。

　　三十年代哈爾濱左翼文學及抗戰文藝活動的展開，是本省作家與本省化的外省作家協同推動下得以蓬勃發展的。1923 年 9 月，中共決定在哈爾濱建

〔註19〕梁山丁：《文學的故鄉》，《東北現代文學史料》1984 年第 2 期。
〔註20〕申殿和，黃萬華：《東北淪陷時期文學史論》，哈爾濱：北方文藝出版社 1991 年版，第 114 頁。

立共產黨組織，1926 年中共北滿（哈爾濱）地方委員會成立，使得前後十年左右時間內，大批外省作家調入哈爾濱，並與本省作家共同協作，為哈爾濱左翼文學活動及哈爾濱地下黨組織工作的展開助力。三十年代中後期，由於偽滿審查機制不斷緊縮，哈爾濱地區文藝空氣的緊張和壓迫使得本省文藝工作者大批流亡關內，外省作家亦紛紛回遷至北京、上海等地。縱觀民族戰爭時期哈爾濱文藝歷史，幾乎每一文類創作熱潮的興起、每一種文藝刊物的創辦、每一次文化事件的發生，都與這批外省作家密不可分。顯見的是，這與抗戰入蜀的外省作家「較多地保存了他們固有的文化觀念」、與蜀地社會文化環境保持「理性間距」〔註 21〕的狀態並不相同。哈爾濱似乎具有一種神秘的文化魅力，將入哈外省作家「改造」與「鎔鑄」為本土文化界的一部分。當然，這一方面與此時段外省作家入哈時的思維方式、情感特質及思想狀態並未完全成熟有關，另一方面也的確顯露出哈爾濱文化性格的特殊性。

與從哈爾濱出走的流亡東北作家受到重視的研究現狀相異，走入哈爾濱的現代外省作家如瞿秋白、胡適、朱自清、季羨林、馮至、徐志摩等，在哈爾濱短暫居遊、滯留時的文學實踐與文化活動，構成了一種更少受到學界關注的特殊文化現象。外來者進入哈爾濱文學場域，對哈爾濱文化產生了不同程度的震顫與影響。與此同時，外省作家自身的文學經驗、既有思想認識及原鄉體驗，都在文化衝擊的過程中不可避免地受其衝撞與形塑，這種文化印記也呈現在他們對於現代性問題的思考和新作品的在地化書寫文本中。最早進入哈爾濱並與之產生交互影響的作家瞿秋白，在 1920 年 10 月以記者身份訪蘇俄時，因白俄將領謝美諾夫與遠東革命軍在滿洲里與遠東共和國首府赤塔市之間交戰，火車不通而被迫滯留哈爾濱五十餘天，並在這段時間內完成了《餓鄉記程》的寫作。瞿秋白在離哈前參加哈爾濱工黨聯合會慶祝十月革命三週年的紀念盛會活動，並在會場上第一次聽見國際歌，他不僅首次將歌名翻譯為「國際歌」，隨後又將該歌曲的歌詞及曲譜進行中文初版譯介，全歌譯文連同曲譜最初刊於 1923 年 6 月 15 日《新青年》季刊第一期「共產國際號」上。雖然最初歌詞為文言譯本，並非後世廣為流傳的白話版，但在歌詞的翻譯過程中，他考慮到「歌時各國之音相同，華譯亦當譯音」，而將「國際」（英文 International）一詞首創性地音譯為「英德納雄納爾」（現譯為英特納雄

〔註 21〕李怡：《多重文化的衝撞和交融——論現代外省作家的入蜀現象》，《貴州社會科學》1996 年 02 期，第 64 頁。

耐爾），也成為後續所有歌詞版本的最初範本。1925 年英國國會通過退還庚款議案，並組織「中英庚款顧問委員會」，胡適作為中方三委員之一，在 1926 年 7 月由北京啟程前往英國倫敦時途徑哈爾濱，他在文章《漫遊的感想（一）東西方文化的界限》（1927 年 8 月 13 日《現代評論》第六卷第一百四十期）中，記錄了他在哈爾濱關於「電車、汽車與洋車（人力車）」及其背後「西方與東方」文明的思考。胡適敏銳地注意到在哈爾濱地區現代文明形成的過程中，逐漸分化為「道里」、「南崗」租界帶與「道外」本城區兩種文明帶，這兩者之間存在著「都市文明」與「鄉野文明」之間的巨大斷裂。道里、南崗等中東鐵路沿線殖民租地被歐化物質文明浸染程度愈深，對於道外貧民物質生活空間的擠壓和精神生活空間的異化就愈加嚴重，這種文明斷裂和文化分野是哈爾濱複雜而豐富的文學空間得以生成的基礎，而正視這種分化與斷裂，也是我們進入哈爾濱文學生態及空間的基本前提。許多非本土現代作家，因曾短暫在哈爾濱生活、居遊而體驗到當時哈埠的異質文化氛圍與文學風致，如朱自清、徐志摩等人，可能更多地將哈爾濱的印象與自己所處的上海、北京等中心區域進行比較，為他們對文明與文化的理解增加一種參照；如瞿秋白、胡適等人，相對更為深入地體察到哈爾濱蘇俄殖民文化帶來的新現象和新問題，為他們自我文學經驗的豐富增添養分；如金人、姜椿芳、楚圖南等文學翻譯家，則在這裡接受了中、高等教育，學習、鍛鍊了俄語水平，並影響著他們離哈後很長一段時間內的文藝活動方向；如馮至，則因直接觸碰到哈爾濱社會現實的真切面貌，而甚至經歷了半年的「失語」最終創作出詩作名篇《北遊及其他》，從《昨日之歌》時期相對封閉的自我空間中掙脫出來，走向對現代文化與現代文明的觸底批判，形成了完整、豐滿而宏闊的詩歌世界。

民族戰爭勝利以後，殖民統治的力量逐漸從哈爾濱地區撤出。解放戰爭時期，哈爾濱作為全國解放最早的大城市，不僅是解放戰爭時期東北地區的指揮、軍事中心，同時也是東北行政委員會和中共中央東北局等行政機構的所在地，更是東北解放區的文化中心，尤其值得注意的是，考慮到當時的國內外形勢，黨中央也曾一度有定都哈爾濱的計劃。伴隨著東北文協及文工團在哈爾濱的成立，丁玲、劉白羽、嚴文井、周立波、趙樹理等現代作家從延安及其他解放區陸續北上哈爾濱，蕭軍、舒群、羅烽、白朗等三十年代活躍在哈爾濱的早期北滿作家也相繼重返故土，參與、組織了哈爾濱解放區的文

藝活動。延安文壇與哈爾濱文壇的對接，使得光復後的哈爾濱成為延安文藝思想的直接繼承者，在這一時段哈爾濱仍然佔據著東北文化中心的重要地位：一方面，作為延安文藝思想重要載體的魯迅藝術學院，經數月跋涉從延安遷至哈爾濱，直接帶來了解放戰爭時期哈爾濱戲劇文學及表演的繁榮，而此後在哈爾濱成立的東北文協平劇工作團也影響滲透到全國各地戲曲工作的推進；另一方面，大量外省作家深入哈爾濱社會生態體驗生活，並在哈爾濱及周邊地區土改運動經驗的影響下進行文學創作與作品宣傳，如周立波的《暴風驟雨》等。由此，對哈爾濱與其他區域間的文學互動、作家流動的考察，可以為我們理解特殊歷史時期的現代文學現象提供幫助，為更豐富、立體地認識某些作家和作品提供可能，也可以為我們更清晰、具象地理清紅色文化與左翼文學的在現代中國的發生、發展脈絡。

二、跨國視野下殖民政治與文學空間的拓延

　　十九世紀末，沙皇俄國在遠東政策的推行下與中國簽訂《中俄密約》，俄國將旅順大連港占為租借地，並獲得從該地向哈爾濱修築中國東北境內西伯利亞大鐵路最後一段的權利。自 1903 年中東鐵路全線竣工並正式通車以後，中東鐵路管理局在哈爾濱設立，引入大量外資在哈興建教堂、銀行、旅館，興辦工廠、洋行、學校，發展商業、建築業、餐飲業、服務業，隨著俄國遠東勢力的擴張，哈爾濱地區成為了西方文明進入中國的主要端口，隨後，又進一步發展為溝通中國東北地區和俄國、歐洲等地之間經濟、政治、文化往來的重要交通樞紐。

　　由此，哈爾濱作為共產國際早期駐華大使通過中東鐵路進入中國東北時的第一站，更為劉少奇、李大釗、周恩來、瞿秋白、江亢虎等早期革命人士赴蘇留學搭建起一條秘密紅色橋樑。由於哈爾濱地區在地理位置上毗鄰俄國，且較早被開放為商埠，因而俄蘇文化隨著中東鐵路的開通和殖民統治程度的加深，全面影響著哈爾濱的文藝生態。一方面，由於白俄移民佔據哈爾濱人口的一半，因而從北滿獲得文學養分的東北作家群體，不僅在文學作品中展露出對於白俄群體的關注與同情，而且與同時期上海左翼作家的作品存在著差異性的文化品位。而對隨著外國移民湧入哈爾濱的俄籍猶太人的文學書寫，更是從哈爾濱走出的東北流亡作家為現代文學帶來的獨特題材與異域景觀。另一方面，因較早受到沙皇俄國的文化影響，哈爾濱成為東北地區最早出現

俄文書籍、報紙、雜誌及翻譯文學的地區。這直接為二十年代初期早期中共地下黨人及進步作家汲取馬克思主義及布爾什維克文藝、政治理論提供了便利。

俄國殖民使得哈爾濱擁有以中東鐵路工人為主體的群眾基礎和地下黨成員，也成為紅色文化與左翼文學迅速發展的基色。日本侵佔東北全境以後，使得民族主義情緒和民族矛盾達到空前激化的狀態，但哈爾濱由於距離偽滿洲國政治中心較遠而處於日本文化管制勢力範圍的邊緣，進而具有了一定程度的文學自由空間，成為三十年代偽滿洲國左翼文學發展最為壯大的地區。殖民政治為哈爾濱帶來物質經濟發展的同時，也帶來了「五四」運動前夜混亂而駁雜的社會形勢：一方面，日俄殖民勢力持續滲透，白俄流民與日、美、法、英等各國外商肆意侵佔哈爾濱市場，政治經濟矛盾極端激化；另一方面，俄國十月革命後布爾什維克和馬克思主義思想火種在工人階級和市民階層中播撒。在 1917～1918 年間，哈爾濱的中國工人已經與俄國工人階級自發團結起來，組織多次罷工反抗帝國列強的殖民盤剝。1919 年「五四」運動爆發以後不久，5 月 6、7 日哈爾濱有一千餘名學生、三千餘名工人、市民及商販參加要求「廢除二十一條」、「打倒日本帝國主義」、「抵制日貨」的示威遊行運動，在第一時間對北京的反抗運動做出了回應。《遠東報》從 5 月 9 日起連續刊發如《中央要聞・北京學生之愛國潮》《論北京學生之大活動》〔註 22〕等正面報導、評論「五四」愛國學生運動的新聞、社論，在輿論方面極大地鼓舞了哈爾濱響應「五四」運動的聲勢與氣魄。此後，7 月份哈爾濱中東鐵路中俄工人於又舉行了鐵路工人總罷工，與北京、上海、天津、山東等運動的中心地區聯繫緊密，不僅派學生、工人代表赴各地交互學習，而且將各地刊行的運動傳單、手冊及刊物在哈張貼、傳播及發行。尤其是，在周恩來幫助下創立的東華中學的青年學生「擬與京津各處一致行動」〔註 23〕，走上街道、公園發表宣講、演說，積極推行抵制日貨活動的開展，與文化中心地上海、北京、天津幾乎同步。

「九・一八」事變以後六個月內，東北三省全境淪陷。日軍在瀋陽召開

〔註 22〕中共黑龍江省委黨史研究室：《中共黑龍江歷史・第一卷 1921～1949・上冊》，北京：中共黨史出版社 2013 年版，第 27 頁。

〔註 23〕中共哈爾濱市委黨史研究室編：《中國共產黨哈爾濱歷史・第一卷》，哈爾濱：黑龍江人民出版社 2001 年版，第 57 頁。

「建國會議」並宣布成立「滿洲國」，將長春改名「新京」作為偽滿洲國的首都。作為偽滿政治權力中心的長春，由於偽政府的思想管制和意識形態鉗制，有著非常嚴格的新聞出版審查制度，文人作家的文藝活動與文學創作環境並不十分自由。淪陷後期的長春文壇由被貼上「落水文人」與「附逆作家」標籤的爵青、古丁等與偽政府態度曖昧的「藝文志」作家以及大批「日系」文人佔據著主要話語空間。反觀哈爾濱則不然，政治空氣相對寬鬆，文藝氣氛也相對自由。如中東鐵路的俄辦機關報《遠東報》雖然大部分充斥著反對俄共、支持白匪的反動言論，但其中文採編人員因受到俄國十月革命的影響，仍然能夠在「五四」運動後的第一時間刊發新聞報導和社論。「偽滿洲國通訊社」建立後將東三省廣播系統聯網，而當時為日本人所管控的哈爾濱放送局不僅演播了新文學劇作家曹禺的《雷雨》和《日出》，而且播出了抗日藝術組織「口琴社」的合奏曲《瀋陽月》，這一曲目表現的是「九・一八」事變後的東北境況〔註 24〕。偽滿弘報處成立以後，哈爾濱地方弘報處管控新聞出版及廣播等輿論宣傳陣地，雖然此時段日本加強了對中文報紙文藝副刊的審查和管理，但在 1939 年至 1941 年間，以關沫南、佟醒愚等為核心的「大北風」同人作家在哈爾濱報紙先後開闢的文藝副刊卻有十餘種〔註 25〕，一種刊物被查禁以後，仍可以更換名頭再依附其他報紙重新出版。正是這種在日俄殖民統治分化、政治管控相對寬鬆的狀態下，哈爾濱在實際上為偽滿時期東三省文學生產和文化發展提供了空間。

　　由此，對哈爾濱的關注能在一定程度上為現代中國文學的諸多議題的研究，打開一種更為開闊的視野。因此，本研究的正文部分即遵循以「哈爾濱作為方法」的研究思路：首先，在本書的第一部分回顧哈爾濱的文學團體、作家活動的基本面貌，理清淪陷前後哈爾濱的新文學群團及文人圈子的文化特質，嘗試在現代文學整體發展脈絡中重新整理哈爾濱的特殊文學意義。其次，在本書的第二部分，以俄國殖民時期、偽滿洲國時期及解放戰爭時期的時間序列展開，探討在紅色文化進入中國的過程中的哈爾濱，對於理解前述不同社會歷史時期的現代文學生態的重要意義。接著在本書的第三部分，力

〔註24〕韋風:《記憶中的偽哈爾濱放送局及其文藝節目》，長春政協文史委員會編:《長春文史資料・第 2 輯》1989 年版，第 81 頁。

〔註25〕關沫南:《奇霧迷蒙——憶哈爾濱左翼文學事件》，周玲玉:《關沫南研究專集》，哈爾濱:北方文藝出版社 1989 年版，第 25 頁。

圖突顯哈爾濱為現代中國文學帶來白俄、猶太民族主義異質文學書寫，進而在本書的第四部分，分析在哈爾濱的時空場域中，文學發展生成的特殊機制，探尋在社會結構、族群關係、文化氛圍等多重社會力量綜合作用下，哈爾濱文化風致及文學趨勢的新質與特質。

第一章 哈爾濱文學團體、作家活動的基本面貌及特質

第一節 淪陷前哈爾濱新文學團體的產生

學界公認東北文藝界最早的新文學團體起源於 1923 年的吉林和奉天（瀋陽）。1923 年初，教育界人士梅公任組織韓樂然、安懷音等人在瀋陽成立了「啟明學會」，並於 4 月在《新民意報》創立《啟明》文藝旬刊。同年 9 月，留日歸來的穆木天聯合舊時同學郭桐軒、何靄人等青年文人，以吉林省立一中為通訊處組織成立了「白楊社」，並創辦不定期社刊《白楊文壇》。瀋陽「啟明學會」、吉林「白楊社」及其同人在一定程度上展現了東北新文學的發展面貌，當時的主流文藝刊物《小說月報》、《文學旬刊》等都對他們的文學創作和文藝活動有著部分篇幅的介紹，「啟明」與「白楊」的出現，也被稱為是「東北文壇新文學運動第一次具體的表現」〔註 1〕。

相較之下，哈爾濱新文學團體的成立起步稍晚。在哈爾濱市志及黑龍江省志的相關歷史材料的記載中，基本上認定二十年代初期出現在東北文壇的文藝社團「春潮社」是「黑龍江省文壇上的第一個新文學團體」〔註 2〕。相關史料表明，在 1924 年初，遼寧作家趙惜夢應哈爾濱《晨光》報聘任來哈擔任

〔註 1〕 谷實：《滿洲新文學年表》，王秋螢編：《滿洲新文學史料》，上海：開明圖書公司 1944 年版。

〔註 2〕 黑龍江省地方志編纂委員會編：《黑龍江省志‧第 76 卷‧人物志》，哈爾濱：黑龍江人民出版社 1999 年版，第 587 頁。

報紙文藝部主任，次年，聯合哈爾濱的于浣非、陳凝秋等和瀋陽的周東郊、周筠溪、李笛晨等幾位青年作家，共同發起並組織了哈爾濱的第一個新文學社團「春潮社」，並在《哈爾濱晨光》報上開闢出《文學》、《文藝》兩個週刊以供社團成員發表文章〔註3〕。除卻「春潮」社團，既往學界亦有部分研究認為「哈爾濱自有現代文學以來最早組成的、也是存在時間最長、影響最大的」〔註4〕「第一個新文學社團」〔註5〕是燦星社。

「春潮」與「燦星」社團聲勢壯大得益於在哈爾濱《晨光》報和《國際協報》就職的遼寧籍作家趙惜夢，不論是青年學生成員的組織和提攜，還是依託於報紙副刊的社刊出版，淪陷前哈爾濱新文學社團的產生都帶有被外省啟蒙的性質。哈爾濱新文學社團雖起步稍晚，但與具有省內文藝沙龍性質的「白楊社」、「啟明學會」不同，「燦星」在真正意義上產生了「普羅大眾」、「啟迪民智」的文學波動和社會影響，並起到了凝聚東北多地文學青年的文藝活動之作用。隨後出現的新文學社團「蓓蕾」及「二堡無因」，則在前述社團的基礎上，進一步萌發了各種附屬文藝團體，成為二十年代末至三、四十年代哈爾濱「文人圈子」及雜誌同人集結的早期雛形。

一、「最早組成」的新文學社團「春潮」及其他文學小團體

眾所周知，現代文學史上較有名氣的「春潮社」有二，其一是1918年由俞平伯、傅斯年、羅家倫等北大青年學生籌備的文學社團，其二是三、四十年代在桂林、上海等地出版新文學及文學翻譯叢書的文學團體，而關於東北新文學社團「春潮社」的研究及討論則幾乎未見，連現有東北區域文學史論及史著中都言之寥寥。這一社團被文學史忽視的原因大約在於，關乎該社團本身的諸多問題仍然存在很多史料盲區和論點分歧。在瀋陽方志1926年4月的相關材料記載中，「春潮社」的成立情況與前述表述有著較為懸殊的區別：「在黨團組織的直接領導下，（瀋陽）第一師範部分愛好文學的進步學生，組織了一個團的外圍組織『春潮社』。藉以宣傳革命思想，發展組織。『春潮社』

〔註3〕黑龍江省地方志編纂委員會編：《黑龍江省志‧第76卷‧人物志》，哈爾濱：黑龍江人民出版社1999年版，第610頁。

〔註4〕陳隄：《楚圖南與燦星社》，選自張淑媛，王競，柳彥章主編：《黑土金沙錄》，北京：中華書局1993年版，第59頁。

〔註5〕彭放編：《黑龍江文學通史‧第二卷》，哈爾濱：北方文藝出版社2002年版，第135頁。

負責人由周東郊（周暢春）擔任……7 月間，『春潮社』擴大成為社會團體。草擬章程，在大西門裏美術專科學校正式成立『春潮社』……出版文學刊物——《漫聲》，宣傳革命文學。」〔註6〕從社團刊物來看，哈爾濱「春潮社」的刊物《文藝》週刊是《哈爾濱晨光》報副刊，《晨光》報為 1923 年 2 月 21 日在哈爾濱，由哈埠進步組織救國喚醒團的核心成員韓迭聲、于芳洲、張樹屏等人創辦的大型綜合性民辦日報。1923 年 3 月，中共北京地下黨組織委派陳為人、李震瀛等人來哈爾濱協助開展黨的工作，兩人的加入對《晨光》報的發展成熟起到了關鍵性作用。然而，不久後《晨光》報因進步言論引起日本駐哈爾濱領事的注意並向哈爾濱東省特別區行政長官提出抗議，認為該報紙編輯人員是「有礙日中邦交」的「暴烈分子」〔註7〕。此後，報紙副刊更名為《光之波動》（1926 年 3 月又更名為《江邊》），編輯團隊也新增了穆景周、楊振聲等國民黨背景人士。《晨光》報「在 1925 年底已發展為每日對開兩大張半，共十個版面，其中第九、十版中有半版為各週刊刊印文章，由趙惜夢主編的《文藝》週刊就在其中。文藝副刊的稿件作者「除哈爾濱的新文藝愛好者外，還有遼寧的進步文藝社團春潮社和啟明社的成員……1926 年 1 月，期發數增加到 5000 多份，居哈爾濱各民辦報紙的首位。」〔註8〕值得注意的是，前文提到的「啟明社」一說為國民黨的外圍組織〔註9〕，其成立者梅佛光是東北國民黨的主要代表人物。《哈爾濱晨光》報《文藝》副刊既發表作為瀋陽國民黨外圍組織啟明社成員的作品，同時也作為哈爾濱共產黨外圍組織春潮社成員發表作品的重要平臺，在二十年代中後期至三十年代初期，具有相當的文化影響力和包容性。

　　而由瀋陽「春潮社」出版的《漫聲》刊物只出版了一期即停刊〔註10〕，

〔註6〕中共瀋陽市委黨史資料徵集辦公室，中共瀋陽市委黨校編：《瀋陽黨史資料·第一輯·瀋陽地方黨史大事記 1921 年～1949 年》，中共瀋陽市委黨史資料徵集辦公室 1988 年版，第 19 頁。

〔註7〕張福山，周淑珍：《〈哈爾濱晨光〉報創辦始末》，中共哈爾濱市委黨史研究室編：《哈爾濱革命舊址史話》，哈爾濱：黑龍江人民出版社 1995 年版，第 12 頁。

〔註8〕黑龍江省地方志編纂委員會編：《黑龍江省志·第 50 卷·報業志》，哈爾濱：黑龍江人民出版社 1993 年版，第 59 頁。

〔註9〕張福山：《哈爾濱文史資料·第 20 輯·哈爾濱文史人物錄》，中國人民政治協商會議黑龍江省哈爾濱市委員會文史資料委員會 1997 年版，第 212 頁。

〔註10〕遼寧省地方志編纂委員會辦公室主編：《遼寧省志·出版志》，瀋陽：遼寧科學技術出版社 1999 年版，第 112 頁。

目前也未能有刊物發表的文章或存目史料得以保存。從時間上來看，由周東郊組織的瀋陽「春潮社」晚於由趙惜夢組織的哈爾濱「春潮社」。周東郊在 1924 年在奉天省立第一師範讀書，同年，同為遼寧籍作家的趙惜夢在奉天文科專門學校念書。根據周東郊的個人自述，他並未在這一時段到哈爾濱參加文學活動，但他也被列為哈爾濱「春潮社」參與者之一。由此推斷，東北新文學社團「春潮社」的創建，很可能始於趙惜夢與周東郊等文學青年在瀋陽念書時的謀劃，而得益於趙惜夢應《晨光》報聘任來到哈爾濱，使得大量社團青年的文學作品得以在當時哈爾濱影響力最大的民辦報紙文藝副刊發表。從這個意義上來看，周東郊在瀋陽成立的「春潮社」則很有可能是哈爾濱「春潮社」的延宕，雖然社團隨著社刊《漫聲》的停刊而無形解散，但社團成員的文學活動仍然借助著東北各地文學副刊得以持續下去，有日本學者在談到這一社團時也特別指出「這個團體的會員遍及東北」〔註11〕，由此可見，「春潮社」在真正意義上勾連了東北各地喜愛和嚮往新文藝的青年。

在 1926 年 12 月，吉林省濱江縣警察廳認為《晨光》報副刊《江邊》刊發的《女權運動與人權運動》一文節錄和詩歌《暴烈的呼聲》「語多隱諱，細玩其語意，似有鼓吹赤化之旨趣」〔註12〕，又對報館帳簿進行仔細搜查，認為該報接受救國後援會津貼「不無可疑」，被吉林省軍務督辦張作相要求「詳細追究」〔註13〕，在 15 日被查封停刊，2 年後才得以復刊。次年年初，曾任《晨報》文藝副刊編輯的趙惜夢在《國際協報》社長張復生邀約之下，擔任該報紙文藝副刊部編輯，並創辦綜合性副刊《國際公園》。另，又以《國際協報》副刊附頁形式發行《綠野》、《薔薇》、《燦星》、《蓓蕾》四種新文學刊物，這四個附於《國際協報》的文藝刊物，都是同名社團的社刊。其中《燦星》、《蓓蕾》的文化影響更大，為後續青年作家發表新文學作品、文學批評及其他人文社科文章，開闢了重要的文藝舞臺。

現有史料表明，《綠野》日刊主要發表新文學作品，《薔薇》週刊則發表

〔註11〕〔日〕大內隆雄著，王文石譯：《〈東北文學二十年〉第十八章有關部分摘譯》，選自遼寧省社會科學院文學研究所編，《東北現代文學史料（第一輯）》1980 年 2 月，第 88 頁。

〔註12〕黑龍江省地方志編纂委員會編：《黑龍江省志・第 50 卷・報業志》，哈爾濱：黑龍江人民出版社 1993 年版，第 59 頁。

〔註13〕黑龍江省地方志編纂委員會編：《黑龍江省志・第 50 卷・報業志》，哈爾濱：黑龍江人民出版社 1993 年版，第 59 頁。

「社會科學理論著作」〔註14〕，主要是「雜文、小品和社會科學雜談」等〔註15〕。在時間上來看，《綠野》稍早於《薔薇》，與1928年在瀋陽出現的進步書店「綠野」同名。目前關於綠野社的相關材料極少，基本上都源於北滿作家張秋子署名鐵弦發表的文章《哈爾濱的文藝界》，原刊於上海光華書局1931年出版的《讀書月刊》第二卷第六期上，文章中有一則材料：「綠野社，主幹人趙惜夢。社員多為青年學生，出刊《綠野》，係日刊，現仍繼續出。」〔註16〕由於《綠野》作為《國際協報》文藝副刊出現的時間是1928年，因此推知社團「綠野」大致活動時間在二十年代末至三十年代初期，是由趙惜夢發起，聯合當時在哈爾濱從事新文學寫作的青年學生而成立的新文學小團體，成為許多青年作家步入文壇的最初舞臺。姜椿芳曾在1929年以筆名「筠」在《綠野》週刊上面發表了他的處女作《電燈》和《尋找職業》兩篇小說〔註17〕。孔羅蓀的第一篇小說作品《新墳》也由此刊出，不久以後，他的長篇小說作品《暗》也在《綠野》上連載〔註18〕。根據姜椿芳建國後的回憶，《綠野》似乎就是《蓓蕾》的前身：「《國際協報》的副刊《綠野》，後來改為《蓓蕾》是國民黨員趙惜夢主編的……每天所發表的，不是小品就是特寫，不是短論，就是新詩，較少有風花雪月的作品，也很少有鴛鴦蝴蝶派的東西……使我們的黨員和進步青年有可能投寄內容較好的稿件去，有時『左傾』思想的作品也能刊登出來。」〔註19〕王秋螢亦曾評價趙惜夢支持的《綠野》和《蓓蕾》週刊「對當年哈爾濱文藝的開拓和活躍，也有貢獻」〔註20〕如若這一說法屬實的話，《綠野》日刊的出現就為三十年代哈爾濱同人團體及作家的出現，做

〔註14〕哈爾濱市地方志編纂委員會：《哈爾濱市志·人物附錄》，哈爾濱：黑龍江人民出版社1999年版，第91頁。
〔註15〕彭放編：《黑龍江文學通史·第二卷》，哈爾濱：北方文藝出版社2002年版，第49頁。
〔註16〕鐵弦：《哈爾濱的文藝界》，《東北文學研究叢刊》哈爾濱業餘文學院1985年第二輯，第153頁。
〔註17〕王式斌：《姜椿芳在哈爾濱》，王式斌等著：《文化靈苗播種人·回憶姜椿芳》，北京：中國文史出版社2017年版，第7頁。
〔註18〕孔瑞，邊震遐編：《羅蓀年譜》，選自《羅蓀·播種的人》，北京：社會科學文獻出版社2005年版，第370頁。
〔註19〕姜椿芳：《解放前地下黨怎樣利用公開報紙陣地》，《姜椿芳文集·第九卷·隨筆三·懷念·憶舊》，北京：中央編譯出版社2012年版，第196～197頁。
〔註20〕王秋螢：《值得探討的幾個問題——1985年在東北淪陷時期文學討論會預備會上的發言》，彭放主編：《中國淪陷區文學研究·資料總匯》，哈爾濱：黑龍江人民出版社2007年版，第116頁。

出了早期的必要思想準備。

《綠野》出現之後大約一年左右的時間，在 1929 年 10 月 22 日《國際協報》增設了文藝週刊《薔薇》，由於史料過於匱乏，刊物也散佚，學界幾乎未有研究者討論過，僅有一則史料表明這一刊物可能是由「上海薔薇社提供稿件」〔註 21〕的。目前可考的《薔薇》刊物主要有二，其一是北京「薔薇社」編輯的《薔薇週刊》，這是依附於北京世界日報社的第二種文藝副刊，該社團成員皆為女性，主要有石評梅、陸晶清、袁君珊等。社團刊物從 1926 年 11 月至 1929 年 12 月共發行 142 期，每 20 期合訂為一卷〔註 22〕。其二是上海「薔薇社」編輯的《薔薇月刊》，只可見 1928 年 3 月第 1 冊，社團成員不可考，也未有其他詳細材料加以佐證〔註 23〕。可能是上海薔薇社社刊中斷以後，在《國際協報》編輯或撰稿人的引薦下，將社團刊物依附於哈爾濱《國際協報》副刊，繼續發表社團成員作品。該刊物採用「書頁或雜誌形式排版印刷，每隔數期合訂為一冊，送到書店發售，彌補哈爾濱沒有雜誌的不足」〔註 24〕。當時《國際協報》副刊編輯滬籍作家孔羅蓀恰是 1928 年從上海來到哈爾濱的，而當時給《薔薇》供稿的作家之一金劍嘯，在這一時段也因陳凝秋的推薦，離開哈爾濱赴上海藝術大學學習繪畫。他曾以筆名劍嘯，在《薔薇》週刊發表了以「中東鐵路」事件為背景，反映中蘇邊境軍隊戰爭殘酷的抒情散文《敵人的衣囊》（《薔薇》1929 年 10 月 30 日第 2 號），以及模仿魯迅《狂人日記》體例的小說《王八旦日記》（《薔薇》1929 年 11 月 26 日第 6 號）〔註 25〕。由此，通過前述作家活動和史料的零星碎片，似乎可以推知《薔薇》日刊是一個早在二十年代末就在哈爾濱文壇與上海文壇間建立了一定的文藝橋樑的平

〔註 21〕黑龍江省地方志編纂委員會編：《黑龍江省志·第 76 卷·人物志》，哈爾濱：黑龍江人民出版社 1999 年版，第 324 頁。

〔註 22〕上海圖書館編；祝均宙主編：《上海圖書館館藏近現代中文期刊總目》，上海：上海科學技術文獻出版社 2014 年版，第 1130 頁。

〔註 23〕上海圖書館編；祝均宙主編：《上海圖書館館藏近現代中文期刊總目》，上海：上海科學技術文獻出版社 2014 年版，第 1130 頁；又見《中國新文學大系·1927～1937·第三十集·史料·索引二·影印本》，上海：上海文藝出版社 1989 年版，第 1113 頁。

〔註 24〕彭放編：《黑龍江文學通史·第二卷》，哈爾濱：北方文藝出版社 2002 年版，第 49 頁。

〔註 25〕里棟、金倫：《金劍嘯與星星劇團》，選自黑龍江社會科學院文學研究所、遼寧社會科學院文學研究所編：《東北現代文學史料·第二輯》1980 年 04 期，第 124 頁。

臺，但並未十分穩固，文學影響也相對有限。

二、「影響最大」的早期普羅文學社團：「燦星社」

　　新文學社團「燦星」是 1928 年由時任吉林省第六中學（校址地點在哈爾濱）國文教員的雲南籍北滿青年作家楚圖南，聯合幾位懂俄語的學生高鳴千（東鐵職業學校）、張逢漢（東省特別區法政大學）等人，以及其他學校的文學愛好者而成立的。根據「燦星社」成員、楚圖南的學生高乃賢回憶，「燦星社」最初的發起宗旨有二：一是「讀新興文學作品（主要是魯迅著作及其在上海左聯所辦《大眾文藝》《拓荒》《萌芽》等進步刊物為主要讀物）」〔註26〕，二是在其基礎上練習寫作。有著明確的新文學習讀和創作目的，並籌劃自費出版了社團刊物《燦星》，這「在當時當地還是首創」〔註27〕。社團刊物在自費出版一期後，因經費原因而中斷，後在趙惜夢的協助下被《國際協報》出資接辦，改半月刊為週刊並作為報紙文藝副刊之一發行，從 1928 年創刊到 1930 年年底，共出版了三卷數十期。除卻新文學創作以外，每期都有半數左右的篇幅刊載社團成員翻譯的俄國文學作品。

　　「燦星」社團大致存在時間為 1928 年至 1930 年間大約 2 年有餘，而「春潮社」自 1925 年哈爾濱「春潮社」創立至 1927 年瀋陽「春潮社」解體，大概也有 2 年時間，且成立時間明顯早於「燦星」。同時，有少數史料研究者搜集到具體可考的由「春潮社」出版的「春潮社叢書」之一的紙本圖書，即由席滌塵、蒯斯曛翻譯的屠格涅夫的小說《愛西亞》，出版時間為 1928 年 5 月 1 日〔註28〕，還有研究者在整理史料時也發現這本書與 1943 年由桂林春潮社印行的茅盾譯作《文憑》「好像並非同一種叢書」〔註29〕。這有力證明了雖然「春潮社」在名義上已經解散，但「春潮社」同人的文學活動仍然在繼續著，甚至還有叢書出版的計劃。這樣來看，「春潮社」似乎更能擔當哈爾濱「最早組成的、也是存在時間最長」的新文學社團之名。

〔註26〕高乃賢：《關於〈燦星〉》，選自張勇，汪寧主編：《楚圖南紀念文集》，昆明：雲南美術出版社 2008 年版，第 239 頁。

〔註27〕高乃賢：《關於〈燦星〉》，選自張勇，汪寧主編：《楚圖南紀念文集》，昆明：雲南美術出版社 2008 年版，第 239 頁。

〔註28〕陳建功，吳義勤主編：《中國現代翻譯文學初版本圖典‧上》，南昌：百花洲文藝出版社 2015 年版，第 19 頁。

〔註29〕張澤賢：《民國出版標記大觀續集‧精裝本》，上海：上海遠東出版社 2012 年版，第 51 頁。

因 1930 年 11 月楚圖南在哈爾濱被捕，從他的藏書中搜出《燦星》刊物，因此《燦星》於 1931 年 1 月被勒令停刊。在 1930 年 12 月 5 日「東北邊防軍駐吉副司令官公署為查禁《國際協報》副刊《燦星》的咨」中有這樣的內容：「為密咨事。案據檢查共黨犯人楚圖南之書籍中，有名《燦星》之刊物。內容確為普羅文學。其編著者為哈爾濱燦星社，又係哈爾濱《國際協報》副刊物。並注明哈埠各大書局，均為代售等情。查此種刊物，實足以煽動青年。若任其宣傳，殊能危害治安。為根本取締計，除分行外，相應咨請貴公署查照，轉飭所屬，嚴行取締出版。並禁止售賣，以免流行為荷。」〔註 30〕將其定性為足以「煽動青年」的「普羅刊物」，在次年 2 月 21 日東省特警處續報《燦星》調查情況的呈中，進一步寫道：「復查燦星社，聞係一種秘密團體，從事文字鼓吹……現以《燦星》被查禁，勢難再刊，又經議定改換名目，另發一種刊物《顏日東北》，仍由《國際協報》發行副刊，以為《燦星》之替代……」〔註 31〕據「燦星」成員張克明（筆名明夫）回憶，當《燦星》被查禁時，社團成員的確曾經秘密研究過再出版《顏日東北》來替代原刊，還曾計劃過將社團轉移到呼蘭縣組織「征蓬」社〔註 32〕，但由於文藝風氣漸漸緊張，社團核心成員楚圖南也已被捕入獄，並從監獄中傳信給社團成員警告大家務必提高警惕，因而最後均未能實現。翻閱黑龍江報刊檔案，可以發現《燦星》週刊是三十年代初期哈爾濱活躍的民辦報刊中唯一被查禁的刊物，與進步報刊《滿洲工人》、《哈爾濱日報》、《微光》等為極少數被明令查禁的報紙刊物，且關於該刊物的查禁文書和執行辦法檔案最多。其他如《黑龍江公報》等僅為「暫為停辦、催繳報費」，《濱江新報》等僅為「查明組設、按報律辦理」，《真理畫報》、《無產者》、《北滿工人》、《白話報》等進步報刊則根據程度輕重被分別查獲、抄送、查辦、檢送〔註 33〕，而如哈爾濱《濱江日報》、《大同報》、《大北新報》等報紙則大都能夠得以正常發行而免於查禁。由此可見，《燦星》週刊的確在哈爾濱產生過一定的「普羅大眾」的文學影響。

〔註 30〕黑龍江省檔案館編：《黑龍江報刊》，黑龍江省檔案館 1985 年版，第 180 頁。
〔註 31〕黑龍江省檔案館編：《黑龍江報刊》，黑龍江省檔案館 1985 年版，第 182 頁。
〔註 32〕石銘：《哈爾濱現代文學的開拓者──訪全國人大副委員長楚圖南》，麻星甫編：《一生心事問梅花：楚圖南誕辰百週年紀念文集》，北京：朝華出版社 1999 年版，第 54 頁。
〔註 33〕黑龍江省檔案館編：《黑龍江報刊》，黑龍江省檔案館 1985 年版。

三、同人刊物及同人團體的雛形：「蓓蕾社」及「二堡無因社」

　　1927 年上海籍作家孔羅蓀隨父親來到哈爾濱生活，在郵局工作時結識了工友陳紀瀅，通過往《國際協報》副刊投稿而與副刊主編趙惜夢相識。兩人與鐵弦（張秋子、哈爾濱工業大學學生）、馮文蔚（亞細亞火油公司英文打字員）、尤致平（東特區法政大學學生、青年劇作家）、任白鷗（哈爾濱醫專學生）、崔汗青（東三省官銀號職員）、于浣非等業餘文學愛好者組成了新文學社團「蓓蕾社」。社刊為《國際協報》副刊《蓓蕾》週刊，兩年間出百餘期，除卻社團同人贈閱以外，大都交於哈爾濱書店和笑山書店代為發售。

　　1928 年在哈爾濱民辦報紙《國際協報》文藝副刊《國際公園》的主編趙惜夢的支持下，作家陳紀瀅與賓州（現哈爾濱市賓縣）作家于浣非和哈爾濱政法大學同學、滬籍作家孔羅蓀等一同組織「蓓蕾文藝社」並成立社團同名週刊《蓓蕾》，作為《國際協報》副刊附頁形式出版的四種純文學週刊之一，不僅系統翻譯介紹舊俄古典主義文學家作品，而且吸納是時活躍關外的第一批東北作家，如滿人作家金劍嘯便曾在《蓓蕾》雜誌發表過作品，不久之後，關內作家如許躋青也曾在《蓓蕾》第 12 號發表散文《在大連丸上》，成為當時非常具有影響力而「超越地方性的文學週刊」。當時作家陳紀瀅的表面身份是黑龍江省哈爾濱市郵政管理局職工，而實際身份是為天津《大公報》報館撰寫與中國東北有關新聞通訊的特聘記者，並在 1933 年 12 月《大公報》的「九・一八」紀念特刊上以「生人」為筆名撰寫了聲名遠播的長篇通訊《東北勘察記》，以「無黨派」為創報立場的《大公報》儘管有許多國民黨身份成員，卻並未在新聞的黨派傾向上做出明顯的選擇，仍對中共革命實踐尤其是工農紅軍長征予以真實報導和公允評價。陳紀瀅與于浣非等其他作家同仁以國民黨人身份創辦的社團雜誌成為第一代東北文壇作家發表文章與文學創作的重要刊物，而《國際協報》副刊也為後起的東北作家群作家，如蕭紅、蕭軍、端木蕻良、白朗、羅烽等提供了文學平臺，可以說陳紀瀅三十年代在東北的文藝活動為後期左翼文學東北作家群的成長奠定了非常重要的文學環境。

　　較為特殊的是，「蓓蕾社」與前述「春潮」、「燦星」等早期新文學社團組織文藝活動的模式並不盡然相同，蓓蕾社團同人在主社團的基礎上又組成了各種小型附屬文藝團體：其一是「白鷗弦組」。哈爾濱醫專學生、廣東籍進步文藝青年任國治（筆名白鷗）是金劍嘯的同班同學，任白鷗出生於音樂世家，他們一家人曾在二十年代末至三十年代初期組成了小型弦樂演奏團體「白鷗

弦組」，蓓蕾社成員孔羅蓀也參與樂團活動，他在演出中負責演奏的是一種叫曼陀林（Mandolin）的小型絃樂器〔註34〕。弦樂團曾負責醫專學生會組織的話劇《歸來》演出的音樂表演部分，並曾在馬迭爾影院舉辦過專場表演，樂團雖然規模不大，但卻是「從不演奏庸俗的市井流行歌和敵偽御用歌曲」〔註35〕的左翼進步樂團；其二是《五日畫報》社。孔羅蓀曾與時任《哈爾濱畫報》攝影記者的王岐山等人，共同組織創辦了《哈爾濱五日畫報》及攝影會展。此後這一刊物不僅以其分銷處掩護時任洮南情報站站長的舒群進行情報搜集與傳遞工作，也為三十年代「牽牛坊」同人舉辦「維納斯賑災畫展」開闢專頁進行宣傳、報導，《五日畫報》社更是直接促成了蕭紅、蕭軍小說散文集《跋涉》的順利出版和印刷；其三是「寒光劇社」。青年劇作家尤致平、于浣非等人聯繫東省特別區女一中學生周玉屏等人組織「寒光劇社」。尤其值得注意的是，由于浣非經手、社團成員集資，在哈爾濱道里五道街開設了一個「白宮飯店」作為社團活動基地，劇社在這裡排練了田漢的話劇《湖上的悲劇》，並在道外「同記商場」俱樂部上演〔註36〕，演出除卻面向同記商場工人以外，還有一部分在哈活動的文藝工作者也來觀看了話劇的表演〔註37〕。顯見的是，以新文學社團「蓓蕾」為基礎，淪陷前期的哈爾濱已經逐漸出現了帶有社團性質的「文人圈子」固定集會和以雜誌為中心的同人作家活動，為淪陷初期以《夜哨》雜誌同人作家群為代表的哈爾濱「文人圈子」迅速蜂起進並帶來文學復蘇奠定了必要基礎。

　　承接著新文學社團「蓓蕾」發展起來的，還有一個特殊的文學社團：「二堡無因社」——又名「蕪茵社」，這是哈爾濱文壇一個「令人陌生」〔註38〕的

〔註34〕韓文達：《哈爾濱——孔羅蓀文學藝術生命的搖籃》，中國人民政治協商會議黑龍江省哈爾濱市委員會文史資料研究委員會編：《哈爾濱文史資料·第六輯》（內部發行）1985年版，第89頁。

〔註35〕姒元翼：《任國治同學和他的「白鷗弦組」》，中國人民政治協商會議黑龍江省委員會文史資料委員會：《黑龍江文史資料·第34輯·老哈爾濱醫科大學》，哈爾濱：黑龍江人民出版社1993年版，第47頁。

〔註36〕韓文達：《哈爾濱——孔羅蓀文學藝術生命的搖籃》，中國人民政治協商會議黑龍江省哈爾濱市委員會文史資料研究委員會編：《哈爾濱文史資料·第六輯》（內部發行）1985年版，第89頁。

〔註37〕羅蓀：《走向文學之路（往事回憶之一）》，中國人民政治協商會議全國委員會文史資料研究委員會編：《文化史料叢刊·第七輯》，北京：文史資料出版社1983年版，第69頁。

〔註38〕劉樹聲：《解放前哈爾濱文藝界散記》，《小說林》2013年03期，第94頁。

名字。據社團成員陳金波回憶,「二堡無因社」是由有「滿洲詩壇的驍將」之稱的詩人許永剛(筆名默語)創辦的「誕生於雙城,成長在哈爾濱」〔註 39〕的進步文藝社團,成員有鄧介眉(芥梅)、白雲深、陳金波、冷淵、張璟玕、許慶春(雷力普,與許默語是叔侄關係)、黃主亞(竹雅)、孔達(孔方)、王風等。創始人許默語是出生於雙城縣(曾歸屬吉林省,現為雙城區,歸屬黑龍江省,為哈爾濱市轄區)的作家,早年從事舊體詩歌創作,曾與雙城舊體詩人結成「難平社」。他青年時期在吉林大學讀書時,曾隨校友詩人穆木天學習新詩寫作。來到哈爾濱以後,在裴馨園、林郎、王研石等哈爾濱文藝界人士的積極支持下,帶領社團成員在《國際協報》、《濱江日報》、《濱江時報》、《哈爾濱公報》、《東三省商報》等哈埠各大報紙文藝副刊發表作品,但是幾乎卻沒有學者將其置於哈爾濱文學社團中討論。目前可見的研究資料中,僅有范泉主編的《中國現代文學社團流派詞典》中有「二堡無因社」這一詞條,將其稱為「同鄉會性質的文學社團……是繼蓓蕾社後,在三十年代初期哈爾濱文壇較有影響的文學社團」〔註 40〕,但尷尬的是,詞條中將社團成員許噩疋的名字錯寫成了「許噩霼」,又將社團成員陳也彧的名字錯寫成了「陳也或」〔註 41〕。這一文學社團之所以被學界忽略,原因之一在於社團的社址在新文學力量薄弱的不起眼的邊縣「二堡」,也就是雙城縣,社團成員文化程度和文學水平參差不齊,而且沒有自己的機關刊物,僅在創辦初期曾給長春的《新生代》雜誌供稿,不久後隨著主編遇難刊物停刊又轉向了哈爾濱活動;原因之二在於,在社團持續活動的十年間,因為初期歸屬偽滿政治腹地吉林管轄而遭到日偽力量多次查禁,又被迫出現社團活動地理位置和文化環境的變更,因而不得不幾易其名。除卻「二堡無因社」、「蕪茵社」這兩個字音相近的名字以外,還有「語囈社」、「行行社」等名。而在危險的社會空氣和重重困境中艱難寫作的社團成員,在各個刊物發表作品時選用多個筆名,且大都十分拗口,如噩疋、魔女、也彧、璟玕、芥梅等等,使得這一社團很難作為一個明晰的群團而被文學史記住。通過對史料的整理和耙梳,這一社團在事實上也成為三十年代中後期至四十年代初期興盛於遼寧省營口市蓋縣的文藝社團

〔註 39〕陳金波:《在哈爾濱成長的〈蕪茵社〉》,《黑龍江日報》1985 年 2 月 27 日。
〔註 40〕范泉主編:《中國現代文學社團流派辭典》,上海:上海書店出版社 1993 年版,第 6 頁。
〔註 41〕范泉主編:《中國現代文學社團流派辭典》,上海:上海書店出版社 1993 年版,第 5 頁。

「星火」同人作家群體的組成部分。「星火」最初是花喜露（田賈）創辦的「靈莎（LS）文學研究社」，即「魯迅文學研究社」的社刊《星火》，在 1939 年至 1940 年間共出版二十餘期，雜誌撰稿同人遍布哈爾濱、雙城、瀋陽、遼陽、蓋平等地。而《星火》刊物在 1936 年秘密油印時最初原名為《行行》，源於古詩十九首中的《行行復行行》，寓意「號召大家行動起來共同抗日」〔註42〕。根據社團成員王錫成（筆名夕澄）的回憶，1941 年秋，王錫成與門文東等其他社團成員一路北上哈爾濱，目的是去「看看沒見過面的『同人』」，而他們的第一站就到雙城縣與「許默語、許慶春、黃竹雅、孔方等暢敘了兩天」〔註43〕。通過前述兩則史料不難看出，三十年代初期在哈爾濱活動的無因社成員，就是為「魯迅文學研究社」初期刊物《行行》撰稿的早期同人作家，因此陳金波回憶的「無因社」的曾用名「行行社」，顯然暗示著這一社團在發展至三十年代中後期時曾與其他社團同人合作。

第二節　「文人圈子」與「雜誌同人」的集結

同人作家及同人刊物這一形式在新文學發生初期即已產生。務必需要提前解釋一下，什麼是「同人刊物」及「同人作家」，以應論述之便。陳獨秀曾在 1920 年初於《新青年》雜誌發表關於新出版物的隨感，文中寫道：「凡是一種雜誌，必須是一個人一個團體有一種主張不得不發表，才有發行底必要；若是沒有一定的個人或團體負責任，東拉人做文章，西請人投稿……實在是沒有辦的必要。」〔註44〕這段表述反映出了陳獨秀對於像後期《新青年》這樣的「同人刊物」運行機制的理解，也就是說，務必是「一個人一個團體」，且「有一種主張不得不發表」，才有「同人刊物」及「同人團體」的產生必要。抗戰時期主辦「半同人」刊物《七月》的作家胡風亦曾在 1936 年及 1938 年分別論及他所理解的「同人」團體及刊物的內涵及外延，所謂「同人團體」指的是「由

〔註42〕門熙鼎：《記「魯迅文學研究社」與〈星火〉》，中國人民政治協商會議遼寧省營口市委員會、文化和文史資料委員會：《營口抗戰記憶·營口文史資料·第十四輯》，2014 年版，第 237 頁。

〔註43〕王夕澄：《憶「星火」同人的反滿抗日活動》，中國人民政治協商會議遼寧省營口市委員會、文化和文史資料委員會：《營口抗戰記憶·營口文史資料·第十四輯》，2014 年版，第 226 頁。

〔註44〕陳獨秀：《隨感錄七十五·新出版物》，《新青年》第七卷第二號，1920 年 1 月 1 日。

文學愛好者文學誌願者起來的。或者是某個學校裏的同學，或者是某個地域裏的熟人，或者是某個職業領域裏的同事……它們發生自特定的生活環境，能夠而且應該從那裡取得營養，在那裡發生作用。」〔註45〕而「同人雜誌」指的是「編輯上有一定的態度，基本撰稿人在大體上傾向一致……這和網羅各方面作家的指導機關雜誌不同。」〔註46〕此番描述幾乎勾勒出「同人」刊物及作家的基本面貌，「同人」式的文學組織及活動必然帶有自發性的、非官方的「小圈子文化」的影子，參與刊物編輯出版工作的大都是相熟的友人或相識的朋輩，通過讀書會、交遊、聚餐、沙龍等形式來交流思想、維繫感情。因而，雜誌的編輯及撰稿團隊一般有著相近的文學態度和文藝理念，在期刊文章編輯、刊物活動組織的工作中不具有較為明確的分工、嚴格的章程或規約，刊物刊發文章通常也沒有現代稿酬機制，大都僅由同人作家內部供稿。同人團體通過創辦刊物來發表自我文學觀點及文化認識，展示群體文學創作的實踐成果，從這個意義來講，同人刊物是一種開拓作家群體文學話語權的努力與嘗試，更是呈現作家們的新文學活力與進步思想張力的有機載體。

在「五四」新文學運動發生時期，先鋒刊物《新青年》從1918年1月第四卷1號起，就由陳獨秀一人編輯的按稿計酬的普通雜誌轉向為陳獨秀、錢玄同、劉半農等六人輪編的無償供稿的同人雜誌。從二十年代初期，文學研究會的《文學週報》、《文學旬刊》、《文學週刊》、《詩》月刊，創造社的《創造》月刊，語絲社的《語絲》週刊等，發展到三十年代初期新月派的《新月》月刊、《詩刊》，早期論語社的《論語》半月刊，再到三十年代中後期「京派」作家的《文學雜誌》、「魯迅風」雜文作家的《魯迅風》，及四十年代夏衍、聶紺弩等人的《野草》雜誌、「九葉詩派」的《中國新詩》，還包括《七月》、《希望》、《穀雨》等在發表同人作品基礎上亦儘量團結其他作家的「半同人刊物」。顯見的是，新文學發生發展的各重要階段的代表性社團、組織的刊物大都具有鮮明的「同人」或「半同人」性質。「同人作家」這一文學生態發展到建國

〔註45〕胡風：《文學修業的一個基本形態》，最初發表於1936年5月15日《作家》月刊1卷2期，引自胡風著：《胡風全集·第2卷·評論》，武漢：湖北人民出版社1999年版，第403頁。

〔註46〕胡風：《現時文藝活動與〈七月〉——座談會紀要》，本篇為1938年5月29日在武漢召開的座談會記錄，最初發表於1938年6月1日《七月》第三集第三期，引自胡風著：《胡風全集·第5卷·集外編1》，武漢：湖北人民出版社1999年版，第347頁。

前後，社會文化語境出現變化，第一次文代會的召開確立了毛澤東《在延安文藝座談會上的講話》作為國家文藝指導思想的權威地位，大眾文藝運動的推動及文化藝術為大眾服務的方向，都使得曾經開創了新文學發生盛景的「作家圈子」機制及同人刊物模式在文藝雜誌的體制化及文藝工作者的思想改造過程中逐漸被放逐、摒棄，乃至邊緣化。

　　三、四十年代的東北淪陷區，尤其是北滿哈爾濱地區，可以說是承接二十年代中後期上海、北京以來，成為了同人團體及刊物集結的新的中心。正如既往研究者所言：「東北淪陷時期文學社團之多，在中國現代地域性文學中是罕見的……一股脫離母體文化的危機感成為大多數作家共同的苦悶、焦慮，這種心靈上的共同感受，自然推動作家創作由個人活動趨向小集團發展。」〔註47〕哈爾濱能夠成為東北淪陷區同人作家集結及同人刊物出版最為密集的區域，與它獨特的地域文化背景和複雜文學生態密不可分。黑龍江地理位置毗鄰蘇俄，自十七世紀以來就受到俄蘇的文化殖民與經濟輸出，隨著中東鐵路的全線竣工、通車以及俄國十月革命的發生，大量白俄、猶太移民湧入哈爾濱，不僅使得整個哈爾濱地區幾乎半數以上的人口為外籍移民佔據，而且帶來移民工商業的迅速發展，在這裡形成了一個素有「東方小巴黎」、「東方莫斯科」美譽的「洋世界」。據姜椿芳的回憶，三十年代的哈爾濱雖然城市規模不大，但「它和東南的上海遙遙呼應，卻也是一個頗有特色的洋場」〔註48〕。能被稱為與「十里洋場」上海並肩的「北國洋場」，足以從側面說明當時生活在此的人們印象中的哈爾濱，有著怎樣令人驚詫的物質豐富與文化張力。在作家靳以的散文《哈爾濱》中，有著這樣的一段描寫：

> 「哈爾濱是被許多人稱為『小巴黎』的。中國人在心目中都以為上海該算是中國最繁華的城市，可是到過了哈爾濱就會覺得這樣的話未必十分可信……這個城市的繁榮永遠不會衰凋下來。住在吉林和黑龍江的人希望到哈爾濱走走，正如內地的人想著到上海觀光一樣。就是到過多少大都市人，也能為這個都市的一切進展所驚住。」〔註49〕

〔註47〕黃萬華：《從〈冷霧〉、〈夜哨〉到〈藝文志〉和〈文叢〉——東北淪陷時期文學社團的初步考察》，《東北現代文學研究》，遼寧社會科學院文學研究所1989年第1期，第148頁。

〔註48〕姜椿芳：《金劍嘯與哈爾濱革命文藝活動》，《東北現代文學史料（第一輯）》，遼寧省社會科學院文學研究所編，1980年2月，第10頁。

〔註49〕靳以：《哈爾濱》，原載於《中學生》1934年第36號。

由於俄蘇殖民文化根植已久，哈爾濱在文化、生活習慣、飲食、服飾、交通、建築等諸多方面具有非常濃厚的異域風情，尤其在道里、南崗一帶中東鐵路沿線殖民租地區域逐漸形成了具有所謂的「資產階級」城市社會文化空間性質的格局。正如哈貝馬斯所言：「『城市』不僅僅是資產階級社會的生活中心；在與『宮廷』的文化政治對立之中，城市裏最突出的是一種文學公共領域，其機制體現為咖啡館、沙龍以及宴會等。」〔註50〕在哈爾濱道里、南崗區隨處可見法式咖啡廳、俄德式啤酒館、電影院、教堂、舞廳、西餐廳等西式文藝沙龍聚會場所，蕭紅曾在散文《初冬》中記敘了自己與胞弟在哈爾濱咖啡館見面的場景；梁山丁曾回憶過自己於羅烽、蕭紅、蕭軍一同在中央大街地下室酒吧喝「俄斯克」（DORKA，即俄文伏特加的譯音，一種原產俄國的烈性白酒）、吃俄式西餐的經歷；金劍嘯與蕭紅曾為 1925 年始建於哈爾濱道里區的巴拉斯電影院（後為兆麟電影院）繪製電影廣告海報；舒群早年時經常與朋友一同在馬迭爾、卡爾登、中央、巴拉斯電影院觀看《城市之光》、《故都春夢》等電影以及京劇、評劇表演〔註51〕。由此不難看出，前述這些場所成為北滿作家日常活動經常出入的公共空間，也為同人作家的集會、同人刊物的發生以及小團體方式的進步文學發展提供了可能。

一、「寒流」與「新潮」：淪陷初期哈爾濱同人團體及刊物的雛形

因東北淪陷後較早出現的四大文學社團，即「冷霧社」、「新社」、「飄零社」和「白光社」都集中在南滿，既往學界有學者就此認為淪陷時期東北文學社團的「發軔起先集中於南滿地區」〔註52〕，這一文學史敘述實際上並不準確。前述社團中成立時間最早是「冷霧社」，1933 年 3 月由姜靈菲、劉爵青等人在瀋陽組成，而早在「九‧一八」事變發生後不久，在哈爾濱已經出現了具有社團性質的業餘戲劇組織。1924 年，陳凝秋（塞克）與家庭決裂來到北國邊城哈爾濱，擔任哈爾濱《晨光》報紙文藝副刊《江邊》的主編，此時與同在《晨光》報文藝副刊任編輯的金劍嘯結識。據上海「摩登社」成員趙

〔註50〕〔德〕哈貝馬斯著，曹衛東譯：《公共領域的結構轉型》，上海：學林出版社1999 年版，第 34 頁。

〔註51〕舒群：《早年的影》，《東北現代文學史料（第三輯）》，遼寧社會科學院文學研究所編，1981 年 3 月，第 5 頁。

〔註52〕徐迺翔，黃萬華：《中國抗戰時期淪陷區文學史》，福州：福建教育出版社 1995年版，第 41 頁。

銘彝回憶，金劍嘯南下上海求學也得益於陳凝秋的推薦介紹：「一九二九年秋冬之際……有兩個高大的青年帶著陳凝秋（即塞克）大哥的介紹信來找左明和我，說他們是從哈爾濱來的。」〔註53〕1930 年，陳凝秋在哈爾濱自編自導自演了話劇《北歸》，發表在《國際協報》文藝副刊《江邊》上。「九‧一八」事變後的十月，由陳凝秋導演話劇《哈爾濱之夜》，由任白鷗、黃耐霜主演，在哈爾濱賑災遊藝會現場表演。隨後，以金劍嘯為導演、陳凝秋為顧問成立了哈爾濱業餘演劇組織「抗日劇社」。該劇社在解體之前演出了金劍嘯所編的多幕話劇《海風》，話劇主要反映了中國海員們在日本「海風號」輪船上反抗、鬥爭的民族主義活動。雖然沒有正規的社團建制，持續時間也較為短暫，但從劇社的成立時代及產生的社會影響等諸多方面來看，「抗日劇社」都可以被視為淪陷初期東三省最早出現並產生影響的具有文學性質的民間團體。

1932 年，在瀋陽「冷霧社」成立之前一年有餘的光景，陳凝秋與北滿作家寒流等人在哈爾濱組織發起文藝社團「寒流」，在從事進步文學活動與新文學寫作的同時，以「寒流書店」的名義編輯、刊行社團文學刊物《寒流》。然而，雖然以作家「寒流」的筆名命名了社團、書店及刊物，但是目前可見的史料表明社團、書店及社刊的負責人、主編均為陳凝秋，關於此位寒流究竟是誰亦均語焉不詳。經過筆者對文史材料的仔細梳理，大致勾勒出這位名頭響亮而形象模糊的作家「寒流」的具體身份。目前可考的資料表明，文學界至少有兩位「寒流」，其一是林振南，筆名林寒流，潮州市潮安縣人，曾在三十年代前期參加廣州革命文藝運動，並與潘皮凡、陳黃光、林悠如等人一同加入「一般藝術社」〔註54〕，後至延安抗大學習〔註55〕，建國後任廣州市教育局秘書主任〔註56〕；其二是林寒流，曾用筆名林桐〔註57〕，現吉林省白城

〔註53〕趙銘彝：《懷念金劍嘯烈士》，《東北現代文學史料（第五輯）》，遼寧省社會科學院文學研究所編，1982 年 8 月，第 172 頁。

〔註54〕李筱峰：《三十年代前期的廣州革命文藝》（節錄），余仁凱編：《草明葛琴研究資料》，北京：北京十月文藝出版社 1991 年版，第 114 頁。

〔註55〕中國人民政治協商會議廣東省汕頭市委員會、文史資料研究委員會編：《汕頭文史‧第三輯》，1986 年版，第 86 頁。

〔註56〕中共廣東省委黨史研究室編，陳弘君主編：《廣東黨史研究文集》，北京：中共黨史出版社 2003 年版，第 86 頁。

〔註57〕董林：《三年五千里的艱難歷程——憶建立新華廣播電臺的經過》，劉洪才、邸世傑主編，本書編委會編：《廣播電影電視科技發展歷程回顧文選》，北京：中國廣播電視出版社 2004 年版，第 20 頁。

市洮南市人（建國前曾歸黑龍江省管轄，是舒群擔任洮南情報站站長工作時的地點）。他曾任 1946 年 5 月 1 日於齊齊哈爾創刊的中共嫩江省工委機關報《新嫩江報》編輯部主任〔註58〕。1947 年曾在冀察熱遼分局去哈爾濱、齊齊哈爾選拔編播學習班時加入，時任西滿日報社編輯科長，年末由冀察熱遼分局駐白城子辦事處送至赤峰建設電臺〔註59〕，在 1949 年任黑龍江省洮南中學校長〔註60〕。雖然遺憾的是，並未能找到明確史料證明這一位林寒流在三十年代前後的具體文藝活動，但按照解放區相關史料呈現出的文人活動地理區域和性質來看，淪陷時期第二位林寒流的活動範圍很可能主要在哈爾濱周邊，與陳凝秋有交集的幾率更大；尤其是東北光復後，1946 年陳凝秋曾擔任熱河省文聯主席，與林寒流所在的熱遼地區臨近，因而，這位林寒流有很大可能是 1932 年與陳凝秋一同在哈爾濱組織「寒流社」的那一位。

　　作為社團活動據點的寒流書店，相關史料也頗為匱乏。僅有研究者指出，寒流書店與哈爾濱笑山書店、哈爾濱書店、精益書店等同為三十年代哈爾濱重要的進步書店，其中「均經銷關內新聞學進步書刊和中外普羅文學書刊。如魯迅的《吶喊》、《彷徨》及雜文集……」〔註61〕。而以該書店名義刊行的社刊《寒流》也未見原刊，因其「主要刊登社內成員作品，用於內部交流」被認為是「純文藝民間同人刊物」〔註62〕。可以說，這一同人社團並未留存下來確切的文學研究材料。目前可見的「寒流社」出版書籍僅有兩種，一本是署名心丁的新詩集《今晚零落》（1933 年 2 月由寒流社初版），另一本是署名秦心丁的劇本集《十字街口》（1934 年 6 月寒流社初版），收錄二幕劇《大雨》、獨幕劇《十字街口》、《門外的孩子》、《悵望》等。這位名為秦心丁的作家身份也十分模糊，僅知其另著有長篇小說《泂浪》（1924 年 12 月由泰東圖書局出版）。《今晚零落》版權頁寫有「寒流社刊」，總代理少年書局（上海蓬

〔註58〕黑龍江日報社：《黑龍江日報歷史編年 1945～1993》，黑龍江日報社 1994 年版，第 3 頁。
〔註59〕河北省政協文史資料委員會編：《河北文史資料全書・承德卷・上》，北京：中國文史出版社 2012 年版，第 558 頁。
〔註60〕《白城地區教育年鑒》編寫辦公室：《白城地區教育年鑒 1945～1985》（內部資料），1987 年版，第 49 頁。
〔註61〕董興泉：《五四新文化運動與東北文學》，《東北現代文學研究》，遼寧社會科學院文學研究所 1989 年第 1 期，第 35 頁。
〔註62〕劉曉麗，〔日〕大久保明男編著：《偽滿洲國的文學雜誌》，哈爾濱：北方文藝出版社 2017 年版，第 12 頁。

萊路）〔註 63〕；《十字街口》版權頁寫有出版者「寒流社」、印刷者「大中華
印務公司」（地址界路二三五至七號）、發行者「春秋書社」（上海法租界西門
路西成里四六號）〔註 64〕。地處上海蓬萊路的少年書店，地點偏僻，偶有出
版物，是「一家不起眼，且怕別人知道它底細的小書店」〔註 65〕。大中華印
務公司，在三十年代可查到的出版物只有由程志清編輯的週刊《舞星》（1934
年 9 月）第一期，該刊物主要「在維也納舞廳贈送，同時也零售」〔註 66〕，
幾乎沒有公開的流通性。而在民國前期上海新辦的登記核准的出版機構名錄
中並未查到該印務公司，因此，不難推斷這一印務公司大約是民間私設的。
春秋書社則是由 1934 年由上海著名作家秦瘦鷗的兄長秦世偉開設的〔註 67〕，
建國後曾與三民圖書公司、萬象書店等七家書局聯合成立專營出版、發行兒
童讀物的童聯出版社〔註 68〕，雖然後繼影響較之前兩個出版機構更大且是登
記核准的正規出版組織〔註 69〕，但劇本集的出版時間恰為書社剛成立之時，
想來也這一書社的社會影響也十分有限。尤其值得注意的是，既往研究均將
前述兩本作品集定義為由「上海寒流社」出版，而實際上原始材料的版權頁
僅寫由「寒流社」出版，代售地址為上海且並非由同一實體固定印刷、發行。
在前述兩種書籍出版時段，哈爾濱「寒流社」的負責人陳凝秋已於 1933 年春
由哈爾濱經綏芬河、北平、青島輾轉回到上海，組織業餘劇社、參演話劇、
電影作品。我們有理由推斷，這一「寒流社」不是在三十年代上海新成立的
文學社團，而很有可能是由於作家流動而產生的哈爾濱「寒流社」的餘脈。
前述兩種作品集也可能是陳凝秋在上海活動時，以「寒流社」之名借助本地
新興的出版、發行組織為「寒流」同人作家發行的新文學作品。

〔註 63〕張澤賢：《中國現代文學歌版本聞見續集 1923～1949》，上海：上海遠東出版
社 2009 年版，第 177 頁。
〔註 64〕秦心丁：《十字街口　心丁劇本集》，上海：春秋書社，1934 年版。
〔註 65〕張澤賢：《民國出版標記大觀·精裝本》，上海：上海遠東出版社 2012 年版，
第 346 頁。
〔註 66〕上海圖書館編；祝均宙主編：《上海圖書館館藏近現代中文期刊總目》，上海：
上海科學技術文獻出版社 2014 年版，第 1133 頁。
〔註 67〕周其確：《關於嘉定的秦氏望族》，上海嘉定區政協《嘉定文史資料》編輯委
員會編：《嘉定文史資料·第 21 輯》，上海嘉定區政協《嘉定文史資料》編輯
委員會 2010 年版，第 71 頁。
〔註 68〕俞子林著：《書林歲月》，上海：上海書店出版社 2014 年版，第 72 頁。
〔註 69〕陳國燦編：《江南城鎮通史·民國卷》，上海：上海人民出版社 2017 年版，第
252 頁。

　　與「寒流社」幾乎同時期出現的，是圍繞中共滿洲省委機關報《哈爾濱新報》文藝副刊《新潮》進行文學活動的同人團體。時任哈爾濱市委書記的楊靖宇介紹哈爾濱地下黨人金劍嘯與曾任呼海路中共特別支部宣傳幹事的羅烽相結識，並指示兩人共同推動了哈爾濱群眾性組織「反日會」的活動，以及哈埠抗日地下小報的秘密油印〔註70〕。值得一提的是，在辦報之前，羅烽就協助呼海地下黨成員成立了「知行儲蓄合作社」和職工讀書會，並在 1931 年初創辦了社刊《知行月刊》。根據金劍嘯女兒的回憶：「（合作社）以同仁節約儲蓄為名，從事革命活動……（社刊）前半部刊登儲蓄經濟記錄為掩護；後半部刊登政治、時事小評論，也還刊登愛好文學的社員寫的散文或詩歌。」〔註71〕顯然，這一以「儲蓄」為名義、團結鐵路工人和知識分子的組織並非是純文藝社團，而是有文藝工作者參加的、具有文藝性質的黨的外圍組織，羅烽亦自稱「這是以經濟面貌出現的一個群眾性的組織」〔註72〕。刊物有一部分可刊發社員或讀書會成員的文學創作和讀書隨筆，最初僅由合作社及讀書會成員手抄，後來發展到油印，主要也是在社團內部流通，在「九‧一八」事變前共出刊五、六期，可以稱為三十年代哈爾濱最早出現的具有同人性質的「半」文學刊物。1932 年春，羅烽調至哈爾濱東區做黨的宣傳工作，與金劍嘯兩人團結北滿知識者一同支持《新潮》副刊的文學活動，集結了一批以青年黨員為核心的同人作家。根據羅烽回憶，此時形成的文藝隊伍主要有「蕭軍、蕭紅、舒群（黑人）、金人（張少岩）、唐景陽（林珏、達秋）、梁山丁（梁孟庚）、方未艾（林郎）、白朗（劉莉）」〔註73〕等，此外再加上金劍嘯、姜椿芳、陳凝秋等，基本上構成了給《新潮》供稿的主要作家群體，基本可以很清晰地看出，這就是三十年代中期「夜哨」作家群的前身。《新潮》刊物一直堅持到哈爾濱淪陷後仍然持續出版，直到 1932 年 8 月松花江發大水報館被沖

〔註70〕董興泉：《羅烽傳略》，選自遼寧社會科學院文學研究所編：《東北現代文學史料‧第八輯》，遼寧社會科學院文學研究所 1984 年版，第 64～65 頁。

〔註71〕里棟、金倫：《羅烽傳略》，黑龍江省社會科學院文學研究所編：《東北現代文學史料‧第二輯》，黑龍江省社會科學院文學研究所 1984 年版，第 111 頁。

〔註72〕羅烽：《北國正當寒夜時》，馬維權主編，施羽堯副主編：《南崗文史‧第二輯》，中國人民政治協商會議哈爾濱市南崗區委員會 1990 年版，第 63 頁。

〔註73〕羅烽：《憶在哈爾濱從事反日鬥爭》，選自黑龍江省哈爾濱市委員會文史資料研究委員會編：《哈爾濱文史資料‧第七輯‧紀念抗日戰爭勝利 40 週年專輯》（內部資料），1985 年版，第 141 頁。

垮才被迫停刊，前後共出刊近百餘期，曾經發表過揭露日本關東軍對東北人民的侵略暴行的三幕話劇《鐵蹄下》、呼籲為淪陷國土「拋頭顱、灑熱血」的詩歌《秋風篇》、諷刺國聯調查團與駐日大使館面對日本殖民行徑不作為的散文《清晨的收穫》、虛構了「鍾華村」（諧音「中華村」）的村政府讓「河東的小人奴」（日本關東軍）入侵「東三村」（東三省）的故事〔註74〕，將批判鋒芒直指蔣介石政府「不抵抗主義」的小說《鍾華村殘史》等等。正如有學者所言：「《新潮》顯示的以血淚的文字來貼近現實的創作傾向構成了『夜哨』作家群的創作起點」〔註75〕。

　　承前所述，圍繞著新文學社團「寒流」與「新潮」及其刊物，產生了淪陷時期哈爾濱最早的雜誌同人作家集會雛形，初具規模的「文人圈子」和「雜誌同人」的集結盛會也由此徐徐拉開序幕。

二、「牽牛坊」及「夜哨」作家群：哈爾濱「文人圈子」活動的擴大

　　三十年代哈爾濱地下黨活動者及左翼文化人重要的集會場所除卻「知行儲蓄合作社」外，還有「牽牛坊」、「天馬廣告社」、「一毛錢飯店」等，其中「牽牛坊」影響最大。「牽牛坊」原為白俄的獸醫院，後由畫家馮詠秋的父親買下並留給他。此後，「牽牛坊」作為馮詠秋夫婦的私人住宅，位於哈爾濱新城大街（今尚志大街）與田地街交口，是一幢獨門獨棟的木製俄式平房，「牽牛」一名是因庭院種植的牽牛花尤其繁盛而得，現已拆除。當時除卻馮詠秋夫婦以外，還有蕭軍在東北講武館的舊時同學黃田和袁時潔夫婦租住在西屋。1932 年初，馮詠秋與劉昨非、王關石、叢莽、吳寄萍等友人創辦了小型民間文藝社團「冷星」，該社團並未有完整而嚴格的社團建制，僅經常到馮詠秋的家中聚會並探討文藝、寫詩作畫，逐漸使得「牽牛坊」成為當時哈爾濱文化名流與左翼名士舉行聚會的活動場所，吸引了以蕭軍、蕭紅為代表的大批北滿青年作家來往走動。1933 年，《哈爾濱五日畫報》刊登一張關於「牽牛坊」活動的照片並配有文字說明：「《牽牛坊全景》：中立者為傻牛馮詠秋，按該坊之成立係馮君糾合一般文士，每日工餘齊集牽牛坊研究文學之處，聞不日將

〔註74〕徐迺翔，黃萬華：《中國抗戰時期淪陷區文學史》，福州：福建教育出版社 1995年版，第 51 頁。

〔註75〕徐迺翔，黃萬華：《中國抗戰時期淪陷區文學史》，福州：福建教育出版社 1995年版，第 52 頁。

有作品問世。」〔註 76〕參與文學沙龍的人們相互戲稱為「牛」，所有人也都有著與此相關的外號，馮詠秋是「傻牛」，袁時潔被稱為「母牛」，「胖朋友」黃田是「老牛」或「黃牛」，蕭紅、蕭軍兩人剛剛來到牽牛坊時，友人戲稱「『牽牛房』又牽來兩條牛！」〔註 77〕蕭紅離開哈爾濱在上海生活的時候，曾寫下許多回憶、追思這段生活的文字。1936 年由上海文化生活出版社初版的散文集《商市街》中的諸多篇目，都為我們勾勒與描畫著與「牽牛坊」關係密切的文人、作家們集聚一堂，飽餐、痛飲、彈琴、放歌、狂舞，暢談著文學、藝術與理想的生動場景，隱隱透露出三十年代哈爾濱的時代氣氛與文化風致。當時的蕭紅、蕭軍正處於食不飽腹、衣不蔽體的物質生活匱乏狀態中，黃田、袁時潔夫婦在一次聚會後用信封裝了十元鈔票送給蕭紅並囑咐她回到家再看，既最大限度地為他們保留了面子又解決了燃眉之急。蕭紅在散文《十元鈔票》中寫到，這十元鈔票給予了她充實的心理安慰與面對生活的底氣：「我的勇氣一直到『商市街』口還沒有消滅，腦中，心中，脊背上，腿上，似乎各處有著一張十元票子，我被十元票子鼓勵得淺浮得可笑了。」〔註 78〕她帶著鈔票走在冷風中，走過哈爾濱最繁華的街道，走過馬迭爾賓館和松花江畔，走到商市街 25 號自己的居所，仍然感到溫暖。顯然，這是一個互相幫持、互相關護的朋友圈，而同時，這又是一個「不管怎樣玩怎樣鬧，總是各人有各人的立場」〔註 79〕的文化沙龍，蕭紅在散文《幾個歡快的日子》中記敘了她與蕭軍在「牽牛房」同友人一起歡度農曆新年的往事，起初，大家互相裝扮起來玩著捉迷藏，玩得累了就坐下來喝茶聊天，當聊到什麼是「人」以及如何「做人」的問題時，便引發了眾人的熱烈論爭和激烈辯論：

> 「──怎樣是『人』，怎樣不是『人』？
> 『沒有感情的人不是人。』
> 『冷血動物不是人。』
> 『殘忍的人不是人。』
> 『有人性的才是人。』
> 『……』

〔註 76〕季紅真：《蕭紅全傳·呼蘭河的女兒（修訂版）》，北京：現代出版社 2016 年版，第 211 頁。
〔註 77〕蕭紅：《牽牛房》，《商市街》，上海：文化生活出版社，1936 年版，第 89 頁。
〔註 78〕蕭紅：《十元鈔票》，《商市街》，上海：文化生活出版社，1936 年版，第 96 頁。
〔註 79〕蕭紅：《牽牛房》，《商市街》，上海：文化生活出版社，1936 年版，第 90 頁。

每個人都會規定怎樣做人。有的人他要說出兩種不同做人的標準。起首是坐著說，後來站起來說，有的也要跳起來說。

『人是情感的動物，沒有情感就不能生出同情，沒有同情那就是自私，為己⋯⋯結果是互相殺害，那就不是人。』⋯⋯

『你說的不對，什麼同情不同情，就沒有同情，中國人就是冷血動物，中國人就不是人。』⋯⋯

朗華正在高叫著：『不剝削人，不被人剝削的就是人。』」〔註80〕

門外，空氣十分緊張，日本憲兵正騎著電動車往來不斷地巡視街道，一些同道者已經秘密失蹤。據袁時潔的回憶，當時「牽牛坊」的老大哥、哈爾濱鐵路局職員魯少曾經常提醒大家注意門外往來的行人，並在客廳桌上擺好麻將、撲克等作為掩護，黃田也在必要的時候讓她時刻觀察者窗外的「狗」（特務）〔註81〕。而門內，蕭紅、蕭軍等哈爾濱左翼文化人正在「牽牛坊」中思考著國民性問題，建構著自由、平等、民主的社會理想。

幾乎與「牽牛坊」同時期出現的「天馬廣告社」，則主要承擔著「接濟沒有職業的左翼文化人」〔註82〕的任務。該社由金劍嘯創辦，由侯小古擔任助手，社址在道里區中國十五道街北33號院內。廣告社開業以後，與哈爾濱諸多行業均建立了相對穩定的商業往來：「哈埠一些電影院、俱樂部、商店及外國央行，無不和它有來往。就連擺在道里中央大街馬路兩家的長椅的椅背上，都掛滿了它的繪畫」〔註83〕。在1934年6月初蕭紅、蕭軍決定離開哈爾濱的前夜，金劍嘯、羅烽、白朗等北滿作家就在「天馬廣告社」為二人踐行。

松花江洪水泛濫後，金劍嘯為救濟災民與左翼作家籌辦賑災畫展，在1932年11月於哈爾濱道里區同發隆百貨商店門口的宴賓樓飯店（現石頭道街哈爾濱市人民政府處）舉辦「維納斯助賑畫展」。《哈爾濱五日畫報》還開闢了「維納斯助賑畫展專頁」為其做宣傳，報上不僅刊登了部分畫作的縮略圖，而且附有裴馨園的《關於畫展》、蕭軍的《一勺之水》等評論文章。展

〔註80〕 蕭紅：《幾個歡快的日子》，《商市街》，上海：文化生活出版社1936年版，第106～108頁。

〔註81〕 袁時潔：《牽牛坊憶舊》，《哈爾濱日報》1980年8月3日。

〔註82〕 張福山，周淑珍著，中共哈爾濱市委黨史研究室編：《哈爾濱革命舊址史話》，哈爾濱：黑龍江人民出版社1995年版，第213頁。

〔註83〕 張福山，周淑珍著，中共哈爾濱市委黨史研究室編：《哈爾濱革命舊址史話》，哈爾濱：黑龍江人民出版社1995年版，第213頁。

品以金劍嘯自己的畫作居多，這些作品大都創作於「天馬廣告社」，除卻協助舉辦畫展的馮詠秋、白濤、商譽民、王關石等哈埠畫家畫作以外，作家蕭紅的兩幅水粉畫習作《蘿蔔、青菜》等也參加了展出。在八十年代金劍嘯女兒金倫為其作傳時，回憶此次賑災畫展「消息傳開，參觀的人絡繹不絕。展覽未閉幕，展品除了自藏未標價格的，和怕引起敵人的注意而陸續摘取下來的外，大部展品訂購一空」〔註84〕。而根據同時期北滿作家方未艾的回憶，金劍嘯在畫展剛剛結束以後對他和友人楊朔表示：「去看畫展的人挺多。不過，看的人多，買畫的人少。兩天來，訂出去的畫只有幾十幅，不到 300 元。我個人的畫，訂購的只有幾幅，還不到 100 元」〔註85〕。由此可推測，因為忌憚日偽敵特的查禁，許多畫家的畫作並未能順利展出，根據實際售賣的情況，很可能這一畫展帶來的社會文化效益比經濟效益更高，但哈埠左翼文化人的努力也的確募得一定數額的善款，在事實上為哈爾濱災民渡過難關提供了一些幫助。此後不久，蕭紅提議「牽牛坊」同人組織「維納斯畫會」，畫會從 1932 年冬成立到 1933 年夏解散，她在散文《新識》中開篇就寫到組織畫會的原因：「太寂寞了，『北國』人人感到寂寞。一群人組織一個畫會，大概是我提議的吧！」〔註86〕

同年 12 月，中共地下黨工作者、北滿地委交通員金伯陽，團結白濤、劉昨非、馮詠秋、裴馨園、王關石、黃田等參與助賑畫展的諸位哈爾濱進步文化名士，在道里區中國四道街（現道里西四道街）路北 5 號一處紅頂平房集資創辦「一毛錢飯店」，成為左翼文人和進步藝術活動者的又一重要集會場所。蕭軍青年時期的摯友方未艾也曾經回憶道，《國際協報》編輯裴馨園同幾位文藝工作者集資在道里三道街東頭開了一家明月小飯館，每份價格以一角錢為限，因而得名「一角錢小飯館」〔註87〕。蕭紅在 1933 年寫給舊友沈玉賢的書信中就曾經提到：「玉賢！你來吧！我請你吃『一毛錢』」〔註88〕。「一毛錢飯

〔註84〕徐光金、金倫：《金劍嘯傳》，哈爾濱：黑龍江人民出版社 1988 年版，第 90 頁。

〔註85〕趙傑主編：《遼寧文史資料‧第 53 輯‧歷史珍憶》，遼寧人民出版社 2004 年版，第 153 頁。

〔註86〕蕭紅：《新識》，《商市街》，上海：文化生活出版社 1936 年版，第 84 頁。

〔註87〕方未艾：《我和蕭軍六十年》，哈爾濱業餘文學院：《東北文學研究叢刊》1984 年第一輯，第 60 頁。

〔註88〕沈玉賢：《回憶蕭紅》，選自章海寧主編：《蕭紅印象‧記憶》，哈爾濱：黑龍江大學出版社 2011 年版，第 182 頁。

店」同時也是中共地下黨活動的秘密聯絡基地，趙尚志曾與共產國際代表團代表高慶有在此接頭，也因成為日偽特務密切監視的對象而不久後被迫關閉。1933 年 7 月，由金劍嘯和蕭紅、蕭軍及其他左翼文人商議，組成抗日演劇團體「星星劇團」，羅烽、舒群、白朗等北滿作家都密切參與到劇團的演劇活動中，先後排演了三部國內外話劇作品，羅烽稱這一劇團的出現在「從來枯寂若死的哈爾濱，真是一個先鋒的團體結合」〔註89〕。8 月，劇團成員代表蕭紅、蕭軍通過長春《大同報》編輯陳華的關係，創辦了文藝副刊《夜哨》週刊，每期都由蕭軍在哈爾濱組稿，主要由蕭紅、蕭軍、羅烽、白朗、舒群、金劍嘯等劇團成員撰稿，再寄往長春由陳華發排，前述北滿作家集體也就是在東北淪陷時期赫赫有名的「夜哨」作家群。在《夜哨》週刊上面，曾經連載了悄吟（蕭紅）的《小黑狗》、星（李文光）的《路》、劉莉（白朗）的《叛逆的兒子》、梁倩（梁山丁）的《臭霧中》、黑人（舒群）的《夜妓》等中短篇小說名作，還曾刊發過劍嘯（金劍嘯）的《藝術家與洋車夫》、三郎（蕭軍）的《喑啞了的三弦琴》等獨幕劇、詩歌及其他題材文學作品。蕭紅曾在散文《牽牛房》中，記敘了飢寒交迫中的她與蕭軍兩人第一次受邀來到「牽牛坊」參加文藝沙龍的經歷，當時他們討論的議題就是星星劇團的興亡：「像我們這劇團……不管我們是劇團是什麼，日本子要知道那就不好辦……劇團是完了！」〔註 90〕。隨著秋天劇團成員小徐被捕失蹤後，「星星劇團」和《夜哨》副刊都被迫遣散，但「夜哨」同人的活動並未就此停止。

　　《夜哨》副刊被日偽查禁以後，在羅烽、白朗的努力下，哈爾濱《國際協報》創辦了副刊《文藝》週刊，由白朗主編，方未艾（林郎）編輯，將《夜哨》雜誌同人作家幾乎全部轉移到這一新的文學陣地上，蕭紅的代表作《生死場》的前兩章就發表於這一期刊上。在 1935 年《文藝》週刊被日偽查禁以後，金劍嘯又在位於齊齊哈爾的《黑龍江民報》上開闢文藝副刊《蕪田》和《藝文》週刊，金劍嘯的著名敘事長詩《興安嶺的風雪》就連載於《藝文》週刊，這成為「夜哨」同人持續開展文藝活動的輿論平臺。金劍嘯曾在《文藝》停刊之際創作的《結束吧，〈文藝〉週刊》一文中寫道：「去他媽的吧，一個《夜哨》，一個《文藝》算得了什麼？難道說，我們就再不會冒出個什麼

〔註89〕洛虹：《從星星劇團的出現說到哈爾濱戲劇的將來》，原載《大同報・夜哨》
　　　　1933 年 8 月 13 日。
〔註90〕蕭紅：《牽牛房》，《商市街》，上海：文化生活出版社 1936 年版，第 88 頁。

《藝文》嗎？」〔註91〕顯然，《黑龍江民報》文藝日刊《蕪田》和《藝文》週刊兩個主要文學刊物的開闢，與在日偽報刊審查愈加嚴密以後，長春《大同報》的《夜哨》副刊和哈爾濱《國際協報》的《文藝》副刊被查禁、北滿作家文學作品發表平臺受限有著千絲萬縷的聯繫。因而1936年8月發生在齊齊哈爾的「黑龍江民報事件」，雖然地點不在哈爾濱，但這次事件本質上是哈爾濱左翼文學運動的餘波。

　　1935年5月，金劍嘯經過中共滿洲省委的核准，離開哈爾濱來到齊齊哈爾組織文藝活動，在白朗的介紹下擔任《黑龍江民報》副刊編輯工作，接連創辦了《蕪田》日刊和《藝文》週刊，發表過田琳的《招魂》、劍嘯的《王二之死》、《瘦骨頭》、《興安嶺的風雪》等進步文藝作品〔註92〕。除卻當時在齊齊哈爾活動的進步文藝工作者外，哈爾濱作家也參與了《蕪田》副刊的供稿，根據陳隄的回憶，他也曾「給《蕪田》寫過東西」〔註93〕。而姜椿芳則更具體地指出，《藝文》週刊的稿件基本上均由在哈爾濱的文學青年撰寫：「金劍嘯同志在齊齊哈爾期間，在哈爾濱的一群青年，包括幾位黨員，計有田風（金人）、漫星（任震英）、紀元（侯小古）、李蘊璧、陳涓、紅鷗等，每週組織一批稿子，寄給金劍嘯同志，在《黑龍江民報》上出《藝文》週刊。」〔註94〕同時，金劍嘯還經常性協助齊齊哈爾省立第一師範學校學生成立的課外文學興趣小組「漪瀾讀書會」組織讀書活動，向學生們介紹魯迅、郭沫若、巴金及高爾基、屠格涅夫等國內外進步作家的作品，並幫助他們出版油印文藝月刊《漪瀾》，還在《民報》文藝副刊上開闢了《漪瀾》旬刊，為讀書會的成員發表普羅文學作品搭建平臺。

　　1935年11月秋冬時節，金劍嘯在《黑龍江民報》社長王甄海和《民報》雜誌同人的支持下，利用《黑龍江民報》社為發刊兩千號舉行活動的契機，與報社成員奔走動員了三十餘位報社印刷廠、打字學校、師範學生、小學教

〔註91〕金倫，里棟：《金劍嘯與「白光劇團」》，《塵封的往事》，哈爾濱：北方文藝出版社2009年版，第33頁。

〔註92〕除卻《興安嶺的風雪》以外，其他在齊齊哈爾市檔案館檔案中只有作品題目的記錄，由於原刊佚失，原文待查。

〔註93〕陳隄：《踏著文藝先烈的血跡奮勇前進！》，《紀念革命文藝戰士金劍嘯（巴來）》，遼寧社會科學院文學研究所編，《東北現代文學史料　第5輯》，1982年版，第205頁。

〔註94〕姜椿芳：《姜椿芳文集・第9卷・隨筆三・懷念・憶舊》，北京：中央編譯出版社2014年版，第200頁。

員等進步人士，成立了龍沙民間的重要劇團組織「白光劇社」，這是「齊市第一個黨領導的進步戲劇團體」〔註 95〕。劇社由王甄海擔任社長、金劍嘯擔任編劇、導演，利用報社附近的博濟工廠禮堂作為排練場所，不僅排演過美國籍猶太裔左翼作家高爾特的《錢》、俄國作家奧斯特洛夫斯基的《大雷雨》、日本進步戲劇家秋天雨雀的《喜門冬》等國外進步劇目，而且還排演過金劍嘯創作的獨幕劇《母與子》、諷刺劇《黃昏》等原創進步話劇作品。但是，1935年 12 月 24 日「白光劇團」在慶祝《民報》發刊兩千號的紀念活動上僅演出了《母與子》和《錢》兩部話劇，因「這次演出改變了女角男扮的舊習，開創了齊市男女演員同演出之先河」〔註 96〕，演出後《民報》不僅報導了演劇盛況，而且也在文藝副刊刊登了話劇劇本，產生了相當大的文藝影響。正因為此次演出帶來的巨大社會反響，使得就在這次登臺表演之後不久，金劍嘯及「白光劇團」演員就受到了日偽敵特的監視，並強令解散，他本人也因而重返哈爾濱。因此話劇《大雷雨》僅在劇團內部排演，並將劇本刊登於《民報》副刊，而未能公開上演〔註 97〕，這此排演比奧斯特洛夫斯基戲劇在中國舞臺上最早的公開演出，也就是 1937 年 1 月由章泯導演、上海業餘劇人協會演出的版本〔註 98〕，還要早一年有餘。

　　毋庸置疑，「牽牛坊」及其同人作家創辦的其他文藝社團、劇團及刊物，在 1932 年至 1935 年間為北滿青年作家提供了「暢想」與「暢言」的自由空間。隨著日偽思想管控和鉗制愈演愈烈，蕭紅、蕭軍等多位圈內作家紛紛決定離開哈爾濱南下，這一文人圈子也難以為繼。在作家們臨別之前，馮詠秋畫了巨幅風景畫請大家簽名留念，魯少曾寫下這樣一首詩：

　　　　「牽牛扮角逐屋塵，

　　　　花小香微有志深。

　　　　但願此畫傳千古，

〔註95〕 金倫，里棟：《金劍嘯與「白光劇團」》，《塵封的往事》，哈爾濱：北方文藝出版社 2009 年版，第 35 頁。

〔註96〕 金倫，里棟：《金劍嘯與「白光劇團」》，《塵封的往事》，哈爾濱：北方文藝出版社 2009 年版，第 36 頁。

〔註97〕 具體材料來源於金倫，里棟：《金劍嘯與「白光劇團」》，《塵封的往事》，哈爾濱：北方文藝出版社 2009 年版，第 36 頁。

〔註98〕 奧斯特洛夫斯基《大雷雨》在中國舞臺上的上映情況材料來源於姜椿芳：《奧斯特洛夫斯基在中國舞臺和銀幕上》，《姜椿芳文集·第 8 卷·隨筆二·文藝、翻譯雜論及其他》，北京：中央編譯出版社 2014 年版，第 35～36 頁。

　　　　盡是名家歷史人。」〔註99〕

雖然由於戰亂，這幅畫作並未能「傳千古」，但「牽牛坊」的同人作家們的確
成為後人銘記的「名家歷史人」。雖然「牽牛房的那些朋友們，都東流西散了」
〔註100〕，但是他們像流星一樣從北國邊城而來，散落至中國各地，閃耀著奪
目的光芒。

三、「大北風」作家群：「星群之散」以後「沉默」的堅守者

　　　「大北風」作家群指的是在三十年代中後期至四十年代初期在哈爾濱形成
的作家群體。佟醒愚在《大北新報》做記者工作時，在該報文藝版刊登了一篇
筆名葉福發表的評論文章，內容是關於關沫南及厲戎的小說、散文合集《蹉跎
集》的，進而結識了年僅十八歲的少年關沫南，並在哈爾濱道里區警察街（現
友誼路）81號關沫南父親的雜食店內多次見面交流文學問題，因此關沫南稱他
為自己的「第一個文學老師」〔註101〕。在佟醒愚的引薦和介紹下，關沫南與
《大北新報》文藝編輯部主任譚鐵錚（蕭戈）結識並交好，通過他的幫助，1939
年關沫南和葉福得以在《大北新報》上創辦了新的文藝副刊《淞水》半月刊，
未出幾期便因為刊物的左翼色彩而休刊。在1939年至1941年間，以關沫南、
佟醒愚為核心在報紙開闢的文藝副刊數量可觀，據關沫南的回憶，除卻《淞水》
（1939年）以外，有《大北新報》文藝副刊《大北風》（1939年）、《大北文藝》
（1940年）（後改名為《大北文學》、《大北文學週刊》）、《北地人語》（1940年）、
《南北極》（1940年）、《群黎》（1940年）、《荒火》（1941年），及《濱江日報》
的《大荒》（1941年）等十餘種刊物。其中1939年9月依附於《大北新報》創
立的文藝副刊《大北風》週刊，是撰稿作家最為集中、文章影響最為深廣的一
種，這一刊物給哈爾濱的讀者留下了極為深刻的印象，因而被稱為「與二十年
代末期附刊在《國際協報》的《蓓蕾》文學週刊，三十年代初期附刊在《國際
協報》的《文藝》週刊鼎足而立的三大刊物。」〔註102〕《大北風》從1939年
9月24日創刊到12月17日終刊，總共出刊13期，雖然持續時間不長，但圍

〔註99〕中共哈爾濱市委黨史研究室編著：《中國共產黨哈爾濱歷史・第1卷》，哈爾
　　　　濱：黑龍江人民出版社2001年版，第342頁。
〔註100〕蕭紅著；章海寧主編：《蕭紅全集・詩歌戲劇書信卷》，北京：北京燕山出版
　　　　社2014年版，第144頁。
〔註101〕關沫南：《奇霧迷濛——憶哈爾濱左翼文學事件》，周玲玉：《關沫南研究專集》，
　　　　哈爾濱：北方文藝出版社1989年版，第25頁。
〔註102〕陳隄：《哈爾濱左翼文學事件始末（一）》，《黑龍江日報》，1984年5月9日。

繞該刊物集結的以關沫南、陳隄、佟醒愚、支持、王光逖（司馬桑敦、金明）、秦占雅（小辛）、溫成筠（艾循）、劉煥章（沙郁）、劉中孚（丁寧）等同人作家群體，被稱為與「夜哨」作家群比肩的「大北風」作家群。

從時間上來看，「大北風」作家群開展文學活動的時候，以蕭紅、蕭軍為代表的早期北滿作家已經紛紛離開哈爾濱南下關內，以關沫南、佟醒愚、陳隄等人為核心的「大北風」青年作家群也幾乎未與三十年代在哈爾濱進行文學活動的二蕭有過實際接觸，因而既往學界對這一同人作家群體的文學評價及文學史意義大都語焉不詳，僅有極少數學者有專門論及這一作家群的研究成果，基本上認可「『大北風』作家群的創作繼承了『夜哨』作家群直面現實的傳統」〔註103〕，但也未能充分理清兩者的關係。

從與日偽統治的黑暗世界相抗爭的「夜幕中的哨崗」，到吹醒黑暗中酣睡人們的「來自北方的風」，「夜哨」作家群與「大北風」作家群的核心共性是，兩者都是在中共哈爾濱黨組織的直接領導和哈爾濱地下黨員的組織、扶持下得以形成的，而且都堅定地堅持現實主義的文藝創作觀念。此外，通過對歷史材料的耙梳與整理，我們不難發現，「大北風」同人對於前輩作家文學事業的精神延續與思想繼承，還源於三十年代中期與「夜哨」同人關係密切的幾位核心人物的影響，尤其值得指出的是，這幾位人物對幼年隨父母由吉林遷入哈爾濱的文學青年關沫南影響深遠。

第一位是王忠生，他筆名鐘聲，在1930年經北平來到哈爾濱，最初在北平同鄉孟憲儒的玉器店結識了在哈爾濱道外景陽街開辦儀古齋舊書店的同鄉李東園，因他的介紹來哈爾濱店裏管賬，後來在道外六、七道街開辦了自己販賣古董和舊書的專屬攤位。王忠生在道外十一道街國術館練拳時，結識了曾在瀋陽打拳、并介紹過蕭軍為自家評劇團創作劇本《馬振華哀史》的辛劍候。辛劍候、蕭軍等人經常在國術館練拳，也經常去舊書店看書，進而與王忠生熟識起來。由於志趣相投，蕭軍、王忠生曾在很長一段時間內相約在道里公園和松花江畔晨起練拳，使得他們在思想、生活和文學上都不斷親近。1934年，王忠生結識了年僅十四歲、經常光顧舊書攤的中學生關沫南，通過向他推薦閱讀中外進步作家的文學經典、傳記和左翼文藝雜誌等讀物，慢慢引導其參與中共哈爾濱地下黨成員組織的讀書會，乃至逐漸發展成為「哈爾

〔註103〕申殿和，黃萬華：《東北淪陷時期文學史論》，哈爾濱：北方文藝出版社1991年版，第136頁。

濱馬克思主義文藝學習小組」的核心成員。受蕭軍影響深刻的王忠生，在事實上是少年時代關沫南思想啟蒙的引路人。

第二位是唐景陽。1933 年夏，唐景陽在作家舒群的約請下參加了「牽牛坊」文學沙龍，在此與蕭紅、蕭軍、金劍嘯、陳凝秋等活躍在哈爾濱左翼文學界的文化人相結識，逐漸深入參與到「新潮」、「夜哨」作家群的文學活動中。1933年至 1935 年間，唐景陽在哈爾濱東省特別區第二兩級中學高中師範科六班插班讀書，以達秋、林珏、井羊等筆名在學校報刊、《大同報》的《夜哨》副刊、《國際協報》的《文藝》副刊、《哈爾濱五日畫報》、《大北新報畫刊》等發表進步文藝作品。關沫南此時正在第二中學初中部一年級讀書，對這位學長產生了很深的印象。兩人在學校共同經歷了 1934 年 4 月發生的「四八」慘案，即中共哈爾濱地下組織第一次被破壞的事件。在目睹身邊的師友被敵偽抓捕甚至殘忍殺害以後精神陷入極度苦悶狀態中的他們，共同選擇了進步書刊和左翼文學作為對「人生和時代痛苦的解答」〔註 104〕。唐景陽是關沫南少年時代很敬仰、矚目的學長，他的形象和風格構成了關沫南對於「作家」或「文學青年」派頭的最初想像。兩人在哈爾濱光復後至建國前期仍然保持著密切聯繫，唐景陽在擔任哈爾濱日報社社長、中共哈爾濱市委秘書長等工作時，曾聯絡關沫南組織成立哈爾濱文藝工作者協會，繼續為哈爾濱文學活動的開展做出努力。

第三位是滕國棟，也就是作家厲戎。1934 年初春，他與作家梁山丁的弟弟一同考入東省特別區第二兩級中學初中部，兩家委託梁山丁一同前去照料，他臨走時因不放心弟弟又將兩個孩子託付給他的文學朋友唐景陽照看。開學後不久，厲戎因攜帶的學費不足找到唐景陽求助，在他的引薦下第一次到當時住在道里中國街的蕭紅、蕭軍家中借 5 元保證金。滕國棟不僅參與了三人關於「文學為了什麼」的交談，而且被蕭紅收為徒弟，並贈與其新近出版的毛邊本《跋涉》作為見面禮，還許諾今後要教予他如何寫文章。關於這次珍貴的會面，他曾在八十年代的散文中這樣回憶：「我一下子明白了，原來作家寫文章就是要為窮人鳴不平啊！悄吟、三郎、達秋，他們的最強音像漫天的暴風，猛地掀起了我心湖的巨浪」〔註 105〕，可以看出，這次會面對年僅十七歲的滕國棟來說是非常重要的文學啟蒙，他因此走上了進步文學道路。

〔註 104〕關沫南：《奇霧迷蒙——憶哈爾濱左翼文學事件》，周玲玉：《關沫南研究專集》，哈爾濱：北方文藝出版社 1989 年版，第 15 頁。
〔註 105〕厲戎：《重見蕭軍憶蕭紅》，選自章海寧主編：《蕭紅印象·記憶》，哈爾濱：黑龍江大學出版社 2011 年版，第 206 頁。

　　「大北風」這一作家群實際上是以「哈爾濱馬克思主義文藝學習小組」作為前身和核心的。他們在三十年代中後期至四十年初期文學環境愈加惡劣的哈爾濱，頑強地繼續著以蕭紅、蕭軍、羅烽、白朗、舒群等為代表的流亡關內的北滿作家們，在哈爾濱時所未竟的文學事業。社刊名「大北風」就寓意著風從北方來，也就是要在這被日本侵略統治的偽滿地區，吹起「從西伯利亞吹來，來自十月革命，來自馬克思、列寧」的「革命風」〔註106〕，旨在「吹醒酣睡中的人們」〔註107〕。

第三節　哈爾濱文學團體及作家圈的特質與新質

　　既往學界並未有任何一本文學史著或研究專著，將民國時期哈爾濱的作家活動及同人刊物作為一種特定的文學現象加以專門討論。首先，哈爾濱「雜誌同人」形成了多個「作家圈子」，核心是三十年代在此組織、參與地下黨工作的羅烽、金劍嘯、姜椿芳、梁山丁等共產黨人，以及蕭紅、蕭軍、關沫南、陳隄等此時段未實際加入黨組織但與中共關係密切的進步左翼作家。仔細辨析，哈爾濱的作家圈子並不像全國文壇範圍內的各個同人團體一樣，因具有不同的文學主張和創作理念而各成一派。此時在哈爾濱活動的青年作家們是因共同的文藝追求集結起來，或為了發展與拓延不同領域的文藝空間而逐漸成立不同的團體，或因時局動盪屢屢被查禁不得不多次變更團體及刊物名稱。其次，哈爾濱的作家圈子成員重複性較高，如《新潮》同人、「牽牛坊」同人、「星星劇團」成員、《夜哨》、《文藝》作家群之間，「口琴社」成員、《大北新報畫刊》同人之間，「馬克思主義文藝學習小組」、「大北風」作家群之間，幾乎都是以三、五位核心成員為中心，不斷持續發展外圍關係密切的進步作家和文藝工作者，形成一個又一個既互相交錯、嵌套又各自獨立、各有風格的作家圈。其核心特質是，哈爾濱同人作家圈幾乎均有著相切近、相繼承的文學主張和文藝觀念，作家團體的「黏性」、「向心性」很強。

一、「黏性」

　　「黏性」，曾被作家山丁用來形容南滿土地特質，認為從南滿文學走出來

〔註106〕關沫南：《奇霧迷蒙——憶哈爾濱左翼文學事件》，周玲玉：《關沫南研究專集》，哈爾濱：北方文藝出版社1989年版，第44頁。

〔註107〕陳隄：《哈爾濱左翼文學事件始末（一）》，《黑龍江日報》，1984年5月9日。

的秋螢、小松、爵青、石軍等人在四十年代初期仍然以新的筆名繼續在南滿土地上持續從事著文學創作，在於「南滿的土地的黏性，執拗的黏著了這些作家」〔註108〕，相比之下，從北滿文化中走出來的蕭紅、蕭軍、羅烽、白朗、巴來、金人等則紛紛流亡關內或境外，「擺脫開黏性的土地」〔註109〕，疏離了為偽滿洲土地鳴不平的文學追求。這很有可能僅是當時山丁對於曾與他一同開拓北滿文藝疆土的舊友離開偽滿土地的埋怨心理使然，實際上，離開北滿的青年作家們在很長一段時間內仍然堅持著最初的文學追求，甚至將北滿文藝犀利而凜冽的風格帶入北京、上海等文學中心領域，帶到香港、臺灣乃至外域華語語系文學中去。

以最為我們所熟知的蕭紅與蕭軍為例，蕭紅的散文集《商市街》中的作品大致創作於 1935 年 3～5 月之間，1936 年 8 月這本書作為巴金主編「文學叢刊」第二集的第十二冊，由上海文化生活出版社出版。作品集中收錄了四十一篇散文，其中的《牽牛房》、《十元鈔票》、《新識》、《幾個歡快的日子》等散文是對三十年代中前期活躍在哈爾濱的「牽牛坊」同人作家交往的回憶，作品集中的《歐羅巴旅館》、《他去追求職業》、《餓》、《廣告員的夢想》、《同命運的小魚》等散文是對當時她與蕭軍兩人在哈爾濱的生活、感情狀態的描寫，《搬家》、《決意》、《最後一個星期》等是對兩人離開哈爾濱之前內心世界的矛盾、糾結、躊躇等複雜感受與情緒的記錄。1936 年 11 月，蕭紅的小說、散文集《橋》作為巴金主編「文學叢刊」第三集第十二冊，再次由上海文化生活出版社出版。作品集中收錄了十三篇散文、小說作品，都是蕭紅在上海《作家》、《中流》、《大公報・文藝》副刊等刊物上發表過的，其中的《破落之街》、《訪問》、《煩擾的一日》、《索非亞的愁苦》、《初冬》、《手》等篇目，也基本上都是基於蕭紅在哈爾濱時候的真實生活經驗。更不用說她在香港時創作的《小城三月》、《呼蘭河傳》等中長篇小說名作，以及《曠野的呼喊》、《北中國》等通篇未出現確切地名卻有著明顯北國地域風光描寫及左翼文學特質的短篇小說作品。除卻早期的《棄兒》、《兩個青蛙》、《跋涉》、《生死場》等作品是在哈爾濱時期在地創作的以外，可以說，蕭紅大部分因哈爾濱經驗而寫作的文學作品都是在離開哈爾濱以後完成的。

〔註108〕山丁：《漫談我們的文學》，山丁著；牛耕耘編：《山丁作品集》，哈爾濱：北方文藝出版社 2017 年版，第 321 頁。

〔註109〕山丁：《漫談我們的文學》，山丁著；牛耕耘編：《山丁作品集》，哈爾濱：北方文藝出版社 2017 年版，第 321 頁。

蕭軍長篇小說《八月的鄉村》的創作時間大致是 1933 年春天至 1934 年夏天，在哈爾濱起筆，在青島脫稿，在上海經魯迅的幫助，在 1935 年 7 月得以「奴隸叢書」的名義自費出版。1935 年年初，蕭軍與蕭紅在上海拉都路南段福顯坊 22 號居住時，創作了《職業》、《櫻花》、《哈爾濱的一夜》等短篇小說。《櫻花》寫的是偽滿時期鄰近西伯利亞的哈爾濱寒冷的冬天，黛黛姐妹兩人因母親被日本兵刺殺、父親被日本政府逮捕入獄，而準備離開哈爾濱逃亡天津的故事。《職業》原載上海《文學》1935 年第 4 卷第 3 期時，有副標題「這是哈爾濱的故事」，主人公「我」是一位在淪陷後的哈爾濱日本警察廳當過三年書記的「順民」，與孔羅蓀《靈魂的閃爍》是同一主題。1937 年 9 月蕭軍在上海出版的中篇小說《涓涓》，女主角是哈爾濱崇德中學的女生瑩妮和涓涓，小說中對瑩妮的身世有這樣的交代：「瑩妮真正的故鄉，是距哈爾濱約二十里的一個村莊。她們的家也就是那村中唯一的地主……因為瑩妮的父親在哈爾濱江北一個縣城裏做教育局長……在瑩妮九歲的一年，她的母親便死卻了……遺下的只有她和她的一個四歲的弟弟小珂。她是依傍著祖父的照料而長成著。」〔註110〕顯然，瑩妮的原型即為原名張乃瑩的蕭紅，她少年時念書的「從德女子中學」，也就是後來改名為哈爾濱東省特別區第一女子學校的地方。此外，還有羅烽的《滿洲的囚徒》、舒群的《沒有祖國的孩子》、《無國籍的人們》、《松花江的支流》、《老兵》、孔羅蓀的《靈魂的閃爍》、《哈爾濱城頭的夢》等以哈爾濱的時空環境為背景的文學創作，無一例外都是在作家因局勢所迫離開哈爾濱南下流亡時，在異鄉回望哈爾濱時創作的動人之作。

陳隄曾寫下散文《靈魂之獻》將他們稱為「大勇者」、「前驅者」〔註111〕，並表示自己「對於他們的出走，我是以敬佩的心情對待的」〔註112〕。山丁也在八十年代重評二蕭文藝成績時，重新審視他們離開北滿南下以後文學活動及創作的意義：「他們悄然離開哈爾濱，離開他們的小巢和朋友，離開了我們這塊土地，再跋涉到旁的地方去了……他們的名字由滿洲飛到華北與華南……他們的名字飛過了國際線相會遼遠的國度。」〔註113〕北滿哈爾濱地區

〔註110〕蕭軍：《涓涓》，蕭軍：《蕭軍全集·6·涓涓·毀滅與新生·中國歷史小故事拾譯》，北京：華夏出版社 2008 年版，第 15 頁。

〔註111〕陳隄：《靈魂之獻》，陳隄著；阿鴿編：《未名集》，哈爾濱文學院，時間不詳，第 145 頁。

〔註112〕陳隄：《哈爾濱左翼文學事件始末（二）》，《黑龍江日報》，1984 年 5 月 13 日。

〔註113〕山丁：《蕭軍與蕭紅》，遼寧省社會科學院文學研究所編，《東北現代文學史料（第一輯）》，1980 年 2 月，第 51 頁。

同人作家圈子表現出來的「黏性」，並不僅僅在於表象上對於土地的黏滯，而在於內心深處對於哈爾濱文化氛圍、文學友伴的深切眷戀和深刻懷念。梁山丁曾將哈爾濱稱為他「文學的故鄉」，因此「不管我走到那裡，我都時時懷念這個美麗而迷人的江城，懷念著那些在她懷抱裏成長起來的文藝戰士，懷念著那些為她流血流汗的年輕的生命」〔註114〕；孔羅蓀曾在追憶淪陷前哈爾濱生活時寫道：「哈爾濱，這個城市給我留下了極深的印象。在我離開很久以後，仍時刻縈回在我的記憶中……由於我在這個城市開始了生活的道路，引起了對文學的興趣。在這個城市裏留下了我最初的足跡……」〔註115〕；蕭軍在瀋陽發表講話時也曾提到：「哈爾濱……這地方可以說是我的第二故鄉，那裡朋友也多，熟人也多，歷史也長，感情也濃厚」〔註116〕；作家白朗的女兒為其做傳時，也回憶母親曾說過：「『我這粒革命種子，是萌芽在哈爾濱的土地上，松花江水是我的奶娘，撫育我成人的是黨……』由此可見媽媽是多麼熱愛哈爾濱呵！」〔註117〕這些在八十年代前後集中湧現的回憶性文字，在某些具體史料和事件的細節性回顧方面，或許偶有失實和應制的成分，但從早期北滿作家們的回憶散文中仍可以捕捉到，這種「文學懷鄉」的情緒幾乎伴隨著從北滿走出的作家的一生，回到歷史現場則不難發現，幾乎所有離開哈爾濱的作家，除了魂葬異地以外，都在哈爾濱光復及建國以後重新踏上了這片熱土，這也可以說是「黏性」的重要體現。

二、「向心性」

「向心性」，主要指的是北滿同人作家團體有著比較明確的現實主義文學創作追求，這種文學追求不僅體現在淪陷前期的北滿文藝活動中，而且由參與北滿文學並從北滿文化中走出來的青年作家將這種追求延續、傳遞至淪陷時期的其他文學場域中。早年「夜哨」作家群成員梁山丁在淪陷後期離開哈

〔註114〕梁山丁：《文學的故鄉》，黑龍江省社會科學院文學研究所編：《東北現代文學史料（第二輯）》，1984 年 4 月，第 96 頁。

〔註115〕羅蓀：《哈爾濱之憶：記「九一八」前哈爾濱文學生活片斷》，《長春》，1980 年 9 月號，第 27 頁。

〔註116〕永華根據錄音整理：《一九七九年蕭軍在瀋陽的一次講話》（摘要），遼寧社會科學院文學研究所編，《東北現代文學研究（第一輯）》，1989 年第 1 期，第 28〜30 頁。

〔註117〕白瑩：《白朗小傳》，黑龍江省社會科學院文學研究所編，《東北現代文學史料（第二輯）》，1984 年 4 月，第 100 頁。

爾濱進入南滿，他在 1938 年同新京《大同報》的《文藝專頁》撰稿人一起組織了文叢刊行會，被稱為南滿文藝流派「文叢派」。「文叢派」與同時期南滿藝文刊行會的「藝文志派」提倡「寫印主義」、「沒有方向的方向」的以純文藝相標榜的同人作家相比，顯然並非是「暫求自保」、「面從腹背」〔註 118〕的藏有抵抗性的文學寫作方式，而是強調「描寫真實」、「暴露現實」的鄉土文學寫作，較為明確和直接地承接和呼應著北滿現實主義文藝觀念。除卻為我們所熟知的《生死場》（1934 年）、《八月的鄉村》（1935 年）及《呼蘭河傳》（1941 年）外，蕭軍的短篇小說《職業：這是哈爾濱的故事》（1935 年）、《哈爾濱的一夜》（1935 年），蕭紅的中篇、短篇小說《曠野的呼喊》（1939 年）、《小城三月》（1941 年）、《北中國》（1941 年），羅烽的長篇小說《滿洲的囚徒（未完成）》（1938 年）以及夫人白朗的姊妹篇《獄外記（片斷）》（1940 年），唐景陽的短篇小說《羈押犯——在哈爾濱》（1937 年）、《來客談》（1938 年）等，都是離開哈爾濱以後創作的仍然以淪陷時期的哈爾濱為故事背景的文學作品，甚至或多或少都帶有在哈爾濱生活時期的自敘傳特點，有著強烈的現實主義精神。淒風苦雨的年代中，在哈爾濱這「無產階級文藝的故鄉」〔註 119〕開拓文藝疆土的早期北滿作家和同人組織，本質上能夠有著對文化氛圍、文學理念和文藝風格的始終堅持及持續拓延，在於他們「許多人共同跳動著的是一顆赤誠而火熱的心」〔註 120〕，所謂「向心性」的特質也正在於此。

　　而與三、四十年代南滿淪陷區的社團及期刊形態相比，哈爾濱同人團體及刊物內部關係相對比較單純，一般來說僅是文學友伴間互助、互幫的非營利性關係，如《新潮》、《寒流》、《夜哨》等雜誌同人作家依附的「牽牛坊」、「一毛錢飯店」、「知行儲蓄合作社」、「天馬廣告社」等各集會場所間，是同呼吸、共命運的平等、共生關係，同人作家亦與集會場所的所有者以友人相稱。從歷時性的角度來看，這與二十年代上海同人團體的代表——泰東圖書局和「創造社」同人的關係是迥然相異的。郭沫若、郁達夫、成仿吾、張資平等「創造社」同人與泰東圖書局經理趙南公之間是合作關係，書局決定《創

〔註 118〕紀綱：《面從腹背——古丁》，古丁著；李春燕編：《古丁作品選·東北淪陷時期作家》，瀋陽：春風文藝出版社 1995 年版，第 646 頁。

〔註 119〕韻鐸：《二月二十日哈爾濱來信：無產文藝的故鄉（消息兩則）》，《大眾文藝》，1930 年第 2 卷第 5～6 期，第 287～292 頁。

〔註 120〕支持：《解放前哈爾濱文藝界：回憶〈漠煙〉》（待續），《黑龍江日報》，1984 年 4 月 18 日。

造》雜誌的刊印與文學作品的出版與否都依據其「有價值與無價值」〔註121〕的純粹商業標準，甚至「剝削」與「壓迫」〔註122〕著作為無產階級者的創造社人物們。從共時性的角度來看，三十年代哈爾濱地域空間的特殊氛圍內集中出現的作家同人團體，與同時期其他淪陷地區的文學組織相比，仍有著較為鮮明的特質。以華北淪陷區為例，文學社團主要由南京的中國文藝協會、中國作家聯誼會、濟南的日華文藝研究會、武漢的作家協會、文藝協會等各地中日文化協會構成，其中最有代表性的武漢文藝協會前身是以《新生》半月刊和《大楚報》作者為中心組成的同人團體「筆者俱樂部」〔註123〕，不過由於持續不斷加入俱樂部的作家過多，不久以後就自然解散改組。而北京學校作為青年學生活動的中心，也出現過具有同人性質的刊物或社團。如1939年由國立北京大學文學院創辦且兼收外稿的同人性質專刊《詩與散文》〔註124〕，曾經發表周作人、張我軍及李道靜、黃雨等青年作家的詩文作品。1941年燕京大學學生秦佩珩與輔仁大學學生張秀亞等人，也曾籌資創辦同人刊物《文苑》，但這一刊物後由輔仁大學校方出資接辦，並更名為《輔仁文苑》季刊〔註125〕，曾發表過張秀亞、孫道臨、趙宗濂、李霽野、凌叔華等青年作家的文學創作、文學評論或文學翻譯作品。由此不難看出，在華北淪陷區的文學社團流派及文學刊物中，同人團體及其同人刊物這一種形式並不普遍，雖然偶有出現，但大都未能產生廣泛影響或較早就由其他資本接手，而從同人刊物模式中轉型出來。在東北淪陷區內部，哈爾濱同人作家及刊物也具有相當的異質色彩。歷數三十年代東北淪陷時期以文藝副刊為陣地的幾次文學論爭，如瀋陽《民報》的文藝副刊《冷霧》上關於「舊詩」與「新詩」形式內容的論爭（1933年），瀋陽《民生晚報》副刊《文學七日刊》關於文壇建設的論戰（1935年），《明明》及《大同報》的《文藝專題》引起關於鄉土文學的論爭（1937

〔註121〕陳福康：《創造社元老與泰東圖書局——關於趙南公1921年日記的研究報告》，中華文學史料學學會編：《中華文學史料·第1輯》，上海：百家出版社1990年版。

〔註122〕劉納：《創造社與泰東圖書局》，南寧：廣西教育出版社1999年版，第188頁。

〔註123〕賈植芳主編：《中國現代文學社團流派·下》，南京：江蘇教育出版社1989年版，第1071頁。

〔註124〕封世輝：《華北淪陷區文藝期刊鉤沉》，《中國現代文學研究叢刊》1993年第1期，第170頁。

〔註125〕封世輝：《華北淪陷區文藝期刊鉤沉》，《中國現代文學研究叢刊》1993年第1期，第169頁。

年）和「寫印主義」論爭，都並非以哈爾濱報紙副刊為陣地，而幾乎均以南滿刊物為主要論辯舞臺。因而，甚至可以推斷，在淪陷時期的哈爾濱幾乎並未出現影響深遠的文學論爭。之前有學者曾論及，北滿的文學並不怎麼注意南滿的論爭，也似乎有其道理，或者說，北滿文學已經清晰地尋找到自己要走的道路和方向，因此由「論爭」發展為「和鳴」。

從哈爾濱「牽牛坊」這種帶有社團性質的「文人圈子」固定集會開始，發展到以《夜哨》週刊為文學陣地的「雜誌同人」作家的集結，反映出淪陷時期哈爾濱新文學發展蓬勃的重要特質：其一，文人依靠的是鬆散、靈活的民間文藝沙龍而非嚴格、完整的文學社團機制；其二，各民間沙龍的成員有著相當程度的重合率，大大小小民間沙龍集合成相對穩定的大「文人圈子」；其三，最終通過報紙副刊形成具有跨省文學影響力的「雜誌同人」，將「文人圈子」活動的影響擴大。此外，還有一個非常重要的脈絡，在此前的論述過程中其實已稍有涉及，那就是在哈爾濱青年作家文學活動的展開與「政治」有著千絲萬縷的聯繫，這也是筆者即將在後續章節嘗試進一步著力展開的重要部分。

第二章 「紅色之路」與哈爾濱現代文學

第一節 俄國殖民政治與紅色文化進入中國

　　1919 年共產國際建立以後，以哈爾濱為中心的中東鐵路交通線出現了新的政治樞紐意義。從最早來華的代表維經斯基開始，共產國際派出加拉罕、阿道夫‧越飛、布爾特曼、馬林、達林、米亞欽、鮑羅廷等使者來到中國宣傳馬克思列寧主義，並協助建立黨組織。前述共產國際的中國代表們基本上都是通過中東鐵路從滿洲里進入中國境內的，因而哈爾濱是他們進入中國東北的第一站，也是他們深入華北、華東地區的必經之地。共產國際在莫斯科建立以後不久，蘇俄在伊爾庫茨克成立了共產國際遠東書記處，隨後即在哈爾濱道里區建立共產國際駐滿辦事處，由阿勃拉姆作為主要負責人，任務就是負責護送和接待往來於蘇聯與中國之間的共產國際代表們。可以說，哈爾濱幾乎成為了溝通共產國際與中國的最前哨。作為俄國殖民政治直接產物的中東鐵路，在客觀上成為紅色文化交通樞紐，它一方面成為打開馬克思主義及俄蘇文化由哈爾濱進入中國內陸的重要渠道，另一方面也為現代中國早期留蘇學人奔赴蘇聯交流、考察及學習搭建了國際橋樑。因此，俄國殖民政治影響是我們在討論「紅色之路」與哈爾濱現代文學時需要直面的首要議題。

一、中東鐵路打開馬克思主義與蘇俄文化傳入中國的切口

　　1903 年竣工並全線通車時的中東鐵路路線圖（如下所示），大致呈「丁」字狀，中國境內部分的西北端始於滿洲里，西南端經過長春、奉天而終於大

連旅順口，最東端終於綏芬河邊境站，東線、西線、南線三條線路形成的「丁」字路口的交叉點就是哈爾濱（原名秦家崗，即南崗站，後更名為哈爾濱站）。共產國際代表們基本上就是選擇乘火車通過這一條線路，務必先從莫斯科經滿洲里到達哈爾濱，才能再轉乘其他交通工具向華北地區的北京、華東地區的上海、華南地區的廣州等地進發，由此可以看出哈爾濱地區的紅色交通樞紐意義。

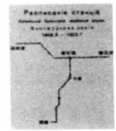

1903 年中東鐵路路線圖〔註 1〕

〔註 1〕陳文龍供圖，引自吳文銜，張秀蘭：《早期中東鐵路簡史》，哈爾濱：黑龍江人民出版社 2014 年版，第 351 頁。

　　此外，許多與共產國際密切相關的地下黨人，也與哈爾濱有著千絲萬縷的聯繫。在蘇聯學界的研究中，普遍認為「蘇維埃俄國的代表與中國的馬克思主義信徒的最初接觸」始於哈爾濱俄共（布）地下組織成員布爾特曼（Ｈr. ВурТМаН）與李大釗在北京的會面〔註 2〕。布爾特曼是在 1915 年前後隨父母從敖德薩遷居到哈爾濱，並在南崗區得力朱拉第二中學接受了基礎教育，受到布爾什維克黨員教師的影響。俄國十月革命爆發以後，布爾特曼在 1918 年初的哈爾濱成立了青年共產黨支部，並於同年夏天加入哈爾濱俄共（布）地下組織。1919 年，布爾特曼被派往華北地區工作，在北京、天津等地與李大釗、鄧中夏等早期共產黨人接洽工作。共產國際維經斯基小組的隨行翻譯楊明齋，也是在 1901 年前後從山東「闖關東」來到哈爾濱秦家崗（現南崗區）推黃土做苦工，後到綏芬河「跑崴子」當鐵路工人，經山東老鄉的介紹到海參崴一家皮鋪當華工，後來隨華工赴蘇浪潮共同北上西伯利亞當礦工。在這個過程中楊明齋學會了俄語，進而得以參與到早期布爾什維克的工人運動中來。

　　共產國際開展國外工作的一大重要決策就是要通過文學影響群眾，在華代表給莫斯科總部的報告中曾經明確指出，要「喚醒遠東地區的廣大群眾投入到解放運動中去，支持革命運動，與革命組織建立牢固的聯繫，以及利用出版共產主義文學書籍的方式加強宣傳工作」〔註 3〕。1920 年 5 月，在維經斯基等共產國際在華代表的組織和籌備之下，在上海建立了共產國際東亞書記處，而書記處的出版活動分別在海參崴（符拉迪沃斯托克）、哈爾濱、北京、上海四個地區建立共產國際中國科（即中國支部）出版中心。其中海參崴是俄文書報出版中心，哈爾濱是「英文、中文和日文宣傳材料的出版基地，已

〔註 2〕 俄文史料來源於 R.Н.克里克：《Ｈ.r.布爾特曼——國際主義革命者》，《中國共產黨的經驗和歷史教訓（紀念共產黨成立 60 週年）》，1981 年 4 月 7～8 日舉行的科學大會的報告，莫斯科，第 203～208 頁。轉引自〔俄〕И.Н.索特尼克娃：《共產國際與中國共產主義運動的開端》，中共一大會址紀念館編：《中國共產黨創建史研究》，上海：上海人民出版社 2012 年版，第 157 頁。

〔註 3〕 俄文文獻來源於《В. П.維連斯基——西比利亞利夫給共產國際執行委員會的關於在東亞人民中開展國外工作的報告（從 1919 年 9 月至 1920 年 8 月）》：《俄共（布）、共產國際與中國的國民革命運動（1920～1925 年）（文獻集）》第一卷，莫斯科，1994 年版，第 36～37 頁。轉引自〔俄〕И.Н.索特尼克娃：《共產國際與中國共產主義運動的開端》，中共一大會址紀念館編：《中國共產黨創建史研究》，上海：上海人民出版社 2012 年版，第 157～158 頁。

出版這方面材料約 20 種」〔註 4〕，北京、上海則是中文報紙及學生刊物的活動基地。同年 12 月，在東方民族處給共產國際的報告中提及，阿布拉姆松、馬馬耶夫兩位代表已經派至哈爾濱組建中央西伯利亞局東方民族處哈爾濱分處，並「打算在那裡設立日文印刷廠，印刷向駐紮在濱海地區的日本佔領軍散發的小冊子」，當時在哈爾濱已經被翻譯成日文的小冊子有三種，分別是「1.《布爾什維克的真實情況》（又名《共產黨員是些什麼人？》、《共產主義 ABC》）、2.《水的故事》（美國作家貝拉米的作品）、3.《何為工人黨》。」〔註 5〕一方面，哈爾濱為出版、發行共產主義及俄蘇文學的中文譯本提供可能，另一方面，也為蘇俄布爾什維克作家在中國發表文學作品提供平臺。俄國僑民詩人謝爾蓋‧阿雷莫夫，在哈爾濱曾經出版過三本詩集，分別是《溫柔的涼亭》（1920年）、《回聲》（1921 年）、《不帶閃電的豎琴》（1921 年），在第三本詩集中有著「工人強勁的巨手拽來了太陽，宇宙的獎牌上將鑄有列寧的頭像」〔註 6〕這樣的詩句。雖然未能有更具體的史料進一步證明當時在哈爾濱已出版的二十餘種書籍的準確名目，但從以上三種已翻譯的小冊子來看，基本上可以判定主要是與馬克思主義、布爾什維克精神相關的蘇聯專著之譯本。東亞書記處把「很大注意力放在出版莫斯科出版的主要書籍的中文、朝文和日文版上」〔註 7〕，從書記處的出版需求和現實社會的政治局勢狀況來看，哈爾濱作為直接溝通中、日、俄三國的特殊地區，其文化重要程度是顯而易見的。報告中還表明，在東方民族處建立前，俄共布爾什維克遠東地區的工作是在「俄國遠東和東西伯利亞的一些城市（如伊爾庫茨克、海參崴、哈爾濱、布拉戈維

〔註 4〕 《B. П.維連斯基——西比利亞利夫給共產國際執行委員會的關於在東亞人民中開展國外工作的報告（從 1919 年 9 月至 1920 年 8 月）》，中共中央黨史研究室第一研究部譯：《共產國際、聯共（布）與中國革命檔案資料叢書‧卷 1‧1920～1925》，北京：書目文獻出版社 1997 年版，第 40 頁。

〔註 5〕 《俄共（布）中央西伯利亞局東方民族處的機構和工作問題給共產國際執行委員會的報告》，1920 年 12 月 21 日於伊爾庫茨克，中共中央黨史研究室第一研究部譯：《共產國際、聯共（布）與中國革命檔案資料叢書‧卷 1‧1920～1925》，北京：書目文獻出版社 1997 年版，第 51 頁。

〔註 6〕 中華文化通志編委會編：《中華文化通志 97‧第十典中外文化交流‧中國與俄蘇文化交流志》，上海：上海人民出版社 2010 年版，第 283 頁。

〔註 7〕 《B. П.維連斯基——西比利亞利夫給共產國際執行委員會的關於在東亞人民中開展國外工作的報告（從 1919 年 9 月至 1920 年 8 月）》，中共中央黨史研究室第一研究部譯：《共產國際、聯共（布）與中國革命檔案資料叢書‧卷 1‧1920～1925》，北京：書目文獻出版社 1997 年版，第 41 頁。

申斯克）單獨進行的」〔註8〕。而且，最初由於遠東地區在地理上與西伯利亞地區隔絕，因此前期工作中的固定聯繫幾乎僅在「哈爾濱與海參崴之間及部分地在哈爾濱與布拉戈維申斯克之間」〔註9〕進行，換言之，哈爾濱是中國在俄共布初期活動中能夠與國際城市間保持政治、文化信息往來的唯一地域。1920年11月在哈爾濱成立了蘇俄中央新聞通訊社羅斯塔〔註10〕的分機構，即北滿通訊社，與海參崴的中國報刊促進會、北京的中國報刊社、上海的上海報刊社同時構成四地共產國際合法通訊社及報刊出版機構，由此哈爾濱成為與華東、華北及遠東並列的共產國際東北機構選址地區。隨著社會局勢的變化，此前許多進步俄文、英文報刊及通訊機構紛紛因有「共產黨宣傳」嫌疑而被偽滿哈爾濱警察廳查封，在1929年蘇聯塔斯社已經不能在東北公開發電訊稿件了，因此蘇聯通過共產國際將英、美等外國人調入中國東北建立通訊社，在1928年至1929年間的哈爾濱建立了共產國際的秘密機構——英亞社（英吉利亞細亞電報通訊社的簡稱），由《哈爾濱先驅報》及《晨報》駐中國東北的英國猶太記者哈同·弗利特擔任社長，掩護英亞社翻譯、出版來自蘇聯塔斯社及《真理報》上的英、俄文通訊、消息及文章。中共北滿特委的《哈爾濱新報》是轉載、採用英亞社電訊稿最多的中文紙媒，因當時管理《新報》的中共北滿特委宣傳部長賀昌熾（化名何常之）被派到英亞社協助參與秘密工作〔註11〕，此外《哈爾濱公報》、《晨光》報、《濱江時報》等也都曾轉引國

〔註8〕 《俄共（布）中央西伯利亞局東方民族處的機構和工作問題給共產國際執行委員會的報告》，1920年12月21日於伊爾庫茨克，中共中央黨史研究室第一研究部譯：《共產國際、聯共（布）與中國革命檔案資料叢書·卷1·1920～1925》，北京：書目文獻出版社1997年版，第50頁。

〔註9〕 《俄共（布）中央西伯利亞局東方民族處的機構和工作問題給共產國際執行委員會的報告》，1920年12月21日於伊爾庫茨克，中共中央黨史研究室第一研究部譯：《共產國際、聯共（布）與中國革命檔案資料叢書·卷1·1920～1925》，北京：書目文獻出版社1997年版，第50頁。

〔註10〕 1917年11月蘇聯成立了彼得格勒通訊社，次年遷往莫斯科並與蘇維埃中央新聞局合併為俄國通訊社，簡稱為「羅斯塔社」。1925年7月，改稱為「塔斯社」，上海分社的建立時間大致在1925～1926年間，時間比哈爾濱的羅斯塔分社晚了至少5年有餘，與1925年8月重新設立的哈爾濱塔斯社分社時間接近。（上海分社材料來源：褚曉琦：《民國時期塔斯社上海分社在華宣傳活動》，黃仁偉主編：《江南與上海·區域中國的現代轉型》，上海：上海社會科學院出版社2016年版，第493頁。）

〔註11〕 韓梅枝：《共產國際在哈爾濱的秘密機關——英亞社》，中國人民政治協商會議哈爾濱市委員會文史資料委員會方正縣委員會文史資料委員會編：《哈爾濱

英亞社電訊，有時還將「英亞社」的名字隱去。更重要的是，英亞社的俄文翻譯部專門負責把全東北各類報紙上的重要消息翻譯成俄文，並通過電訊傳往莫斯科，再由莫斯科的塔斯社將消息傳遞給全世界。根據姜椿芳的回憶，當時「所有東北的消息，關於各地義勇軍和抗日部隊的消息，都是從這個渠道發到全世界去的」〔註12〕，而且是偽滿時期東北境內「唯一和日偽唱反調的宣傳機構」〔註13〕。

1923 年 9 月，中共決定在哈爾濱建立共產黨組織，由陳為人領導的「中共哈爾濱獨立組」成立，並創建臨時交通線，主要負責護送共產黨人員赴蘇聯的出境工作。1926 年中共北滿（哈爾濱）地方委員會成立，穩定保障與共產國際和蘇聯的往來〔註14〕。自此，哈爾濱成為馬克思主義與蘇俄文化進入中國最早的地方，二十世紀三十年代，哈爾濱已有三十餘家俄國書店，是「關內尋找俄文版馬克思、恩格斯書籍和蘇俄文學的首選之地」〔註15〕。從地緣的角度來看，哈爾濱的確是因中東鐵路的交通便利而打開了馬克思主義及蘇俄文化、文學湧入中國的切口，除卻前文所述的共產國際關於馬克思主義及工人運動的理論專書中、日譯本的出版和流通以外，最早的蘇俄革命理論及文藝作品的譯介也始於哈爾濱。第一本全面介紹蘇聯文藝論戰的書是中共哈爾濱地下黨市委書記任國楨翻譯的《蘇俄的文藝論戰》，這本書作為「未名叢刊」之一由北新書局 1925 年初版，由魯迅編校並為之撰寫了前記。為了校訂書稿，魯迅與任國楨兩人多次通信商討，目前在《魯迅日記》中可考的文字記錄即有三十一次〔註16〕。譯著前記中魯迅寫道：「任國楨君獨能就俄國的雜誌中選擇文論三篇，使我們藉此稍稍知道他們文壇上論辯的大概，實在是最為有益的事，——至少是對於留心世界文藝的人們」〔註17〕，魯迅的這一判斷充分肯定譯作對於紅色文化進入中國的積極意義。

文史資料・第 19 輯》，哈爾濱：黑龍江人民出版社 1995 年版，第 231 頁。

〔註12〕姜椿芳：《解放前地下黨怎樣利用公開報紙陣地》，《姜椿芳文集・第九卷・隨筆三・懷念・憶舊》，北京：中央編譯出版社 2012 年版，第 201 頁。

〔註13〕姜椿芳：《解放前地下黨怎樣利用公開報紙陣地》，《姜椿芳文集・第九卷・隨筆三・懷念・憶舊》，北京：中央編譯出版社 2012 年版，第 202 頁。

〔註14〕資料來源：喬勇主編，中共滿洲里市委《簡史》編寫組編：《中共滿洲里市地方簡史》，北京：中共黨史出版社 1997 年版，第 5 頁。

〔註15〕姜玉田、叢坤主編，曹力群、王為華副主編：《黑土文化》，北京：中央廣播電視大學出版社 2012 年版，第 176 頁。

〔註16〕錫金：《魯迅與任國楨——兼記與李秉中》，《新文學史料》1979 年 02 期。

〔註17〕任國楨譯：《蘇俄的文藝論戰》，北京：北新書局 1925 年版，前記。

同時，這一時期在哈爾濱出版、發行並廣泛流通的進步俄文報紙數量之多、影響之大，在同時期的全國範圍內都有著絕對優勢。1920 年從蘇聯來到哈爾濱的康斯坦丁・阿列克謝耶維奇・米亞欽，在中東鐵路沿線當電工，同時秘密宣傳布爾什維克主義，化名為斯托楊諾維奇。在遠東局符拉迪沃斯托克外交科向中國上海、天津等城市派遣共產黨員協助組織當地工作時，將懂得法文且具有中東鐵路工人身份的斯托楊諾維奇從哈爾濱派往天津，隨後又將其派往廣州，作為羅斯塔通訊社及遠東通訊社廣州分社的記者。在 1920 年 9 月 29 日他從廣州寄往組織的信中，提及為了發展廣州的具體工作，希望組織給他「盡快寄來《前進報》、《生活新聞報》」，因「此地沒有任何關於俄國的書刊」〔註18〕。《前進報》是 1920 年 2 月由中東鐵路俄國職工聯合會在哈爾濱創辦的機關報，與有著明顯反蘇傾向的哈爾濱白俄報紙，如謝苗若夫派創辦的《光明報》、沃斯特羅金創辦的《俄聲報》（又名《俄國聲》）等，爭奪著俄文刊物的意識形態話語空間。瞿秋白去往莫斯科途中在哈爾濱滯留時，還曾與《前進報》社長國爾察郭夫斯基多次交談、訪問。《生活新聞》是 1914 年由俄籍猶太人克列奧林、列文齊格列爾、切爾尼亞夫斯基等人創立的日報，與《前進報》都是紅色進步報刊。據不完全統計，1901 年～1935 年間哈爾濱俄文報紙有超過 130 種，除前述兩種以外，在共產國際成立以後，哈爾濱還有《論壇報》（1922.8～1925.4，中東鐵路俄國職工聯合會主辦）、《回聲報》（1925.5～1926.12）、《風聞報》（1924.8～1929.7）、《俄語報》（1926.1～1935.9）〔註19〕等鮮明「紅黨」立場的蘇聯報紙，對中東鐵路沿線工人及哈爾濱本地產業工人、進步文人、普通民眾等產生了較大的思想影響。其中《回聲報》為紀念俄國十月革命八週年，曾登載了俄國工人手持紅旗領導各國工人前進的漫畫，並配有文字：「全世界無產者聯合起來！蘇聯工人首先與中國工人聯合。」〔註20〕不僅如此，在哈爾濱的俄國工會組織──中東鐵路職工聯合會還專門為鐵路勞工設立大學，並提供蘇俄文學、工人運動等專題演講的學習機會，在瞿秋白發表於 1920 年 11 月 17 日北京《晨

〔註18〕 俄文資料來源於《俄羅斯國家社會政治歷史檔案館全宗》495，目錄 19，案卷 193，第 67 張，俄文打字件。引自中共一大會址紀念館編：《中共首次亮相國際政治舞臺・檔案資料集》，上海：上海人民出版社 2016 年版，第 47～48 頁。
〔註19〕 哈爾濱市地方志編纂委員會：《哈爾濱市志・報業・廣播電視》，哈爾濱：黑龍江人民出版社 1994 年版，第 181～187 頁。
〔註20〕 哈爾濱市地方志編纂委員會：《哈爾濱市志・報業・廣播電視》，哈爾濱：黑龍江人民出版社 1994 年版，第 180 頁。

報》）上的文章《哈爾濱之勞工大學》中，記敘了他在哈爾濱參加中東鐵路職工聯合會設立的勞工大學每日公開演講時，旁聽的講演科目：「社會主義史，海哈教授／工人運動史，杜寧教授／俄國文學，洛德律師／國家形式發展史，克洛里律師……俄國社會思想發展史，烏思德略洛夫教授……」〔註21〕。哈爾濱以勞工大學課程講授的方式直接將俄蘇社會歷史及文學經典傳授給工人、群眾，在二十世紀二三十年代的全世界範圍內具有絕對的前瞻性，同時期僅有比利時的沙洛王（又名沙洛埃）勞工大學、莫斯科的斯大林東方勞工大學招收中國工人及共產黨員，講授與共產主義相關的知識〔註22〕。

想必我們對於毛澤東在《論人民民主專政》中的經典表述「十月革命一聲炮響，給我們送來了馬克思列寧主義」〔註23〕十分耳熟能詳，但是，這「炮響」顯然不是從莫斯科發出而被我們直接「聽到」的，哈爾濱在馬克思主義與蘇俄文化傳入中國的過程中，承擔著重要的「傳輸者」角色。當然，哈爾濱並不是中共思想力量及文化發展的核心地，因而共產國際在二十年代中後期的活動重心也明顯向上海、北京等文化腹地轉移，但是哈爾濱作為俄共布爾什維克及共產國際早期活動準備的核心地區身份，顯然是不容忽視的。

二、留蘇學人與「共產國際的紅色國際橋樑」

俄國十月革命以後，中俄之間新文化方面的交互往來日漸密切，在中國出現了「以俄為師」和「到莫斯科去」的思想文化浪潮。其中，「以俄為師」指的是一九二一年冬共產國際代表馬林與孫中山在桂林會見後，逐漸形成的中國革命觀念與口號。孫中山推行「聯俄、聯共、扶助農工」政策，促使國共第一次合作的建立和發展，提出「我國今後之革命，非以俄為師斷無成就」〔註24〕。此時段，俄國派來中國指導早期革命的共產國際代表有馬林（亨德

〔註21〕瞿秋白：《哈爾濱之勞工大學》，《哈爾濱晨報》，1920 年 12 月 2 日。

〔註22〕曾經短暫存在過的上海勞工大學是無政府主義者的組織行為，英文材料來源於 MingK. Chan, Arif Dirlik, Schools into Fields and Factories: Anarchists, the Guomindang and the National Labor University in Shanghai, 1927～1932, Duke University press, 1991.轉引自王笛主編：《時間‧空間‧書寫》，杭州：浙江人民出版社 2006 年版，第 314 頁。

〔註23〕毛澤東：《論人民民主專政》，《毛澤東選集‧第 4 集》，北京：人民出版社 1991 年版，第 1470 頁。

〔註24〕1924 年 10 月 9 日孫中山致蔣介石函，劉大年主編：《孫中山書信手跡選》，北京：文物出版社 1986 年版，第 194 頁。

里克斯‧斯尼夫萊特）、鮑羅廷（米哈依爾‧馬爾科維奇）、加倫（瓦‧康‧布留赫爾）、米夫（巴‧亞‧費爾圖斯）等人，二十年代以後來到中國任教、訪學的文化人士代表有鐵捷克（特列季亞科夫）、伊文（阿‧阿‧伊凡諾夫）、王希禮（瓦西里耶夫）等。「到莫斯科去」指的是為瞭解和學習蘇俄革命建設的經驗，尤其是「俄羅斯研究會」發起組織及中國共產黨成立後，政治、經濟、文藝各界人士赴莫斯科勤工儉學、訪問學習、考察遊歷成為社會文化趨勢。在「聯俄、聯共、扶助農工」三大政策提出以後，莫斯科的東方大學、中山大學以及伏龍芝軍事學院、托爾馬喬夫軍政大學、莫斯科克拉辛炮校、莫斯科步兵學校等軍事院校積極接收中國留學生入學，因而在這一段時間內出現了大批知識青年有組織的、自覺的留學蘇聯熱潮。

有學者曾對當時較為複雜的赴蘇路線做過初步考察和歸納，概括起來，從中國赴莫斯科所經過的路線大致有：「一是經過哈爾濱從東北越境；二是繞過歐洲；三是從上海乘坐蘇俄輪船駛赴海參崴，從海參崴乘火車赴莫斯科」〔註25〕。

當時相對最為快捷，而且最為安全的路線是第二條，即從中國去往西歐，再從歐洲出發去往蘇俄。但這條線路成本很高，必須要求出境者持有真實有效的國際護照，且每一環節有可靠的外國人作為接洽，普通青年學生幾乎無法完成，選擇這一路線去蘇俄的大都是特殊身份者或高層幹部，二十年代中共旅歐支部成員去蘇俄學習大都選擇的是這一路線。旅德黨組織成員張伯簡是 1922 年秋從柏林出發到達莫斯科的，同年年底，「新民學會」創立者之一蕭三也在加入共產黨以後不久，經由法國到達莫斯科。1923 年 3 月，在黨組織和共產國際的共同決定下，中共旅歐支部選派第一批青年骨幹，由支部書記周恩來伴送從巴黎出發到柏林中轉。當時從柏林到莫斯科去主要有兩條道路，一條陸路是經過波蘭走廊、立陶宛、列多尼亞直到莫斯科，另一條水路是到斯忒丁上船，經過波羅的海，在彼得格拉登陸，再乘火車去往莫斯科，進入莫斯科東方勞動者共產主義大學學習。第一批次青年骨幹趙世炎、陳延年一行，與第二批次學員李慰農、劉伯堅一行，均選擇了陸路。1925 年「五卅運動」後，中共莫斯科支部急調中共旅歐支部成員接受訓練時，旅德青年團支部書記劉鼎走的是陸路，朱德則選擇了水路。據曾與胡適創辦《努力週報》的地質學教授丁文江回憶，他於 1933 年 8 月 29 日下午 5 點 58 分離開柏

〔註25〕彭軍榮編著：《紅場記憶：中共早期留蘇檔案解密》，北京：中國文史出版社 2015 年版，第 6 頁。

林，8 月 31 日上午 9 點 45 分就到達莫斯科的「白俄」站〔註26〕，這條線路全程耗時僅 39 小時 47 分鐘。

　　早期留蘇學生最普遍選擇的路線是第三條，這條路線雖然耗時最長，但是成本低廉，準確來說，應是坐船先到日本中轉，再由日本繼續乘船到達蘇聯遠東城市符拉迪沃斯托克（海參崴）。1920 年秋，毛澤東在長沙組織成立俄羅斯研究會，並在次年夏天派出任弼時、蕭勁光、胡士廉等人在上海外國語學社學習一年俄語。當時擔任俄語教學的校長楊明齋在外國語學社學生中挑選出二三十名成員分批次介紹到蘇俄勤工儉學，成為了第一批到蘇聯學習的中國學員。1921 年春，蕭勁光與劉少奇、任弼時等人赴蘇聯莫斯科東方勞動者共產主義大學學習，1927 年，蕭勁光再次被派往蘇聯列寧格勒軍政學院學習，都是在上海偷偷藏在去往日本長崎的輪船船艙內，到達長崎後再繼續乘船去往海參崴。到達海參崴以後，分散為若干小組，跨過伊曼河去往「紅區」伯力，由伯力到黑河分為兩路，一路乘船，一路乘火車，兩路匯合後從黑河乘火車到莫斯科。根據赴莫斯科中山大學學習的早期中共黨員楊放之回憶，他們一行人在 1925 年 10 月底離開上海，趁著夜色乘坐黃浦江邊停泊的蘇聯貨船，「兩三天後，到了日本的門司港，我們上岸散步一兩個小時。隨後，船又繼續駛向海參崴。」〔註27〕「門司港」指的是位於日本北九州豐後水道和關門海峽交匯處的港口，「海參崴」指的是符拉迪沃斯托克，也就是俄羅斯遠東最為重要的濱海城市。1928 年，奚李元將軍在上海中共工作時受委派赴蘇聯莫斯科學習，他改名為周保中，偽裝成做生意的商人，持著一位中國工人護照，也是由上海搭乘去往蘇聯的貨船而到達遠東城市海參崴〔註28〕。根據前述親歷者的回憶和相關歷史材料，大致可以推斷這條線路全程大約要花費三個月時間〔註29〕。

　　第一條經過哈爾濱的線路被稱作是「共產國際的紅色國際橋樑」〔註30〕，

〔註26〕丁文江：《新舊的首都——莫斯科與列寧格拉得》，原載《獨立評論》第 116 號，1934 年 9 月 2 日，選自《丁文江集》，廣州：花城出版社 2010 年版，第 420～423 頁。

〔註27〕楊放之：《虛心好學，不尚空談——回憶稼祥同志在莫斯科中山大學的情況》，載《回憶王稼祥》，北京：人民出版社 1985 年版，第 31～33 頁。

〔註28〕楊蘇，楊美清：《白子將軍·民族英雄周保中將軍文學傳記》，昆明：雲南民族出版社 1988 年版，第 79 頁。

〔註29〕蕭勁光：《赴莫斯科留學》，李新芝，譚曉萍主編：《劉少奇珍聞·（上冊）》，北京：中央文獻出版社 2008 年版，第 38 頁。

〔註30〕張福山，周淑珍著，中共哈爾濱市委黨史研究室編：《哈爾濱革命舊址史話》，哈爾濱：黑龍江人民出版社 1995 年版，第 280 頁。

1921 年張國燾、鄧恩銘等人代表中共參加遠東各國共產黨及民族革命團體大會，1922 年陳獨秀參加共產國際第四次代表大會，1924 年李大釗率領中共代表團參加共產國際第五次代表大會、周恩來、鄧穎超、李立三等參加中共六大會議時，都選擇了這一從哈爾濱經滿洲里到達蘇聯的秘密國際紅色交通路線。這條路線先要從內陸城市抵達哈爾濱，先乘火車到滿洲里，再從滿洲里去往莫斯科。1921 年 6 月 22 日至 7 月 12 日，中國代表團參加在莫斯科召開的共產國際第三次大會時，選擇的也是這條路線。中國社會黨的創始人江亢虎在 1921 年 3 月，乘坐北京政府派遣駐蘇俄外交代表專車，經哈爾濱於 1921 年 6 月 21 日到達俄羅斯，作為中國社會黨人代表參加這次大會。一同參會的還有無政府主義者黃凌霜，他在給陳獨秀的書信中也曾寫到從滿洲里到哈爾濱，再經過北京回到上海的返程經歷：「生等於十三日離滿洲里，翌晨即安抵哈爾濱，是晚趁車南下。順道往北京一行，逗留數天。即返滬上，重領教益。」〔註31〕

實際上，從哈爾濱出發到滿洲里以後，如若想到達莫斯科，又分為兩種後續路線，其一是從滿洲里直接乘坐橫貫西伯利亞的國際鐵路，經過赤塔站到達莫斯科。根據徐志摩致陸小曼的書信，可以發現他在 1925 年 3 月 10 日由北京乘火車出發，經過瀋陽、長春等站，在 12 日到達哈爾濱，滯留 12 小時以後於當晚乘火車去滿洲里，14 日下午到赤塔，在 3 月 20 日到達蘇聯莫斯科〔註32〕，僅耗費十天時間。其二是穿過軍閥和日本軍政勢力範圍之後，再非法偷越國境走到蘇聯，這需要蘇聯方面事先派遣人員或車馬接洽，通過暗號聯絡。1920年秋，瞿秋白作為北京《晨報》派遣駐蘇俄的新聞記者身份，乘火車經過哈爾濱去蘇聯參加共產國際第三次代表大會，並在莫斯科東方大學中國辦擔任翻譯和助教工作。他是「五四」後第一位隻身前往蘇聯學習、考察的中國進步知識分子。他因白俄將領謝美諾夫與遠東革命軍在滿洲里與遠東共和國首府赤塔市之間交戰，火車不通而被迫在 10 月 20 日晚至 12 月 10 日間滯留哈爾濱五十餘天光景，在滿洲里停頓四天，在赤塔停頓十天有餘，乘坐中國專車經過烏金斯克、美索瓦、伊爾庫次克、沃木斯克、都明、郭同等十餘站的，最終在 1921

〔註31〕原載於《新青年》第 9 卷第 6 期，1921 年 10 月，題名為《無產階級專政》，轉載於周月峰編：《新青年通信集》，福州：福建教育出版社 2016 年版，第 702 頁。

〔註32〕徐志摩著，韓石山編：《徐志摩書信集》，天津：天津人民出版社 2006 年版，第 82～83 頁。

年 1 月 25 日晚到達莫斯科〔註 33〕。除卻因查驗證件和等待中俄雙方電報接洽
的十餘天滯留時間，大致需要一個月時間。1924 年 6 月中旬，中國共產黨代表
團在李大釗同志的率領下，到莫斯科出席共產國際第五次代表大會，他與幾位
代表分頭先後從北京出發到哈爾濱秘密匯合，計劃經哈爾濱乘坐火車至滿洲里
再轉至莫斯科，史料中記載：「他們從哈爾濱乘車轉移到滿洲里附近的一個小
旅店裏，在地下黨交通員的安排下，雇了三輛馬車，深夜起行，在拂曉將臨的
時候，在曦微的晨光裏，冒著一陣槍聲，衝出了國境」〔註 34〕。1928 年 6 月
18 日至 7 月 11 日在莫斯科召開中國共產黨第六次全國代表大會時，據中共「六
大」代表唐宏經回憶，他從瀋陽乘火車來到哈爾濱以後，通過暗號與接洽人員
順利接頭以後，幫助護送三批代表張國燾、羅章龍、夏曦、張昆弟等共十餘人
分次乘火車到滿洲里，下車後轉乘馬車到蘇聯方委派專人的接待處（火車道下
流水溝附近的小房），由蘇聯人帶著乘坐由滿洲里開往赤塔的火車，經歷飢寒
交迫、顛簸勞頓的數日車程後，終於輾轉到達莫斯科，還需再轉乘馬車到會議
地才與與會代表會面〔註 35〕。周恩來、鄧穎超夫婦則是先由上海坐輪船去大連，
轉乘火車前往長春、吉林縣（現吉林市），又乘火車來到哈爾濱暫住在二弟周
恩溥家，因被人跟蹤迫於無奈將對接文件焚毀，不得已在哈爾濱滯留數日，直
到與李立三在哈爾濱火車站接洽後，才得以從哈爾濱乘火車到滿洲里，進入蘇
聯後再轉乘火車到莫斯科，全程歷時一個月左右〔註 36〕。基本上可以推斷，從
哈爾濱出發乘火車到滿洲里以後，如由馬車接洽順利進入蘇聯境內，待到達莫
斯科的時間大致是一個月左右，雖然遠遠慢於第二條線路，但也比從上海乘坐
輪船到日本中轉再到莫斯科的第三條路線，時間要快了兩個月。

　　但是，需要指出的是，前述都是蘇聯會議正式受邀的中方代表，他們過
境時有專人車馬接洽，而據三十年代在中共國際情報先驅楊左青領導下做國
際情報工作的李炳吾回憶，他與友伴取道哈爾濱前去蘇聯學習參加情報工作

〔註 33〕 瞿秋白：《瞿秋白文集·文學編·第一卷》，北京：人民文學出版社 1985 年版，
　　　　第 40～100 頁。

〔註 34〕 中國人民政治協商會議滿洲里市委員會文史資料研究委員會編：《滿洲里文史
　　　　資料選輯·第 4 輯》，1992 年版，第 53 頁。

〔註 35〕 唐韻超口述，張國臣根據錄音整理：《黨的「六大」代表途徑滿洲里去蘇聯的
　　　　經過》，選自中國人民政治協商會議滿州里委員會：《滿洲里文史資料選輯·
　　　　第 4 輯》，1992 年版，第 63～67 頁。

〔註 36〕 中共中央黨史研究室第一研究部編：《中共六大代表回憶錄》，北京：中共黨
　　　　史出版社 2014 年版，第 166 頁。

培訓時往返的經過顯然更為曲折：

> 「1933 年初冬，我們是從哈爾濱乘火車，經昂昂溪、扎蘭屯、海拉爾，到嵯崗下車偷越國境的……過境後一切很順利，第二天乘快車到赤塔轉西伯利亞大鐵路，行程一週時間終於到莫斯科……1934 年 3 月結業後，我們分兩組回國的，仍從原路返回，白天在荒郊走，走到鐵道旁躺倒就睡，睡到天黑，夜間過境，進入車站買票上車，一路抵哈爾濱。」〔註37〕

這段回憶基本上呈現出當時從哈爾濱出發秘密前往蘇聯學習的進步人士的訪蘇路線面貌，大都按照有經驗的學人口述路線徒步越過國境線往返蘇聯與中國，這不僅需要極好的身體素質與耐力，更需要極大的膽識與勇氣去應對隨時可能出現的突發情況，是最不安全的一種路線。雖然沿途充滿未知的危險，李炳吾一行仍然可以順利到達蘇聯，然而對於當時在哈爾濱活動的青年作家來說，想要靠個人力量沿著這條路線去蘇聯學習，則幾乎是不可能實現的。早年在哈爾濱組織新文學社團、創作詩歌、排演話劇的作家陳凝秋嚮往蘇聯革命文化已久，他當時的筆名「塞克」就取自蘇共「布爾塞維克」的諧音。1927 年，他在上海藝術大學學習並與歐陽予倩、田漢等人共同組織進步戲劇活動。因十分渴望到蘇聯學習，他在 1929 年夏天曾乘船經過大連回到哈爾濱，隻身前往滿洲里，因沒有俄國護照而不能出境，在當地郵政局長的幫助下才搭乘郵車重新回到哈爾濱。在「九・一八」事變後不久，他還想通過哈爾濱這一條路線去蘇聯學習、考察，初冬時節，他委託哈爾濱地下黨工作者、進步文人金劍嘯、姜椿芳幫助，搭乘運送難民的火車從哈爾濱到綏芬河，經東寧市（現黑龍江省直轄市，牡丹江市代管）偷潛入蘇聯境內，卻因無正當手續被蘇聯邊防軍隊司令部當作偷越國境的國際間諜而送往伯力（哈巴羅夫斯克）投入監獄拘留一個冬天之久。他在 1932 年春被送回綏芬河驅逐出蘇聯境外，一路討飯到現牡丹江市境內的綏芬河支流（俗稱小綏芬河）加入了義勇軍〔註38〕。就在李炳吾一行返回哈爾濱不久，在共產國際和中共地下黨組

〔註37〕張福山，周淑珍編著；中共哈爾濱市委黨史研究室編：《哈爾濱與紅色之路》，哈爾濱：黑龍江人民出版社 2001 年版，第 343～345 頁。

〔註38〕相關材料來自里棟、金倫：《塞克傳》，《東北現代文學史料（第二輯）》黑龍江省社會科學院文學研究所編，1984 年 4 月，116～117 頁；張福山：《哈爾濱文史資料・第 20 輯・哈爾濱文史人物錄》，中國人民政治協商會議黑龍江省哈爾濱市委員會文史資料委員會 1997 年版，第 224 頁；哈爾濱市地方志編纂委員會：《哈爾濱市志・人物附錄》，哈爾濱：黑龍江人民出版社 1999 年版，第 127 頁。

織的支持和幫助下建立了哈爾濱國際交通局，地址位於哈爾濱道里區西頭道街 41 號，並在中東鐵路沿線設立了滿洲里、扎賚諾爾、密山、博克圖等五個交通站〔註 39〕，正是這些直接與蘇聯國家保安部對接的交通站的建立，才保證了此後長時間內進步人士與蘇聯往來路線的暢通。

第二節　黨組織直接影響下的哈爾濱左翼文學勃興

一、中共哈爾濱黨團組織機構建立與左翼文化的早期傳播

　　1923 年中央北京區委派遣三位中共黨員，即陳為人（化名陳濤）、李震瀛（化名駱森）、陳晦生（化名陳作霖）來到哈爾濱，以《哈爾濱晨光》報記者身份開展黨團工作、進行革命宣傳、發展進步青年，協助建立了隸屬於中共北京區委的東北地區第一個黨組織——中共哈爾濱獨立組。在 1923 年 11 月中國共產黨第三屆第一次中央執行委員會文件中，對中共三大召開以後地方黨員組織發展的情況作出了概述：「大會後黨員增加不過百人；新發展的地方，一是濟南成立了地方會，一是哈爾濱成立了一組，也只有□兩個地方工作最力」〔註 40〕，其中在哈爾濱成立的一組指的就是「中共哈爾濱獨立組」。

　　1923 年 12 月上旬，團中央發布「凡年逾 28 歲者不得介紹入團」〔註 41〕的通告，在 1924 年 5 月中國共產黨擴大執行委員會文件《S. Y.工作與 C. P.關係議決案》中，也提到「S. Y.各地方應速吸收二十歲以內的青年，下屆全國大會應修定年齡，至多不得過二十五歲。」〔註 42〕SY 是英文 Chinese Socialist Youth League 的縮略語，在當時是中國社會主義青年團的簡稱，CP 是英文 Communist Party 的縮略語，在當時是共產黨的簡稱，這種年齡的嚴格要求是為了保證團組織成員的「青年化」。然而，當時在哈爾濱組織團支部分組、分工及團員發展工作的人的年齡基本上都臨近限制，陳為人、陳毅可是 25 歲，李震瀛則已是 28 歲，因此團支部大會決議由哈爾濱青年團支部書記彭守樸代

〔註 39〕張福山，周淑珍著，中共哈爾濱市委黨史研究室編：《哈爾濱革命舊址史話》，哈爾濱：黑龍江人民出版社 1995 年版，第 280 頁。

〔註 40〕「□」為原文缺字，中共黑龍江省委黨史工作委員會編：《黑龍江黨史資料·第四輯》，1985 年版，第 2 頁。

〔註 41〕中國社會科學院青少年研究所青運史研究室編：《青運史資料與研究·第二集》，中國社會科學院青少年研究所青運史研究室 1983 年版，第 58 頁。

〔註 42〕《S. Y.工作與 C. P.關係議決案》，中央檔案館編：《中共中央文件選集·第 1 冊·1921 年至 1925 年》，北京：中共中央黨校出版社 1989 年版，第 241 頁。

表，向團中央的惲代英、林育南報告，請求團中央認定「哈埠為特別區，准予除外」〔註 43〕。此後，哈爾濱黨團合編為由汪潔曼和李鐵鈞分別帶領的兩個小組，每組四人，大組內各兩人另成一小組負責勞工運動、學生運動、青年及工商運動、團體運動等不同種工作。在 1925 年 1 月黨的第四次代表大會通過的《中國共產黨第二次修正章程》中，將「凡有黨員五人以上均得成立一支部」的人數限制改為「三人」〔註 44〕，因此哈中共哈爾濱獨立組在黨團成員中選出三位黨員，將獨立組改組為中共哈爾濱支部，由從中共北京區委來哈爾濱組織工作的留蘇黨員吳麗實（又名吳麗石）任支部書記。

直屬於中共北京區執行委員會的哈爾濱支部成立的時候，正是第一次國內革命戰爭全國形勢日益高漲的時期，為了呼應全國的革命形勢，同時也為了擴大哈爾濱黨組織的思想傳播及文化影響，由天津法政學校畢業生、哈爾濱支部黨員及廣益學校（現哈一中）教師李鐵鈞（原名李權）為代表，向東省特別區警察管理處申請創辦了黑龍江地區「第一家公開發行宣傳革命」的報紙——《東北早報》，主筆為東華中學、哈工大教師張昭德（原名張晉），後任共產國際駐華代表鮑羅廷隨行翻譯，曾協助陳為人、李震瀛等創辦中共哈爾濱獨立組的前身哈爾濱通訊社。《早報》主要編輯有陳晦生、高洪光、任國禎等，報紙在 1925 年 8 月 15 日創刊，以挽救「哈地民智閉塞，風俗頹薄」〔註 45〕為宗旨。由於時代久遠、戰亂頻仍，《東北早報》目前可考僅有 1925 年 9 月 23 日、24 日的第 33、34 號兩份在哈爾濱市圖書館現存，其他都已散佚。從這兩份報紙中可以發現，《東北早報》除卻登載國際時論、國內外新聞消息、本埠工人、學生運動新聞以外，還開設了佔據兩個版面的文藝副刊《東北思潮》，連載了翻譯自蘇聯遠東地區《工人之路》報紙的話劇《張二的錯處》以及長篇論文《中國關稅問題》，副刊內容也緊密貼合中國工人運動中知識分子與工人階層相結合的現實問題〔註46〕，報紙有著非常明晰的意識形態立場。在 1925 年 11 月因《東北早報》不顧禁令刊載了奉系將軍郭松齡起兵倒戈事件的新聞報導，而被哈爾濱地方當局特警處以「防止赤化」為由將該報紙查禁，

〔註43〕中共黑龍江省委黨史工作委員會編：《黑龍江黨史資料‧第四輯》，1985 年版，第 5 頁。

〔註44〕《中國共產黨第二次修正章程》，1925 年 01 月。

〔註45〕《濱江時報》，1925 年 8 月 1 日。

〔註46〕黑龍江省地方志編纂委員會編：《黑龍江省志‧第 50 卷‧報業志》，哈爾濱：黑龍江人民出版社 1993 年版，第 68 頁。

直接導致中共哈爾濱地下黨組織工作遭到重創，陳晦生與任國禎、彭守樸等編輯均被捕入獄毆，在 1927 年陳晦生在吉林監獄被殘忍處死〔註 47〕。

承前所述，不難看出在 1925～1926 年間吳麗實、吳曉天、任國禎、楚圖南、何安仁、韓樂然等多位外省共產黨人，因中共北方區委工作需求紛紛北上哈爾濱協助工作，為日後接續中共滿洲省委工作的哈爾濱北滿地方委員會的成立做出了重要基層準備。哈爾濱的「第一個基層黨支部」就是吳麗實領導下成立的中東鐵路工人黨支部，根據吳麗實在北京俄專（北京俄文專修館）時的同學、好友吳寶泰回憶，吳麗實從蘇聯學習回國後來到哈爾濱工作，最初在中東鐵路機務段和三十六棚工廠做力工〔註 48〕，並在一同務工的工友中發展了張有仁、郎勳臣、賴友卿、王光錄等四名鐵路工人加入哈爾濱黨組織〔註 49〕。1925 年 6 月，吳麗實在哈爾濱中東鐵路三十六棚總工廠組織成立了哈爾濱市第一個基層黨組織，即中東鐵路工人黨支部，由吳麗實擔任支部書記，此後不久又在地包（機車庫）和工務段分別成立了另兩個黨支部小組。同年夏，中共哈爾濱支部在北京區委批准下改組為中共哈爾濱特支，前述黨支部小組都是特支下屬機構，共有黨員 20 餘人〔註 50〕，在 1930 年中共滿洲省委組織部報告材料中顯示，鐵路工人支部共有黨員 13 人〔註 51〕，哈爾濱黨支部成員中鐵路工人的比例高達 65%。

瞿秋白曾經在哈爾濱參加俄國十月革命（俄曆十一月）紀念活動時，瞭解到當時哈爾濱鐵路工人與共產黨員的情況：「哈埠共產黨雖僅二百人，而自哈埠至滿洲里中東路沿線，工人有十二萬，對於共產黨頗有信仰。」〔註 52〕在中國早期國有產業工人統計情況中，基本上都未能包含準確的中東鐵路沿線工人數目統計的數據，從現有部分史料來看，瞿秋白所言的工人「十二萬」

〔註 47〕黑龍江省地方志編纂委員會編：《黑龍江省志·第 50 卷·報業志》，哈爾濱：黑龍江人民出版社 1993 年版，第 68 頁。

〔註 48〕吳寶泰：《我和吳麗實在哈工作的一些情況》，中共哈爾濱市委黨史工作委員會編：《哈爾濱黨史資料·第 1 輯》，內部發行，1987 年版，第 48 頁。

〔註 49〕黑龍江省地方編纂委員會編：《黑龍江省志·70·共產黨志》，哈爾濱：黑龍江人民出版社 1996 年版，第 698 頁。

〔註 50〕中共黑龍江省委組織部，中共黑龍江省委黨史研究室，黑龍江省檔案館：《中國共產黨黑龍江省組織史資料·1923～1987》，哈爾濱：黑龍江人民出版社 1992 年版，第 7 頁。

〔註 51〕哈爾濱鐵路分局志編審委員會編；劉成軒主編：《哈爾濱鐵路分局志·1896～1995》，北京：中國鐵道出版社 1999 年版，第 664 頁。

〔註 52〕瞿秋白：《哈爾濱之勞工大學》，《哈爾濱晨報》，1920 年 12 月 2 日。

可能有誇張的成分。晚清時期，隨著沙俄與清朝政府《中俄密約》的簽訂，哈爾濱成為了中東鐵路的修建中心，最初除卻少部分俄國技術工人來哈外，政府還在華北地區和東三省地區招募了大批中國工人來哈爾濱從事砂石搬運、伐木鋪軌等鐵路沿線基礎性體力勞動，在二十世紀初期在中東鐵路做工的人大約有十七萬有餘〔註 53〕，瞿秋白當時瞭解到的數字可能也是基於此。但由於工作性質使然，這一時段做工的人身份混雜、流動性很大，基本上屬於最基礎的體力勞工而非現代產業工人。根據黑龍江省鐵路志工人管理部分相關史料記載：「中東鐵路全線職工人數（包括正額、臨時工和日工）一直在 20,000 人左右，1928 年為最多，年末職工人數達 27,839 人。其中一半是俄籍正額（即正式規定數額）技術工人，一半則是中國籍的日工和臨時工。1935 年中東鐵路出售給日偽時，中國籍鐵路職工為 10,267 人。」〔註 54〕據相關俄文史料顯示，1908 年哈爾濱中俄鐵路工人為紀念「五一」節舉行了中東鐵路工人罷工活動，參加者總數大約是 10,000 人，其中「約占工人總數 1/4 的中國工人都參加了罷工」〔註 55〕。但是這顯然是一個非常模糊的估計，還要除卻參與工人罷工活動的普通市民，僅能推知當時中國工人總數的準確值應在 40,000 人以內。有學者根據北京交通部統計、職工教育委員會調查報告、《上海商報》、《工人旬報》等報紙估計，對二十世紀一二十年的全國交通運輸業職工人數做了統計，其中僅有兩處關於中東鐵路職工中的中國工人數目的數據：1923年約 19,000 人，1924 年約 16,817 人〔註 56〕。在 1929 年中蘇之間關於中東鐵路歸屬權的武裝衝突，即「中東路事件」爆發以後，國民政府從 7 月起開始查封哈爾濱地區的蘇聯機構，並驅逐中東鐵路的蘇聯職工，因而中東鐵路職工總人數在逐年減少。根據 1933 年 7 月俄文報紙的相關報導，可以大致瞭解此時段中東路工人的基本情況：「北鐵職工總數為 1,1100 多人，其中中國工人

〔註 53〕中共哈爾濱市委黨史研究室編著：《中國共產黨哈爾濱歷史‧第 1 卷》，哈爾濱：黑龍江人民出版社 2001 年版，第 27 頁。

〔註 54〕黑龍江省地方志編纂委員會：《黑龍江省志‧鐵路志》，哈爾濱：黑龍江人民出版社 1992 年版，第 500 頁。

〔註 55〕《1908 年中東鐵路工人「五一」罷工》，俄文文獻來源於〔俄〕A. H.赫菲茨：《二十世紀初俄中兩國人民之間的革命聯繫》，原載蘇聯《歷史問題》1956 年 12 期，轉引自劉明逵編著：《中國近代工人階級和工人運動‧第 2 冊‧中國工人階級的早期鬥爭和組織》，北京：中共中央黨校出版社 2002 年版，第 142～143 頁。

〔註 56〕劉明逵：《中國工人階級歷史狀況（1840～1949）第一卷‧第一冊》，北京：中共中央黨校出版社 1985 年版，第 160～162 頁。

5615 人，蘇聯職工 5492 人」〔註57〕。由前述歷史材料可以看出，中東鐵路工
人基本上在兩萬左右，中國工人與俄國工人的數量大約各占一半。雖然瞿秋
白所說的「工人有十二萬」的數據，可能不甚準確。但是他提出鐵路工人對
「共產黨頗有信仰」的判斷，非常符合當時哈爾濱地下黨組織發展初期的歷
史真實。早在 1918 年 5 月和 9 月，也就是俄國「十月革命」結束後不久，以
三十六棚為代表的哈爾濱中東鐵路中國工人就曾為反對鐵路當局支持白俄、
解散職工聯合會、禁止集會結社等高壓政策，而與俄國工人一同舉行兩次大
罷工，旨在爭取民主權利並要求增加工資。1926 年中共北滿地委成立以後，
就在群眾基礎較好的中東鐵路沿線地區著力發展黨員，根據相關史料表明，
中東鐵路的工人在北滿地委黨員總數中佔據很大比重〔註58〕。

在 1926 年春，中共哈爾濱支部召開擴大會議，並在會議上決議將「中共
哈爾濱特支」改組為「中國共產主義青年團北滿地方委員會」，簡稱「北滿地
委」，由留蘇共產黨人、原中共北京區委奉天黨支部書記楊韋堅（又名楊寧濤）
擔任地委書記，同時兼任《東北早報》被查禁以後新成立的進步報紙《哈爾
濱日報》的總編輯。創辦於 1926 年 6 月的《哈爾濱日報》名義上是哈爾濱市
國民黨黨部出版的日報，實質上是中共北滿地委書記吳麗實安排，由國民黨
左派牟耦初出面申請並擔任公開經營者身份，才得以合法創辦的，報紙的主
編、校對及核心編輯成員幾乎均為中共地下黨員，此前參與報刊創辦初期工
作的國民黨人後期也已轉入共產黨組織，因此這是國共合作時期較為有代表
性的紙質媒體。據楊韋堅的回憶，當時哈爾濱黨組織主要側重在工人中開展
活動，而其中「哈爾濱日報起的作用很大」〔註59〕。可惜的是，《哈爾濱日報》
的正刊已經全部佚失，但從現存副刊的篇目情況可以很清晰地看出報紙的意
識形態傾向性。副刊經常刊載介紹中國各地其他進步刊物如《新青年》、《革

〔註57〕 在蘇聯與日本關於中東鐵路所有權的讓渡交涉過程中，日本將中東鐵路改名
　　　 為北滿洲鐵路，簡稱「北鐵」，試圖建構一個足以與簡稱「南滿」的南滿洲鐵
　　　 道株式會社（みなみまんしゅうてつどう）相併稱的北滿鐵路格局。材料引
　　　 自遼寧、吉林、黑龍江省總工會工運史志研究室編：《東北工人運動大事記 1860
　　　 ～1954》，內部資料，1988 年版，第 216 頁。
〔註58〕 哈爾濱鐵路局志編審委員會編：《哈爾濱鐵路局志·1896～1994·下冊》，北
　　　 京：中國鐵道出版社 1996 年版，第 1860 頁。
〔註59〕 楊韋堅：《1925～1927 年黨在東北的活動情況》，陸毅，王景主編：《中國共產
　　　 黨東北地方組織的活動概述 1919.5～1945.10》，哈爾濱：黑龍江人民出版社
　　　 1994 年版，第 153 頁。

命週報》、《嚮導週報》等刊物的文章及廣告，以及魯迅、郭沫若等五四進步作家的新文學作品。尤其值得注意的是，在副刊第 69～80 號連載了 10 期共兩萬餘字的《唯物史觀》，系統地介紹了馬克思主義唯物史觀的基本內涵，此外，還曾刊發介紹國際共產黨組織運動發展歷史的短文《四個國際》，中共早期革命家惲代英、區夢覺都曾經在《哈爾濱日報》副刊上發表過政論文章〔註60〕。儘管是年 10 月末濱江警察廳就以有「宣傳赤化」嫌疑為由，將哈爾濱日報社查封並將社長及副刊編寫成員逮捕，但哈爾濱光復後不久，《哈爾濱日報》在中共松江省委機關報《松江新報》的基礎上作為中共市委機關報重新出版，由早期北滿青年作家唐景陽擔任社長，在第二版開闢文藝副刊《文化公園》，在國共內戰時期繼續為黨團組織宣傳進步文學與文化開拓空間。

二、中共滿洲省委的北遷與哈爾濱左翼文學空間的拓延

1927 年 10 月，東北地區黨員第一次代表大會在哈爾濱召開，來自哈爾濱、瀋陽、長春、大連等地共十四位黨員代表參會，在會議上選舉成立了「中共滿洲省委臨時委員會」，省委機關地址設在瀋陽，任命陳為人為省委書記。1931年，由於社會政治局勢變化，滿洲省委在瀋陽的活動數次陷入困境，多次受到暴動和內亂影響，因而決議將中共滿洲省委從奉天（瀋陽）北遷至哈爾濱。從 1927 年 10 月到 1936 年 1 月，中共滿洲省委經歷了陳為人、劉少奇、楊光華等十五任省委書記及代理書記〔註61〕。從地址及相關公開負責人的不斷更迭，也可以看出淪陷初期東北文藝氣氛的凝重與政治環境的複雜。1931 年 10月 27 日，中共滿洲省委給中共中央致信，請示滿洲省委由瀋陽遷至哈爾濱的問題，其中給出選址的理由有五點：

　　a. 北滿在帝國主義進攻蘇聯的地位上是很重要的。

　　b. 哈地情形複雜對於鞏固機關和職業化的問題較易解決。

　　c. 每日到夜十二時還可工作，在工作的效率上大得多。

　　d. 哈地工作最近有較大的發展，需要加強領導力量。

〔註60〕具體材料來源於哈爾濱市地方志編纂委員會：《哈爾濱市志·報業·廣播電視》，哈爾濱：黑龍江人民出版社 1994 年版，第 46 頁；黑龍江省地方志編纂委員會編：《黑龍江省志·第 50 卷·報業志》，哈爾濱：黑龍江人民出版社 1993年版，第 69 頁。
〔註61〕戴茂林，李波：《中共中央東北局·1945～1954》，瀋陽：遼寧人民出版社 2017年版，第 8 頁。

　　　　　　　e. 哈地各地報紙都可看到，對於全國情形較易知道。〔註62〕

其中前兩點都是針對於哈爾濱在國際與國內相對特殊的地緣政治環境而言，無需贅言，第三點提出的前提是，在「九‧一八」事變爆發，東三省全境淪陷以後，日本關東軍在東北淪陷區實行嚴格的軍事管制，在奉天、營口、新京等地實施夜間宵禁政策，基本上在夜間22時至凌晨5時之間不允許娛樂場所、銀行及商鋪營業，更不允許行人在街道上自由行動，在現黑龍江省境內的海倫、延壽等地也有不同程度的宵禁限制。但當時的哈爾濱非常特殊，在哈埠所轄地區範圍內是沒有宵禁的。這種特殊的環境在上海的《密勒氏評論報》主持人約翰‧本傑明‧鮑惠爾的回憶錄中，也曾經有所提及〔註63〕。第四、五點則顯然指的是中共哈爾濱黨團組織工作發展態勢在全東北範圍內屬於較早起步且聲勢較大的，而且尤其肯定了當時在偽滿其他地區少見的哈爾濱報紙期刊的全面和豐富。還有一點報告中並未提及，那就是哈爾濱是國民政府、奉系軍閥與日本及俄國政府間民族利益矛盾衝突最激化的地區，從早期的鐵路工人罷工、到市民抗路聯合會抗議、學生維持路權聯合會罷課、遊行示威，「中東路事件」在哈爾濱全面激起各行業、各階層民眾的民族主義情緒。中共中央在1929年7月專門就這一事件給滿洲省委發出指示「在哈爾濱的工作要特別布置」〔註64〕，並將劉少奇派至哈爾濱專門應對群眾對中東路事件的示威遊行。由於哈爾濱因中東鐵路之便而天然地擁有體量龐大的鐵路工人群體，而且鐵路工人黨員在哈爾濱黨團組織中佔據比例也較高，因此共產國際遠東局（上海）在關於展開反對國民黨政府的中心城區工人運動，即八一國際赤色日活動情況的決議中，認為「八一運動應該在全國範圍內進行，首先應該在像哈爾濱、武漢、奉天、北京、天津、上海、香港和廣州這些工業中心區域進行」〔註65〕，將哈爾濱置於首要位置。當時正在哈爾濱組織工

〔註62〕 資料來源於檔案手稿影印本，選自遼寧省檔案局（館）編：《紅色記憶：中共滿洲省委檔案文獻圖集》，瀋陽：遼寧民族出版社2011年版，第115頁。

〔註63〕 文中在寫到三十年代初期的哈爾濱時，專門提及「哈爾濱沒有宵禁」，引自尹雪曼翻譯：《張學良突襲中東路——鮑惠爾回憶錄》，司馬桑敦等著：《張教師與張少帥》，臺北：傳記文學出版社1984年版，第241頁。

〔註64〕 《中共中央關於中東路事件給滿洲省委指示信》，1929年7月15日。

〔註65〕 171號文件，《共產國際執行委員會遠東局關於中國開展八一國際紅色日情況的決議》，1929年8月於上海，中共中央黨史研究室第一研究部編：《聯共（布）、共產國際與中國蘇維埃運動（1927～1931）第八卷》，北京：中央文獻出版社，2002年版，第151頁。

作的劉少奇，就地響應了共產國際的決議。當時根據滿洲省委的統計，哈爾濱黨員人數有 95 人，是東北三省黨員人數最多的地區，而人數次多的奉天黨員僅有 57 人[註66]，綜合以上多重考量，將哈爾濱作為滿洲省委新址的決議有著充分的必要性。

中共滿洲省委北遷以後，曾秘密派遣哈爾濱地下黨人及左翼作家去蘇聯訪學，哈爾濱早期共產黨人陳維哲（化名張德）在 1934 年 1 月份被派往蘇聯東方大學學習一年並擔任國際情報人員，回哈後參與到中共哈爾濱特委的組織籌備工作中，後加入東北抗日聯軍並在北滿抗聯部隊游擊活動陷入困境時，參與到撤入蘇聯轉到新疆的部隊中，憑藉俄語優勢與蘇聯邊防紅軍交涉[註67]。蕭軍的舊友、北滿作家方未艾也曾在 1933 年 10 月被中共滿洲省委秘密派往符拉迪沃斯托克的列寧學院學習，至 1935 年秋才從蘇聯重新返回哈爾濱。根據方未艾後來的夫人、當時的女友王采南回憶，由於當時北滿環境愈加緊張，以蕭紅、蕭軍、舒群為代表的許多愛國作家都在日偽黑名單上，因此方未艾此次赴蘇行程的隱秘性極高，連她都一無所知：「《國際協報》的林郎突然失蹤了……我心裏很不安，因為林郎是我的朋友……我當時確實一點也不知道林郎的去向。」[註68]然而正是由於方未艾的不辭而別，使得他原與白朗共同負責編輯的《國際協報》副刊受到日偽機關的懷疑，連帶著羅烽、白朗和王研石、張復生等文藝工作者紛紛離開哈爾濱南下關內四處流散。由此，顯然可以看出，既往學界有學者認為，中共滿洲省委的北遷是使得哈爾濱成為當時「東北淪陷區文學發展中心」的直接原因[註69]，這一判斷是稍顯絕對的。應該說，滿洲省委的北遷對哈爾濱文藝環境的影響作用有著複雜而豐富的多維面向，一方面，政治與文學的關係變得更為密切必然使得哈爾濱文藝政策也隨之緊縮，在此組織、參與文學活動的作家行為也會受到一定的限

〔註66〕劉秀華，張旭東主編：《中共滿洲省委史話》，瀋陽：瀋陽出版社 2013 年版，第 219 頁。

〔註67〕徐文彬：《憶抗聯六軍戴洪賓軍長帶隊到蘇聯去求援的原因和後果》，中國人民政治協商會議黑龍江委員會文史資料研究委員會：《黑龍江文史資料‧第 16 輯》，哈爾濱：黑龍江人民出版社 1985 年版，第 42 頁。

〔註68〕王采南：《難忘哈爾濱》，趙傑主編，張建軍，孫景光副主編：《遼寧文史資料‧總第五十三輯‧歷史珍憶》，瀋陽：遼寧人民出版社 2004 年版，第 313 頁。

〔註69〕楊春風：《「生的鬥爭」與「血的飛濺」──偽滿時期東北文學的艱難歷程》，呂欽文主編：《長春，偽滿洲國那些事》，長春：吉林出版集團有限責任公司 2015 年版，第 225 頁。

制，甚至在某種程度上帶來了早期北滿作家的離散與流失；另一方面，黨團組織機構及核心黨組織成員北遷哈爾濱，也為地方報紙、刊物的創辦提供了便利，文藝副刊的開辦及運行需求團結了許多在地文藝工作者，也間接為新文學的發展與傳播推波助瀾。

滿洲省委及其下屬北滿特委等黨團組織在哈爾濱創辦了《滿洲紅旗》、《北滿紅旗》、《北滿工人》、《旬刊》、《無產者》等機關刊物，這些刊物大都是地下油印小報形式，不僅中共地下黨人參與了這些刊物的編輯出版，許多為我們所熟知的北滿作家也與之關係密切，更為三十年代哈爾濱左翼文學的展開打開了空間。1931 年 2 月，隨著中共滿洲省委來哈爾濱改組北滿特委，並在《關於目前北滿工作計劃大綱》中提出「迅即出版黨報」[註 70] 的要求，8 月在哈爾濱道外區創立了由中共滿洲省委領導的機關報《哈爾濱新報》，並在報紙第四版成立文藝副刊《新潮》，最初由何語竹（何鳳鳴，又名何耿先）及安希伯（安貧、安永錄，何安仁）等幾位共產黨員共同編輯[註 71]。從表面上來看，《哈爾濱新報》報頭是國民黨元老馬福祥親筆題字，社長吳雅泉（吳嘉聲、吳致祥）早年也是國民黨左派，但社團的主要編輯成員都是地下共產黨員，社團經費的來源也是黨組織籌措的，即為蘇聯領事館刊登石油公司廣告，以獲得廣告費每月五百元作為報紙經費。因而，這一刊物實質上是在黨的領導和授意下在淪陷初期的哈爾濱開展進步文藝活動的，也被稱為是哈爾濱地下黨領導下的「第一個黨的公開報紙副刊」，時任中共滿洲省委宣傳部長的姜椿芳，也是《新潮》刊物的主筆之一。根據副刊主編何語竹的回憶，當時抗聯將領趙尚志也曾計劃加入報社，並與報社成員商議擬成立黨領導的新聞通訊社「警鐘」，但因抗戰爆發後被派往游擊區參加武裝工作而未能成形[註 72]。1932 年 9 月，編輯《新潮》的何語竹受到上級黨組織的委派，為紀念俄國十月革命十五週年而準備出版油印刊物《東北紅旗》特刊，並負責設計特刊封面，結果因印刷機關內部朝鮮族人出賣而被逮捕，後引渡至東

〔註 70〕黑龍江省地方志編纂委員會編：《黑龍江省志·第 50 卷·報業志》，哈爾濱：黑龍江人民出版社 1993 年版，第 72 頁。

〔註 71〕何耿先：《〈哈爾濱新報〉與〈東北紅旗〉》，中共青島市委黨史研究室編；張紹麟主編；宮麗雲，瞿向東副主編：《武胡景烈士專集》，北京：中共黨史出版社 2012 年版，第 190 頁。

〔註 72〕何耿先：《〈哈爾濱新報〉與〈東北紅旗〉》，中共黑龍江省委黨史工作委員會：《黑龍江黨史資料·第五輯》，1986 年版，第 104 頁。

省特別區高等法院候審〔註73〕。

　　以《滿洲紅旗》為例，這一刊物最初是滿洲省委機關報，1930 年在瀋陽創刊後不久即被查封，隨著滿洲省委北遷來到哈爾濱後復刊，1932 年 9 月改名為《東北紅旗》，1935 年 4 月在哈爾濱終刊。當時負責這一刊物的是省委宣傳部負責人姜椿芳，根據他的回憶，由於原來負責秘密印刷工作的人並不會畫畫，為了保障刊物順利出版，需要在黨內找一位同志負責繪畫工作，他找到畫畫功底很好的青年作家金劍嘯承擔這一任務，前後共持續半年多的時間。兩人交接的流程是「首先要給劍嘯帶去鋼板、鐵筆、蠟紙，然後把畫好的蠟紙送到秘密印刷所」〔註74〕，根據方未艾的回憶，他也曾在蕭紅、蕭軍位於商市街的小院中見到蕭紅用這種較為特殊的繪畫方式在刻畫繪有日本士兵欺壓中國百姓圖案的鋼板：「用鐵筆在鋼板上的蠟紙刻字或刻畫，然後將刻好的蠟紙鋪在印刷紙上，用油墨輥壓滾，一張宣傳單就印刷出來了」〔註75〕，並表示是「劍嘯忙不過來，讓我幫他做」〔註76〕，顯然，蕭紅也參與到為《滿洲紅旗》繪畫宣傳圖、廣告及其他的秘密工作中。在《哈爾濱日報》的《新潮》副刊以後，姜椿芳、羅烽、金劍嘯、舒群、白朗等黨員身份的進步文藝工作者又接續創辦了大同報《夜哨》文藝副刊、《國際協報》的《文藝》週刊、《黑龍江民報》的《蕪田》和《藝文》週刊、《哈爾濱公報》的副刊《公田》等，以黨員作家為核心，凝聚了一批與黨組織關係密切的北滿青年作家，他們文學創作及活動的文學史意義在前一章已經做過分析，因而不再贅述。

三、「口琴社」與「馬克思主義文藝學習小組」：哈爾濱左翼文學的兩次重要事件

　　三十年代中後期至四十年代初期，哈爾濱文壇出現了兩件極為重要的左翼文學事件，其一是 1937 年的「哈爾濱口琴社」事件。其二是 1941 年的「哈爾濱左翼文學事件」。這兩個事件使得大批北滿作家被捕、受刑乃至處死，對

〔註73〕 何耿先：《〈哈爾濱新報〉與〈東北紅旗〉》，中共黑龍江省委黨史工作委員會：《黑龍江黨史資料・第五輯》，1986 年版，第 106 頁。

〔註74〕 姜椿芳：《才華橫溢的抗戰文藝拓荒者——金劍嘯》，《中國藝術報》，2005 年7 月 8 日。

〔註75〕 方未艾：《詩人畫家金劍嘯，金倫》，《塵封的往事》，哈爾濱：北方文藝出版社 2009 年版，第 252 頁。

〔註76〕 方未艾：《詩人畫家金劍嘯，金倫》，《塵封的往事》，哈爾濱：北方文藝出版社 2009 年版，第 252 頁。

於接續著以蕭紅、蕭軍、羅烽、白朗等流亡關內的「夜哨」同人為代表的早期北滿進步作家未竟文學事業的進步人士來說，是極為沉重的打擊，直接致使此後幾年間的哈爾濱文壇近乎失語。而這兩個文學事件都與哈爾濱一個重要刊物密不可分，即《大北新報》。

《大北新報》原為 1906 年 10 月由日本報業人士在中國東北地區創辦的第一份中文報紙——瀋陽《盛京時報》的北滿版，由《盛京時報》的辦報人中島真雄與山本久治、高橋謙等人在 1922 年 10 月共同創辦，辦報初期受到日本外務省和滿鐵的經費資助。《大北新報》的辦報地址最初設在哈爾濱道外區正陽北三道街，後遷入道里地段街「哈爾濱弘報會館」（後為黑龍江日報社址）。1936 年春，金劍嘯聽聞《大北新報》的附屬刊物《大北新報畫刊》因經營不善而暫時休刊，時任社長的山本久治正在尋求能夠接手運營並扭轉局面的人。金劍嘯為了尋求文學創作與思想表達的文藝陣地而與姜椿芳商議決定接辦，因復刊啟動資金不足，姜椿芳動員口琴隊隊員集資兩百餘元入股，以此買通了原刊的承辦人，在租用實際主編權的同時仍以原主編的名義將畫刊復刊，由原主編負責與日方斡旋，以此獲得在日偽機關報附屬刊物拓延文藝陣地的合法權。雜誌地址初設在道里區商市街（紅霞街）43 號，由金、姜二人負責刊物的選稿、編輯、出版、流通工作，口琴隊員同時也幫助畫報承擔編輯、印刷、供稿等一般事務性工作。後為了擴大畫刊影響，還在長春籌建了分銷處。由於畫刊多次報導工農紅軍的戰績，發表高爾基、馬雅可夫斯基、魯迅、郭沫若等國內外著名進步作家的作品，而且第一時間刊登了高爾基病危的消息，梁山丁曾經在回憶文章《文學的故鄉》中將畫刊的主要負責人金劍嘯形容為「盜火者」：「在那時，誰敢刊露這樣宣傳無產階級革命的詩篇呢？……是誰這樣勇敢？在敵人辦的報紙上發表無產階級的文豪的消息呢？……這位盜火者，把光和熱留給我們，而他，卻在發表這條消息之後，就被哈爾濱日本領事館特務逮捕了。」〔註77〕在 1936 年 6 月 13 日，日本領事館突襲封閉了畫刊，並逮捕了包括金劍嘯、姜椿芳在內的畫刊編輯部全體成員。次月，姜椿芳被同院居民（包括一戶日本人）聯名保釋〔註78〕，九月

〔註77〕梁山丁：《文學的故鄉》，《東北現代文學史料（第二輯）》，黑龍江省社會科學院文學研究所編，1984 年 4 月，第 93～94 頁。

〔註78〕姜椿芳在哈爾濱從事地下革命活動時，以「英亞電訊社」俄文翻譯職業為掩護，平日諳熟《聖經》、每週日去道里端街 31 號基督教堂做禮拜，因此同院居民出具證明姜椿芳一家人都是虔誠的基督徒，不可能有越軌行為，才得以保釋。

份離開哈爾濱逃往上海。金劍嘯則因除卻與「口琴社」及《大北新報畫刊》事件相關之外，還是《黑龍江民報》的《蕪田》、《藝文》文藝副刊編輯者，同時是龍沙「白光劇團」的組織者，因此於 8 月 15 日押回齊齊哈爾市被處死。此後，哈爾濱口琴社被迫搬到中國十五道街院內，後因領事館走狗漢奸頻繁出入監視，而再次輾轉搬到太陽島上的木製白俄別墅中。12 月 13 日，陳涓、袁亞成夫婦逃離哈爾濱。次年 3、4 月間，德國孔氏洋行復招口琴學員使得「口琴社」重新被日偽敵特密切關注，終於在 1937 年 4 月 13 日，爆發了歷史上赫赫有名的「哈爾濱口琴社事件」，幾乎所有教員、顧問、吹鼓手和其他略有關聯的文藝人士全部被捕，其中口琴隊長侯小古被處死。三十年代中後期，以蕭紅、蕭軍為代表的早期青年北滿作家大都選擇離開哈埠轉而南下尋找新的文學平臺，而曾與他們一同並肩創作的姜椿芳、金劍嘯以「哈爾濱口琴社」及《大北新報畫刊》以為核心凝聚起一群社團、刊物同人，在淪陷時期文藝空間持續緊縮的哈爾濱艱難地進行著新文學寫作和蘇俄文藝宣傳。這一批曾經聚集在三十年代塞上冰城的青年知識者中，有許多人像滿天星斗般散至全國各地，日後繼續從事著文藝工作，以各種新的身份為我們所熟知。然而，我們更不能忘記像金劍嘯、侯小古這樣的青年作家們，他們為了文學信念和社會理想，在北國邊城付出了生命與熱血的代價。

　　重返哈爾濱後的金劍嘯因三十年代初結識的時任中共滿洲省委宣傳部幹事、在基層做宣傳工作文藝工作的姜椿芳引介，加入了 1935 年 1 月在哈爾濱成立的民間進步音樂團體「哈爾濱口琴社」。根據「口琴社」成員、社長夫人陳涓的回憶，其丈夫、口琴社長袁亞成在 1935 年 2 月應哈爾濱德國孔氏洋行聘任，擔任該洋行的口琴教員並開辦業餘口琴學習學校，原名為「哈爾濱口琴會」，後因日本人認為「目標太大」而改為「哈爾濱口琴社」。社長袁亞成請同鄉、同學姜椿芳幫忙招攬社員，姜因此將剛剛回到哈爾濱的金劍嘯與張金人、侯小古等人一同引入口琴社，此外，成員還有「四五個朝鮮人，一個德國學生，一個半毛子」〔註79〕。口琴社在 1935 年 4 月 1 日開學，辦學位置在臨近松花江的中國四道街二號樓，同年 8 月份以第一批口琴班的成員為主成立了「哈爾濱口琴隊」。在社長袁亞成的指揮和音樂顧問的指導下，口琴隊學員的培訓與選拔經歷了嚴格訓練：「按程度編為初級班與高級班，每期學習

〔註79〕陳涓：《我和口琴社》，《東北現代文學史料（第六輯）》，黑龍江省社會科學院文學研究所編，1982 年 10 月，第 239 頁。

時間為一個半月至兩月，並從學員中擇優成立了有吹奏各種大小口琴，分高、中、低多聲部的口琴隊」〔註80〕。根據金劍嘯女兒的回憶，最終選入口琴隊的成員主要有「侯小古（口琴隊長）、王家文（口琴隊副隊長，現名王湘，在中央文化部古樂器研究所工作）、任震英（現蘭州市副市長）……盛捷（現中國舞協副主席）……孔繁緒（作家孔羅蓀之弟）、沈玉賢（現哈爾濱兆麟校副校長）……」〔註81〕。口琴隊學員不僅在放送局舉行過廣播演奏會，而且在巴拉斯電影院舉行過兩次音樂表演會，在第一次公演的尾聲，樂隊演奏了描繪「九・一八」事變之夜敵人偷襲北大營的協奏曲《瀋陽月》，氣勢恢宏、激蕩人心。顯而易見的是，哈爾濱口琴社，這一個在敵偽統治之下以口琴培訓學校之名得以公開存在的藝術組織，通過嚴整、正規的音樂培訓和表演活動，團結了一群各色各樣的北滿進步文藝青年。

「哈爾濱口琴社」事件發生以後，哈爾濱的文學空氣愈來愈緊張，在此地從事進步文學活動的青年作家們亦人人自危、如履薄冰。然而在敵偽統治下的哈爾濱仍然出現了一個新的地下組織——「哈爾濱馬克思主義文藝學習小組」，該學習小組由中共地下黨員關毓華（陳紫，偽交通株式會社事務員、職業電車掌）、宋敏（汽車售票員）、孔廣堃（孔莫非）、王忠生（舊書攤主）、關沫南（關東彥，青年作家）等幾位核心成員組織成立，後不斷壯大聲勢，相繼發展了朱劍秋（孔廣堃夫人），赫長榮（赫洵、李復，中共北平黨組織委派），在王忠生舊書攤購買舊書結識的學生劉煥章（沙郁，後改名朱繁）、宿學良，道外正陽街瑞玉恒眼鏡店店員邊惠（史寧），及關沫南的高中同學溫成筠（艾循）、文藝友伴佟醒愚（高山、葉福，《大北新報》記者）等成員。小組的最初活動地點在道外六道街王忠生的住處，雖然隨著時間的推演，原小組成員出現了流失和分化，但同時又源源不斷地加入和團結了新的知識者。小組成員不僅研讀、討論中國古典文學名著及西方世界文學經典，而且學習馬列主義及文藝理論專著，如《資本論》、《大眾哲學》、《唯物辯證法》、《經濟學大綱》等，而且在關沫南、佟醒愚的帶領下發展報紙文藝副刊作為文學陣地，持續進行文學創作，這一學習小組成為依附於《大北風》雜誌作家群體的前身，接續著早期「夜哨」作家群的左翼傳統，在三十年代中後期至四

〔註80〕里棟、金倫：《哈爾濱口琴社簡介》，《東北現代文學史料（第五輯）》，遼寧省社會科學院文學研究所編，1982年8月，第174頁。

〔註81〕里棟、金倫：《哈爾濱口琴社簡介》，《東北現代文學史料（第五輯）》，遼寧省社會科學院文學研究所編，1982年8月，第174頁。

十年年代初期的哈爾濱組織進步文藝活動。

「夜哨」作家群、「哈爾濱口琴社」及其相關社團、組織中的主要成員羅烽、金劍嘯、姜椿芳等，均為中共哈爾濱黨組織成員。羅烽在 1928 年初來哈爾濱考入呼海〔註 82〕鐵路傳習所，後參加呼海鐵路地下黨支部書記胡起組織的讀書會，加入了共產黨並擔任中共呼海鐵路特別支部宣傳委員（後任支部書記）。1930 年金劍嘯在上海藝專學習不久後加入共產黨，受黨組織的委派在 1931 年 8 月重新回到哈爾濱參與地下工作。「九·一八」事變以後，中共滿洲省委機關由瀋陽遷來哈爾濱，時任中共哈爾濱市道外區委主席、後任中共哈爾濱市市委書記的楊靖宇就住在曾建立哈爾濱新安埠街道團支部的幹事姜椿芳家，介紹姜椿芳入黨並先後擔任共青團哈爾濱市委宣傳部、省委宣傳部幹事職務〔註 83〕。三十年代羅烽、金劍嘯與姜椿芳在哈爾濱的結識，就源於代表中共北滿黨組織意志的楊靖宇的介紹和引薦。同樣，「大北風」作家群及其前身「哈爾濱馬克思主義文藝學習小組」的主要成員關毓華、赫洵、孔莫非、佟醒愚、秦占雅等，在來哈參與文藝活動以前也都是北京、上海等各地黨組織成員。關毓華，原名陳紫，筆名晨予，湖南人。早年在上海參加共青團，並發展為中共黨員。1932 年被調往中共北平市委擔任婦委書記、全國互濟總會婦女部長，並與中共北平市委書記地下黨員左中右結為夫婦，1933 年因暫避國民黨警憲組織的追捕逃往哈爾濱。在北平工作時，左中右在長春時的舊日同學赫洵，原名赫長榮，曾用名李復，在北平大學法學院就讀並參加共產黨外圍組織和河北共濟會。在左、關二人的介紹下，1933 年赫洵加入北平黨組織，曾為李大釗撰寫烈士碑文。1934 年北平黨組織被破壞後，赫洵同家人來到哈爾濱中學任教。孔莫非，原名孔廣堃（一說孔方堃），黑龍江巴彥人（現為哈爾濱所屬近郊縣），1934 年在北平東北大學求學並加入中國共產黨。1935 年「一二九」運動後，受北平黨組織委派重返哈爾濱，加入中共哈爾濱特委支持北滿地下黨組織工作。佟醒愚，原名佟世鐸，吉林人。三十年代初期在上海藝術大學讀書並參加左翼作家聯盟小組活動，被國民黨逮捕並在南京監獄關押四年。出獄後來到哈爾濱，在《大北新報》擔任記者工作，並以筆名

〔註82〕所謂「呼海」指的是經過呼蘭到達海倫的鐵路，起始點為哈爾濱馬家船口，是中國自建鐵路歷史上非常重要的一段。呼海鐵路局總部設立在哈爾濱松浦鎮，即為現在哈爾濱松北區普寧醫院內。

〔註83〕具體資料參考王式斌：《姜椿芳在哈爾濱》，王式斌等著：《文化靈苗播種人·回憶姜椿芳》，北京：中國文史出版社 2017 年版。

高山、葉福在報紙上發表文章。秦占雅，筆名小辛，黑龍江省尚志縣人。早年在哈爾濱師專學習，後到北京大學讀書，加入中國共產黨並擔任中共北平市委委員，曾被委派至珠河縣一面坡與東北抗聯接洽。1939 年重回哈爾濱，以《大北新報》記者身份參加抗日文藝活動。可以看出，關毓華、佟醒愚等地下黨組織成員對關沫南、支持、陳隄、艾循、沙郁等青年作家的接近、團結背後，既是他們所共同持有的馬克思主義文藝觀追求互相貼近、吸引使然，同時必然也離不開黨組織的支持與扶持。

第三節　延安與哈爾濱文學場域的對接

進入解放戰爭時期，哈爾濱不僅成為東北解放戰爭的指揮中心，而且還是當時的政治、軍事、經濟和文化中心〔註84〕。伴隨著中共中央東北局的北遷、中華全國文藝協會東北文化藝術協會（簡稱東北文協）及東北文協文工團在哈爾濱的成立，丁玲、李又然、張東川、宋之的、蔣錫金、高長虹、劉白羽、嚴文井等外省作家從延安及其他解放區陸續走進哈爾濱，羅烽、白朗、舒群、蕭軍、金人等三十年代活躍在哈爾濱的本省及外省作家也相繼重返哈爾濱組織文學活動。以《東北日報》、《東北文藝》、《哈爾濱日報》等為代表的新報紙刊物及其文藝副刊，與從延安文壇來到哈爾濱解放區的新老作家，共同使得自四十年代初期以來兩三年間清冷、平淡的哈爾濱文學生態重新活躍、豐富起來，進而將延安文學觀念、創作理念、文學作品及活動的整體面貌影響傳遞至整個東北解放區。雖然，客觀上來說，這一時段的文學質地已經與三十年代在哈爾濱蓬勃發展的左翼文學運動出現了明顯的差別，但是，除卻英年早逝的金劍嘯、客死異鄉的蕭紅等人以外，絕大部分曾經從北滿走出的新文學作家都重新踏上了這片熱土，通過對這一作家群體文學觀念及創作實踐的變與不變之觀察，可以為我們更具體、完整地體察哈爾濱的文學機制做出必要準備。

一、東北局及《東北日報》遷至哈爾濱解放區後的文學復興

1945 年 8 月 15 日哈爾濱光復以後，其社會、政治、經濟及文藝環境都出現了近乎「翻天覆地」式的變化。一方面，國民政府在「九·一八」事變以後

〔註84〕張東川：《1946～1948 年在哈爾濱時期的戲曲工作》，選自遼寧省文化廳《文化志》編輯部編，《遼寧省文化志資料彙編·第 1 輯》（內部資料）1986 年，第 1 頁。

在東北地區面對日本軍實行「不抵抗」政策，因而雖然在 14 日蘇聯政府已同國民政府簽訂《中蘇友好同盟條約》並承諾「中華民國國民政府即擔負管理公務之全權」〔註85〕，但在日本宣布投降、偽滿洲國政權瓦解以後，國民黨也並未能夠在短時內於東北地區擁有成規模的正規駐軍。另一方面，國民黨軍隊在美支持下調集重兵在南部圍攻共產黨八路軍、新四軍部隊，使得在抗日戰爭後期中共建立的「向南發展」、開闢抗日根據地的戰時戰略難以為繼。因此，考慮到東北地區是與蘇聯紅軍及共產國際關係最為直接與密切的政治、文化要塞，中共在決議同國民政府和平談判的同時，也秘密計劃將「向南發展」的軍事戰略轉變為「向北突進」。在 8 月 28 日代理主席劉少奇在派遣首批赴東北工作幹部歡送會上的發言中，明確提出「日本人垮了，（偽）滿洲皇帝溥儀捉到了，蘇聯紅軍走了，國民黨還沒有去，你們要趕快去搶」〔註86〕，代表中央直接表達了對中共先遣部隊能搶在國民軍隊之前佔據東北大中小城市的希望，要求部隊見機行事、「有空子就鑽」。三天以後，鍾子雲、陳郁、孔原三位共產黨幹部作為第一批從延安派往東北的先遣隊成員，北上東北與在瀋陽籌備建立中央東北局的彭真、陳雲等匯合。陳郁、孔原分別留在瀋陽、撫順組織工作。9 月 14 日，中共中央決議在瀋陽建立東北地區的統一領導機構——東北局，並在 19 日召開第一次擴大會議，會議決定將東北局辦公處定為大帥府，以彭真、陳雲為東北局主要領導，並「全權代表中央指導東北一切黨的組織及黨員的活動」〔註87〕。三十年代曾在哈爾濱從事中共地下黨組織工作的鍾子雲，負責帶著河北張家口的十餘名中共幹部繼續北上，並於 10 月初到達哈爾濱與中共北滿臨時省委領導、曾任東北抗聯第三路軍總指揮的李兆麟會面，並協助組織了哈爾濱特別市市委機關、保安隊，並在哈爾濱周邊縣區設立東南西北四個地委、專署及軍分區委員會，全面組織重建光復後的正規組織機構體系。11 月 16 日，中央在哈爾濱建立北滿分局，陳雲擔任分局書記兼任北滿軍區政委，委員還有張聞天、高崗等人。根據鍾子雲的回憶，先遣隊雖然按照中央指示與蘇聯紅軍聯繫，但是卻在哈爾濱的接收工作問題方面嚴重受阻。在北滿分局成立後不久，蘇聯紅軍駐哈地區的遠東紅旗第一軍軍事委員斯莫林科夫少將，即要求共產黨

〔註85〕《中蘇友好同盟條約》1945 年 8 月 14 日。

〔註86〕中共中央文獻研究室：《劉少奇傳（上）》，北京：中央文獻出版社 1998 年版，第 520 頁。

〔註87〕戴茂林，李波：《中共中央東北局・1945～1954》，瀋陽：遼寧人民出版社 2017 年版，第 28 頁。

「盡快把哈爾濱交給國民黨政府」〔註88〕，同時通告國民黨政府派人接收省、市政權。直至 1946 年 4 月 27 日蘇聯紅軍全部撤出哈爾濱後，國民政府接收專員和武裝力量因僅空有機構而沒有地方區縣的各級政權實體，也不得不放棄哈爾濱返回國統區，至此才實現中共對哈爾濱地方政權的完全掌握。由於哈爾濱地區的共產黨力量與蘇聯紅軍支持的官方政府，即國民黨力量之間的複雜博弈狀態遲遲不能得到改善，因此儘管國共矛盾在東北局機關周邊城市愈演愈烈，也一直未能找到時機北遷。直到 1946 年 5 月 26 日，彭真代表東北局致電中共中央，表達了將「東北局與北滿分局合併」〔註89〕的建議並予以批准，東北局機關正式從瀋陽北遷到哈爾濱。

《東北日報》是由中共中央東北局領導的東北解放區大區黨報，最初與東北局機構共同設立在遼寧瀋陽。但早期《東北日報》的建社及日常出版工作因政局波動而有著很強的不穩定性，從 1945 年 11 月 1 日在瀋陽創刊到 1946 年 5 月遷至哈爾濱之間，《東北日報》先後經歷了三次隨軍轉移。第一次是 1945 年 11 月 23 日，隨著東北局從瀋陽撤離到遼寧本溪。第二次是 1946 年 1 月下旬在國民政府軍隊迫近瀋陽城並準備進入本溪的時候，東北日報社隨東北局轉移到吉林省海龍縣（現在的梅河口市），並在吉林通化建設了後方基地。第三次是1946 年 4 月抗聯解放長春以後，隨著東北局遷入長春，但不足一個月就因國民政府軍隊佔領四平後撤出長春，在 5 月 28 日的哈爾濱重新恢復出版，一直到1948 年 12 月 12 日遼瀋戰役勝利後跟隨東北局機關遷回瀋陽〔註90〕。可以說，在哈爾濱的兩年半是《東北日報》編輯部、報社及印刷廠、造紙廠等附屬機構相對最為穩定的時段，因而，儘管當時哈爾濱同南滿之間的交通往來基本中斷，但基本上能夠保持期發數 4 至 5 萬份的平均值〔註91〕。根據黑龍江地區出版報紙期發數統計數據可以看出，在 1948 年 12 月黑龍江地區報紙總期發數超過 20萬份，而此時即將遷離哈爾濱的《東北日報》已經從剛到哈爾濱時的期發數 2

〔註88〕 鍾子雲：《從延安到哈爾濱——回憶黨中央先遣組派往東北》，高中永主編；陳夕，劉榮剛副主編：《中國共產黨口述史料叢書·第 4 卷》，北京：中共黨史出版社 2013 年版，第 195 頁。

〔註89〕 彭真傳編寫組：《彭真年譜第一卷》，北京：中央文獻出版社 2012 年版，第 447頁。

〔註90〕 部分史料來源於遼寧報業通史編委會：《遼寧報業通史·第 1 卷·1899～1978·上》，瀋陽：遼寧人民出版社，2016 年版，第 184～189 頁。

〔註91〕 遼寧報業通史編委會：《遼寧報業通史·第 1 卷·1899～1978·上》，瀋陽：遼寧人民出版社，2016 年版，第 204 頁。

萬份發展到將近 8 萬份〔註92〕，佔據黑龍江地區出版報紙總數的 40%。《東北日報》遷至哈爾濱以後不久，即在報紙四版開闢不設刊頭的綜合性文藝副刊，約 20 期每個月，每期 1 版，除卻詩歌、小說、雜文等不同題材的新文學作品外，還發表戰地故事、報告文學、木刻畫等，並陸續增設了《特刊》、《新聞通訊》、《婦女》、《衛生》、《東北青年》等不同側重的欄目，其中 1946 年 10 月 19 日在報紙第四版推出的《魯迅先生十週年紀念特刊》，就集中刊發了蕭軍紀念魯迅的題字、金人的紀念文章《魯迅精神不朽！》以及木刻畫像等。在 1947 年 6 月 12 日《東北日報》第四版的《幾點說明》一文中，針對於報紙的綜合性文藝副刊「需要什麼樣的稿件」這一問題，給出了具體的要求和明確的指示：「在內容上：一、歡迎指導知識青年思想和修養的文章。二、歡迎幫助和指導知識青年學習的文章。三、歡迎反應各解放區特別是東北解放區工農兵為和平解放而進行翻天覆地的鬥爭和暴露蔣管區的黑暗統治等文章⋯⋯在形式上：歡迎報告、速寫散文、小說、詩歌、民謠、雜文、漫畫、素寫、照片、歌曲、劇本、新書評介、影劇評介、名詞解釋、論述、批評翻譯等。」〔註93〕

當時《東北日報》的文藝副刊主編就是早期北滿作家白朗，而副刊的核心編輯則是關沫南。據相關史料統計，當時曾在《東北日報》文藝副刊發表作品的不僅有早年在哈爾濱接受文學啟蒙、走上文壇的北滿「老」作家白朗、蕭軍、舒群、羅烽、塞克、金人等，此外還有丁玲、周立波、趙樹理等從延安來到哈爾濱的外省「新」作家。翻閱現有的《東北日報》第四版副刊文章，可以看到羅烽的論文《高爾基論藝術與思想》（原載於《東北日報》1946 年 8 月 10 日）、通訊《哈南前線紀行》（原載於《東北日報》1946 年 10 月 20 日），白朗的系列人物報告文學《勞動婦女的好朋友——蔡大姐》（原載於《東北日報》1946 年 9 月 12 日）、《一面光榮的旗幟——趙一曼》（原載於《東北日報》1946 年 6 月 21 日）、《抗日聯軍的母親》（原載於《東北日報》1946 年 6 月 14 日），舒群的散文《歸來人》〔註94〕（原載於《東北日報》1946 年 3 月 26 日）、《媽媽底愛》（原載於《東北日報》1946 年 10 月 4 日）等等。當時，影響最

〔註92〕黑龍江省地方志編纂委員會編：《黑龍江省志・第 50 卷・報業志》，哈爾濱：黑龍江人民出版社 1993 年版，第 315 頁。

〔註93〕遼寧報業通史編委會：《遼寧報業通史・第 1 卷・1899～1978・上》，瀋陽：遼寧人民出版社 2016 年版，第 218～219 頁。

〔註94〕田仲濟，蔣心煥主編：《中國新文藝大系：1937～1949：散文雜文集》，北京：中國文聯出版公司 1996 年版，第 755 頁。

大的文藝作品應數周立波的長篇小說《暴風驟雨》，小說的第一部最初於 1947
年 12 月在《東北日報》副刊連載了前四章，1948 年 4 月由東北書店初版單行
本。此外，還有趙樹理的小說《孟祥英翻身》，最初連載於《東北日報》1947
年 12 月 18 日至 1948 年 3 月 6 日，新中國建立以後由人民文學出版社初版單
行本。而且，東北魯藝文工團教育科長馬可創作的歌曲《咱們工人有力量》
最初發表於《東北日報》1948 年 5 月 24 日的第四版副刊上。因而也有這樣的
評價：「在哈爾濱時期，《東北日報》副刊逐漸成為東北解放區新老作家發表
作品的園地和搖籃」〔註 95〕，這些文藝作品因在哈爾濱時期的《東北日報》
副刊上首發，而逐漸影響傳遞到全國各地文壇。

　　不難看出，此時段外省作家在哈爾濱本地進行的文學創作與作品宣傳建立
在哈爾濱在地經驗的基礎上，寫作實踐主要圍繞哈爾濱及周邊地區的土改運動
實際展開。1947 年 10 月，周立波結合 1946 年到哈爾濱市尚志縣參加土改的經
驗，完成《暴風驟雨》的第一部；1948 年 6 月 24 日，丁玲隨張琴秋帶隊的中
國婦女代表團關內代表從河北省建屏縣啟程去哈爾濱，準備前往布達佩斯出席
世界民主婦女第二次代表大會〔註 96〕。同年 10 月，她在河北創作的土改小說《太
陽照在桑乾河上》精裝本在哈爾濱印刷，由大連光華書店出版。新書出版後，
丁玲將小說分送給在哈爾濱的朋友，給陳明的那本扉頁贈言的落款為「一九四
八，十月底去歐洲以前數日，於哈爾濱市」〔註 97〕。她在與陳明的通信中數次
表示想留在東北潛心創作，不想回到華北與周揚共事，並希望陳明也來此地。
可惜這一來哈後產生的想法並未能如願，這則是後話了，不過正是來哈以後，
丁玲的心態才出現了微妙的變化，也能夠從側面佐證當時哈爾濱文化環境的魅
力；1946 年 10 月，李克異（筆名袁犀）來到解放後的哈爾濱，先後擔任過樺
南縣副縣長、哈爾濱人民政府（松江省）主席秘書及科長等職，期間創作兩篇
反映土改的小說《網和地和魚》、《馬的歷史》。但尤為值得注意的是，李克異在
離哈以後的很長一段時間內，哈爾濱的在地經驗成為他文學創作的核心內容和
思考方向。他在改革開放以後，創作長篇小說《歷史的回聲》（初稿原名為《不
朽的人民》），作家曾在自述中寫道：「小說其他部分的背景為西伯利亞大鐵路的

〔註 95〕遼寧報業通史編委會：《遼寧報業通史·第 1 卷·1899～1978·上》，瀋陽：
　　　　遼寧人民出版社 2016 年版，第 221 頁。
〔註 96〕李向東，王增如編著：《丁玲年譜長編·1904～1986·上》，天津：天津人民
　　　　出版社 2006 年版，第 222 頁。
〔註 97〕涂紹鈞：《圖本丁玲傳》，長春：長春出版社 2012 年版，第 197 頁～198 頁。

第六期工程中，即在中國境內敷設的自滿洲里至綏芬河的一段，以及它的支線——哈爾濱至大連段……試以哈爾濱為例，32 年前，作者曾在哈爾濱新陽區的幾條街道上做過調查，10 戶中有 7 戶與這條鐵路有各式各樣的關係。」〔註98〕該作品以 1891 年至 1934 年間西伯利亞大鐵路的修築為主要時間線索，以中國境內中東鐵路段在哈爾濱的鋪設及俄蘇勢力在哈爾濱的侵蝕為核心事件，創作的素材也主要來源於作家在哈爾濱生活時期的實地考察與在地經驗。除此之外，李克異還創作了反映哈爾濱誕生的中篇小說《一個城市的誕生》，可惜的是「這部作品在罪惡的抄家中丟失，至今下落不明」〔註99〕，作品的優劣也無法判定，僅能為我們瞭解作家寫作的哈爾濱經驗提供參照。

二、東北文協、文工團的成立與流亡作家在哈爾濱的重聚

正如前述，東北文協及文工團在哈爾濱的成立使得在延安的東北流亡作家在北滿重新聚首，並直接帶來了解放時期哈爾濱文學活動的重整與繁盛。而中華全國文藝協會東北總分會在哈爾濱解放區的成立，與「魯迅十年祭」這一紀念活動密切相關，為了更好地瞭解東北文協、文工團的成立前因，我們不妨從這一紀念活動的史料回顧開始。

因自延安講話以來在文藝界中確立的毛澤東文藝指導思想，已經逐漸將魯迅思想淡化乃至邊緣化，在 1942 年在延安召開的魯迅逝世六週年紀念大會以後，已多年未再舉行過類似的魯迅逝世週年紀念活動。解放後國統區影響最大、發起最早的魯迅紀念活動是 1946 年 10 月 19 日下午，由中蘇友好協會、中華全國文藝界協會總會等十二個文化團體，在上海辣斐大戲院（即現長城電影院）舉行的魯迅逝世十週年紀念大會。周恩來、郭沫若、茅盾、巴金、胡風等中共領導、文藝工作者及各行業精英知識分子共千餘人紛紛赴滬參會，基本上吸引和凝聚了當時處於文化中心地區的絕大多數文人作家。此外，重慶、平津、臺灣等其他國統區也相繼有一些規模不一的後續紀念活動〔註100〕。在同一天的東北解放區，同樣有著另一場聲勢浩大的紀念活動，那就是在哈

〔註98〕 李克異：《關於長篇小說〈人民〉的一些想法》，選自李士非等編：《李克異研究資料》，廣州：花城出版社 1991 年版，第 265～266 頁。

〔註99〕 李士非：《不幸中斷的回聲——悼念李克異同志》，選自李士非等編：《李克異研究資料》，廣州：花城出版社 1991 年版，第 190 頁。

〔註100〕葛濤：《「寒凝大地發春華」（上）——四十年代末關於魯迅文化反響（1946～1949 年 10 月 1 日）》，紹興魯迅紀念館，紹興市魯迅研究中心編：《紹興魯迅研究 · 2008》，上海：上海文藝出版社 2008 年版，第 96～98 頁。

爾濱莫斯科劇場舉行的魯迅逝世十週年紀念大會，又稱為「魯迅十年祭」。當時活躍在哈爾濱及東北解放區的文人作家、文藝工作者、社會名流、工人、學生及一般市民等各個階層共兩千餘人集結一堂。當天，文藝研究會、晉冀魯豫邊區文聯與北方大學也聯合召開了紀念座談會，邊區文聯主席于黑丁、北方大學校長范文瀾在會議上發表演說，但參與座談會的只有七十餘人〔註101〕，在影響範圍上遠不及哈爾濱解放區。「魯迅十年祭」不僅為了要將「魯迅先生的旗幟插到東北來」，而且在紀念會上還提出了成立魯迅學會、魯迅文化出版社和魯迅社會大學等三項具體紀念活動提議。東北局機關報《東北日報》在19、20兩日連續在第四版刊發紀念特刊，並在特刊發表了蕭軍、金人、草明、鑄夫等參會作家的紀念文章，並由東北文化社編輯、東北書店出版了《魯迅先生逝世十週年紀念特刊》。不久以後，蕭軍就在進步青年徐定夫的協助下創辦了魯迅文化出版社及印刷廠，地址在哈爾濱尚志大街，這一出版社先後重印了「奴隸叢書」中的長篇小說《八月的鄉村》和蕭紅的《生死場》。根據王德芬的回憶，在1947年3月份將衛生部印刷廠接收過來以後，出版社的規模得以擴大，還曾為冀察熱遼軍區印刷軍事教材及宣傳文件等政治材料〔註102〕。1947年5月中旬，蕭軍籌備的「魯迅社會大學」在松花江畔一座二層樓內開學，以講座形式免費為社會各階層人士每週開設兩次文學、藝術、歷史、科學等通識類課程，由蕭軍一人擔任講師，次月停辦〔註103〕。

在紀念活動舉行的當天下午，由蕭軍、舒群、羅烽、白朗、金人、草明六人發起，連同參加十年祭的部分哈爾濱文化界人士及中蘇友好協會成員，共同召開了東北文協籌備會。會議確定了組織的名稱為「中華全國文藝協會東北總分會」，主席由金人擔任，並經大會票選推舉出除前述六位發起人以外，還有陳隄、華君武、唐景陽、鑄夫等共十七位籌備成員，並在籌備委員中票選出九位協會常務委員，其中羅烽擔任總務部長，蕭軍擔任研究部長，草明擔任出版部長〔註104〕。會議決定創立《東北文藝》月刊作為「東北文協」的會刊，前

〔註101〕葛濤：《「寒凝大地發春華」（上）——四十年代末關於魯迅文化反響（1946～1949年10月1日）》，紹興魯迅紀念館，紹興市魯迅研究中心編：《紹興魯迅研究·2008》，上海：上海文藝出版社2008年版，第97～99頁。

〔註102〕王德芬：《我和蕭軍五十年·（第二版）》，北京：中國工人出版社2008年版，第145頁。

〔註103〕王德芬：《我和蕭軍五十年·（第二版）》，北京：中國工人出版社2008年版，第146頁。

〔註104〕資料來源於馮明：《記魯迅十年祭和東北文協的誕生》，原載於1946年12月

兩期主編為草明，從第三期開始轉交白朗主辦，由作為《東北日報》報社附屬單位也遷到哈爾濱的東北書店出版發行。不僅刊發了趙樹理的《孟祥英翻身》（1946年12月1日創刊號）、劉白羽的《喜事》（1947年1月1日第1卷第2期）、關沫南的《不是想出來的故事》（1947年6月15日第2卷第1期）、白朗的《棺材裏的秘密》（1947年11月1日第2卷第5期）等小說作品，而且連載了金人翻譯的華西萊芙斯卡亞的中篇小說《只不過是愛情》，還在1947年10月1日第2卷第4期專門開闢了紀念魯迅先生逝世十一週年專輯。

務必指出的是，關於東北文協成立及《東北文藝》創辦的相關史實，既往學界存在一些分歧。有極少數學者認為中華全國文藝協會東北總分會的成立大會是1946年11月24日在佳木斯聯合中學禮堂舉行的，佳木斯「東北文協」的會刊則是1946年12月由呂驥在佳木斯創刊的《東北文藝》，並據此進一步將佳木斯定義為「東北小延安」〔註105〕。這一論斷在一定程度上為《東北文藝》刊物文學史意義的判斷帶來了不必要的研究分歧與學術混亂。我們不妨結合從延安來到哈爾濱的中共東北局宣傳部幹部草明的回憶，來理清東北文協成立前的複雜歷史狀態。作家草明原名吳絢文，祖籍為廣東省順德縣，於1945年11月隨曾任廣東省委常委兼統戰部長的古大存帶領的小分隊離開延安奔赴東北，1946年6月到達哈爾濱，與羅烽、白朗、蕭軍等北滿作家進行創作、籌辦刊物、建立文協，是解放戰爭時期參與組織開展東北地區文學活動的唯一一位廣東籍外省作家，因在北滿哈爾濱地區創作了學界公認的「中國第一部工業題材的中篇小說」《原動力》而蜚聲文壇。草明曾經在九十年代專門撰文回憶《東北文藝》刊物創刊的過程，中共東北局宣傳部領導直接授意草明及幾位編輯同志主持，並在1946年12月出版了創刊號，而早期曾為《東北文藝》刊物撰稿的作家基本上與《東北日報》撰稿作家有著很高的重合率〔註106〕。事實上，由於「七七決議」以後，中共中央東北局決定在哈爾濱周邊縣市及村鎮加大基層文化發展力度，因而在1946年6月，為方便東北

1日《東北文藝》（佳木斯）第一期，中國社會科學院文學研究所魯迅研究室編：《1913～1983魯迅研究學術論著資料彙編·（第四卷）》，北京：中國文聯出版公司1987年版，第401～403頁。

〔註105〕如于世軍，喬樺，呂品：《東北小延安·文化名人譜》，北京：中國戲劇出版社2012年版；張鵬翔，張樹東，呂品編著：《東北三江流域文化叢書·北滿合江·東北小延安》，哈爾濱：黑龍江教育出版社2015年版，等等。

〔註106〕草明：《〈東北文藝〉創刊回溯（1991年12月）》，草明著：《草明文集·第五卷·散文·報告文學·隨筆》，北京：中國青年出版社2012年版，第416頁。

局開展基層工作,東北書店總店遷至當時合江省的省會佳木斯,隨後印行了毛澤東的《論聯合政府》、《新民主主義論》等政論文章及各地文學期刊、作家作品,據不完全統計,東北書店在佳木斯時段共出版發行各類讀物、刊物將近 160 種〔註107〕。與此同時,東北文藝工作第二團部分成員從吉林海龍輾轉到達佳木斯開展文藝活動,1946 年 11 月 27 日在佳木斯舉行首次「東二團」集會並選舉呂驥、袁牧之、塞克等九位常務委員,領導委員會由塞克擔任主任。因此,根據前述歷史材料不難看出,佳木斯地區的文藝會議、書店及刊物的出版,主要依託的核心人物是從哈爾濱派去的劇作家塞克和音樂家呂驥,從時間和空間角度來看,應是哈爾濱北滿分局與東北局合併以後的基層工作選擇需要,應視為哈爾濱文藝工作的餘波與延宕。正如 1945 年延安魯迅藝術學院輾轉遷到哈爾濱以後,也在 1946 年開始分批次遷往佳木斯及地方二三線城區,以更為深入解放區群眾基層生活開展文藝活動。

1947 年 8 月 15 日,從長春撤退到哈爾濱的第四野第六縱隊政治部宣傳隊,聯合哈爾濱特別市教聯文工團的部分人員、東北民主聯軍第七師宣傳隊成員、偽滿時期「劇團哈爾濱」、「塞北風劇社」的成員及社會上的知識青年,在哈爾濱建立了「東北文藝家協會文藝工作團」,簡稱「東北文協文工團」,由東北文協的羅烽、張東川直接領導,以張凡夫、陳沙、白鳶、沙青等人為核心。文工團不僅在哈爾濱道里區中國九道街「大光明影院」演出了大型歌劇《血淚仇》,還陸續排演了秧歌劇《兄妹開荒》、新歌劇《新家庭》、獨幕話劇《取長補短》等舞臺作品。1948 年 11 月 2 日瀋陽解放以後,「東北文協文工團」從哈爾濱南遷至瀋陽,並根據東北局指示與冀察熱遼等其他解放區的文工團成員合併,改稱為「東北文藝工作團」。合團以後的全面工作由時任東北局宣傳部副部長、東北文協主任的劉芝明負責組織,就在這一時期,劉芝明及其主辦的《生活報》與蕭軍主辦的《文化報》之間,出現了哈爾濱解放區最激烈的文學論爭。

三、「兩報論爭」與新文藝體制建構的嘗試

正如第一章我們所談到的那樣,偽滿洲國時期的北滿哈爾濱文壇與南滿相比是極少出現文學論爭的。然而,當我們進入解放戰爭時期東北解放區的

〔註107〕于世軍,喬樺,呂品:《東北小延安·文化名人譜》,北京:中國戲劇出版社 2012 年版,第 61 頁。

歷史環境與文學氛圍中則不難發現，光復後的哈爾濱文壇可以說是解放區文學論爭表現得最為集中與激烈的時空場域。論爭的核心起初源於蕭軍的「《文化報》事件」，逐漸發酵成為嚴重的政治事件。這一論爭的背後，既是主流意識形態與民間話語之間的交鋒與角力，也是新中國成立之前新文藝體制建構在哈爾濱解放區的最初嘗試。

正如有學者所言，：「『《文化報》事件』本是包括兩個過程，一個是兩報的論爭過程，一個是東北文藝界對蕭軍及《文化報》的批判過程。」〔註 108〕而對於蕭軍的批判則起源於《文化報》與《生活報》之間的論爭，為了更準確、清晰地瞭解這一問題，我們不妨先回顧這一論爭的基本歷史情況。

1947 年，蕭軍在中共中央東北局的支持下在哈爾濱創辦魯迅文化社和《文化報》，並擔任社長及主編，主要發表詩歌、小說、話劇等各題材新文學作品，蘇聯文學作品的翻譯及介紹，以及對當下文學現象及文化方向的評論。根據蕭軍在 1953 年 7 月 9 日《致中央文委》信件中的自述〔註 109〕，以及部分學者對原刊史料的詳細考證，《文化報》從 1947 年 5 月 4 日創刊，每週一期，中間因蕭軍去富拉爾基參加土改而停刊半年，從 1948 年初復刊，改為五日一刊，至當年年末休刊，共出版七十三期正刊及八期增刊，共八十一期。與《文化報》同時期出現的哈爾濱並與之展開論爭的《生活報》，是由中共中央東北局宣傳部授意、副部長劉芝明直接領導，於 1948 年 5 月 1 日在哈爾濱創刊的五日報。報紙由三十年代上海「國防文學」派左翼劇作家宋之的擔任主編，編委會除宋之的外，還有華君武、沙英、王坪以及早年北滿翻譯家金人等。1948 年年末，隨著中共中央東北局南遷瀋陽，《生活報》在出版第四十五期的時候也隨之遷往瀋陽，由哈爾濱光華書店發行改為瀋陽東北書店發行，最終發行八十五期以後終刊。兩報之間的論爭，最初始於《生活報》在 1948 年 5 月 1 日創刊號發表了署名鄧森的一篇題名為《今古王通》的文章，文章在排版方面特意布置在第二版的版心位置，並在紅色報頭、白色紙張上，用黑色邊框圈出文章題名（見下圖）。在不足兩百字的雜文中，諷刺了一位將自己「封作孔子」而沾名釣譽的隋末妄人王通，含沙射影地寫道：「這種借他人名望以幫襯自己，以嚇唬讀者的事，可見是古已有之了。不曉得今之王通，是不是古

〔註 108〕宋喜坤，張麗娟：《〈文化報〉研究資料考辨》，《中國現代文學研究叢刊》2012
　　　　年第 12 期，第 143 頁。

〔註 109〕蕭軍：《蕭軍全集·第 17 卷·致家人友人讀者公函（續）》，北京：華夏出版
　　　　社 2008 年版，第 244 頁。

之王通的徒弟」〔註110〕。

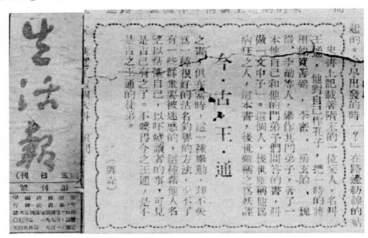

（《生活報》創刊號版頭及《今古王通》一文）

兩星期後，蕭軍在《文化報》1948年5月15日第三十五期發表了一篇題目為《風風雨雨話「王通」——夏夜抄之一》的雜感文章予以正面回應，並在開篇就指明著文是為了「更正」與「闢謠」。在8月15日抗日民族戰爭勝利三週年紀念以後，8月26日《生活報》以本報社論形式發表《斥〈文化報〉的謬論》一文，針對8月15日第五十三期《文化報》上題名為《三週年「八·一五」和第六次勞動「全代大會」》的「本報社論」，將蕭軍置於「反蘇」、「反人民」的政治反動派地位。隨後的兩個月內，蕭軍在《文化報》連續發表了《「古潭裏的聲音」（1～4）》，以及虹嘯的《生活報：您替敵人「服務」了》、艾森的《漫談「扣帽子」》、鮑禾生《用真理來解釋「謬論」和「胡說」》、鄂也戰的《誰先惹誰？——也由「王通」說起》、英石的《我的刊發——對文化報和生活新聞的駁斥》等數十篇為蕭軍「辯誣」、與《生活報》論爭短長的評論文章。由此，不難看出兩報論爭在初期基本上仍然努力控制在文藝界學術探討範疇內。

　　直到東北局機關報紙《東北日報》上連續發表了《東北文藝協會關於蕭軍及其〈文化報〉所犯錯誤的結論》、《中共中央東北局對蕭軍問題的決定》兩篇文章，以組織的身份將蕭軍定性為「反蘇、反共、反人民」分子，《文化報》事件已逐漸向黨內政治批鬥的方向發展。隨後不久，馬克思主義理論家、

〔註110〕鄧森：《古今王通》，《生活報》，1948年5月1日。

「毛澤東同志思想」提法的首位使用者張如心、作家丁玲、徐懋庸等人積極響應，撰寫《反對蕭軍思想保衛馬列主義》、《批評蕭軍錯誤思想》、《蕭軍的伎倆》等文章，將文學批判進一步向思想批判、政治批判引入。在 1958 年進行蕭軍思想再批判時，曾任《東北日報》副總編輯的嚴文井、《東北文藝》第一任主編草明、《紅樓夢》研究者、青年作家李希凡，以及《生活報》曾經的編輯、撰稿人沙英、洛寒等人紛紛撰文批判蕭軍在《文化報》時期曾經發表的個人主義思想「毒草」。顯然，這一時期的文藝界已經將批判引向泛化，從文學問題的討論轉變為政治意識形態的「扣帽子」和「定性質」。

劉芝明批判蕭軍在《文化報》上所「暴露」出的「反動思想」主要有三個方面：「（一）極端自私的個人主義（二）小資產階級的超階級觀點（三）狹隘的民族主義」〔註 111〕。劉芝明與蕭軍同為從延安回到哈爾濱的遼寧籍文藝工作者，他將蕭軍的「個人主義」理論來源解釋為「在外漂流了十幾年，回到東北……不獨沒有做成皇帝，或王爺，連原來的小官都丟了……恰好，公家給了他機器、出版社，又有了可以『招賢納士』的文化報」〔註 112〕；又進一步將蕭軍的「狹隘的民族主義」思想來源解釋為將哈爾濱的「白俄」與蘇聯對立起來，會「引起和加深民族間的不團結」〔註 113〕。而這兩種思想來源，恰恰是從北滿走出、經延安而重返哈爾濱的流亡作家所共同具有的。但是，值得我們注意的是，幾乎所有曾與蕭軍在二三十年代的哈爾濱共同開拓文藝空間的北滿作家，都未在此次論爭中發聲。這裡面既包括本身就在《生活報》供職的翻譯家金人，也包括雖然此時在哈爾濱但並未為兩報直接工作的羅烽、舒群、白朗、關沫南等。蕭軍的文章中也曾透露出當時部分友人的態度：「也有較關心我的友人們來信或口頭上勸解我說：『不要理』，『超過去』……免得引起一些無原則的糾紛」〔註 114〕。倘若蕭軍的舊日友人也執筆著文反駁一二的話，恐怕蕭軍的罪名還要再加上一個「宗派主義」或「搞小團體」的「分裂主義」。因此，北滿作家此時的這種「沉默」，未嘗不是對蕭軍的一種保護。

〔註 111〕劉芝明：《蕭軍批判》，天津：知識書店 1949 年版，第 29 頁。
〔註 112〕劉芝明：《蕭軍批判》，天津：知識書店 1949 年版，第 31 頁。
〔註 113〕劉芝明：《蕭軍批判》，天津：知識書店 1949 年版，第 49 頁。
〔註 114〕蕭軍：《夏夜抄之一：風風雨雨話「王通」》，蕭軍：《蕭軍全集·12·蹲在牛角上底蒼蠅·灰敗思想的根源一解·舊事重題·漫談北京過去的曉市》，北京：華夏出版社 2008 年版，第 182 頁。

　　八十年代初期，中共中央組織部、宣傳部及有關部門對蕭軍的「《文化報》事件」進行重新討論，指出 1948 年中共中央東北局《關於蕭軍問題的決定》中對他「反蘇、反共」的定論缺乏事實根據，應該予以改正。至此，三十餘年以後蕭軍作為擁護共產黨及社會主義的革命文學作家身份才得以平反。隨著嚴家炎提出「從歷史實際出發，才能科學地評判現代文學史上發生的那些論爭，才能糾正歷史上的一些冤案和錯案」〔註 115〕以後，關於這一文學事件的歷史溯源，以及這場文學論爭的現代文學史評價等相關問題的研究，作為現代文學歷史進程中的諸多爭論性議題之一，逐漸重新回到現代學術視野中。正如學者張毓茂所言：「《文化報》與《生活報》的衝突，就不簡單是出於個人恩怨，而是民主意識和滲透在革命隊伍中的封建主義思想的激烈交鋒」〔註 116〕。這一場在哈爾濱解放區展開的話語交鋒，可以說是新中國建立以後至改革開放以前的三十餘年之間的多次文藝論爭、文化批判的試驗場。從這一個事件的歷史細節中，我們也可以析讀出新中國文藝體制建構的思想嘗試，這也從某個側面表明，民國時期哈爾濱的時空場域對當代中國文學機制及思想史研究都有著重要的意義。

〔註 115〕嚴家炎：《從歷史實際出發，還事物本來面目》，《中國現代文學研究叢刊》1980年第 4 期。
〔註 116〕張毓茂：《蕭軍是怎麼從文壇消失的──重評〈生活報〉與〈文化報〉的論爭》，《遼寧師範大學學報》，1988 年第 4 期。

第三章　雜色的哈爾濱：多重殖民統治語境下的「異民族」敘事

　　三四十年代，早年間在哈爾濱生活、寫作的東北流亡作家筆下有著十分特殊的兩種書寫對象：白俄敘事與猶太敘事。這兩種書寫生長在民族主義話語的破碎與斷裂之處，流亡作家講述白俄與猶太人的命途多舛與流離失所，同時也是在反芻著自己失去故土的苦難與漂泊。近年來，有學者已經敏銳地關注到該現象中的白俄敘事面向〔註1〕，對羅烽的《考索夫的發》、舒群的《沒有祖國的孩子》、蕭紅的《訪問》、《索非亞的愁苦》、《羊》等諸多書寫哈爾濱白俄生活狀態及文明面貌的小說文本進行細緻析讀，初步呈現出這一異質敘事譜系與左翼革命想像、流亡作家的認同危機與離散心理間複雜而幽微的關係，在此基礎上更豐富的文本發現與更深層次的文學闡發仍然有很大的空間。而猶太敘事，則由於觸碰到更為複雜的西方種族問題，尤其是在流亡在哈爾濱的猶太人中，俄籍猶太人又佔據主流，猶太民族與白俄身份互相交織、糅雜，作家文本中對於猶太人的書寫也十分含混難以剝離，因此對於這方面問題的關注與討論仍然處於一片未開墾的處女地。

〔註1〕如楊慧：《一次穿越「異國情調」的文學旅程——略論靳以 1930 年代初的白俄敘事》，《中國現代文學研究叢刊》2011 年第 5 期，第 133～143 頁；楊慧：《苦難的「風景」——20 世紀 30 年代中國文學的白俄乞丐敘事》，《南開學報（哲學社會科學版）》2013 年第 4 期，第 119～129 頁；楊慧：《真實的幻象——略論中國普羅小說中的白俄敘事》，《四川大學學報（哲學社會科學版）》，2013 年第 4 期，第 122～129 頁；楊慧：《隱秘的書寫——1930 年代中國東北流亡作家的白俄敘事》，《中國現代文學研究叢刊》2014 年第 3 期，第 160～173 頁。

第一節　北滿流亡作家筆下的「異質」白俄書寫

一、哈爾濱國際性移民與白俄敘事在左翼文學中的出現

　　從康熙年間東北地區增設黑龍江將軍管轄松花江及黑龍江流域起，哈爾濱就是黑龍江將軍管轄區位於松嫩平原南側的富饒的農牧、漁業地帶。嘉慶年間《訂定臨時移民章程》頒布以後對關內居民出關人口限制放寬，清中葉至後期，隨著「京旗移墾」和「開禁放荒」，大量來自山東、河北等地的滿、漢移民紛紛遷入哈爾濱開墾荒地、發展漁業及手工業生產，作為富庶漁村的哈爾濱地區初具規模。1898 年「中俄密約」簽訂後，俄國將哈爾濱作為修建中東鐵路的中心，不僅擴建了南崗區（原秦家崗）、中國大街（現道里區中央大街）等中心街區，而且建設了鐵路局、教堂、銀行、商鋪、餐廳、賓館等「巴洛克」式、「拜占庭」式等歐式近代建築。哈鐵路局、火車站、秋林公司、莫斯科商場（現黑龍江省博物館）、馬迭爾賓館、索非亞教堂等俄式建築、商鋪均在這一時段建成〔註 2〕。在 1907 年哈爾濱被開闢為國際商埠以後，米、麵、糧、油加工廠、捲煙廠、啤酒廠等近代工廠紛紛建立，可以說，哈爾濱建築業、金融業、郵政業、機械工業等方面的最初發展，在客觀上得益於中東鐵路的建成和俄國殖民經濟的滲透。

　　由於哈爾濱地區在地理位置上毗鄰俄國，且較早被開放為商埠，因而自清末至民國時期哈爾濱的人口構成中，國際移民佔據了很大的比重。隨著清末中東鐵路的開工修建，在鐵路沿線進行修路、開礦、採伐工作的俄國工人及技術人員進入哈爾濱地區，1903 年中東鐵路全線通車以後，交通的便利進一步吸引許多建廠、經商、傳教的外國人和領事館人員及家眷紛紛移居哈爾濱。1904 年至 1905 年間日俄戰爭中沙俄戰敗以後，大量幸存的沙俄官兵、猶太軍人和戰俘因不願意遣返回俄國而滯留哈爾濱。1917 年俄國十月革命爆發後，更有大批俄國流亡資產階級舊式貴族逃往哈爾濱，根據《遠東報》的記載，1912 年哈爾濱俄國移民由 43,091 人，占哈爾濱人口總數的 63.7%〔註 3〕。在來哈俄國人的回憶中，1915 年前後的哈爾濱「整個市鎮已是白俄的世界，而且愈來愈白」〔註 4〕。

〔註 2〕哈爾濱市地方志編纂委員會編：《哈爾濱市志・5・建築業・房產業》，哈爾濱：黑龍江人民出版社 1995 年版。

〔註 3〕石方：《黑龍江地區的外國移民》，《學習與探索》，1986 年第 4 期，第 126 頁。

〔註 4〕〔美〕葛浩文：《〈商市街〉後記：蕭紅的商市街》，葛浩文著，史國強總編輯，閆怡恂總翻譯：《葛浩文隨筆》，北京：現代出版社 2014 年版，第 64 頁。

　　因而，對這一種社會現象的文藝反應，也成為哈爾濱文學的特殊質地。

　　既往對於二十世紀初期的哈爾濱出現的數量龐大的國際性移民浪潮的研究，對因殖民經濟輸出及政治影響而長時間在哈爾濱工作、生活的俄國移民群體，主要有兩種不同的稱謂：僑民（或俄國僑民，也簡稱俄僑）、流民（或白俄流民，有時簡稱白俄）。「僑民」，指的是在哈爾濱僑居的俄國移民，未有明晰的階層劃分。在《康熙字典》裏，對「僑」做了如下的解釋：「旅寓曰僑居」，也就是寄居外地的人，從漢語語彙表面意義來看，是相對中性的表述。在歷史上，「僑」一字在魏晉南北朝時期已被廣泛使用，主要指依附北方朝廷南下的北人。在《隋書》中，將因中原喪亂而隨晉元帝旅居江左的南遷百姓稱之為「僑人」。近十餘年間，在國際學術界探討國際性移民問題的研究中頻繁出現術語 Diaspora，這一詞彙源於希臘語，本意為「離散」或「離散社群」，原指猶太人和亞美尼亞人被逐出家園後流離失所的狀態，在西方語境中經常與 Homeland（「家園」）並置使用〔註5〕，帶有一種失去故土的無家可歸感。國際僑民聯盟（International Diaspora Engagement Alliance）將 Diaspora 定義為：居住在異國並與祖國保持密切聯繫的社會族群〔註6〕，這一語彙經常被中國海外華僑學研究者翻譯為「僑民」〔註7〕，使用於指涉在海外生活的華人華僑群體。帶著這樣的前理解重新回看指代二十世紀初期哈爾濱的俄國移民群體的「僑民」，顯然在一定程度上也帶有家國何在、流離失所的漂泊無依感。反觀「流民」，則比「僑民」更進一步明確指代流亡在哈爾濱的白俄民眾，尤其特指與十月革命後紅色蘇維埃政權的共產者，即「紅俄」或「赤俄」相背離的，被趕出國土流亡在哈爾濱的「白色分子」，本研究主要選用「白俄流民」這一種說法。

　　那麼，白俄的具體意涵又應如何理解呢？在 1929 年 6 月出版的《社會科學大辭典》中，對「赤軍與赤衛軍」詞條進行了如下解釋：「俄國十一月革命前苟洛尼羅夫叛亂時，由彼得格勒蘇維埃工人所編成之義勇革命軍……為十一月革命的執行者。赤軍是蘇維埃政府成立後以徵兵制度徵役勞動者而編成的正式軍隊。與赤衛軍相對的白俄軍成為白衛軍。後赤軍組織成功，又改稱

〔註5〕范可：《移民與「離散」：遷徙的政治》，《思想戰線》2012 年第 1 期，第 17 頁。
〔註6〕 "What is a diaspora？" http://www.diasporaallinance.org/about-us/.
〔註7〕李其榮主編：《協同發展‧華僑華人與「長江經濟帶」「一帶一路」=Coordinated development overseas Chinese and "the Yangtze river economic zone" "belt and road initiative"》，廣州：暨南大學出版社 2016 年版，第 214 頁。

白俄軍隊為白軍。」〔註8〕在1932年10月16日的《東方雜誌》中，有學者根據國際通訊《散佈於世界的白俄》及《世界白系露人至運動》兩篇外文材料翻譯總結，認為：「頓河政府及白衛軍，反抗蘇維埃。所謂白色俄羅斯，於是產生。」〔註9〕由前述兩則材料可以推知，「白俄」指的是與蘇維埃共和國紅色政權即「赤俄」相對立的政治力量，起源於與赤衛軍相對的鄧尼金、高爾察克領導的反紅色政權武裝集團「白衛軍」，以及哥尼羅夫集結羅曼諾夫斯基、亞力西夫等在頓河流域以哥薩克首都羅斯托夫為根據地組織的反蘇維埃政權「頓河政府」。有學者在研究中國現代文學中的白俄敘事時，進一步對何謂「白俄」做出了定義與解釋：「所謂『白俄』，顯然是與『赤俄』對待而生。俄文的白俄叫 белоэмигрант，本義是指白色的僑民，這是蘇維埃當局給予的貶損性的政治命名。這一群體則稱呼自己為"эмигрант"，即僑民。」〔註10〕而俄語中作為東斯拉夫民族之一的白俄羅斯是 белоруссия（n.）белорусский（adj.），即是在表示俄羅斯的 Россия（n.）Русский（adj.）詞根前加上表示「白色」的前綴 бел-。顯然俄文中的「白俄」белоэмигрант，與表示俄羅斯聯邦政權的詞根完全無關，它的詞根 эмигрант（n.）在俄語詞典中的解釋是「遷居他國的人；（遷移到外國去的）移民；（長期僑居的）僑民」，在這個詞前面加上表示「白色」的前綴 бел-，組成專有名詞 белоэмигрант，在詞典的釋義中專門指代十月革命以後逃亡國外的白俄。在日語中指代「白俄」的詞彙是「白系露人」（はっけいろじん），與漢語中的「白俄」構詞基本一致，指的是白色的「露西亞」，也就是白色俄人。由此不難看出可見，這一詞彙應該是在特定歷史時空環境下被紅色政權建構起來的「政治哲學觀念的產物」〔註11〕。白俄群體中有多種派系，其出身、階層、經歷、國籍等諸多問題都非常混亂而繁複，在探討文學範疇內的「白俄敘事」時，不應過分拘泥於闡釋或理清白俄歷史的複雜底色，只要以「政治態度」作為甄別白俄身份的本質特徵來選擇文本即可。現代哲學家趙鑫珊以白俄後人的身份，通過對俄文及其他外

〔註8〕高希聖，郭真，高喬平，龔彬編：《社會科學大詞典》，上海：世界書局 1929年版，第257頁。

〔註9〕三立譯：《散佈全世界的白俄》，《東方雜誌》，1932年第29卷第4期，第77頁。

〔註10〕楊慧：《熟悉的陌生人——中國現代文學中的白俄敘事（1928～1937）》，廈門大學，博士後學位論文，2010年，第2～3頁。

〔註11〕趙鑫珊：《一個人和一座城：上海白俄羅森日記》，上海：上海文藝出版社 2012年版，第93頁。

文材料的梳理，整理出這批政治流亡者的主要政治傾向，即「不承認新生的蘇維埃政權」、「心目中只有『上帝和沙皇』」、「手裏高舉著沙俄三色國旗」〔註12〕，本文遴選「白俄敘事」的標準就依據於此。

　　毋庸贅言，白俄在哈爾濱的日常性存在成為在此生活、寫作的文人作家共同關注的基本前提。1939 年 8 月 10 日，「滿鐵社員會」曾出版發行了一色辰夫的攝影集《北滿的移民》。這是一本反應滿洲的白俄民眾日常生活場景的攝影集〔註13〕。1941 年 11 月 14 日，「株式會社滿洲映畫協會」（簡稱「滿映」）在哈爾濱上映了由高原富次郎拍攝的電影作品《北滿的白俄》〔註14〕，1942 年 11 月 10 日，東京赤壕書房出版日本作家竹內正一的長篇小說《哈爾濱入城》，以「九・一八」事變前後的哈爾濱為背景，從主人公俊夫以及白俄僑民的視角出發，「將日軍美化為解救白俄僑民的英雄。」〔註15〕除「日系」文人之外，在哈爾濱從事文學活動的青年作家們，幾乎都有著與在此生活的白俄流民、舊式貴族密切交往甚至共同生活的經歷。蕭紅、蕭軍曾暫居在道里區由白俄開設的歐羅巴旅店中，根據蕭紅在散文集《商市街》中的記敘，旅店店主、雜役均是白俄，飯食也幾乎盡是俄式的列巴（黑面包）、白鹽。二蕭及許多文學夥伴活動的場所「牽牛坊」，最早其實也是白俄獸醫院，在 1929 年由馮詠秋的父親「從一位白俄獸醫手中買下這座房子作為住宅，後來留給馮詠秋」〔註16〕，因而才能成為「牽牛坊」文學沙龍的開辦地和作家同人的集會地。在二蕭及金劍嘯等青年作家離開哈爾濱南下到上海等地時，仍然保持著在其他地方很少見到的俄式衣著、裝扮，以及慣於吃蘇伯湯、黑面包的飲食習慣。同時，這種對於異國移民的觀察也自然成為北滿作家文學創作的重要故事素材。在山丁的短篇小說《豐年》中，有牽著卷毛狗的臃腫的白俄女人；在羅烽的中篇小說《滿洲的囚徒》中，有夜間從「道里」地下舞場走出來的白俄女人；

〔註12〕趙鑫珊：《一個人和一座城：上海白俄羅森日記》，上海：上海文藝出版社 2012 年版，第 93 頁。

〔註13〕劉春英，吳佩軍，馮雅編：《偽滿洲國文藝大事記・上》，哈爾濱：北方文藝出版社 2017 年版，第 180 頁。

〔註14〕劉春英，吳佩軍，馮雅編：《偽滿洲國文藝大事記・上》，哈爾濱：北方文藝出版社 2017 年版，第 282 頁。

〔註15〕劉春英，吳佩軍，馮雅編：《偽滿洲國文藝大事記・上》，哈爾濱：北方文藝出版社 2017 年版，第 326 頁。

〔註16〕季紅真：《蕭紅全傳・呼蘭河的女兒（修訂版）》，北京：現代出版社，2016 年版，第 212 頁。

短篇小說《獄》中，日本政府管理的哈爾濱特區監獄中關押著中俄兩國的犯人，主人公「我」和給「我」送水的白俄犯人交談間共同咒罵著日本人；舒群的短篇小說《沒有祖國的孩子》中主人公「果瓦列夫」和他的朋友「果里」，一個是中國人一個是高麗人，卻都有著俄國名字，在哈爾濱由蘇聯人開辦的學校中，同蘇聯人「果里沙」等一起上課，共同用俄語交流。等等。可以說，白俄移民不僅改變了哈爾濱的文化結構，而且為哈爾濱作家的文學創作帶來了不同的風格，即超越國家、民族、階層限制的對於人性的普遍關懷。

然而，值得注意的是，俄國十月革命後，自二十世紀二十年代以來，「武裝保衛蘇聯」成為中央政權的基本政治政策，在各地組織罷工、示威遊行、武裝暴動等則是主要革命方針。在這樣的時代語境下，白俄就不僅僅是與紅俄相對應的受難流民，更是與中共相對立的「敵對勢力」，甚至是反革命的符號。隨著「九・一八」事變的發生，日本軍隊入侵東北全境以後，許多白俄紛紛選擇離開北滿哈爾濱南下謀生，上海法租界的霞飛路成為他們落腳與聚居的又一據點。上海作家筆下的白俄敘事，基本上可以說從二十年代末期的雜誌《新流月報》開始逐漸出現並初具規模，比如 1929 年 3 月至 5 月蔣光慈在《新流月報》第 1 期至第 3 期上連載的長篇小說《麗莎的哀怨》、1929 年 4 月 1 日錢杏邨在《新流月報》第 2 期發表的短篇小說《那個囉索的女人》（又名《瑪露莎》）、1929 年 12 月殷夫（署名徐任夫）發表在《新流月報》第 2 期上的小說《音樂會的晚上》〔註 17〕等。在二十年代末期至三十年代初期，上海普羅文學中的白俄敘事，非常清晰地呈現出一種批判白俄的革命文學傾向。

以馮乃超創作於 1929 年 8 月 12 日的短篇小說《斷片》為例，這篇小說原載於 1929 年 10 月 5 日《現代小說》月刊第 3 卷第 1 期，原有副標題「——從一個白俄老婆子說起」。小說主人公白俄婦人梭可羅夫夫人以及她的女兒舒密特夫人，是認為「布爾雪維克」或「布爾雪維奇」（即「布爾什維克」，是俄語 Большевик 的音譯，原義為多數派，後指俄國無產階級政黨）是「山魅式的怪物」〔註 18〕的一類人。從俄國的出逃，源於對紅色蘇維埃政權的排

〔註17〕唐沅，韓之友，封世輝等編著：《中國現代文學期刊目錄彙編・第 3 卷・中國文學史資料全編・現代卷》，北京：知識產權出版社 2010 年版，第 1334 頁。

〔註18〕馮乃超文集編輯委員會：《馮乃超文集（上卷）》，廣州：中山大學出版社 1986 年版，第 188 頁。

斥，又因唯恐暫居地中國也變成紅色，而準備移民到別處去。又如，孫席珍在北平時期創作於 1934 年 7 月的短篇小說《沒落》，以在上海沒有工作、生活也無以為繼白俄流亡者伊凡諾夫為主要人物，他將蘇維埃紅色政權稱為「妖魔」，並時刻幻想著光復「大俄羅斯帝國」，最終被說著「茄門話」（茄門，滬語指：German，即德國人）的中國革命者擊斃〔註 19〕。此外，還有王藍的短篇小說《白俄·卜萊萌斯基》（收錄於短篇小說集《鬼城記》，1944 年重慶紅藍出版社初版）等。

　　其中，彭家煌在 1933 年 5 月 27 日發表的短篇小說《明天》，是以上海白俄為主要對象的小說文本中，比較有典型意義的一篇，此前只有嚴家炎曾談及這篇作品的內容，認為「此篇很大程度上是紀實」〔註 20〕。小說講述了一個日常生活的片斷，主人公「我」揣著僅有的二毛錢在上海辣斐德路（現復興中路）餃子店吃了十個餃子和一碗牛肉麵，偶遇一位白俄男子也來就餐。作家特意突出描寫了他出場時的外貌、神態和語言：

> 「門前來了外國人，呢帽、黃衣、黑褲、破靴，滾圓的紅臉上滲著汗，不用猜，白俄。一進門就脫帽，微笑，鞠躬致敬：『哈嘍，老闆，——好？』
>
> 『吃什麼？』
>
> 『餃子。』
>
> 『十個？』
>
> 『十個。』」〔註 21〕

吃完餃子以後，白俄男子將口袋中的一疊銅板掏出來，仔細數了兩遍仍然少一枚：

> 「『對不起，少一個，明天，明天……』
>
> 『不要緊的。』
>
> 『對不起，明天……明天馬司克』」〔註 22〕

在得知可以拖欠一枚銅板以後，白俄男子便「安心的倒了三回醋，末後連醋

〔註 19〕呂蘋編：《孫席珍創作選集》，杭州：杭州大學出版社 1991 年版，第 402～412 頁。

〔註 20〕嚴家炎：《論彭家煌的小說》，嚴家炎著：《師道師說·嚴家炎卷》，北京：東方出版社 2016 年版，第 128 頁。

〔註 21〕彭家煌：《明天》，《申報·自由談》，1933 年 5 月 27 日第 6 張，第 21 頁。

〔註 22〕彭家煌：《明天》，《申報·自由談》，1933 年 5 月 27 日第 6 張，第 21 頁。

也喝光，文雅的搓著手，看著桌子……」〔註23〕在前述這一番描述中，作者凸顯了白俄男子生活的窘迫，在物質條件匱乏的情況下卻仍要保持舊式沙俄貴族禮儀風範，同時還想要借著自己的白俄身份，占店家幾口醋和一枚銅板的便宜。這篇千字「速寫」的結尾，目睹白俄男子窘況的主人公「我」特意按照超出時價多一個銅板的價格，將兩毛錢都給了夥計。因而，原本應允白俄男子可以拖欠一個銅板明天補足的店員又追了出來，對他說道：「我是沒有辦法的。你，俄羅斯的貴族呵，明天我看你……」〔註24〕，小說便以此作結。中國人「我」以一枚銅板將舊日的白俄貴族置於「道德問題」和「生存危機」並存的尷尬境地，由此獲得了民族主義情緒的勝利和自我革命敘事的完成。正如楊慧所言，在此類白俄敘事文本中，「我們順理成章地看到了『不准同情』的敘事規範以及『製造敵人』的敘事模式」〔註25〕。

二、「奔向蘇聯」的敘事模式與「同情白俄」的精神內核

相比之下，曾經在北滿進入文壇的東北流亡作家筆下的白俄書寫，在時間上比前述上海文壇作家的文本出現得稍晚，且呈現出不同的問題意識和差異性的文化品位。為了更好地瞭解這種差異性產生的原因，我們不妨從比較熟悉的一則史料，即魯迅於 1934 年 11 月 20 日給蕭軍寫的回信入手，即可大致瞭解哈爾濱與上海作為白俄聚居區的不同文藝風氣。魯迅在信中最後一段寫道：「現在我要趕緊通知你的，是霞飛路的那些俄國男女，幾乎全是白俄，你萬不可以跟他們說俄國話，否則怕他們會疑心你是留學生，招出麻煩來。他們之中，以告密為生的人們很不少。」〔註26〕蕭軍在 1978 年重新編校魯迅與之往來書信的注釋時，曾補充提及了與此相關的細節：「由於我在哈爾濱時期學過幾天俄文，上海霞飛路上走來走去的俄國人較多一些，而這條街又很像哈爾濱的中央大街，因此就引起我一種思鄉之情，一有機會就喜歡和遇到的隨便哪個俄國人說幾句『半弔子』的俄國話。我給先生寫信時也曾附帶地

〔註23〕彭家煌：《明天》，《申報·自由談》，1933 年 5 月 27 日第 6 張，第 21 頁。

〔註24〕彭家煌：《明天》，《申報·自由談》，1933 年 5 月 27 日第 6 張，第 21 頁。

〔註25〕楊慧：《真實的幻象——略論中國普羅小說中的白俄敘事》，《四川大學學報（哲學社會科學版）》，2013 年第 4 期，第 122 頁。

〔註26〕魯迅：《第六信·1934 年 11 月 20 日·上海發》，蕭軍：《魯迅給蕭軍蕭紅信簡注釋錄·第六信》，《蕭軍全集·第 9 卷·魯迅給蕭軍蕭紅信簡注釋錄 蕭紅書簡輯存注釋錄》，北京：華夏出版社 2008 年版，第 48 頁。

說了一下，這引起了魯迅先生對我的嚴厲警告。」〔註27〕這裡面呈現出的意涵，不僅在於三十年代中期上海的城市建築景觀、「歐化」風情及移民文化環境與哈爾濱的相似性，更在於兩者間的差異性。蕭軍在哈爾濱時，是可以隨意與白俄交談的，而在上海這種行為卻被魯迅認為是「萬不可以」的危險之舉。

三十年代曾在哈爾濱寫作或生活，而後進入上海文壇的東北流亡作家群體，並未直接去描摹、塑造代表革命的紅俄形象，他們不僅將白俄敘事納入自己文學創作的過程中，而且甚至流露出對於白俄群體的悲憫與同情。

靳以的短篇小說《林莎》，初刊於左翼刊物《文學雜誌》1934年第二卷第一號，講述了1932年哈爾濱松花江發大水時期的前後，與男主人公李先生同住在一棟樓中的租客波那林莎的悲慘故事。林莎是一位白俄女人，她在十月革命以前曾在沙俄與貴族丈夫有著優厚的物質生活，革命發生後丈夫家道中落，不久以後兩人間的感情亦出現離齟，林莎獨自一人偷偷逃往中國，此後，她在哈爾濱過上了三年流亡的生活。雖然她有著優美的外形、動人的嗓音和舞姿，但怕以此謀生被夫家發現，因而選擇做妓女維持生計。小說中有這樣一處細節，男主人公「我」曾偶然發現，當歡笑的朋伴和熱鬧的客人從她的屋子中退去後，林莎總是獨自一人靜默地呆坐在屋內，偶而發出抽泣的聲音，由此不可抑制地對林莎產生了同情：「從這一次之後，我也怕聽她那一串不斷的笑，我也不敢聽她那急促的高聲的歡叫。每次在我聽到的時候，我總像是看到了一溜晶亮的眼淚。」〔註28〕林莎因與丈夫分別而心懷愧疚，「我」因被戀人拋棄而對女性心生厭惡和仇恨，兩人在交往、交談的過程中逐漸敞開心扉、彼此安慰，「我」對林莎的同情之感愈來愈濃烈，小說中寫道「因為我嚴重地感到自身的苦寞，便對她發生誠懇的同情」〔註29〕。這一篇小說有兩條線索，一是白俄女人林莎，另一是她的丈夫。林莎丈夫是左翼文學作品中典型的俄國十月革命以後沒落、潦倒的白俄舊式貴族，是暴力、狹隘的反革命力量和政治流亡者。作者為了使得揭露、批判白俄群體的革命敘事順理成章地完成，在故事發展到中後期，出現了十分突然的轉折。不知何故，林莎的

〔註27〕蕭軍：《魯迅給蕭軍蕭紅信簡注釋錄·第六信》，《蕭軍全集·第9卷·魯迅給蕭軍蕭紅信簡注釋錄　蕭紅書簡輯存注釋錄》，北京：華夏出版社2008年版，第49頁。

〔註28〕靳以：《青的花》，上海：上海書店出版社1934年版，第251頁。

〔註29〕靳以：《青的花》，上海：上海書店出版社1934年版，第257頁。

丈夫衣衫襤褸、蓬頭垢面地出現在了她的面前，兩人時而甜蜜時而爭吵地相處兩日以後，林莎死於她丈夫的短斧之下，那正是松花江發大水的前夜。但故事到此戛然而止，革命敘事的結構實質上未能完成，僅僅止於暴露和批判，未能進一步發展到改造可以改造的白俄，以至於投身紅色革命最終走向新生，故事的最後，「我」從未再見過這位製造命案的兇手。反觀女主人公林莎身上，更是幾乎完全沒有任何左翼階級符號和意識形態色彩，只有流亡異國的思鄉之感與懷戀所愛的相思之情。

支援發表於《華文每日》1934年第10卷的短篇小說《白藤花》，與靳以的《林莎》有著非常相似的故事模式。小說講述了三十餘歲頗具風韻的俄國婦人「瑪達姆」（俄語，已婚婦人的音譯）——在哈爾濱以出租房產為生的舊式白俄貴族，與主人公「我」——一個中國普通青年房客之間微妙的一段感情。「我」與她都是已經失去國家與土地的流亡者，她常常為失去「北鐵時代」的榮華氣派及富庶生活而悲歎，為丈夫不知所蹤而孤獨憂鬱，因而兩人生活和心靈的寂寞使得彼此有了可以親近的可能，在交往的過程中，「我」進一步發現自己對於「白俄」的固有印象是並不準確的：「她為我講她自身的身世、歷史，以及她們俄國的珍聞與民間故事。這在以前，我是絕沒有意想到的，在我對白俄所有的印象與想像，是一般民族稀有的狂傲和嬌貴……為此，我堅持著遠而敬之的態度，可是結果，我們的主見互相退讓，我們的感情就這樣漸漸加厚了。」〔註30〕婦人依靠政府救濟糧和做妓女出賣肉體來維持著基本體面的物質生活，兩人逐漸升溫的感情在她的丈夫以逃犯身份狼狽返家後終止，故事的結尾這對夫婦在黑夜中「被汽車載走了」而不知去向。小說中交代白俄婦人的丈夫特莫里克夫曾是總局督辦，兩人的府邸曾是在中央大街的四層別墅，有私人音樂隊、花廳、宴會廳、舞廳、汽船。而如今卻生活在哈爾濱的「八雜市」：「按我們這居住地域的所在來說，它根本就是被這富華都市所遺棄的骯髒一角；沒落的俄國貴族們，私售白麵的，還有不同種族的車夫、苦力、與土著的貧民和乞丐之類棲居著……大凡有失這『東方小巴黎』壯觀的，完全搜羅在這裡，取名『八雜市』。」〔註31〕「八雜市」這個地名是確有其實的，大致位置在哈爾濱市政府大樓對面，相當於是平民百貨市場，

〔註30〕 支持：《白藤花》，蕭軍等著：《燭心集》，瀋陽：春風文藝出版社1989年版，第350頁。

〔註31〕 支持：《白藤花》，蕭軍等著：《燭心集》，瀋陽：春風文藝出版社1989年版，第350頁。

名字來源於俄文「集市」（базар）的音譯。雖然，作家在小說中呈現出白俄婦人的確為現實物質生活的沒落而對舊日帝國時代表現出無限的追勉與懷戀，但她更為自己為了溫飽「丟棄恥辱」去出賣肉體而感到無盡的痛苦和懊悔，甚至感到幾十年來生活的「空幻」，沉醉於閱讀托爾斯泰的《安娜小史》中對妓女的描寫，認為那「純然是自我的寫照」。

　　1935 年蕭軍創作了短篇小說《貨船》，故事的開篇寫到中國貨船上有一個唱歌的小水手，他的父親在海參崴。他雖然年紀小，但卻是船上眾多水手中唯一一個看書、看報，積極瞭解日本和俄國的政治矛盾與社會現狀的人，還向其他水手「講究報上的事」。大個子水手在與乘船的「我」交談時，曾不加掩飾地流露出對俄國的嚮往：「王八的，他的老子現在海參崴。要不是日本子和『大鼻子』鬧意見，他早跑去了……他還到過莫斯科咧！你知道莫斯科嗎？……哼！只要有機會，我非跑去看看不可。」〔註 32〕似乎從表層上來看，小說在整體上仍是在親近蘇聯的左翼革命敘事範式中展開的。但通過對文本的細讀，我們更多地看到的是作者對這個白俄孩子的憐憫與疼惜，比如他的那條才剛熟練縫好又出現新的裂口的褲子，剛翻一鍬煤填進爐口以後，就虛弱地中暑昏倒過去的身板，以及像「有著呼吸的屍身」般熟睡中的樣子，小說的結尾也以一句充滿溫情的話「我祝福那個爸爸在海參崴的孩子」〔註 33〕作結。同年，蕭軍創作了另一短篇小說《羊》，講述的是在青島監獄中的罪犯與監獄看守人之間的鬥爭活動。1936 年，日本的《改造》雜誌六月號開闢了《中國傑作小說》專欄，並請作家魯迅為他們推薦中國作家最近創作的短篇小說作品，魯迅推薦的第一篇就是蕭軍的《羊》，並為之寫了簡短的《蕭軍簡介》。他在為專欄撰寫的小引中，如此評價到他在此專欄中推介的新作：「要是比起最近流行的外國人寫的，以中國事情的題材的東西來，卻並不顯得更低劣。從真實這點來看，應該說是很優秀的。」〔註 34〕同年，周立波在《一九三五年中國文壇的回顧》一文中，將蕭軍的《羊》同艾蕪的《強與弱》、《餓

〔註 32〕 蕭軍：《貨船》，《蕭軍全集・1・八月的鄉村・羊・桃色的線・江上》，北京：華夏出版社 2008 年版，第 283～284 頁。

〔註 33〕 蕭軍：《貨船》，《蕭軍全集・1・八月的鄉村・羊・桃色的線・江上》，北京：華夏出版社 2008 年版，第 288 頁。

〔註 34〕 魯迅：《〈中國傑作小說〉小引》，原載於一九三六年六月號日本《改造》月刊，無標題，引自魯迅著，魯迅紀念館編：《魯迅日文作品集・日漢對照》，上海：上海文藝出版社 1981 年版。

死鬼》同歸為「牢獄小說」，稱此篇「作者帶了些感傷。在這樣窒息人的黯淡時代，知識人的感傷，正表示了他對於時代現實的嚴肅。比起麻木來，智慧的感傷是好得多的。」〔註35〕無論是對現實生活的「真實」反映，還是「感傷」於黑暗時代而鬱鬱發聲，都是對這篇小說作品左翼文學質地的一種判定，但是細讀文本可以發現，蕭軍在小說中也流露出對於白俄命運的獨特感悟。小說故事主人公「我」與兩個俄國少年——十四歲的郭列、十一歲的阿列什關在青島監獄的同一隔間內，隔壁住著一個強壯的偷羊賊。白俄少年在上海因過節醉酒，打碎了商店玻璃，父母不予賠償而被巡捕房拘禁一天一夜，與被特別優待的犯人「我」有了短暫的接觸。這兩位少年從進入監獄開始，就一刻不停地呼喚著要回到自己的國家去：「看啊！這是莫斯科啊！我們要看到莫斯科了！看啊！這全是我們的國……我們是有國的啊！為什麼誰都要管！……我們回國，我們回國……也沒有外國人管轄……什麼外國人也不敢在那裡管我們……」〔註36〕故事的結尾，兩個少年給獄中的「我」來信，說他們已經到了哈爾濱，並且得到了自己國家的允許，即將跨越西伯利亞回到祖國了。小說看起來是一個完整的「奔向蘇聯」敘事模式，但是白俄少年原本就與父母共同生活在上海，少年的「回國」行為並不是為了尋找現實中的「家」的歸屬感，而是為了從「誰都要管」的環境跳脫出來，進入「誰也不敢管」的環境中，也就是為了尋求沒有民族壓迫和奴役的自由空間，為了追求祖國對流亡者無助與痛苦的庇護。

　　與蕭軍的短篇小說《羊》顯然來源於同一個故事底本的，是舒群的短篇小說《無國籍的人們》，這篇小說大約創作於 1936 年至 1937 年間，時間上晚於蕭軍的《羊》。不過，舒群本人的確曾在 1934 年至 1935 年間被關押在青島德國監獄，1935 年春得到黨組織的營救才從監獄獲釋，此後曾去上海與蕭紅、蕭軍相會。因此，蕭軍的《羊》很可能是基於舒群口述獄中經歷而進行藝術創作的作品。舒群在八十年代回憶舊友——青島海軍分校哈爾濱商船學校校長、陳漱渝的祖父、哈爾濱抗聯烈士王時澤時所寫的散文《早年的影》中，曾記敘到他與友人天飛（王時澤）兩人在 1931 年的哈爾濱的一則往事：「有

〔註35〕周立波：《一九三五年中國文壇的回顧》，原載於 1936 年 1 月 10 日上海《讀書生活》第 3 卷第 5 期，轉引自《周立波文集·第 6 卷·文學論文》，長沙：湖南人民出版社 1984 年版，第 118 頁。

〔註36〕蕭軍：《羊》，《蕭軍全集·1·八月的鄉村·羊·桃色的線·江上》，北京：華夏出版社 2008 年版，第 230～231 頁。

一個夜間，當觀看德國烏髮電影公司出品，以蘇聯十月革命為內容的《最後的命令》、場內紅俄白俄雙方武鬥起來的時候，我們倆人理所當然地站在紅俄一邊，還負了一點兒小傷。」〔註 37〕儘管作家多年以後的回憶文本可能由於政治環境、社會氛圍、作家心態等諸多面向的差異，而存在不準確或不可盡信的成分，但舒群作為共產國際成員之一，在三十年代的哈爾濱進行文藝活動時的基本立場，確是站在紅色政權一方的。一方面，作為左翼革命作家的舒群，應堅持「不准同情」白俄與「奔向蘇聯」的左翼敘事範式；另一方面，作為東北流亡作家的舒群，因亡國之痛與故鄉之思，又與白俄流民產生了逾越左翼話語規範的「同命相連」之感。

《無國籍的人們》這篇小說的敘事主人公「我」在被關押在青島監獄中的時候，接觸了四個流亡中國的白俄移民，有一對白俄成年男女——偷竊犯穆果夫寧和他做私娼的女人，以及兩個像「小鼠一樣」的白俄少年——十五歲的果里和十三歲的力士。聯繫蕭軍的《羊》可知，那一位偷竊羊的罪犯應該就是這篇小說中的穆果夫寧，他總是唱著「白雲下，有我的祖國，我的家……」這樣憂鬱的懷鄉歌曲，悲悼著自己流亡的命途和失落的國家。這種「悲哀的調子」，時常打動「我」的心，使得「我」產生了一些「悲哀的回憶」〔註 38〕。果里和力士因為從上海逃票乘船到青島而被捕，在被問到「哪裏是你想到的地方」時，回答的也是「祖國」。兩位少年既有著對同族人穆果夫寧的親近和同情，友好而且有誠意地與「我」分享自己的黑面包，卻又無法抑制地由於國家和民族的差異，而對中國人的監獄環境感到憤怒。兩人之間有過這樣一段對話：「『這是在我們自己的國家裏多好！』『為什麼我們在世界上好像沒有國家的人呢？』『媽媽還不想回國呢，那恥辱在我們的身上會一天一天地加多啊！』」〔註 39〕故事的結尾，頑固的白俄穆果夫寧因病死亡，果里和力士兩個孩子被釋放，不知將會走向何方。

在這篇小說中，舒群塑造了白俄流民中的兩種形態，並且對這兩種白俄都報以深切的同情，這種同情的基礎是失去國家而被迫流亡的相似命運，這在當時的左翼文學語境中，是不具備意識形態合法性的，因而「同情」在文

〔註 37〕舒群：《早年的影》，《東北現代文學史料（第三輯）》，遼寧社會科學院文學研究所，1981 年 3 月，第 5～6 頁。

〔註 38〕舒群：《無國籍的人們》，舒群著：《舒群文集·1》，瀋陽：春風文藝出版社 1984 年版，第 294 頁。

〔註 39〕舒群：《無國籍的人們》，舒群著：《舒群文集·1》，瀋陽：春風文藝出版社 1984 年版，第 299 頁。

本中的表達也較為曲折和幽微。小說中白俄穆果夫寧的「祖國」與果里、力士的「祖國」，實質上並不是同一概念。穆果夫寧是經歷沙皇俄國時期的政治變動而在十月革命以後流亡異國的白俄，他想要復歸的是沙俄帝國時代。而小說中有一處細節表示，兩個孩子並沒有對沙俄時代三色旗的記憶，在監獄牆壁試圖畫下祖國國旗時，粗糙地畫出了在上海曾看到過的蘇聯國旗中的符號：錘子、鐮刀和星星。兩位少年雖然有著白俄的民族身份，也的確無法在異國獲得民族認同感，但在穆果夫寧試圖教育兩個白俄少年，將高爾基稱作「叛徒」，將斯大林稱作「強盜」時，果里「始終沒有將『？』『！』擇取其一確定地加在『強盜』兩字以後」〔註40〕。文本中呈現出的兩個白俄少年的民族認同和國家意識，顯然是既強烈又模糊的，強烈的是「回家」的情感需求，模糊的是「國籍」的政治歸屬。由此，這個文本就有兩種層次的闡釋空間，一方面，由「回家」情感主導的「回家」行為，也可以視為一種「回到蘇聯」的革命敘事模式；另一方面，這種革命敘事卻是「反成長」的，白俄少年的「回家」行為背後並沒有清晰的階級認同和國家意識作為支撐，因而他們「奔向蘇聯」只是「無家者」為了尋求家的庇護，而並非是「革命者」投身於無產階級革命和紅色蘇維埃政權。

　　羅烽的短篇小說《獄》，最初發表於 1935 年 8 月 10 日《光明》雜誌第 1 卷第 5 號，後被收錄於《故鄉集》（1947 年光華書店初版）中。這篇此前幾乎未有人提及的小說，是集中體現偽滿洲國時空環境中白俄與中國人間超越「國族」界限的友善、突破地域與思想的封閉，共同流亡「異鄉」的漂泊情感的文本。故事主人公「我」與十八個監號中的獄友被囚車運送到以前專門關押白俄僑民的哈爾濱特區監獄中，在監獄裏「我」碰到以前曾同監的舊友，兩位白俄男子里涅和萬特諾夫，這是兩個「好人」〔註41〕。「我」以「聽說東鐵讓渡的條件快要成功了」〔註42〕安慰重逢的友人出獄或是指日可待的，萬特諾夫得知這一消息以後，反而安慰起「我」來：

　　　　「萬特諾夫沉重的手掌拍到我的肩上，幾乎使我孱弱的肢體搖

　　搖欲晃。他很興奮地說：

　　　　『朋友，我們快要回祖國啦……』

〔註40〕舒群：《無國籍的人們》，舒群著：《舒群文集·1》，瀋陽：春風文藝出版社 1984 年版，第 308 頁。
〔註41〕羅烽：《獄》，《羅烽文集》，瀋陽：春風文藝出版社 1983 年版，第 90 頁。
〔註42〕羅烽：《獄》，《羅烽文集》，瀋陽：春風文藝出版社 1983 年版，第 91 頁。

　　　　然後，他似乎感覺那話會引起我的傷心，他立刻熱辣辣地抱起
我來：

　　　　『一塊兒出去吧，我的上帝！我們一塊兒出去吧！』

　　　　我該多麼被感動啊，我們完全是種族不同的人！」〔註43〕

「東鐵讓渡」指的是1935年3月23日，蘇聯與日本簽訂《中東鐵路讓渡協
定》，以1.4億日本幣將中東鐵路出售給日本。由此可見，這兩位白俄男子大
約曾是在中東鐵路工作的，因鐵路轉讓糾紛而被日方逮捕入獄。羅烽此時因
為被捕人員告密牽連，以「共黨嫌犯」身份被關押於此。因而，作者本人在
作品中的投射，也就是主人公「我」，是否能夠順利被營救出獄都是未知數。
「不同種族」，指的是這兩個有著「白俄」身份的獄友，對有著「紅黨」嫌疑
的「我」產生了超越民族、國家和政治意識形態的友善和同情之感，為此「我」
深受感動。小說中還有一處細節，寫到哈爾濱東省特別區監獄中，有一個負
責給中國囚犯送水的白俄犯人，他第一次看到他們吃的早飯時，馬上向後退
去並捏著鼻子，說了這樣一段話：「『這個，我們的沙巴卡（注釋：俄語狗的
意思）不能吃！』……我們和你們……一個樣……『啊哈，一個樣沙巴卡不
吃的，給……亞邦斯克（注釋：俄語日本人的意思）王八蛋！』」〔註44〕白俄
犯人毫不掩飾地表露出對日本侵略者的痛恨，並說出「我們和你們一個樣」
的革命話語。小說故事的結尾，日本警官監視著監獄巡長按照名單提叫死刑
犯，一個從富錦縣（當時歸屬於吉林省，現為黑龍江省佳木斯市管轄）監獄
被轉移過來的年輕人，前一刻還在為這個監獄是有自來水可以洗澡、有列巴、
素波（soup的音譯，指的是俄式紅菜湯）可以吃的好地方，這一刻就一邊喊
著讓「我」出去的時候給住在富錦西街的母親捎個信，一邊被兩名獄卒拖出
了監房。目睹著這樣的慘狀，白俄男子里涅流著眼淚唱起了歌，這首歌的開
頭一詞是「斯達外……」〔註45〕，「接著這歌像悲壯的送葬曲，在里涅，在萬
特諾夫，以及在我們八個人的口裏唱出來。我們的全身被這歌聲擁擠著，壓
迫著……」〔註46〕在監獄中響起的國際歌，由白俄犯人起頭，隨後從獨唱變
成了合唱。同時，在這個監獄裏，獄卒馮雖是中國人，卻當著「滿洲國的走

〔註43〕羅烽：《獄》，《羅烽文集》，瀋陽：春風文藝出版社1983年版，第91頁。

〔註44〕羅烽：《獄》，《羅烽文集》，瀋陽：春風文藝出版社1983年版，第93頁。

〔註45〕原書《故鄉集》光華書店1947年版，第51頁注釋五寫明：斯達外是俄語「起
　　　　來」，國際歌的起首句子。

〔註46〕羅烽：《獄》，《羅烽文集》，瀋陽：春風文藝出版社1983年版，第98頁。

狗」。在這篇小說中,「不准同情」的白俄,已經確確實實地同中國左翼革命者一起,成為了國際無產階級革命的一份子。

三、「混血兒」與「中間者」:白俄敘事中的特殊視野

需要特別指出的是,東北流亡作家筆下尤其關注三十年代哈爾濱俄羅斯移民群體中複雜而幽微的「國籍」與「血統」問題。學者逄增玉曾經在研究中敏銳指出,白俄流民經常「因自己的『血統』與『國籍』,在時代災難和苦難中同中國人民同呼吸共命運,甚至遭受著更大的磨難。」〔註 47〕其中受到「血統」問題困擾最甚的群體,是白俄中的「混血兒」,哈爾濱本土方言俗稱為「二毛子」。不被蘇聯政府接納,同時也不認可紅色蘇維埃政權的白俄舊式貴族,在異國哈爾濱流亡寄居,已是生存境況艱難的「無國籍的白俄」,但他們尚且還擁有著沙俄帝國「血統」的純正。在偽滿洲國統治下生活的白俄移民與中國人結合所生的「混血兒」,則連唯一純正的「血統」都失去了。

作家石軍(原名王世濬,曾用筆名 W 世濬、文泉等)在 1943 年 8 月《青年文化》創刊號第 1 卷 1 期發表短篇小說《混血兒》,小說講述的是白俄女人魯麗娜因被蘇聯革命軍追殺,流亡至中國東北與中國男人關凱盛結婚,並生育了五個混血孩子。偽滿洲國成立以後,魯麗娜丈夫去世,她獨身一人帶著孩子在松花江畔的綏濱縣送牛奶為生。兩男三女的混血兒因「雖是碧眼,眼瞳卻帶些光的黑色」〔註 48〕而格外引人注意,小說以此為題,對他們的移民體驗、流亡感受以及在地經驗的細膩關注,使得這篇小說產生了對白俄群體的深切同情,在後期「藝文志」派作家作品中格外引人注目。

此外,羅烽的短篇小說《考索夫的發》,原載 1937 年 1 月 15 日《中流》第 1 卷第 9 期,也是東北流亡作家中尤為專注探討白俄血統問題的名篇。小說以旁人對考索夫的習慣性追問作為開篇:

> 「人們問考索夫:
>
> 『你是哪一國人?』
>
> 考索夫一時總是回答不出來……」〔註 49〕

〔註 47〕逄增玉:《黑土地文化與東北作家群》,長沙:湖南教育出版社 1997 年版,第 164 頁。

〔註 48〕石軍:《混血兒》,《青年文化・創刊號》,1943 年 8 月。

〔註 49〕羅烽:《考索夫的發》,《羅烽文集》,瀋陽:春風文藝出版社 1983 年版,第 14 頁。

考索夫是有著白俄母親和中國父親的中俄混血兒，他生著黑色而濃密的捲髮、俊俏而美麗的臉龐，由於這樣特異的相貌，他總是被身邊的人們追問自己的「國籍」和身份，這種「明知故問」的目的，以羅烽在小說中的表述來說，就是有意要拿他尷尬的身份，即「某種和某種血液的媾和」〔註 50〕來取笑和取樂。由於「血統」不純的恥辱，考索夫逐漸生長出對於中國人的憤怒，他剃光了代表「恥辱」身份的黑髮，堅決不認可他的中文名字「楊繼先」，甚至還辱罵自己的父親和好友作「中國豬」。在日本侵略哈爾濱時，他也混在旅居哈爾濱的白俄流民中，歡笑著與許多女人一起上街高呼「日本皇軍萬歲」、「俄羅斯精神不死」〔註 51〕。從此以後，考索夫開始與日本人親近，並且重新留長了與日本人一樣顏色的頭髮。可是，不久考索夫就被他所親近和輕信的日本憲兵隊成員殘忍地輪姦了，當晚他便痛苦地痛哭著讓母親把留長的黑髮剪掉。他憨厚的木匠父親為了替他尋仇死在了憲兵隊裏，考索夫親手殺掉了侮辱他的日本人佐佐木和山崎，為自己和父親報了仇。在監房看守給犯人剃頭時，考索夫堅決拒絕：「我要留著它……它是我父親的遺物，我要把它帶到墳墓裏去……還給我親愛的父親！……」〔註 52〕在臨死前，考索夫將「一絡黑色的稍有鬈曲的長髮」包在報紙裏面留給了好友。「黑髮」是考索夫尋找自我「血統」的線索：起初，他試圖將「黑髮」剪除、否定中國國籍、加入俄國學校，讓自己成為「俄羅斯人」。隨後，他又試圖通過「黑髮」尋找與日本人的相似之處，親近日本的行為，的確讓旁人再無膽量去調侃或追問他的「國籍」，但卻給他帶來無法平復的身心創痛，直接導致他失去了直系血親。最後，他重新找回了「黑髮」的意義，並且以此找回了自我，即認可自己是中國人的孩子，也認可自己的國籍是中國。

羅烽的另一短篇小說《夢和外套》則幾乎鮮有人提及，此篇原載於 1939 年 2 月 15 日《東北論壇》第 1 卷第 2 期，後收錄於羅烽第一本短篇小說集《橫渡》，1940 年 8 月重慶商務印書館初版。故事講述的是被關押在哈爾濱松花江岸旁一座日本監獄中的主人公「我」與友人林所住的監房裏新來了一位叫萊維托夫的

〔註 50〕羅烽：《考索夫的發》，《羅烽文集》，瀋陽：春風文藝出版社 1983 年版，第 14 頁。

〔註 51〕羅烽：《考索夫的發》，《羅烽文集》，瀋陽：春風文藝出版社 1983 年版，第 17 頁。

〔註 52〕羅烽：《考索夫的發》，《羅烽文集》，瀋陽：春風文藝出版社 1983 年版，第 26 ～27 頁。

俄人，此時「我」正患著嚴重的傷寒，躺在冰冷的士敏土（英文 cement 的音譯，即水泥）地上奄奄一息。為了挽救「我」的生命，萊維托夫數次堅持要求為日本監獄服務的白俄看守叫醫生來醫治，並和草率診斷、不想真心救助病患的白俄醫生產生爭執，甚至揮拳將白俄醫生打出監房，又把自己溫暖而厚實的「賓夾克」皮外套披在了「我」的身上。小說以「我」誤以為在街頭偶遇萊維托夫的情景為開篇，「我」在幻想中想要脫口而出的是「哈嘍，認識我嗎？同志！」〔註53〕結尾有這樣一句話：「我和萊維托夫的重逢雖然有如一個夢，在今天，我的祖國卻與一萬七千萬個萊維托夫握手了！」〔註54〕按照 1939 年 1 月 17 日蘇聯人口普查的情況，當時蘇聯總人口大約 170.6 百萬人〔註55〕，與羅烽小說中的「一萬七千萬」（即一億七千萬）基本相符。也就是說，作家是將萊維托夫作為「蘇聯公民」的代表人物、左翼革命的志同道合者來看待的，由此，這篇小說應是左翼文學脈絡中的作品。但是，在小說文本中，萊維托夫的身份卻並不是十分明晰的，這篇小說的主人公萊維托夫，與《考索夫的發》中的混血男孩考索夫相似，在故事一開篇人物登場的時候，就面臨著一種身份的質疑乃至質問：

> 「不甘寂寞的林不客氣地問他：
>
> 『白俄嗎？』
>
> 『不，』同時他搖搖頭。
>
> 『你是紅黨，』林的問話毫無感情，冷酷得彷彿是審判官。
>
> 『我是蘇聯的公民──』……繼而他低調地抗辯著，又似乎是
>
> 自白的重複一句：
>
> 『我是蘇聯的公民呵！』
>
> 於是林又追問道：
>
> 『那麼你觸犯了「滿洲國」什麼刑章呢？……你受了刑嗎？』
>
> 『我不知道，』他沉默一會兒，看著自己臃腫而發紫的兩個大
>
> 拇指，冷笑著說：『我們的國家，對於一隻牛也不會這樣殘酷過。』」
>
> 〔註56〕

〔註53〕羅烽：《夢和外套》，《羅烽文集》，瀋陽：春風文藝出版社 1983 年版，第 137 頁。

〔註54〕羅烽：《夢和外套》，《羅烽文集》，瀋陽：春風文藝出版社 1983 年版，第 143 頁。

〔註55〕蘇聯部長會議中央統計局編，中華人民共和國國家統計局編譯處譯：《蘇聯國民經濟統計資料彙編》，北京：統計出版社 1956 年版，第 13 頁。

〔註56〕羅烽：《夢和外套》，《羅烽文集》，瀋陽：春風文藝出版社 1983 年版，第 138 ～139 頁。

這一段意味深長的對話，讓人印象十分深刻。1934 年 4 月，日本在哈爾濱集中逮捕了一批「政治犯」，由於被捕者的洩密使得中共滿洲省委被破壞，哈爾濱各級地下黨組織成員受到牽連。在這樣緊張的政治環境下，蕭紅、蕭軍在北滿文人朋友的保護與幫助下在 1934 年 6 月 12 日離開哈爾濱南下，不足一周的時間後，在 1934 年 6 月 18 日，羅烽被哈爾濱南崗區日本駐哈領事館高等繫以「共黨嫌疑」罪名逮捕，最初被關押在哈爾濱日本領事館地下室後被引渡至偽滿警察廳留置場，12 月被送往哈爾濱道里監獄。道里監獄原為 1901 年沙俄修築中東鐵路期間建立的，十月革命以後中國政府收回司法權將其接管，劃歸為哈爾濱東省特別區管轄，也就是通常被稱為哈爾濱東省特別區監獄的地方。1932 年偽滿洲國建立以後，又改稱為哈爾濱監獄道里分監〔註57〕。因其最初為沙俄所建，在哈爾濱市民的口語俗稱中，又被稱為「白俄的大笆籬子」〔註58〕。這篇小說中，監獄的獄警、看守、看守長以及監獄醫生都是白俄身份，由此不難推斷，其創作背景應是羅烽被關押在道里監獄時的經歷。結合羅烽個人經歷可以推知，小說中被關押在白俄監獄的「我」與林是有著「共產黨嫌疑」的政治犯身份，俄人萊維托夫很有可能是日本領事館安排來獲取信息的諜報人員，林對他的警惕也不是空穴來風。但萊維托夫並沒有直接做出回答，從他使用的一系列否定句可以看出，他既不是白俄流亡者，又不是紅俄無產者，而認定自己是「蘇聯公民」。小說中非常罕見的出現了在左翼文學中幾乎未曾出現過的白俄與紅俄之間的「中間者」形象，即沒有政治身份的、去意識形態化的普通民眾。小說中的白俄醫生曾對萊維托夫說：「這裡不是你們的世界，懂嗎？」〔註59〕萊維托夫雖然自認為是「蘇聯公民」，卻流落在淪陷後的哈爾濱，因自己國家的「殘忍」對待而入獄，還要面對中國人的質問和懷疑。作家充分展現出在這樣一個異質的環境中，俄人的民族認同變得愈加困難和迷茫的狀態，在當時的政治氛圍下，這種文學關注本身就是最大限度的同情。

　　此外，東北流亡作家涉及到白俄的文學書寫還有很多，比如羅烽的《滿

〔註57〕張福山，周淑珍著，中共哈爾濱市委黨史研究室編：《哈爾濱革命舊址史話》，哈爾濱：黑龍江人民出版社 1995 年版，第 359～360 頁。

〔註58〕董興泉：《羅烽傳略》，選自遼寧社會科學院文學研究所編：《東北現代文學史料·第八輯》，遼寧社會科學院文學研究所 1984 年版，第 133 頁。

〔註59〕羅烽：《夢和外套》，《羅烽文集》，瀋陽：春風文藝出版社 1983 年版，第 142 頁。

洲的囚徒》、蕭軍的《第三代》、駱賓基的《混沌》等長篇小說。漂泊感是白俄與流亡作家間的共性體驗，從北滿走出的東北流亡作家在書寫白俄的過程中，既講述著背負「無家」之苦與「失國」之痛的苦難，又在完成著對於左翼革命及文學敘事的深刻理解，形成了區別於同時期上海左翼作家白俄書寫的獨特風格。既往有學者還將蕭紅的《訪問》、《索非亞的愁苦》等篇視作是描寫白俄的文本，實際上，這其中涉及到另一個更為複雜而幽微的異質書寫，即猶太敘事。如果說白俄敘事是左翼文學中的共性關注的話，那麼，對於猶太群體的關注，則是北滿流亡作家獨具的文化視野。

第二節　猶太敘事：以流亡經驗建構現代文學的異質書寫

一、哈爾濱猶太移民的複雜生態及日俄反猶主義活動餘波

　　自公元前 6 世紀初，猶太王國被巴比倫滅亡之後，猶太人離開了王國首都耶路撒冷，在全世界各地漂泊流浪。此後多年間，他們經歷了西班牙王國的驅逐、沙皇俄國的反猶主義浪潮以及歐洲納粹德國的滅絕性大屠殺，直到第二次世界大戰結束後，巴勒斯坦地區的以色列國建立，作為「沒有國家」的世界孤兒的猶太民族終於逐漸復興。

　　流亡中國的猶太人相比於流亡其他基督教國家的同族，在數量上相對很少，但他們有著更為安定、平穩的生活。中華民族在根本上不具備反猶的宗教根源，因而中國歷史上並未出現過本土自覺、自發的基於政治經濟、宗教神話、種族優劣等面向的反猶主義（anti-semitism）暴行。根據左聯作家徐懋庸在三十年代編著的有關猶太歷史及民族文化的專著《猶太人》一書，對 1927 年到 1933 年間全世界信仰猶太教的猶太人分布人數數據情況的呈現，中國共有 21,350 人次，在世界範圍內屬於猶太人聚居較少的國家。其中上海佔據 1,00 人次，遼寧佔據 350 人次，而僅哈爾濱一地就佔據了 20,000 人次〔註60〕。哈爾濱的猶太人佔據全國猶太人分布的 93.67%，在世界範圍內已超過希臘、瑞士、墨西哥等國家的流亡猶太人總數。如若將改信其他宗教的或混血的猶太人全部算在內的話，在 1920 年，即哈爾濱猶太人社區黃金時期的鼎盛階段初

〔註60〕徐懋庸著：《猶太人・6》，《時事問題叢刊》1933 年 8 月，第 9～12 頁。

期，猶太人口總數已經高達 15,000 人次，到 1925 年，僅在哈爾濱猶太社區定居的猶太人數已有 25,000 人〔註61〕。雖然受限於當時猶太人口考察條件有限、調查範圍模糊、統計標準不一等諸多面向的問題，目前精準、可靠的哈爾濱猶太人口權威數據仍然難有確數〔註62〕，但基本上可以推斷，哈爾濱在當時已成為遠超香港、上海和天津猶太人社區的「中國境內最大的一個猶太人社區」〔註63〕。

　　1894 年，第一個來到哈爾濱的俄籍猶太人是格利高里·德里金，他的身份是中東鐵路公司物資供應公司的商業代表，也是目前可考的哈爾濱最早的猶太移民〔註64〕。此後，大批來自西伯利亞和俄國「柵欄區」的猶太人紛紛移居哈爾濱。在德國、波蘭、法國等歐洲國家流亡的猶太移民為了能夠在異國環境求得生存，一般都會儘量適應並與當地文化社區融為一體，具有較高的本土化特性。然而據在哈爾濱生活的遠東猶太社會活動家、錫安主義（猶太復國主義）領導者 A. h.考夫曼（Abraham Kaufman）醫生回憶：「與流散到德國、波蘭及其他國家的猶太人不同，他們用了近百年時間才團結、凝聚在一起，而哈爾濱猶太社區幾乎是在一夜間就形成了」〔註65〕。從西伯利亞及遠東地區流亡至哈爾濱的猶太移民熱潮與猶太社區的建立，顯然是伴隨著二十世紀初期中東鐵路的修建與哈爾濱地區政治、經濟、文化、社會建設而同步進行的。毋庸贅言，當時哈爾濱中東鐵路沿線地區的社會文化氛圍與沙俄幾乎無異，那麼猶太人主要活動範圍大致在哪裏呢？根據歷史材料顯示，猶太總會堂舊址在道里區外國四道街（現紅專街）與外國五道街（現東風街）交口、猶太新會堂舊址在現道里區經緯街附近、猶太人活動舊址群集中道里區秋林洋行分行附近，第一次遠東猶太社區會議也是在道里區中國大街馬迭爾賓館召開。由此不難發現，對於沙俄流亡猶太移民來說，雖然他們從俄國遷居到東北哈爾濱地區經歷了穿越國

〔註61〕〔以色列〕西奧多·特迪·考夫曼：《我心中的哈爾濱猶太人》，哈爾濱：黑龍江人民出版社 2007 年版，第 15 頁。

〔註62〕具體辨析參考李述笑，傅明靜：《哈爾濱猶太人人口、國籍和職業構成問題探討》，曲偉，李述笑主編：《哈爾濱猶太人》，北京：社會科學文獻出版社 2004 年版，第 41～44 頁。

〔註63〕徐新：《哈爾濱歷史上的猶太人》，《遼寧師範大學學報》1995 年第 1 期，第 82 頁。

〔註64〕張鐵江：《第一個來哈爾濱的猶太人——格利高里·德里金的墓碑發現記》，《黑龍江日報》1999 年 12 月 23 日。

〔註65〕〔以色列〕西奧多·特迪·考夫曼：《我心中的哈爾濱猶太人》，哈爾濱：黑龍江人民出版社 2007 年版，第 3 頁。

境的地域遷徙，但由於移居哈爾濱以後他們的主要活動和居住區都在受沙俄殖民文化影響最深的道里區，在實際上幾乎不需要經歷文化的斷裂和重組，這也就不難理解為何哈爾濱猶太社區會在短時間內迅速形成、凝聚，同時也在很大程度上保持著猶太民族的文化特性。正如考夫曼所言：「我們學習俄語，但從來沒有把自己看作是俄國人。我們與中國人有聯繫，但總體上是商業性的……我們沒有滲透到相互的文化中去。」〔註66〕由此，移民哈爾濱的猶太人很快地憑藉著自己的智慧與能力，在房地產、工商業、服務業及教育、醫療、金融等產業佔據了就業優勢，如下圖所示：

哈尔滨犹太人和俄罗斯人就业情况比较表

就业情况 民族	房地产主和 工商业主		教授、律师、医护人员、 工程技术人员、各类 专家、会计、统计人员		服务业者		工人、仆役	
	人数	占在业 人口比例	人数	占在业 人口比例	人数	占在业 人口比例	人数	占在业 人口比例
犹太人	1106	42.87%	871	33.75%	535	20.7%	47	1.82%
俄罗斯人	1977	6%	7298	22.2%	7267	22.14%	3025	9.2%

〔註67〕

　　上圖顯示的是 1924 年 7 月哈爾濱猶太人與俄羅斯人就業情況對比，在哈俄羅斯人有著人口基數和生活歷史的絕對優勢，就最具經濟實力的房地產主和工商業主而言，在業俄羅斯人有 1977 人次，僅占總人數的 6%，而猶太人則有 1106 人次，雖然人數仍然不敵俄羅斯人，但占在業人口總數的近 43%，是俄羅斯人就業比的 7 倍有餘。顯然，在哈爾濱社區中生活的猶太人總數遠遠不抵俄人，根據前述數據可推算二十年代俄羅斯在業人數大約是 32,950 人次，而猶太人在業人數只有 2500 左右，不足俄羅斯在業人數的 7%，但是他們卻在哈爾濱各行各業留下了難以磨滅的印跡，可以毫不誇張的說，猶太人是哈爾濱工商產業的開創者與拓荒者。1904 年，猶太人伊·阿·老巴奪創立了哈爾濱首家煙草企業——哈爾濱老巴奪股份公司（建國後哈爾濱捲煙廠的前身），是「遠東地區最大的煙草生產企業之一」〔註68〕。猶太人阿倫·約瑟

〔註66〕〔以色列〕西奧多·特迪·考夫曼：《我心中的哈爾濱猶太人》，哈爾濱：黑龍江人民出版社 2007 年版，第 17 頁。

〔註67〕圖表資料來源於李述笑，傅明靜：《哈爾濱猶太人人口、國籍和職業構成問題探討》，曲偉，李述笑主編：《哈爾濱猶太人》，北京：社會科學文獻出版社 2004 年版，第 48 頁。

〔註68〕張鐵江：《揭開哈爾濱猶太人歷史之謎·哈爾濱猶太人社區考察研究 a survey of the Harbin Jewish community》，哈爾濱：黑龍江人民出版社 2005 年版，第 105 頁。

瑟福維奇・卡甘，在哈爾濱金融投資、麵粉、製糖工業及進出口貿易行業方面，佔據同行資產首位〔註69〕。1921 年卡甘改組的松花江麵粉有限公司（永勝公司）是北滿「實力最雄厚、規模最大的麵粉加工企業」〔註70〕。以羅曼・卡巴爾金、索爾金家族等為代表的哈爾濱猶太人，則不僅開創了偽滿將米麵糧油出口歐洲的貿易先河，而且在中東鐵路運輸之外創立了商船航運公司，建立了哈爾濱與國際間穩定的糧食交易渠道。猶太人不僅憑藉才能與智慧在哈爾濱金融貿易、興林開礦、辦學教育等諸多方面把握關鍵，而且哈爾濱街巷隨處可見的零售商鋪、舊書鋪、茶館、咖啡館、酒吧、飯店、旅館等大都也由猶太人所有，如馬迭爾賓館、巴拉斯影院、格羅布斯電影院等。而在二十世紀以「音樂之城」聞名的哈爾濱，既往研究一直認為是二十年代俄僑音樂家的會聚起到了決定作用，實際上這批僑民音樂家中起主要作用的也是猶太音樂家，不過，在哈猶太人的國籍身份主要是俄籍，還有少部分波蘭、立陶宛籍，也有人加入法籍、德籍、英籍甚至中國籍，此外大都是無國籍。在二十年代中蘇共管中東鐵路時期，廢除了原俄國的治外法權，因而大批俄籍猶太人喪失了公民權，按要求應辦理蘇聯公民身份護照。根據考夫曼的回憶，此時「大多數猶太人，包括我父母，選擇了無國籍狀態」〔註71〕。根據俄羅斯學者對三四十年代日本統治時期哈爾濱猶太人社區的考察，「俄籍猶太人占哈爾濱猶太人總數的百分之九十，其餘的百分之十則為波蘭、立陶宛和拉托維亞等國籍」〔註72〕，這一考察大致呈現出哈爾濱猶太人國籍構成的基本情況。顯然，猶太文化對哈爾濱起到了至關重要的影響作用，但一直由於猶太人國籍問題的複雜狀態而被掩蓋在俄國殖民文化的幕布之下，猶太人的俄籍身份自然不能成為他們這一文化群體與俄人無異的判斷標準，實際上，這一時段在哈爾濱移居、生活的白俄流民與猶太流民之間甚至產生過非常嚴重的

〔註69〕張鐵江：《揭開哈爾濱猶太人歷史之謎・哈爾濱猶太人社區考察研究 a survey of the Harbin Jewish community》，哈爾濱：黑龍江人民出版社 2005 年版，第 115 頁。

〔註70〕哈爾濱日本商工會議所：《北滿的外國資本及其活動狀況》，哈爾濱日本商工會議所 1936 年，第 26～27 頁。

〔註71〕〔以色列〕西奧多・特迪・考夫曼：《我心中的哈爾濱猶太人》，哈爾濱：黑龍江人民出版社 2007 年版，第 16 頁。

〔註72〕材料來源羅曼諾娃：《日本統治滿洲時期的哈爾濱猶太人社區（1931～1945）》，《歲月、人們、命運》，莫斯科，1998 年版，第 54 頁；轉引自曲偉，李述笑主編：《哈爾濱猶太人》，北京：社會科學文獻出版社 2004 年版，第 45～46 頁。

政治、種族矛盾分歧而難以和平共處。

在二十世紀二十年代中期，東北地區俄國僑民中層形成以 K. B. 羅扎耶夫斯基為核心的俄羅斯法西斯組織，總部設在哈爾濱。該組織在短時間內吸引、集結了大批懷有反蘇維埃政權、俄國布爾什維克政治情緒的白俄軍官和青年學生，1931 年 5 月在哈爾濱一間出租屋內召開了第一次代表大會，建立嚴格中央集權制的軍事化政黨──俄國法西斯黨〔註 73〕，1932 年日本軍進入哈爾濱以後，俄國法西斯黨與日本偽滿政府當局合作，在事實上成為哈爾濱反猶主義活動的主要力量。並在 1933 年 8 月 24 日一手導演了震驚中外的「卡斯普事件」，即哈爾濱馬迭爾綁票案。馬迭爾賓館的擁有者，猶太企業家約瑟夫‧卡斯普的次子是著名青年鋼琴家謝苗‧卡斯普（Simeon Caspe），他在 1909 年生於哈爾濱，1933 年 8 月在埠頭區（現道里區紅專街）附近被 6 名流亡哈埠的白俄反猶分子綁架並於 11 月被撕票槍擊死亡，葬於哈爾濱猶太墓地。這一綁票案的實施者不僅是俄羅斯法西斯黨成員，而且其綁架行動也受到了日本憲兵隊的指使。1935 年 6 月 7 日哈爾濱地方法院第一次開庭審理此案時，由日本法學家宣讀萬言公訴狀，將被告稱為「最正直善良之優等國民，曾竭其大半生之精力獻身於反布爾什維克鬥爭」〔註 74〕，在遭到哈爾濱內外乃至國際媒體一直譴責以後，迫於輿論壓力不得不在 1936 年 3 月 13 日由哈爾濱北滿特別區法院中國法官擔任審判長二審此案。法庭調查證據確認，6 名綁匪中的「基里欽科、科米薩連科、別茲魯奇科、扎伊采夫被路警逮捕時，在身上都搜出有憲兵隊探員的證件」〔註 75〕。根據天津猶太人研究相關學者對波蘭籍猶太記者、著名作家伊斯雷爾‧愛潑斯坦的採訪材料，晚年的愛潑斯坦曾經回憶，1917 年他一家人從華沙逃往並遷居哈爾濱時，哈爾濱正經受著沙皇俄國反猶主義浪潮的席捲。在哈爾濱街頭甚至曾經出現過俄文《生活新聞日報》出版商之子，俄籍猶太記者Cherniavisky被白俄警官當街槍殺的惡性事件。而當時年幼的他本人，在哈爾濱度過的童年時期，也經常被白俄嘲笑為「長著肉鼻子，渾身結痂的死猶太」〔註 76〕。由於被大批流亡白俄佔據的哈爾濱

〔註 73〕〔俄〕烏索夫著；賴銘傳譯：《20 世紀 30 年代蘇聯情報機關在中國》，北京：解放軍出版社 2013 年版，第 428～429 頁。

〔註 74〕仕祐：《馬迭爾綁票案之謎》，哈爾濱：哈爾濱出版社 2014 年版，第 72 頁。

〔註 75〕仕祐：《馬迭爾綁票案之謎》，哈爾濱：哈爾濱出版社 2014 年版，第 76 頁。

〔註 76〕宋安娜：《遲到的祭文》，劉寶全主編：《我所認識的愛潑斯坦》，北京：新世界出版社 2006 年版，第 204 頁。

排猶恐怖活動態勢嚴峻，愛潑斯坦一家不得不在 1920 年就南下到天津定居，因為「在天津⋯⋯白俄與猶太人在數量上差不多，儘管兩者都保留著自己的立場，但關係卻不總是敵對的了」〔註 77〕。由前述史料不難看出，在日本反猶主義浪潮餘波的影響下，當時哈爾濱的白俄與猶太移民兩種社會群體間存在著較為明顯的意識形態衝突。

二、「國」、「家」認同與殖民反抗

　　三四十年代在曾在北滿寫作的青年作家筆下存在著與白俄敘事並行、糅雜的另一種書寫，即猶太敘事。比較常見的是一些流亡哈爾濱的猶太人細枝末節的生活片斷，比如蕭紅的散文《煩擾的一日》中，作者在自家門口看到一位跪在冰冷的人行道上祈禱的乞者，自己卻找不到半角錢的票子可以給他，這時有一位施捨給乞討老人零鈔的俄國婦人：「一個俄國老婦，她說的不是俄語，大概是猶太人，把一張小票子放到老人的手裏。」〔註 78〕又如爵青的短篇小說《哈爾濱》中的家庭教師穆麥和主人的三太太靈麗有著曖昧的感情糾葛，他在情緒複雜時「猛然想起在上月和小主人大駿在拐角一個吃茶店曾經會見的一個猶太女人⋯⋯恰好所希望的猶太女人需得五點來」〔註 79〕，於是準備在吃茶店的角落裏享受點酒，一邊等待與猶太女人的偶遇，一邊排遣抑鬱情緒。由於猶太流民、白俄流民及本地平民在哈爾濱基本上處於混居狀態，因而猶太人同白俄一樣，也會構成作家藝術觀察和文學素材的基本來源。那麼，除卻對於猶太人日常生活狀態的景觀式呈現，三四十年代流亡東北作家創作的文學作品中是否真的存在一種可以被闡釋的完整而豐富的譜系式猶太書寫呢？

　　三十年代初期「牽牛坊」作家之一梁山丁曾以小蓓為筆名在《大同報》1938 年 8 月 26 日版發表了一篇散文《猶太人的茶館》，回憶他與友人默映，即作家李輝英，在 1937 年秋天曾去猶太人開辦的茶館喝茶時的往事。1936 年11 月，山丁在偽滿大同學院二部四期畢業，散文創作的時候他的職業已從石

〔註 77〕宋安娜：《遲到的祭文》，劉寶全主編：《我所認識的愛潑斯坦》，北京：新世界出版社 2006 年版，第 204 頁。

〔註 78〕蕭紅：《煩擾的一日》，《蕭紅全集·下》，哈爾濱：哈爾濱出版社 1991 年版，第 895 頁。

〔註 79〕爵青：《哈爾濱》，爵青著，中國現代文學館編：《爵青文集》，北京：華夏出版社 2000 年版，第 9 頁。

城稅捐局調至偽滿首都新京（長春）政府部門，而友人默映此時也已經回到故鄉。現將散文開篇一段摘錄如下：

> 「去年秋天，我時常和默映到一個猶太人的茶館去喝茶……到這裡來的，多半是日本人和俄羅斯人，很少看見幾張本地人的嘴臉的。我們每一次走進茶館的門，那個肥胖的老闆娘就來一聲『依拉瞎噎』。」〔註80〕

山丁在散文中描寫的是一種非常「異質」的畫面：在「滿洲國」的兩位中國青年文人，坐在猶太老闆開設的中式茶館裏，身邊的茶客大都是日本人和俄羅斯人。梁山丁和友人默映每一次都被老闆娘當成日本人來招呼，「依拉瞎噎」，是日語いらっしゃい（歡迎光臨）的諧音，只有一位與默映交好的名叫丹尼兒的俄國女人會用兩句漂亮而脆快的本地話（即中國話）來招呼他們：「再見，謝謝您！」作家在散文中將猶太茶館稱為「一個使我們閉起眼睛會想起自己底命運的地方」〔註81〕，「自己底命運」是失去故鄉和土地的家國淪喪、民族破碎和顛沛流離之感，猶太人在經受著日本和白俄反猶主義壓迫的同時，仍要在偽滿哈爾濱謀生活，我們可以從猶太老闆娘熱情的日語問候中感受到她生活中複雜的民族情緒。而時至今日，連在猶太茶館打工的俄國女人丹尼兒也離開南滿流亡到政治空氣相對稍顯寬鬆的北滿哈爾濱生活，但作為中國人的山丁為自己仍在偽政府下的小衙門裏謀生活而感到愧悔，在散文結尾他寫下：「我盡力想閉起自己的眼睛來，也不會再想起自己的命運了，因為，因為我已竟對它有了愧悔……我雖然有職業，蹲在一個小衙門裏，生活是猶如一潭死水，死寂，死寂，死寂得沒有一點漪漣！」〔註82〕

1936年11月初版的蕭紅小說、散文集《橋》，作為巴金主編《文學叢刊》第三集之一由上海文化生活出版社印行。與蕭紅在上海時期出版的其他作品如小說《生死場》、散文集《商市街》、小說集《牛車上》等相比，較少受到研究者的關注。在這一作品集中經常能夠捕捉到她對於在哈爾濱活動、移居的白俄群體與猶太群體間的複雜身份及種族認同關係的觀察。在小說《訪問》中，主

〔註80〕山丁：《猶太人的茶館》，山丁著；牛耕耘編：《山丁作品集》，哈爾濱：北方文藝出版社2017年版，第238～239頁。

〔註81〕山丁：《猶太人的茶館》，山丁著；牛耕耘編：《山丁作品集》，哈爾濱：北方文藝出版社2017年版，第238～239頁。

〔註82〕山丁：《猶太人的茶館》，山丁著；牛耕耘編：《山丁作品集》，哈爾濱：北方文藝出版社2017年版，第238～239頁。

人公「我」在去俄羅斯式的家屋中拜訪友人時，通過外表和裝扮猜測女房東可能是猶太人：「我始終看成她是猶太人，她的頭髮雖然捲曲而是黑色，只有猶太人是這樣的頭髮；同時她的大耳環也和猶太人的耳環一樣，大而且沉重。」〔註83〕有學者將《訪問》中的此處細節稱為「顧及其複雜的內部構成」的「細緻入微的白俄身份識別描寫」〔註84〕，細讀文本不難發現，此處細節其實並非關鍵。這樣一位有著捲曲黑髮、誇張耳環等猶太人標誌性外貌特徵的婦人，在與「我」交談的過程中不斷地談及一些「華貴的事物」，回憶自己是十九年前是俄國「貴人」時的好生活，感歎如今「俄羅斯的偉大消滅了」，自己要靠著教別人做「全世界頂有名」的「俄羅斯的花邊」來過活。散文落款的時間是 1936 年 1 月 7 日，十九年前也就是 1917 年，恰是俄國十月革命發生的當年，當時這位曾是「舊俄時代的一個將軍的女兒」的猶太婦人正二十二歲，由此推算她出生的年代是 1895 年。自 1881 年沙皇亞歷山大二世遭到暗殺起一直到 1914 年間是俄國國家反猶主義極端膨脹的時段，沙俄從嚴格限制猶太人在柵欄區（pale of settlement）之外居住、活動，進一步發展到拆除柵欄區並將猶太人驅逐至更為偏遠的地方，乃至驅逐出境。但是這位很可能有著猶太民族血統的俄籍婦人，卻顯然有著支持舊俄的民族情緒。很可能這位婦人是接受宗教同化和語言同化，而在俄國環境中獲得同白俄貴族一樣待遇的少數猶太人，此處細節才真正呈現出猶太群體內部民族主義的複雜層次。

　　更為直接的文本是散文《索非亞的愁苦》，這篇散文以蕭紅的俄文教師、俄籍猶太人索非亞為主角，記敘了在哈爾濱的俄國僑民、猶太僑民以及中國平民的生活狀況，近似於散文版的《沒有祖國的孩子》。此前，部分研究者將這篇小說中的「索非亞」認定為白俄身份，然而，為逃避戰亂和反猶主義而逃往中國哈爾濱、上海等地的俄籍在華猶太人，通常被中國百姓乃至官方政府與「白俄」混作一談〔註85〕。實際上很多猶太人是在俄籍身份的保護下活動的完全不同的社會團體，他們的民族困境、文化傳統與白俄截然不同。與蕭紅同時期在哈爾濱生活的猶太移民，相比於白俄移民而言，似乎過得更不體面。比如，房東及房東的女兒是白俄，他們可以依靠收房租來生活；在中

〔註83〕蕭紅：《訪問》，《蕭紅全集・上》，哈爾濱：哈爾濱出版社 1991 年版，第 175 頁。

〔註84〕楊慧：《隱秘的書寫──1930 年代中國東北流亡作家的白俄敘事》，《中國現代文學研究叢刊》2014 年第 3 期，第 170 頁。

〔註85〕楊慧：《隱秘的書寫──1930 年代中國東北流亡作家的白俄敘事》，《中國現代文學研究叢刊》2014 年第 3 期，第 173 頁。

央大街上拉手風琴賣唱的獨眼藝人瓦夏是白俄，他可以靠自己的手藝和表演來生活。而作為猶太人，索非亞的父親是替富人趕馬車的車夫，索非亞給中國人做俄文老師，她父親的朋友是個因參加世界大戰而瘸腿的打鼓藝人，文中對他的外貌有這樣的描寫：「那一雙肩頭一起聳起又一起落下，他的腿是一隻長腿一隻短腿。那隻短腿使人看了會並不相信是存在的，那是從腹部以下就完全失去了，和丟掉一隻腿的蛤蟆一樣畸形。」〔註 86〕這位打鼓藝人經常以狼狽地追趕著瓦夏的形象出現，雖然同是藝人，但獨眼似乎比獨腿的畸形更易謀生。文中有一些細節還流露出在哈猶太人與白俄間的政治文化差異：索非亞的父親是馬車夫，也就是作者所稱的「現在那些罵著窮黨的，他們做了『窮黨』了」的人。但「我」卻「為著一種感情」，從不認為索非亞是「窮黨」。她「走路走得很漂亮」、「唱歌唱的也好」、有著「好看的指甲」，但卻不接受或者說羞報於接受「我」對她美麗氣質的讚美，在「我」稱讚白俄房東的穿著紅緞袍子的女兒漂亮時，索非亞咒罵她為「白吃白喝的人們」。在「我」追問索非亞是否「白吃白喝的人們」將來就是要做「窮黨」的時候，索非亞卻說：「是的，要做『窮黨』的。不，可是……」〔註 87〕，隨後又進一步表示「那些沙皇的子孫們，那些流氓們才是真正的『窮黨』」。這個細節十分微妙，「窮黨」，一般意義上來講，也就是北方人對「布爾塞維克」的俗稱，顯然在這篇文章中「窮黨」還有更具有現實意義的兩層內涵，其一是遭受著貧苦現實生活的催逼、社會階層的壓迫而生活在底層的「物質」貧民；其二是在物質生活困窘的同時，還有著匱乏的精神世界和狹隘的民族情緒的「精神」貧民。白俄流民顯然已是哈爾濱社會中的「窮黨」，但白俄社群內部卻還存在著壓迫和歧視猶太流民的力量，這也是索非亞作為俄籍猶太人對白俄群體卻沒有認同感和親切感的原因。

文中，「我」與俄文教師索非亞有一段關於猶太民族節日和語言的對話：

「昨天是什麼節呢？」

「『巴斯哈』節，為死人過的節。染紅的雞子帶到墳上去，花圈帶到墳上去……」

〔註 86〕 蕭紅：《索非亞的愁苦》，《蕭紅全集·下》，哈爾濱：哈爾濱出版社 1991 年版，第 951 頁。

〔註 87〕 蕭紅：《索非亞的愁苦》，《蕭紅全集·下》，哈爾濱：哈爾濱出版社 1991 年版，第 949 頁。

> 「什麼人都過嗎？猶太人也過『巴斯哈』節嗎？」
>
> 「猶太人也過，『窮黨』也過，不是『窮黨』也過。」
>
> 「……猶太人也多半會俄國話！」〔註88〕

巴斯哈節（Paschal），又稱無酵節、巴斯卦節，這一詞本源於希臘，其意義有兩個層面，其一是基督教的耶穌復活節，其二是猶太教的逾越節（Passver）。俄國將每年春分月圓後第一個星期日到當年的 4 月 25 日期間定為節日慶祝的時間段，通過齋戒、染蛋、聚餐等現代方式紀念耶穌受難死而復生。猶太民族將猶太曆正月十四日白晝及前夜定為節日慶祝的時段，紀念猶太人免於長子和頭生牲畜死亡的災難，在摩西的帶領下平安離開埃及獲得自由。雖然基督教與猶太教的這一節日本是同源，但兩者宗教教義的區別使得這一節日慶祝的時間、方式及紀念的對象都有著明顯的文化差異。「我」出於對猶太文明的隔膜，對猶太民族的節日特性和語言文化都不熟悉，作為猶太人的索非亞在面對這種無處不在的隔膜時，進一步產生了民族認同無以復歸的「愁苦」感：

> 「在街上拉手風琴的一個眼睛的人，他也是俄國人嗎？」
>
> 「是俄國人。」
>
> 「他為什麼不回國呢？」
>
> 「回國！那你說我們為什麼不回國？」她的眉毛好像在黎明時候靜止著的樹葉，一點也沒有搖擺。
>
> 「我不知道。」我實在是慌亂了一刻。
>
> 「那麼猶太人回什麼國呢？」
>
> 我說：「我不知道。」〔註89〕

這段對話觸及到了猶太民族與北滿流亡作家之間的共同困境，即「國」的問題。十月革命紅色蘇維埃政權建立以後，蘇維埃社會主義共和國聯盟取代了沙皇俄國成為新的合法政權，流落在北滿哈爾濱的舊身份的「俄國」人自然已經無法回到新的共和國中去。而猶太人在公元前 6 世紀被巴比倫滅國以後，更是連一個屬於猶太民族的國家政權都不存在。1932 年東北全境淪陷後，在偽「滿洲國」土地上生活的「我」的「國」，又在何處呢？在無「國」可回的苦難與困局中

〔註88〕 蕭紅：《索非亞的愁苦》，《蕭紅全集·下》，哈爾濱：哈爾濱出版社 1991 年版，第 949～951 頁。

〔註89〕 蕭紅：《索非亞的愁苦》，《蕭紅全集·下》，哈爾濱：哈爾濱出版社 1991 年版，第 951 頁。

掙扎的人們，退一步想要去尋求一種「家」的心理認同和感情歸屬，但遺憾的是，作為二代猶太移民的索非亞，連「家」在何處都未曾可知：

> 「去年的『巴斯哈』節，爸爸喝多了酒，他傷心……他給我們跳舞，唱高加索歌……我想他唱的一定不是什麼歌曲，那是他想他家鄉的心情的嚎叫，他的聲音大得厲害哩！我的妹妹米娜問他：『爸爸唱的是哪裏的歌？』他接著就唱起『家鄉』『家鄉』來了，他唱著許多家鄉。我們生在中國地方，高加索，我們對它一點什麼也不知道。媽媽也許是傷心的，她哭了！猶太人哭了──拉手風琴的人，他哭的時候，把吉卜賽女孩抱了起來。也許他們都想著『家鄉』。」〔註 90〕

文中索非亞的父母是高加索猶太人〔註 91〕，他們在逾越節的時候用歌聲和舞蹈懷念自己遙遠的家鄉。而索非亞和妹妹米娜是猶太二代移民，從小出生、成長在中國環境中，對於父輩的家鄉幾乎沒有概念。如果說一代猶太移民尚且還有著記憶中的「家鄉」影像可以追索和倚盼，那麼，對二代猶太移民來講，故鄉只是一個遙遠、縹緲、陌生、空虛的想像性時空概念，和他們有著精神共鳴的只能是沒有國家、沒有土地、身份模糊的世界流浪民族吉卜賽人。

與蕭紅同屬黑龍江籍女作家的田琳（但娣）在日本留學時期，創作了中篇小說《安荻和馬華》（原載於《華文大阪每日》1940 年第 6 卷第 1、2 期），這篇小說的主人公送奶工安荻在病重的爺爺去世以後，和戀人碼頭夫馬華成婚並產下孩子，三年後馬華因無貨可拉、無錢可賺，與工友結伴遠赴異國謀生不得，最終拖著病軀在乞討返家的路上葬身沼澤地。小說中雖然沒有明確的時間和地點，但大致可以判斷是偽滿洲國時期的北滿地區。這一文本此前曾被作為留學生寫作或偽滿洲國女性作家寫作的代表，既往學者的關注主要集中於殖民語境中東北淪陷區文學的「反」與「抗」如何看待的問題，對九十年代對這部作品的「無抵抗意識」認識進行糾偏和重新討論〔註 92〕。細讀

〔註 90〕蕭紅：《索非亞的愁苦》，《蕭紅全集·下》，哈爾濱：哈爾濱出版社 1991 年版，第 952 頁。

〔註 91〕高加索是位於黑海和裏海之間的山脈地區，海拔很高，在高加索一帶格魯吉亞、阿塞拜疆和塔吉斯坦等地區發源的格魯吉亞猶太人和山地猶太人是高加索猶太人的兩個支脈，材料來源於郭宇春：《俄國猶太人研究·18 世紀末～1917 年》，哈爾濱：黑龍江人民出版社 2015 年版。

〔註 92〕張泉：《殖民拓疆與文學離散·「滿洲國」「滿系」作家文學的跨域流動》，哈爾濱：北方文藝出版社 2017 年版，第 288～290 頁。

《安荻和馬華》，可以發現在小說的抗日戰爭背景之下，隱匿著非常複雜而幽微的關於北滿地區民族問題的敘述。小說故事的男女主人公的名字安荻、馬華並不是常見的中文名，而相對更近似於英文名的漢語音譯。回顧小說開篇對馬華外貌的描寫，這是一個有著「烏黑的捲髮」，「暗藍色的眼睛」，和一張「混血兒的臉相」的男孩，母親是波蘭人，父親是中國回教徒。馬華活得非常小心，既遭受黃種人的排斥，又擔心被猶太人輕視，在務工時還被罵作「兩合水」、「被串了的野種」。就是這樣一個背負複雜民族身份的碼頭夫，他決定拋棄妻子出走異國的直接誘因是猶太人斯拉其夫的勸說：

> 「你沒有家吧？我也一樣，走到哪兒是哪兒。無憂無慮……」
>
> 「想回國嗎？我的家鄉在黑龍江的那岸，那裡很好呢！到夏天，黃昏的時候，劃著船到黑龍江上，有多麼快活呀……」
>
> 「你不想翻翻身嗎？在這裡是沒有出路的，不想走走嗎？我是打算到別處去了！」〔註93〕

作者雖然沒有寫明他們乘汽船去的「別的地方」究竟是何處，但大致推斷很有可能是乘船經過黑龍江到俄國去。他們去「XX」以後並沒有在繁華的城市中尋得體面的工作，而是在破落之街的小店中和比自己更窮苦的人寄居在一起，幾經周折終於找到墨水廠工人和伐木工人的工作卻要不到工資。馬華顯然是被猶太人欺騙了，但斯拉其夫並不是有意欺詐馬華的「流氓和騙子」，離開中國到了新的環境以後，他痛哭、宿醉，為自己理想破滅和希望落空而痛苦。馬華也沒有因為被騙與猶太人一起受難而記恨：「他的痛苦和他的一樣，使馬華的靈魂，彷彿被巨大的悲慘遮住了一樣……他找不到每人所遇到的命運的正當的解釋」〔註94〕。通過小說文本中混血兒馬華的悲慘遭遇與心理活動，但娣給予了猶太人斯拉其夫很大的同情。但娣在民族戰爭中後期險惡而危機四伏的處境中，仍創作了以抗日戰爭為背景的小說並因此被投入日本憲兵隊監獄，其作品因此獲得的政治意義無可厚非。但這並不是但娣作品的全部內涵。更值得注意的是，日本是反猶主義活動持續時間最長、開展規模最大的亞太地區國家，從二十世紀二三十年代初期開始，世界範圍內的「猶太陰謀論」就已經在日本右翼思想家中廣為流傳，發展至民族戰爭期間，日本更是全力打擊猶太人可能對他們造

〔註93〕但娣：《安荻和馬華》，梁山丁編：《長夜螢火・女作家小說選集》，瀋陽：春風文藝出版社1986年版，第274頁。

〔註94〕但娣：《安荻和馬華》，梁山丁編：《長夜螢火・女作家小說選集》，瀋陽：春風文藝出版社1986年版，第284～285頁。

成的潛在威脅。日本政府雖然沒有將哈爾濱猶太團體及社區成員加以滅絕性的剷除，但卻「通過代理人來折磨敲詐猶太人」〔註95〕，前述的「卡斯普事件」就是最好的證明。然而，作為在日本留學、拿日偽政府助學金的偽滿青年女作家，但娣竟在小說作品中正面呈現出對猶太人及猶太民族的同情，這不能不說是一種曲折而隱微的對於日本政府和侵略戰爭的「抵抗意識」。

三、「無錢的猶太人」及其革命隱喻

蕭軍在哈爾濱時期創作了一篇名為《無錢的猶太人》的新詩，這首詩最初收錄於蕭軍在 1936 年由上海文化生活出版社出版的《綠葉底的故事》作品集中，落款時間為「三三年秋」。這首詩此前幾乎未有學者討論過，為應論述之便，現將詩歌內容摘錄如下：

> 無錢的猶太人，
> 我們還不是同一命運嗎？
> 我是個賤民之種的中國人！
> 無錢的猶太人，
> 到處蒙著摒棄，
> 到處唱著被輾軋的歌。
> 能拯救你們的，
> 不再是騎白馬的摩西了，
> 給福你們的，
> 不是那肥得如豬的牧師。
> 你們還信任這些嗎？
> 他們是一直欺騙著你們。
> 沒了祖國值得什麼憂愁？
> 猶太人沒了錢又值得什麼害羞，
> 只是不認識自己同命運的弟兄……
> 才是真的憂愁！
> 你個無錢的猶太人，
> 記住吧！那才是真的奇羞，

〔註95〕〔以色列〕丹‧本‧卡南著；尹鐵超，孫晗譯：《卡斯普事件：1932～1945年發生在哈爾濱的文化與種族衝突》，哈爾濱：黑龍江人民出版社 2009 年版，第 403 頁。

　　唾棄，蹂躪⋯⋯

　　也在到處看顧著中國人。

　　真的弟兄待我們沒有不平，

　　待我們沒有剝削和榨取，

　　更沒有豬樣的屠殺！⋯⋯

　　看吧，這世界上──

　　誰在以平等待著我們？

　　誰不將我們榨取和屠殺，

　　誰就是我們的弟兄。

　　你個無錢的猶太人，

　　你個賤民之種的中國人。〔註96〕

《無錢的猶太人》（Jews without Money）（或譯為《沒有錢的猶太人》）本是在美國新興文學主潮中被稱為「美國猶太村的高爾基」〔註97〕的作家邁克爾·哥爾德（Michael Gold）（或譯為高爾特、果爾德）的長篇小說。哥爾德的父親是羅馬尼亞猶太人，母親是匈牙利移民，他出生於美國紐約東邊區（east side）的紅燈區域。這部作品是以猶太作家本人十二歲及之前的少年經歷為藍本創作的自敘傳式小說，描寫的是作者在那「可怕的，擁擠的，卑污的，非人的，地獄般的，飢餓的東邊區猶太人和其他移民居留的兒童少年時代生活的回憶錄」〔註98〕。十九歲時父親黑曼辭世以後，早期傾向於無政府主義的哥爾德曾一度離開紐約到波士頓一帶參加工人罷工和群眾工作，返回紐約以後同原籍牙買加的美國黑人詩人克勞德·麥凱（Claude Mckay）一起創辦了《新群眾》雜誌，成為三十年代「美國唯一的普羅文學的強力的刊物」〔註99〕，而他本人也因為代表《新群眾》雜誌發表支持中國左翼文學運動的聲明，而被三十年代左翼文人稱為「現代美國最偉大的普羅文學家」〔註100〕。

　　哥爾德被翻譯成中文的作品，最早是 1929 年由凌黛（葉秋原）翻譯的短

〔註96〕蕭軍：《綠葉底的故事》，上海：文化生活出版社 1936 年版，第 142～144 頁。

〔註97〕楊昌溪：《無錢的猶太人·再版譯者序》，《無錢的猶太人》，上海：上海現代書局 1931 年版，第 5 頁。

〔註98〕楊昌溪：《無錢的猶太人·再版譯者序》，《無錢的猶太人》，上海：上海現代書局 1931 年版，第 3 頁。

〔註99〕顧鳳城編：《現代新興作家評傳》，上海：上海光華書局 1933 年版，第 56 頁。

〔註100〕顧鳳城編：《現代新興作家評傳》，上海：上海光華書局 1933 年版，第 54 頁。

篇小說集《一億兩千萬》（上海金屋書店），但並沒有在左翼作家中產生很大影響。據楊昌溪在《無錢的猶太人》再版序言中所述，真正使得哥爾德的作品在中國現代翻譯小說中佔有一席之地的，是 1930 年至 1931 年間由周起應翻譯的自敘傳和群眾朗讀劇。周起應，也就是周揚，在 1930 年翻譯了哥爾德的群眾朗讀劇《美國罷工》，1932 年 4 月又由上海辛墾書店出版了他編譯的《果爾德短篇傑作選》，收集了此前分散在雜誌上發表的短篇小說 7 篇，朗讀劇 2 篇，詩歌 1 首，這是他繼蘇聯作家柯倫泰的《偉大的戀愛》、米列夫斯基的《大學生私生活》以來的第三部譯著。1935 年冬，哥爾德的獨幕劇《金錢》（money）曾被金劍嘯及龍沙白光劇團編導並排演成中文版《錢》，有史料表明這一獨幕劇的中譯本很可能也是由周揚翻譯的〔註 101〕。在周揚譯文的推動下，哥爾德成為超越辛克萊而被左翼作家廣泛關注的美國作家，因為「辛克萊還不免帶著許多社會民主主義的傾向，而哥爾德卻完全是一個普羅階級的前衛份子」〔註 102〕。僅《無錢的猶太人》這部十五萬字的長篇小說在三十年代就有三種中譯本，最早的是左翼詩人楊騷的譯本，1930 年 11 月由上海南強書局初版，其次是翻譯家楊昌溪的譯本，1931 年 2 月由上海現代書局初版，同年 5 月再版，此外，1931 年楊昌溪還翻譯了哥爾德的另一本兒童讀物《卓別林賽會》。第三個版本是 1933 年上半年，左翼作家周文根據《沒錢的猶太人》（楊騷譯本）改編成縮寫通俗本並投稿到上海光華出版社，隨著此前翻譯的《鐵流》（通俗本）被國民黨政府查禁，光華書店被封閉以後，這一版《沒錢的猶太人》（通俗本）書稿也丟失而未能出版〔註 103〕。

　　顯然，蕭軍的詩歌靈感和思想資源直接來自於他對當時新近譯為中文的哥爾德自傳體同名小說的閱讀。無獨有偶，三四十年代東北流亡作家筆下，「無錢的猶太人」這一意象經常出現。北滿作家梁山丁的妻子、瀋陽籍女作家左蒂，在流亡北京後創作的小說《柳琦》、《窄巷》中也曾多次出現過哥爾德的這本書。不僅將其與法國作家福樓拜的《包法利夫人》、蘇聯作家拉夫列尼約夫的《第四十一個》、列昂尼德・安德列耶夫的《七個被絞死的人》

〔註 101〕張艾丁：《太原戲劇生活十年》，中國人民政治協商會議山西省委員會文史資料研究委員會編：《山西文史資料・第 34 輯》，太原：山西人民出版社 1984 年版，第 129 頁。

〔註 102〕顧鳳城編：《現代新興作家評傳》，上海光華書局 1933 年版，第 56 頁。

〔註 103〕周文：《周文文集・第四卷・諷刺小品・詩歌・日記・書信・編輯記・自傳》，北京：作家出版社 2011 年版，第 360 頁。

並稱為「好書」〔註104〕，而且借小說人物之口間接解釋了「好」的原因：「這書把世界上墮落的民族全描寫了，有猶太人，有黑人，有吉卜賽人，還有抽大煙的中國人，寫得太真實了，同我們看到的完全一樣，彷彿就是我們身邊的事情……」〔註105〕。1938 年 9 月 2 日，早年與北滿作家楚圖南交往甚密的吉林作家穆木天在昆明時寫下了詩歌《七年的流亡》，其中一節是這樣寫的：「七年的流亡／使我象一個吉卜西人一樣／象一個無錢的猶太人一樣／從祖國的東北角／流浪到西南角！」〔註106〕穆木天從 1931 年被吉林大學辭退後，輾轉上海、武漢等地，在 1938 年武漢淪陷前期舉家取道廣州，經過香港、越南逃到大後方昆明，沒有再能回到東北故土。這首詩歌取名「七年的流亡」，就是在回顧從 1931 年離開東北流亡關內七年來的心路歷程。可以說，在某種程度上，流亡東北作家在內心深處對於世界上的流寓民族──猶太人有著一種難以名狀的認同感，他們對於猶太民族所代表的「漂泊者」意象的同情，也是對於自我命運悲愴體認的感情折射。

那麼，蕭軍為什麼將「無錢的猶太人」和「賤民之種的中國人」並置為「同一命運」的共同體呢？猶太民族自公元前 6 世紀失去國家而在世界流亡，支撐猶太精神的重要力量因素就是「貨幣」或「貴金屬」，也就是「金錢」。德國社會學家、經濟學家維爾納‧桑巴特在論及猶太人與現代資本主義問題時，曾經指出：「猶太人是貨幣的守衛者……猶太人領悟了貨幣中隱藏的所有秘密，也發現了貨幣的魔力。他們成了貨幣的主人，並通過貨幣成為世界的主人。」〔註107〕猶太民族通過極高的經商智慧與豐富的商業經驗，追逐財富、凝聚金錢，在世界範圍內流浪的同時建立了本民族的絕對經濟優勢，由此，沒有了金錢，猶太民族就失去了恢復與重建民族家園的資本，也有可能會永遠流浪甚至被消滅、摧毀。在民族國家的意義上，「無錢的猶太人」與「賤民之種」，即在日本殖民統治下安於苟活的偽滿洲國民眾、面臨失去土地和國家危機的中國人，就真正成為了命運共同體。蕭軍用詩歌呼籲猶太人與中國人

〔註104〕左蒂：《窄巷》，原載於《東北民報》1946 年第 1 期，選自梁山丁編：《長夜螢火‧女作家小說選集》，瀋陽：春風文藝出版社 1986 年版，第 402 頁。

〔註105〕左蒂：《柳琦》，原載於《麒麟》1942 年第 2 卷第 10 期，選自梁山丁編：《長夜螢火‧女作家小說選集》，瀋陽：春風文藝出版社 1986 年版，第 393 頁。

〔註106〕穆木天著，蔡清富，穆立立編：《穆木天詩文集》，長春：時代文藝出版社 1985 年版，第 138 頁。

〔註107〕〔德〕維爾納‧桑巴特；安佳譯：《猶太人與現代資本主義》，上海：上海人民出版社 2015 年版，第 317 頁。

認清彼此才是「同命運的弟兄」並要「以平等」相互對待，此外，還暗含著更近一層的意涵，即猶太人與中國人結為弟兄以後，要團結在一起反抗摒棄、欺騙、唾棄、蹂躪著我們的力量，反抗剝削、榨取和屠殺我們的人們。

　　從北滿走出的東北流亡作家，他們三四十年代的左翼文學創作很大程度上仍然來自於北滿經驗，這種邊地風格與故土情懷顯然是與主流左翼文壇有著疏離的。倘若說他們對於白俄的「隱秘的書寫」仍然有遭到批評家指責其忤逆「不准同情」白俄的風險，那麼，相比之下，對於與白俄內部充滿分歧，又在日本反猶主義運動中飽受摧殘的猶太民族的書寫則似乎有著某種免於指責的「合法性」。在流亡關內的北滿作家筆下的猶太敘事中，有著非常明顯的「家」「國」隱喻，「回家」的理想與「亡國之痛」的現實交織在一起，勾連著流亡作家的家國情懷、革命想像與離散歷史記憶。「無錢的猶太人」則由於周揚的翻譯和推廣，具有了同蘇聯文學近似的紅色話語權，進而成為東北流亡作家筆下鼓舞中華民族反抗日本軍事侵略和政治壓迫的意象，似乎在某種程度上構成了一種左翼革命隱喻。三十年代離開哈爾濱逃往上海的駱賓基，在八十年代撰文回憶「東北作家群」的界限問題時，曾經對於這一群體的精神與風格做出過這樣的界定：「『東北作家』由此而帶有失去國土失去家鄉，流浪關內的猶太人的色彩，自然，他們的詩和文學作品，甚至歌詞，都是呼喚祖國、呼喚民族團結、呼喚掉轉槍口一致抗日。因之，自然而然形成一種精神領域裏的一面標誌著方向的旗幟。」〔註108〕抗日民族戰爭為從北滿走出的東北流亡作家帶來了區別於其他淪陷區作家的特殊創痛，他們失去了「家」與「國」的現實實體被迫流亡關內。東三省已經處於以北京、上海為中心的文化圈外圍地帶，而哈爾濱則更是在本非中心的東三省文化圈的外圍地帶，可以說是「外圍中的外圍」、「邊緣中的邊緣」。東北流亡作家在從中國邊地走進文化中心時，產生的巨大的文化差異與陌生感，無異於流亡在其他國家的猶太人所面臨的文化隔膜。他們也需要和猶太人一樣，為了在新的文化環境中謀求生存，要讓自己在較短的時間內適應新的在地文化氛圍中。在這個意義上，東北流亡作家與失去國家流亡世界的猶太民族有著相似的家國情感，他們對於猶太的書寫，本質上就是對自我的解剖與悲哭。

〔註108〕駱賓基：《史料貴於真而難於確》，哈爾濱文學院編《東北文學研究史料（第六輯）》，哈爾濱文學院1987年12月。

第四章　哈爾濱文學空間的特殊生成機制

　　北國邊地哈爾濱作為疏離於北京、上海等文化中心城區的特殊地域空間，為現代中國文學發生和發展進程中的諸多重要議題提供了相當豐富的文化養分，並為東北區域與文學的相關研究打開了更有層次的多維度闡釋可能，這是哈爾濱的社會結構、族群關係、文化氛圍等社會力量綜合性作用的結果。民國哈爾濱的特定歷史環境催生出一種氣質獨特的文學場域，錯綜複雜而豐富具象的歷史細節編織出這個文學場的每一個片斷。哈爾濱文學機制，指的就是在哈爾濱與現代中國的歷史時空動態互動過程中出現了多種文化生存的可能性，既包括在不同歷史時期之下產生的不同社會體制及其規約之下的文藝生態，也包括在哈爾濱參與文藝活動的現代知識分子在多種政治、文化體制包裹之下的文學選擇和精神追求。

　　哈爾濱凝聚與吸附了體量龐雜而富有張力的多重文學力量，可以歸因於哈爾濱文學機制帶來的天然趨勢，這也是哈爾濱之所以被文學和作家選擇的原因。這種文學場域中秩序的形成得益於參與文學活動的「人」與地方時空環境間的有機互動，必然強調個人的主體性和能動性，但這種秩序本身的整體性又不以個體意志為轉移。簡言之，所謂的「機制」囊括了內部與外部的多重複雜因素，每一種因素的介入，又加強了這一種機制，進而通過機制影響滲透至文學主體的精神創造。

第一節　哈爾濱社會結構、族群關係與文化氛圍的生成

　　中東鐵路開工前，哈爾濱地區是由分屬於雙城廳、呼蘭廳及賓州廳管轄的田家燒鍋、傅家甸、秦家崗、馬家溝等幾十個村屯組成的，並未有統一而完整的地域區劃，人口大約有三五千人。1898 年沙皇俄國將原位於符拉迪沃

斯托克的中東鐵路工程局遷址哈爾濱，興建中東鐵路及其附屬鐵路工程的同時也開始在鐵路沿線進行大規模城市建設，教堂、銀行、商行、學校、俱樂部等公共建築的施工需要帶來了大批俄國官員、技術人員、護路隊士兵及數量可觀的鐵路工人。1903 年，中東鐵路全線竣工並正式通車，據當時親歷者的實地考察及俄文調查資料等相關材料記載，當時哈爾濱地區的常住人口及流動人口總數大約已激增至六七萬人，成為中東鐵路的交通、經濟、政治、文化樞紐。1904 年日俄戰爭爆發以後，哈爾濱成為沙俄軍隊集結及傷兵整候、醫療補給的戰備後方基地，戰爭物資需求使得周邊商業迅速發展，與此同時哈埠流動人口也隨之驟增。1905 年簽訂的《樸茨茅斯和約》將哈爾濱開為商埠，許多國家先後在哈爾濱設立領事館並建立僑民組織、興辦商業，發展至1916 年前後，哈爾濱區域常住人口及流動人口總數已達十六、七萬左右〔註1〕。1917 年，俄國十月革命勝利以後，大量舊俄貴族、軍官、商人及白俄平民流亡至哈爾濱，哈爾濱地區社會人口中的俄僑比例也逐年增長，1922 年前後在哈爾濱短暫居遊或長期生活的外僑人口已多達二十萬人〔註2〕。

在抗日民族戰爭爆發之前的很長一段時間內，哈爾濱外籍僑民人口的國籍構成中佔據比例最高的是俄國僑民（既包括沙俄籍，也包括蘇聯籍），佔據外僑人口總數比例大致在 77%～96%之間浮動，佔據比例次高的是猶太僑民，一般占外僑人口總數的 10%上下〔註3〕，此外比例較高的是無國籍僑民。需要特別指出的是，最能夠體現殖民地國族及族群關係複雜性的應屬其中的混血群體。以哈爾濱的中俄混血為例，其中絕大部分是因「跑崴子」（即到俄羅斯遠東地區的海參崴務工）的中國人與俄羅斯女子結為夫妻，他們的子女也就成為出生於俄國、流亡在中國的俄裔混血。在俄時，其國籍身份的認定通常會隨父系而被歸為華人，因此這一類中俄混血往往以華僑身份進入東北地區。俄國十月革命以後，流亡哈爾濱的混血群體中有一部分人選擇將戶籍改為蘇聯籍，也有一部分人加入了中國國籍，更多的人則選擇成為了「無國籍的人」。正是這種「國籍不明」的尷尬身份使得混血群體相較於血統純正的外籍移民而言，更多地受到來自俄國和中國兩個主流族群和社會文化的歧視與擠壓。

〔註1〕哈爾濱市地方志編纂委員會編：《哈爾濱市志·2·大事記·人口》，哈爾濱：黑龍江人民出版社 1999 年版，第 460～461 頁。
〔註2〕哈爾濱市地方志編纂委員會編：《哈爾濱市志·2·大事記·人口》，哈爾濱：黑龍江人民出版社 1999 年版，第 535 頁。
〔註3〕哈爾濱市地方志編纂委員會編：《哈爾濱市志·2·大事記·人口》，哈爾濱：黑龍江人民出版社 1999 年版，第 534～535 頁。

混血族群與作家們的日常生活產生了千絲萬縷的聯繫，東北抗日聯軍第三路總司令李兆麟在哈爾濱被刺殺事件的關鍵嫌疑人物孫格齡，也是在偽滿政府擔任資料保管工作的中俄混血。與關毓華、關沫南、邊惠等一同參與到「哈爾濱左翼文學事件」中來的汽車售票員宋敏，也是一個有著「菊黃色的眼珠和頭髮，有點像個混血兒」〔註 4〕的 16 歲女孩子。作家石軍的《混血兒》、羅烽的《考索夫的發》、《夢和外套》、田琳的《安荻和馬華》等短篇小說，都在講述著由「中國男人」和「外國女人」組建家庭後生育的混血子女的悲慘命運。韓國作家李孝石在哈爾濱時創作的小說《碧空無限》的女性角色尤唔啦，也是在哈爾濱生活的白俄、荷蘭混血女人〔註 5〕。

　　1932 年哈爾濱淪陷以後，外僑人口的國籍構成出現了明顯的結構性變化，俄籍、猶太籍僑民人口比重逐年下降，日本僑民人口比重隨之逐年上漲，直到日本無條件投降以後軍隊和僑民被集體遣返歸國。1933 年 7 月，偽滿洲國將哈爾濱設立為特別市並確立其行政區劃的地域範圍和土地面積，1934 年，偽滿政府第一次對哈爾濱地區人口加以統計，《哈爾濱特別市戶口調查結果表》按照辛亥革命時的「漢、滿、蒙、回、藏（哈爾濱無藏族，因此未列入）」五族劃分法，對當時哈爾濱地區人口的民族構成加以統計，其中漢族佔據 91.8%，滿族佔據 6.2%，其他（外籍僑民）佔據 1.1%，如下圖所示：

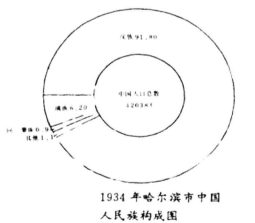

1934 年哈尔滨市中国
人民族构成图　　　　　　〔註 6〕

〔註 4〕關沫南：《奇霧迷蒙——憶哈爾濱左翼文學事件》，周玲玉：《關沫南研究專集》，哈爾濱：北方文藝出版社 1989 年版，第 17 頁。

〔註 5〕李海英，金在湧：《韓國文學的跨語際符碼「滿洲」》，上海：上海交通大學出版社 2014 年版，第 192 頁。

〔註 6〕哈爾濱市地方志編纂委員會編：《哈爾濱市志·2·大事記·人口》，哈爾濱：

由於日本侵略戰爭在哈爾濱的影響，在這一時段，在哈爾濱生活的俄、猶外僑數量已然驟減，大量白俄流民及猶太移民向天津、北京、上海、青島等關內城市遷移，此前在哈爾濱持續多年的移民城市社會結構也出現明顯轉型。

從偏居一隅的小漁村，發展到東北地區最具規模的移民城市，再加之多民族、多國族流動人口雜居的大環境，如此複雜而特殊的社會結構及族群關係網絡生成了哈爾濱文學氛圍的「野蠻生長」態勢。目前學界並未有直接可考的關於哈爾濱地區淪陷時期及解放時期文學團體及文學刊物的具體數量，根據筆者統計，民國時期在哈爾濱地區創辦的發表文藝作品的報紙及期刊共有 70 餘份，文學社團共有 20 餘個。根據地方志歷史材料顯示，從 1912 年至 1936 年間哈爾濱有商務印書館、新華印書堂、中華書局、哈爾濱書店、哈爾濱印書局、大東書局、精益印書局、王忠生舊書攤等 15 個可查的進步圖書發行點，解放戰爭時期有泰東書局、兆麟書店、東北書店、魯迅文化出版社（又名魯迅書店）、哈爾濱光華書店等 10 個進步圖書發行點，此外還有散佈在道里、道外、南崗區街頭巷尾幾十餘家出售、出租書刊報紙的個體書攤。在 1928～1945 年間，成立過哈爾濱口琴社、哈爾濱放送合唱團、劇團哈爾濱音樂部、古風音樂會、雅風音樂會等十餘個音樂團體。由於哈爾濱社會人口中的知識群體比例並沒有準確的統計數據可供參考，可以通過「生徒」〔註 7〕在總人口中的比重大概推斷，1927 年哈爾濱地區學生人口佔據總人口比重的 19.5%〔註 8〕，根據 1927 年度哈爾濱特別市在業人口職業構成統計數據顯示，當年哈爾濱的公務員、教員、記者等從事文教公務的勞動者人數大約占哈爾濱地區在業總人數的 9.96%，從事工商業、交通業、農林漁牧、體力勞作等的勞動者人數佔據哈爾濱地區在業人口總數的 75.2%〔註 9〕，由此，當時的知識群體人數應至少在 30% 以上。通過翻閱相關歷史材料不難發現，在當時當地的各種數據及方志史料中，均沒有「作家」這種職業分類，也沒有文藝工作者具體人數的客觀統計，僅能知道他們散落於學生、教員、記者等多種知識者職業身

黑龍江人民出版社 1999 年版，第 508 頁。

〔註 7〕生徒，是日語詞彙，平假名為せいと，意指學生。《哈爾濱市志》中將其按照中文詞彙字面意義拆解為「學生和學徒」，是不準確的。第 521 頁。

〔註 8〕哈爾濱市地方志編纂委員會編：《哈爾濱市志·2·大事記·人口》，哈爾濱：黑龍江人民出版社 1999 年版，第 521 頁。

〔註 9〕哈爾濱市地方志編纂委員會編：《哈爾濱市志·2·大事記·人口》，哈爾濱：黑龍江人民出版社 1999 年版，第 522 頁。

份中。這涉及到一個特殊的文學機制，即職業作家。

　　所謂「職業作家」，就是沒有其他工作編制，也沒有固定工資，僅靠稿費為生的專職寫作者。在三十年代初期的哈爾濱文學場域中，蕭紅、蕭軍兩人是最早以稿酬為生的職業作家。梁山丁曾在名篇《文學的故鄉》中寫道：「三郎和悄吟，田倪和田娣，各刊物上經常發表他倆的詩歌與小說。他們是當時在哈爾濱真正依靠稿費過活的職業作家。」〔註10〕「牽牛坊」同人、諢名「小蒙古」的袁時潔曾在《「牽牛房」憶舊》一文中，追憶過身為「職業作家」的二蕭當時的生活狀況：「當時，來『牽牛房』的三郎（蕭軍）和悄吟（蕭紅），算是『職業作家』。他倆在物質生活上是一貧如洗，常常餓著肚子。」〔註11〕據蕭軍少年時的摯友方未艾回憶，他收到的第一份稿費是《國際協報》給的五元哈洋，是文藝副刊編輯裴馨園讓妻子弟弟送到兩人住處的〔註12〕。蕭軍也曾在回憶錄中寫道，自己當時與一位朋友F（即方未艾）住在哈爾濱道外一家旅店中，最初給哈爾濱民辦報紙《國際協報》投稿了《飄落的櫻花》、《桃色的線》、《孤鴝》等短篇小說，並收到報社編輯派來的五元錢，此後正式搬到編輯裴馨園家，這是他「正式從事文學事業，以賣文為生的開端」〔註13〕。由於蕭紅身體抱恙，很長時間內兩人都僅僅依靠蕭軍一人的稿費生活。在蕭紅早期的小說、散文作品中，經常可以見到她獨自一人餓著肚子等待蕭軍回家的心情描寫。而更多的時候，這微薄的稿酬根本無已支付兩人日常生活，受凍、受窮、挨餓、借債是常態。在小說《涓涓》中，蕭軍藉故事主人公之口吻發自肺腑地悲歎身為「職業作家」生存的艱難和尷尬：「文字一論價去賣錢，更是這樣地賣法，這比一個四等賣淫的女人還不如！有什麼『情？』什麼『愛？』……不過拼出了一具脫了靈魂的軀殼，隨顧客們呢怎樣喜歡就是。」〔註14〕「稿費」就像蕭紅心中的結一樣，直到她1935年7月隻身赴日本留學

〔註10〕 梁山丁：《文學的故鄉》，黑龍江省社會科學院文學研究所編：《東北現代文學史料（第二輯）》，1984年4月，第95頁。

〔註11〕 袁時潔：《「牽牛房」憶舊》，選自章海寧主編：《蕭紅印象・記憶》，哈爾濱：黑龍江大學出版社2011年版，第199頁。

〔註12〕 方未艾：《我和蕭軍六十年》，哈爾濱業餘文學院：《東北文學研究叢刊》1984年第一輯，第60頁。

〔註13〕 蕭軍：《蕭軍全集・10・我的童年・從臨汾到延安・憶長春・哈爾濱之歌三部曲》，北京：華夏出版社2008年版，第174頁。

〔註14〕 蕭軍：《涓涓》，蕭軍：《蕭軍全集・6・涓涓・毀滅與新生・中國歷史小故事拾譯》，北京：華夏出版社2008年版，前言。

時，還曾在 8 月 17 日給蕭軍寫的信中寫道：「你再來信說你這樣好那樣好，我可說不定也去，我的稿費也可以夠了，你怕不怕？」〔註 15〕

在哈爾濱有著職業作家身份的，還有與二蕭關係密切的後輩青年作家陳隄。陳隄在 1986 年紀念金劍嘯逝世五十週年之際撰寫的回憶性散文《巴來未死》中，寫到 1935 年年初，自己剛剛與家庭決裂，拿著新完成的短篇小說《火葬》去《大北新報畫刊》編輯部投稿，與時任《畫刊》編輯的金劍嘯初遇。瞭解到陳隄求學的經歷和當下的窘境以後，巴來在還未能確保稿件發表時就拿出自己的五元積蓄作為《火葬》的稿費〔註 16〕，給剛剛踏上文學之路的青年陳隄以很大的慰藉和鼓勵。此後，陳隄因在《國際協報》連載長篇小說受到好評，因此報紙每月給陳隄十五元稿費。1936 年元旦，陳隄的短篇小說《元旦之晨》在《國際協報》的新年徵文中乙等入選，得到二十元稿費作為獎金，由此，他一步一步邁上了職業作家的道路〔註 17〕。

二十年代至四十年代的上海，有許多曾經在「亭子間」居住、生活或工作的職業作家，不僅包括魯迅、茅盾、巴金、郭沫若、郁達夫、葉靈鳳、沈從文等新文學名家，而且從北滿哈爾濱南遷至上海文壇的作家蕭紅和蕭軍也未能例外。「亭子間」是民國時期舊上海城市建築中的特殊空間，一般來講，指的是舊式樓房上在正樓之後、廚房之上、曬臺之下、樓梯中間的小房間，因而空間逼仄、光照不佳、通風較差，租住客的飲食起居、吃喝拉撒全在這一處如「火柴匣」或「鴿子籠」式的小房間內，因此名為「亭子間」，這也成為代表著一部分在上海寫作並追求文學夢想的外來作家群體的特定文化空間。郁達夫的《村居日記》中曾經記錄著自己在 1927 年年初，曾將居住地搬遷至創造社出版部二樓亭子間的往事〔註 18〕，此外，我們在葉靈鳳在 1928 年創作的短篇小說《明天》及晚年散文《亭子間的生活》、郭沫若在 1925 年創作的短篇小說《亭子間中的文士》、巴金在 1928 年完成的中篇小說《滅亡》等作品中，都能看到與之相關的文學描述。

〔註 15〕 蕭紅：《第五信》，《蕭軍全集·第 9 卷·魯迅給蕭軍蕭紅信簡注釋錄　蕭紅書簡輯存注釋錄》，北京：華夏出版社 2008 年版，第 17 頁。

〔註 16〕 陳隄：《巴來未死》，《金劍嘯紀念文集》，齊齊哈爾市檔案館 1986 年版，第 94～96 頁。

〔註 17〕 《陳隄小傳》，遼陽市政協文史資料委員會編：《遼陽文史資料·第六輯》，內部資料，1992 年版，第 119 頁。

〔註 18〕 郁達夫：《村居日記》，《郁達夫文集·第九卷》，第 59 頁。

　　蕭軍晚年為回覆蕭紅研究者關於他們在上海拉都路曾有過幾處居所的問題，曾在書信注釋中回憶了他們來到上海以後的三次搬遷過程。初到上海之際，二蕭的第一處居所是位於拉都路北段路東二層樓後的雜貨店「元生泰」樓上的亭子間，租金每月 9 元；第二處是因蕭軍在一次聚會上無心將住處透露給不可靠的青年，在葉紫的勸說下搬遷到拉都路南端二層的前樓，也就是名為「福顯坊」的大雜院 22 號，租金每月 11 元。這是原房東夫婦為了「經濟核算」，自己住在亭子間內，將前樓租給二蕭居住；第三處是乘北方朋友 L 君的好意，兩人搬到了拉都路中段 351 號的第二幢西式樓房的第三層〔註 19〕，後因與朋友出現意見分歧而再次搬遷。

　　蕭紅、蕭軍兩人來到上海以後仍然想延續以稿酬為生的作家職業，但此時，他們作為上海文壇的「外來者」、主流文學圈的「新秀」顯然已與在哈爾濱時的在地經驗和文學身份不同，想要融入新的文化環境也並非朝夕之事。他們最先面臨的就是錢的問題。蕭紅和蕭軍兩人從青島出發時，身上帶著 40元現金，到上海以後餘下 18.5 元，而租住亭子間就花費了這餘下現金的一半〔註20〕。魯迅在給兩人的信件中寫道：「生長北方的人，住上海真難慣，不但房子象鴿子籠，而且籠子的租價也真貴，真是連吸空氣也要錢……」〔註 21〕顯然，上海的生活水平和消費水平遠高於哈爾濱，再加之兩人初到上海時最初向各文藝刊物的投稿並不十分順利，大大降低了他們的生活成本。除了因錢的短缺而帶來物質生活的困境之外，他們面臨的精神困境則更為切要。蕭軍在信件注釋中曾寫道：「一直生活在北方——特別是東北——的人，一旦到了上海，就如到了『異國』，一切都是生疏，一切都是不習慣，言語不通，風俗兩異，無親無朋……」〔註 22〕我們能夠看到，蕭軍在書信注釋中反覆提及自己作為一個初到上海灘的關東大漢，面對與哈爾濱迥然相異的生活環境與文化氛圍時，甚至產生了十分複雜而陌生的「異國」感受，即如同想要「擠進」主流

〔註 19〕根據蕭軍：《蕭軍全集・第 9 卷・魯迅給蕭軍蕭紅信簡注釋錄　蕭紅書簡輯存注釋錄》，北京：華夏出版社 2008 年版，第 99～100 頁整理。

〔註 20〕蕭軍：《蕭軍全集・第 9 卷・魯迅給蕭軍蕭紅信簡注釋錄　蕭紅書簡輯存注釋錄》，北京：華夏出版社 2008 年版，第 46 頁。

〔註 21〕魯迅：《第五信（一九三四年十一月十七日上海發）》，蕭軍：《蕭軍全集・第 9卷・魯迅給蕭軍蕭紅信簡注釋錄　蕭紅書簡輯存注釋錄》，北京：華夏出版社 2008 年版，第 41～42 頁。

〔註 22〕蕭軍：《蕭軍全集・第 9 卷・魯迅給蕭軍蕭紅信簡注釋錄　蕭紅書簡輯存注釋錄》，北京：華夏出版社 2008 年版，第 46～47 頁。

文壇的「異類」〔註23〕，像「大兵」或「紅鬍子」一樣，身上帶著「兵氣」、「匪氣」和「野氣」〔註24〕，與江南才子的書生氣質和十里洋場的文化氛圍格格不入。蕭紅、蕭軍在剛到這舉目無親的上海以後，還未與魯迅會面之前就曾接受過他的二十元資助，在 1934 年 12 月 6 日魯迅寫給蕭軍、蕭紅的回信中，還特意對兩人來信時表達「用我這裡拿去的錢，覺得刺痛」的情緒予以安撫：「因出版界上的資格關係，稿費總比青年作家來得容易，裏面並沒有青年作家的稿費那樣的汗水的」〔註25〕。顯然，蕭紅、蕭軍是因自己在哈爾濱時以文換稿酬的艱辛過往產生了共情。此後很長一段時間內，兩人都在「等待東北哈爾濱朋友的接濟」〔註26〕，因此在上海拉都路的第二處住所居住不久，便在友人 L 君，即他們早年時期在哈爾濱的老朋友羅烽的幫助之下，搬到了他租的西式洋樓中。

居住條件得到改善的同時，蕭紅、蕭軍也在魯迅的介紹下有了更多在上海文壇的文學刊物發表文學作品的機會，蕭軍在上海第一篇公開發表的短篇小說《職業》，載於 1935 年 3 月 1 日《文學》雜誌第 4 卷第 3 號，就獲得了三十八元稿費〔註27〕，與在哈爾濱時三五元的辛酸境況已截然不同了。沈從文回憶自己從上海中國公學離職以後，純粹依靠稿費生活時的薪酬狀況：「……守在上海亭子間裏，過早期『職業作家』日子……作品且大量在國內各大刊物上露面，新作且不斷上市時，生活收入，也依舊還是每月不會過一百卅四十元……」〔註28〕顯然，蕭軍的稿酬與當時已經在上海文壇站穩腳跟的湘西作家沈從文相比，還是遜色得多。

實際上，三十年代哈爾濱地區的報紙刊物較少有酬勞，不僅如此，許多

〔註23〕蕭軍：《蕭軍全集·第 9 卷·魯迅給蕭軍蕭紅信簡注釋錄　蕭紅書簡輯存注釋錄》，北京：華夏出版社 2008 年版，第 95 頁。

〔註24〕魯迅：《第十九信（一九三五年三月十四日上海發）》，蕭軍：《蕭軍全集·第 9 卷·魯迅給蕭軍蕭紅信簡注釋錄　蕭紅書簡輯存注釋錄》，北京：華夏出版社 2008 年版，第 118 頁。

〔註25〕魯迅：《魯迅文集·第 23 卷·文藝書簡·上》，哈爾濱：黑龍江人民出版社 1995 年版，第 55 頁。

〔註26〕蕭軍：《蕭軍全集·第 9 卷·魯迅給蕭軍蕭紅信簡注釋錄　蕭紅書簡輯存注釋錄》，北京：華夏出版社 2008 年版，第 46 頁。

〔註27〕蕭軍：《夢裏依稀憶故巢》，上海文藝出版社輯印：《中國現代文藝資料叢刊·第 6 輯》，上海：上海文藝出版社 1981 年版，第 202 頁。

〔註28〕沈從文：《（197912 下旬 3 北京）覆胡忻平》，《沈從文全集·（第 25 卷）·書信》，太原：北嶽文藝出版社 2002 年版，第 465 頁。

作家出版作品集或單行本時都是靠著朋友的資助，印刷費也大都為自籌自辦。比如 1933 年蕭紅、蕭軍的小說、散文集《跋涉》在羅烽、舒群及裴馨園等友人資助下，由哈爾濱五日畫報社出版單行本。同年，溫佩筠在精益印書局自費出版業餘翻譯蘇俄著名詩歌作品集《零露集》。又如 1935 年陳隄在《國際協報‧夕刊》連載發表長篇小說《賣歌者》後，因受到讀者好評並自費在精益印書局印刷了一千本單行本。在 1937 年冬，滕國棟介紹中學同學關沫南在道里新城大街精益印書局自費出版了兩人合著的小說、散文集《蹉跎》，這也是關沫南第一部公開出版的文學作品集。少數可以拿到稿費的作家們，接收稿酬的主要形式有現金稿費、以物代酬兩種，其中「現金」就是直接給予哈洋現錢作為酬勞，一般來說按照作品篇數來計算，當成為特約撰稿作家後也有按月派發稿費的情況，此外，還曾以不定期舉辦的有獎徵文獎金形式派發。陳隄的小說《元旦之晨》以鵬飛、若君一對小夫妻窮困潦倒的生活為故事背景，鵬飛想要參加報紙徵文中取甲等來為已有身孕的夫人若君換取生活費，最後卻在滿懷憧憬時發現自己榜上無名而昏死過去。顯然，這是以《國際協報》新年徵文為藍本的帶有自敘傳性質的藝術創作，故事中還寫到了這次徵文啟事的內容：「啟者：臘梅又放，瑞雪呈祥，新年將屆……本報開始徵收巨作，以點綴新年……稿酬從優……計分甲等十五元至五十元，乙等十元至……」〔註29〕。這種甲乙丙丁的分等級獎勵，也構成現金稿酬的一種形式。此外，「物酬」主要是以贈送文章發表的書報刊物來代替薪酬。1933 年作家陳隄給《哈爾濱五日畫報》文藝副刊投稿《兩兄弟》、《秋天》、《一封短信》等短篇小說作品時，登載後收到一份贈閱報紙作為稿酬〔註30〕。

　　顯然，此時現代職業作家及稿酬制度並未完整建立起來，因此，絕大部分作家都仍是在放送局、電影院、俱樂部、郵政局、學校等單位從事其他工作，靠著工資維持生活，且有著一定數量的文學作品的「業餘作家」。梁山丁就曾經明確說過：「我不是職業作家，是靠工資維持生活的。」〔註31〕由於文藝工作者尚不能純然依靠文學來維持生活，因此，他們也必然會擔心和畏懼

〔註29〕陳隄：《元旦之晨》，陳隄著；阿鴿編：《未名集》，哈爾濱文學院，時間不詳，第 53 頁。

〔註30〕《陳隄小傳》，遼陽市政協文史資料委員會編：《遼陽文史資料‧第六輯》，內部資料，1992 年版，第 118 頁。

〔註31〕陳隄，馮為群，李春燕等：《梁山丁研究資料》，瀋陽：遼寧人民出版社 1998 年版，第 211 頁。

喪失現有的穩定工作，這也會限制和禁錮業餘作家進行文學創作時的深度和廣度。但可貴的是，在這樣嚴苛而艱苦的現實條件下，仍然有著以蕭紅、蕭軍、陳隄為代表的理想主義熱血青年作家，憑藉他們的努力在哈爾濱文學界「雕刻出忽視可憐的報酬和風險的職業作家」〔註32〕。隨著四十年代《講話》提倡的文藝大眾化、作家為工農文化工作服務，到群眾中去，向群眾學習的文藝精神逐漸成為主流文學要求，邵荃麟在 1949 年 3 月 3 日香港《大眾文藝叢刊》第 6 輯《論電影》刊物上，發表長文《新形勢下文藝運動的幾個問題》，對當前及以後的作家提出了要求：「所謂純粹的職業作家就不存在了。即使他是以從事寫作為其主要生活的，同時他也不得不是某一生產部門的構成分子。」〔註33〕儘管四十年代中後期，偽滿洲國還曾經出現過關於職業作家與業餘作家的討論，希望文學寫作可以脫離「愛好者」的水平，向專業化、職業化方向發展，柳龍光作為曾與梅娘一同離散在北京的「滿系」作家，也曾協助在北京淪陷文壇籌備華北作家協會，並參與制定《華北作家協會組織規程》，提倡職業作家的養成機制〔註34〕。但這時偽滿洲國對於職業作家養成的提倡，是希望作家成為依附於「國家」機器和意識形態體制內的「國策」文人及建言獻策者，已經逐漸失落了肩起黑暗和苦難，全心全力創造新文學、建造新文壇的開拓者精神，三十年代中前期在哈爾濱出現的「職業作家」已然成為過去時了。

第二節　現代電影、廣播制度與哈爾濱文藝生態

一、電影

隨著俄國的經濟及殖民文化滲透，使得清末全國範圍內電影業的最早勃興與商業繁榮始於哈爾濱。根據地方志及中外相關歷史材料記載，1899 年 1 月 6 日中東鐵路局在哈爾濱田家燒鍋（現香坊區）建立的香坊鐵路俱樂部，是目前有據可考的清末哈爾濱電影活動之濫觴。隨後俄國還陸續設立了鐵路臨時總工廠俱樂部（1901 年）、鐵路江上俱樂部（1901 年）、俄商務俱樂部（1902

〔註32〕李建平，張中良：《抗戰文化研究・第二輯》，桂林：廣西師範大學出版社 2008 年版，第 222 頁。

〔註33〕邵荃麟：《邵荃麟全集・第一卷・文藝理論與批評・上》，武漢：武漢出版社 2013 年版，第 261 頁。

〔註34〕《華北作家協會組織規程》，《華北作家日報》創刊號，1942 年 10 月。

年）、阿穆爾軍人俱樂部（1902 年）、烏克蘭俱樂部（1907 年）等兼具電影放映功能的娛樂場所。在 1903 年，中東鐵路管理局又仿照莫斯科大劇院在哈爾濱大直街建造了一座中東鐵路俱樂部（現哈爾濱鐵路文化宮），內設有餐廳、舞廳、音樂廳等娛樂場所及放映電影的露天劇場。除卻兼具電影放映功能的綜合俱樂部之外，早在 1900 年的哈爾濱就由俄國人投資創辦了皆克坦斯電影戲院（又名大陸電影戲院、得克達恩斯坦電影院），地址在哈爾濱埠頭區的中國大街與外國三道街交口（今道里區中央大街與紅霞街交叉口）。但是，前述電影戲院並不單純以電影放映為經營目的，同時還兼作雜耍、遊藝等娛樂活動場所，直到 1906 年以後才專營電影放映〔註 35〕，因此嚴謹地說，並不能將其算作現代電影院的開端。但隨後不久，哈爾濱又陸續創建了專營電影放映的考布切夫電影戲院（1902 年）、伊留繼昂電影院（1905 年）、馬迭爾電影戲園（1905 年）、捷克斯坦電影院（皆克坦斯電影戲園）（1906 年）、敖連特電影院（1908 年）、托爾斯泰電影院（1909 年）、烏查斯街新開電影戲園（1911 年）等。在國內來看，哈爾濱電影院的出現時間，比此前學界提及的北京、上海兩文化中心地最早出現的電影院分別早四到六年。在世界範圍比較，與「世界影院之最」美國洛杉磯電氣影院是同年所建。1908 年，俄國人阿列克賽夫在馬迭爾賓館處建立遠東影業公司，也比上海的亞細亞影業公司早一年以上。據相關資料顯示，在 1911 年前後，哈爾濱已經放映過許多「歐片」及「中國風景戲片」〔註 36〕，而 1916 年～1919 年間，皆克坦斯與馬迭爾兩家影院展映的 130 餘種影片則全部都是「歐片」〔註 37〕，其中包括 1916 年在皆克坦斯上映的列夫・托爾斯泰的長篇小說《復活》改編的電影《禮拜日》、丹麥導演布洛姆・奧古斯特（Blom August）的電影《魯濱遜漂流記》、瑞典導演斯約史特洛姆的「古典電影學派」代表作《生死戀》（又名《山裏的埃溫特和他的妻子》）等。蕭軍的短篇小說《孤雛》中，借人物之口有這樣一處細節描寫：「至少要模仿最近在『巴拉斯』電影院開演過所謂中國有聲影片，《最後之愛》

〔註 35〕相關材料來源於姜東豪：《哈爾濱電影志》，哈爾濱：哈爾濱出版社 2003 年版，第 32 頁。

〔註 36〕姜東豪：《解放前哈爾濱電影事略》，白韋主編：《文藝史志資料・第 2 輯・哈爾濱市專號》，哈爾濱：黑龍江省文化廳《文藝志》編輯部 1985 年版，第 69 頁。

〔註 37〕姜東豪：《解放前哈爾濱電影事略》，白韋主編：《文藝史志資料・第 2 輯・哈爾濱市專號》，哈爾濱：黑龍江省文化廳《文藝志》編輯部 1985 年版，第 83 頁。

中的女角……」〔註38〕文中提到的《最後之愛》是 1931 年 12 月 17 日由上海天一影片公司出品的第二部有著「慕維通（Movietone）片上發音全部對白全部歌唱」的有聲電影〔註39〕，《孤雛》最初被收錄於 1933 年蕭軍與蕭紅合著的第一部小說、散文集《跋涉》，小說的準確創作時間雖未可知，但根據孫陵的回憶，蕭軍拿著這一篇小說到《國際協報》編輯部尋找裴馨園想要謀得一職的時間大致是 1932 年 3 月的一天下午〔註40〕，也就是說，《最後之愛》在上海首映後的三個月之內就已在哈爾濱巴拉斯電影院上映了。由此不難看出，在俄國殖民文化影響下，清末民初的哈爾濱電影業及電影文化已甚發達，而且對同時期外國影片的即時性引介以及俄人攝製的本地紀錄片都在全國範圍內有著明顯的文化優勢。

在很長一段時間內，既往學界都沿用程季華主編的《中國電影發展史》中關於中國第一座電影院是 1908 年由西班牙商人雷瑪斯修建的上海虹口大戲院這一說法〔註41〕。根據近年來的相關考證和研究成果基本可以確證，從現有可考的歷史材料來看，中國第一家真正意義上的單純經營電影放映的現代電影院是 1902 年由俄國隨軍攝影師考布切夫在哈爾濱埠頭區創立的考布切夫電影戲院〔註42〕。俄國從軍攝影師、俄籍猶太人考布切夫（又名高部且夫、科勃采夫）在日俄戰爭爆發以後隨軍來到哈爾濱，居留於此並開辦了考布切夫電影院。他在俄國阿爾馬維爾時就已經擁有了自己的照相館和小型電影院，來到哈爾濱以後曾經拍攝過 1907 年哈爾濱街道自行車比賽、1911 年俄國飛機在哈爾濱飛行表演、1910～1911 年哈爾濱流行鼠疫病泛濫等反映哈爾濱社會、生活、文化實況的多部紀錄片〔註43〕，其中最具代表性的三部分別是《日俄旅順之戰》（1905 年）、《安重根刺殺伊藤博文》（1909 年）以及《趙督來哈》

〔註38〕蕭軍：《孤雛》，《蕭軍全集・1・八月的鄉村・羊・桃色的線・江上》，北京：華夏出版社 2008 年版，第 185 頁。

〔註39〕黃德泉：《首部國產有聲電影考辨》，中國藝術研究院電影電視藝術研究所，上海大學影視藝術技術學院主辦；丁亞平，聶偉主編：《影視文化 11》，北京：中國電影出版社 2014 年版，第 35 頁。

〔註40〕孫陵：《我熟識的三十年代作家》，臺北：成文出版社 1980 年版，第 26～27 頁。

〔註41〕程季華等編著：《中國電影發展史・初稿・第 1、2 卷》，北京：中國電影出版社 1963 年版。

〔註42〕劉小磊：《中國早期滬外地區電影業的形成 1896～1949》，北京：中國電影出版社 2009 年版，第 45 頁。

〔註43〕孫建偉：《黑龍江電影百年》，哈爾濱：黑龍江大學出版社 2012 年版，第 6 頁。

（全名為《東三省總督趙爾巽巡狩過哈》）（1911 年）。紀錄片《旅順之戰》反映的是「日俄戰攻真蹟，槍擊炮轟，馬馳人行」〔註44〕，由 1906 年到達哈爾濱的法國商人璦雜斯帶往北京、天津、上海、俄國廓米薩爾等地放映，在 7 月 19 日由黑龍江省交涉總局簽發一份到齊齊哈爾電光影戲園放映的執照（這也是中國最早的「電影准映證」），得以在龍沙放映二十八天。《趙督來哈》最初放映於哈爾濱道里區中央大街電影院，當時《遠東報》報導稱：「每當夕陽西下，公園散後仕女遊人相偕去中國大街之電影園聚興，所演皆趙督來哈新片『真情畢露』云爾」〔註45〕。而《刺殺伊藤博文》則是 1909 年 11 月 26 日，考布切夫作為攝影記者跟隨俄國財政大臣戈果甫佐夫到哈爾濱火車站接待日本首相、朝鮮統監伊藤博文（Hirobumilto）時，意外拍攝下朝鮮青年安重根（AnChung-kun）連開三槍擊斃伊藤博文全過程的實錄影片。1932 年 6 月，在中共滿洲省委遷至哈爾濱以後不久，在哈爾濱道外區道外大街五道街籌建了東北地區第一個現代電影機構——寒光電影公司，公司經理是劉煥秋、導演是理化民，製片主任是陶然、高嘯崑，攝影集製景人員由永茂照相館的攝影師及巴拉斯電影院的畫師兼任，據《濱江日報》記載，當時電影公司發布招聘演員的廣告以後，應徵者超過兩百人〔註46〕。在同年 10 月份，電影公司拍攝了第一部以 1932 年哈爾濱水災為故事背景的紀錄片《山洪情劫》，1933 年 3 月拍攝了「第一部女性解放題材」的黑白默片《可憐的她》，這一步左翼電影後來在范斯白的大西洋影院放映，同年 9 月又拍攝了反映城市下層女性生活狀態的電影《人間地獄》（又名《覺悟》）〔註47〕。紀錄片及本土影片在電影戲園的放映，一方面給當時哈爾濱民眾的日常生活帶來聲光與影像體驗的新樂趣，另一方面也為二十世紀初期哈爾濱的社會歷史現實留下了珍貴的影像資料，具有社會文化和歷史材料雙重價值。

　　舒群的小說《一夜》中曾有這樣的細節：「這夜巴拉斯電影院最後一場的時候，我還要在門前接關係，彙報工作。」〔註48〕雖然小說的情節有著藝術

〔註44〕孫建偉：《黑龍江電影百年》，哈爾濱：黑龍江大學出版社 2012 年版，第 4 頁。
〔註45〕劉小磊：《中國早期滬外地區電影業的形成 1896～1949》，北京：中國電影出版社 2009 年版，第 45 頁。頁下注釋 3。
〔註46〕《濱江日報》，1932 年 7 月 19 日。
〔註47〕郭淑梅：《黑龍江歷史文化資源戰略研究》，哈爾濱：黑龍江大學出版社 2012 年版，第 107 頁。
〔註48〕舒群：《一夜》，舒群著：《舒群文集·2》，瀋陽：春風文藝出版社 1983 年版，第 108 頁。

虛構的成分，但在二三十年代的哈爾濱，地下黨在影院門口接洽工作是確有其事的。中共哈爾濱地下黨組織成立以後不久，在 1924 年 6 月由中共哈爾濱特支在道外區創辦了《哈爾濱日報》，而與日報社同處於一條街上的「吉江電影茶社」及周邊電影院也成為日報社長吳麗實及哈爾濱地下黨工作者接頭的秘密場所之一。三十年代初期，中共地下黨員張瑞麟在哈爾濱參與滿洲省委工作，後被東北抗聯將軍李兆麟派往三岔河做地下工作，隨後在 1936 年初受命重新組織建設哈爾濱市委工作。根據他晚年的口述回憶，他曾與哈爾濱地下黨員韓守奎（化名老王）在北滿省委與共產國際間的交通線路遭到破壞以後，以道里馬迭爾賓館斜對過的巴拉斯電影院門前作為接頭地點，但由於人員疏忽使得秘密通信洩露，不久以後哈爾濱地下黨及東北各地地下黨組織遭到破壞〔註 49〕。在《哈爾濱日報》社及相關人員因「宣傳赤化」嫌疑而被日偽當局逮捕後，報社附近影院放映的影片也受到了審查與限制。隨後不久，1928 年在哈爾濱成立了附設在教育廳下的全國最早的現代電影檢查委員會〔註 50〕，並針對全市影院預放映影片制定檢查標準。哈爾濱電影審查制度及監察機構的出現，比上海和南京兩地電影監察委員會的出現時間早一至兩年，比 1930 年 11 月南京國民政府行政院正式頒布《電影監察法》早兩年有餘。這充分說明民國時期哈爾濱電影業的發達程度遙遙領先於上海、北京、南京等文化、政治中心城市，但也成為哈爾濱文藝環境的複雜生態之佐證。電影放映事業的繁榮與紅色文化和普羅文藝的發展正向相關，當時在哈爾濱放映的電影作品中，不僅有反映社會黑暗和醜惡現實，且表達對國民黨軍閥、官僚統治的不滿情緒的影片《一箭仇》（1927 年長城畫片公司制，1928 年 2 月 12 日新世界電影園上映、1929 年 9 月 21 日光華電影院上映），有重現北伐戰爭各歷史階段重要事件和戰役過程的文獻記錄片《國民革命軍海陸空大戰記》（1927 年民新影片公司制，1930 年 1 月 29 日、2 月 6 日華光電影院上映），還有大中華百合公司出品的《戰血情花》（1928 年製，1930 年 7 月 3 日華光電影院上映）、《鐵蹄下》（1929 年製，1931 年 6 月 3 日中央大戲院上映）等以北伐戰爭為線索，反映投身革命、反抗暴政時代情緒的影片。再加之由於

〔註 49〕張瑞麟述，張靜整理：《在漫漫長夜中 張瑞麟回憶錄》，哈爾濱：黑龍江人民出版社 1985 年版，第 42～43 頁。
〔註 50〕姜東豪：《解放前哈爾濱電影事略》，白韋主編：《文藝史志資料·第 2 輯·哈爾濱市專號》，哈爾濱：黑龍江省文化廳《文藝志》編輯部 1985 年版，第 80 頁。

電影院附近環境繁雜且閒雜人等的活動和流動較多，影片開場及終場前後影院門口人流密集，為二三十年代中共哈爾濱地下黨組織及進步文藝活動者的工作展開提供了秘密的接頭場所。正因如此，電影成為當局政府率先審查和監管的「出頭鳥」，也有著充分的必然性。

　　1933 年，偽滿國務院情報處在關東軍參謀小林隆少佐的提議下成立了「滿洲電影國策研究會」，根據偽滿首都警察總監提交給偽民政部警務司長的文件內容來看，日本關東軍關於偽滿電影統治及監管機構應「盡快建立」的提議是針對於「目前國內狀況」，意圖「通過電影來使國民瞭解國情」、「提高滿洲國民的文化水平」〔註 51〕。想必哈爾濱作為當時東三省電影事業和攝製活動發展最為發達的地區，構成了「目前國內狀況」的重要組成部分，文件內容暗示著這一機構的建立是基於電影迅速發展的社會態勢而自下而上的推動，並非因偽國務院的預見規劃而自上而下的施行。1934 年 6～7 月，偽滿洲國民政部和興安總署出臺了《電影拷貝取締規則》，規定在偽滿境內拍攝並準備上映的影片，需要將備份交付於偽滿警務司特務科審檢股以備查驗〔註 52〕。偽滿洲國政府在 1934 年 8 月 3 日正式出臺了《電影片取締規則施行細則》，對准許表達與不准揭載的電影主題及內容加以詳細框定，其中包括二十四條具體細則，較之 1933 年 10 月出臺、1934 年 3 月修改的偽滿洲國《出版法》條例，在「破壞風俗」部分具體增加了對表露「慘酷或醜惡」、「接吻、抱擁、跳舞、裸形、遊興」等情形，以及「破壞貞操觀念」、「違背善良家庭風習」等觀念的限制；在「教育、宗教」方面具體增加了「妨害國民教育」、「助長兒童之惡」及「冒瀆神佛聖賢死者」、「提倡迷信」、「破壞名譽」等諸多內容禁區。尤其值得指出的是，在政權方面明確將違反「王道主義」和「民族協和」列為了取締準則〔註 53〕。1936 年 7 月，以偽滿警察廳為中心成立「滿洲電影研究會」並提出「滿洲電影對策樹立案」，充分論證在偽滿洲國成立電影統治的審議和準備機構的重要性和必要性，並在提案後成立了偽滿洲國電影「國策」審議及準備委員會，成員均為關東軍、「滿鐵」、憲兵隊及偽國務院

〔註51〕 胡昶，古泉：《滿映：國策電影面面觀》，北京：中華書局 1990 年版，第 23 頁。

〔註52〕 原材料來源於吉林省公安廳公安史研究室、東北淪陷十四年史吉林編寫組編譯：《滿洲國警察史》，內部資料，長春：長春人民印刷廠 1990 年版，第 365～366 頁。

〔註53〕 蔡鴻源主編：《民國法規集成・第八十六冊》，合肥：黃山書社 1999 年版，第 44 頁。

下屬軍政、外交、文教、民政各部人員〔註 54〕，為監督和管理電影的製作與放映過程、完善影片的審查和監管制度做出準備。

　　1937 年 8 月 14 日偽滿洲國政府以敕令第 248 號在新京（長春）成立了「株式會社滿洲映畫協會」（簡稱「滿映」），也就是現在吉林省長春市紅旗街的長春電影製片廠。康德四年（1937 年）8 月 14 日敕令第 248 號公布了「株式會社滿洲映畫協會法」，後於康德七年（1940 年）11 月 25 日敕令第 307 號公布最終修改案，該法案主要著重於「滿映」事業開展的各項一般規章制度，並未對電影製作的主題、內容及相關審查機制予以限定。康德四年（1937 年）10 月 7 日，偽國務院、治安部和民生部在《政府公報》第 1056 號以敕令第 290 號頒布了《映畫法》〔註 55〕，「映畫」是日語詞彙，平假名寫作えいが，在字典中的含義為電影的統稱或專指神怪電影，「映畫法」也就是偽滿政府官方出臺的電影法。該法律共包括十八條內容，其中第五條規定「影片非經治安部大臣所指定的機構檢查，不得出口或上映」〔註 56〕，隨後偽國務院又公布了《映畫法施行令》，進一步要求製作影片需要將製作者的姓名、住址、費用賬目、電影片名、場景數、製作時間、上映日期及其他必要事項提交給偽國務院總理大臣〔註 57〕。1939 年 8 月 8 日，偽滿洲國治安部設立了《映畫檢閱規則》，同年 9 月 2 日以偽國務院訓令第 111 號公布了《映畫館指導要綱》，至此偽滿洲國對於劇本審查、製片取締、放映監督及影院管理等現代電影產業各環節完整法律法規的制定才漸臻完熟。

　　值得注意的是，在偽政權的審查體制之下，電影及影院在哈爾濱的商業繁榮仍為當時在哈爾濱參與文藝活動的北滿作家們提供了多元的文化環境：一方面，「歐片」、紀錄片及早期本土電影在電影院的放映豐富著青年作家們的日常生活，而且為作家活動的進步文藝團體提供了重要場地。另一方面，

〔註 54〕〔日〕古市雅子著：「滿映」電影研究〔M〕，北京：九州出版社，2010，第 15 頁，表二。

〔註 55〕在鍾瑾：《民國電影檢查研究》，北京：中國電影出版社 2012 年版、張泉：《殖民拓疆與文學離散·「滿洲國」「滿系」作家文學的跨域流動》，哈爾濱：北方文藝出版社 2017 年版等專著中，將《電影法》寫作「滿映」成立之前的 1934 年 10 月 1 日第 290 號敕令，經筆者考證為史料錯誤，偽滿《電影法》與《映畫法》是同一法律。

〔註 56〕《映畫法》，胡昶，古泉：《滿映：國策電影面面觀》，北京：中華書局 1990 年版，第 226 頁。

〔註 57〕《映畫法》，胡昶，古泉：《滿映：國策電影面面觀》，北京：中華書局 1990 年版，第 229～230 頁。

電影為作家瞭解異國及他地文化氛圍提供了天然便利，更為作家的文學創作提供靈感與素材，而且使得他們較早接觸到電影劇本的文學創作。由俄人開辦的巴拉斯電影院（今兆麟電影院）始建於 1925 年 1 月，最初位於蒙古街也就是現在的道里區西七道街。金劍嘯當時與巴拉斯電影院的廣告員陳保羅關係較好，在為巴拉斯電影院繪製電影廣告海報的時候，曾讓處於生活困頓狀態中的蕭紅做他的廣告助手，蕭紅曾在與蕭軍合著的作品集《跋涉》中的短篇小說《廣告副手》中，記敘過這樣一段往事。舒群在八十年代回憶性散文《早年的影》中，追憶起自己與舊友青島海軍分校哈爾濱商船學校校長、陳漱渝祖父、抗聯烈士王時澤，在早年時經常與朋友們一同在馬迭爾、卡爾登、中央、巴拉斯電影院觀看《城市之光》、《故都春夢》等電影以及京劇、評劇表演〔註58〕，還曾在 1931 年哈爾濱的一個夜間「觀看德國烏髮電影公司出品，以蘇聯十月革命為內容的《最後的命令》」〔註59〕，並目睹了「場內紅俄白俄雙方武鬥起來」〔註60〕的場景。在 1935 年末，「哈爾濱口琴社」口琴隊成員在南崗區大直街中東鐵路俱樂部公開舉行了全滿首次口琴表演音樂會，根據金劍嘯女兒的回憶，當時演奏的曲目有「俄羅斯民歌《伏爾加船夫曲》、施特勞斯的圓舞曲及舒伯特的小夜曲」〔註61〕，此外還有口琴隊隊長袁亞成作曲並指揮隊員演奏的終場曲目——抗日協奏曲《瀋陽月》。1936 年 10 月 17～19 日，口琴隊又在哈爾濱道里區巴拉斯影院舉行了第二次口琴演奏大會，當時演奏曲目有「聶耳的《大路歌》、《開路先鋒》及《快樂的銅匠》、《春之微笑》、《茶花女》、《跳舞室之響》、《天堂如地獄》、《漢宮秋月》等」〔註62〕，口琴表演曲目基本上以中外名曲、反映無產階級勞動群眾的工人歌曲以及傳達抗日民族戰爭熱情的革命歌曲為主。

　　蕭紅公開發表的處女作《棄兒》（散文），創作於 1933 年 4 月，最初連載於《大同報·大同俱樂部》1933 年 5 月 6 日至 17 日，隨後不久被蕭紅、

〔註58〕舒群：《早年的影》，《東北現代文學史料（第三輯）》，遼寧社會科學院文學研究所編，1981 年 3 月，第 5 頁。

〔註59〕舒群：《早年的影》，《東北現代文學史料（第三輯）》，遼寧社會科學院文學研究所，1981 年 3 月，第 5～6 頁。

〔註60〕舒群：《早年的影》，《東北現代文學史料（第三輯）》，遼寧社會科學院文學研究所，1981 年 3 月，第 5～6 頁。

〔註61〕里棟、金倫：《哈爾濱口琴社簡介》，《東北現代文學史料（第五輯）》，遼寧省社會科學院文學研究所編，1982 年 8 月，第 174 頁。

〔註62〕里棟、金倫：《哈爾濱口琴社簡介》，《東北現代文學史料（第五輯）》，遼寧省社會科學院文學研究所編，1982 年 8 月，第 174 頁。

蕭軍兩人改寫為電影劇本，並署名三郎連載於 1933 年 7 月 19 日～8 月 16 日《國際協報》《文藝》副刊第 24、25、27、28 期上。蕭紅曾在給蕭軍的信中寫道：「我忽（然）想起來了，姚克不是在電影方面活動嗎？那個《棄兒》的腳本，我想一想很夠一個影戲的格式，不好再修改和整理一下給他去上演嗎？得進一步就進一步，除開文章的領域，再另外抓到一個啟發人們靈魂的境界。況且在現時代影戲也是一大部分傳達情感的好工具。」〔註63〕青年劇作家姚克，又名姚莘農，在三十年代的上海與魯迅交往密切，曾經陪同 1936 年 4 月下旬來到上海的美國記者埃德加・斯諾到魯迅住所訪談，並協助斯諾完成魯迅短篇小說英文版的翻譯工作。姚克也曾受魯迅託付，經常資助當時與上海「左聯」關係密切的青年作家們，其中就包括葉紫、蕭軍及被魯迅稱為「當今中國最有前途的女作家」〔註64〕蕭紅。二蕭通信時，姚克正在上海明星電影公司擔任編劇部主任工作，與左翼著名劇作家歐陽予倩共事，在此前不久魯迅逝世的喪禮儀式現場，正是姚克帶領著以歐陽予倩為首的明星電影公司拍攝小組來到魯迅寓所，為魯迅逝世的喪儀過程拍下了珍貴畫面〔註65〕。蕭軍在 1978 年重編書簡時寫下的注釋中補充到：「我沒聽她的意見，也沒去找姚克。姚克那時曾在上海明星影片公司從事過編劇，好像和歐陽予倩曾合作出過一部片子名為《人面桃花》？還是《桃花扇》記不得了。」〔註66〕《棄兒》電影劇本的出現與學界公認的中國現代最早的電影劇本，即上海左翼劇作家夏衍在 1932 年創作的第一部電影文學劇本《狂流》，相差僅一年左右時間，是「首開黑龍江電影文學的先河」〔註67〕的作品。雖然蕭紅有意將其搬上熒屏是三十年代中後期上海電影藝術蓬勃發展的文化環境使然，但這一作品的發表不能不說與現代電影產業及電影院在哈爾濱的發生有著密不可分的關聯。

〔註63〕蕭紅：《第三十信（1936 年 11 月 24 日　日本東京—上海）》，蕭軍：《蕭紅書簡輯存注釋錄》，哈爾濱：黑龍江人民出版社 1981 年版，第 93 頁。

〔註64〕斯諾著，安危譯：《魯迅同斯諾談話整理稿》，《新文學史料》1987 年第 3 期，第 7 頁。

〔註65〕孔海珠：《魯迅——最後的告別》，北京：人民文學出版社 2011 年版，第 19～21 頁。

〔註66〕蕭軍：《蕭紅書簡輯存注釋錄》，哈爾濱：黑龍江人民出版社 1981 年版，第 95 頁。

〔註67〕彭放編：《黑龍江文學通史・第二卷》，哈爾濱：北方文藝出版社 2002 年版，第 286 頁。

二、廣播

　　關於中國廣播歷史的學術研究中，長久以來存在著「中國第一座廣播電臺」的觀念分歧與學術爭鳴。自七十年代末八十年代初以來中國廣播電視學會史學研究會副會長、中國傳媒大學教授趙玉明的《外國人最早在我國辦的廣播電臺》〔註 68〕、《舊中國廣播的產生、發展和終結》〔註 69〕、《中國廣播事業之發軔》〔註 70〕、《中國現代廣播簡史》〔註 71〕、《中國廣播電視通史》〔註 72〕等學術論文、研究專著及編著中，曾提出中國的第一座廣播電臺是 1923 年初美國新聞記者奧斯邦（E. Osborn）在留日華僑資本的支持下，在上海大來洋行創辦的五十瓦功率廣播電臺（呼號 XRO），與上海的《大陸報》報館合作並保持了三個月左右時間的新聞往來，也被後繼研究稱為「大陸報——中國無線電公司廣播電臺」〔註 73〕。幾乎同時期，黑龍江省廣播電視學會副會長、中國廣播電視學會理事陳爾泰在《中國第一座廣播電臺》〔註 74〕、《奧斯邦臺不是中國的廣播電臺》〔註 75〕、《中國廣播發軔史稿》〔註 76〕、《中國廣播史考》〔註 77〕等學術論文及研究專著中，則提出 1922 年 9 月東省護路軍總司令部回收俄中東鐵路局管制的位於哈爾濱市南崗區莫斯科商場轉角樓（現博物館）的無線電臺（呼號 XOH）「開中國自辦廣播之先河」。這一電臺劃歸為東三省陸軍整理處管轄，由隨軍派往哈爾濱接收工作的前交通部無線電臺報務員劉瀚主持工作，改造了五十瓦馬可尼野戰電話機作為發電設備，在一年內建立起與瀋陽、長春及齊齊哈爾分臺，用俄、漢雙語進行播音，保證了哈爾濱與東北其他重要城市之間的通信往來〔註 78〕。

〔註 68〕趙玉明：《外國人最早在我國辦的廣播電臺》，《新聞研究資料》1979 年 01 期。
〔註 69〕趙玉明：《舊中國廣播的產生、發展和終結》，《現代傳播》1982 年 01 期。
〔註 70〕趙玉明：《我國廣播事業之發軔》，《新聞研究資料》1982 年 02 期。
〔註 71〕趙玉明：《中國現代廣播簡史》，北京：中國廣播電視出版社 1987 年版。
〔註 72〕趙玉明：《中國廣播電視通史·上下》，北京：中國廣播電視出版社 2000 年版。
〔註 73〕程曼麗，喬雲霞主編：《新聞傳播學辭典》，北京：新華出版社 2012 年版，第 94 頁。
〔註 74〕陳爾泰：《中國第一座廣播電臺》，《新聞研究資料》1985 年 01 期。
〔註 75〕陳爾泰：《奧斯邦臺不是中國的廣播電臺》，《中國廣播電視學刊》2001 年 02 期。
〔註 76〕陳爾泰：《中國廣播發軔史稿》，北京：中國廣播電視出版社 2008 年版。
〔註 77〕陳爾泰：《中國廣播史考》，北京：中國廣播電視出版社 2008 年版。
〔註 78〕具體史料來源於《東省鐵路護路軍總司令部公函》和《滿洲電信電話株式會社十年史》，轉引自陳爾泰：《中國第一座廣播電臺》，《新聞研究資料》1985 年 01 期，第 170～172 頁。關於廣播電臺建立以後多長時間內開始首次廣播這一問題，學界尚存在爭論。目前根據《十年史·局沿革》中的記錄，開播

　　不難發現，前述兩種學術觀點的爭鳴之關鍵，在於是「中國境內」還是「中國人」的第一座廣播電臺，這也是中國文學史著史過程中持續博弈的兩種史觀。倘若將八十年代集中出現的這兩種觀點與此前的廣播史研究加以比對便可以發現，實際上，前述第一種觀點並非創見，基於歷史材料的相似判斷早在六十年代已由新聞廣播界的前輩學者康蔭掌握並提出過，並且將奧斯邦廣播電臺的開辦時間精確至 1922 年的冬天。但值得注意的是，當時學者認為「中國人辦的第一座廣播電臺，據現有材料，是 1927 年設立的上海新新電臺」〔註79〕，而八十年代由陳爾泰提供的新材料恰恰形成了對這一既有觀點的補充，並且將中國人自己創立的第一座無線廣播電臺的時間前推到 1926 年 10 月的哈爾濱廣播電臺，從這一角度來看，後者觀點的史料價值顯然略勝一籌。

　　1926 年 10 月 1 日，哈爾濱特別市創建了哈爾濱廣播無線電臺並正式開始播音，這是目前學界公認的「中國人建立的第一座無線廣播電臺」，1932 年 2 月哈爾濱淪陷以後這一電臺被日本關東軍軍隊搶佔並改名為哈爾濱放送局，歸於偽滿洲電信電話株式會社（簡稱電電株式會社）管理體系。「放送」在日語中即為廣播的意思，平假名寫作ほうそう，「放送局」也就是廣播電臺。由此一來，哈爾濱無線廣播電臺就在此次接管工作帶來的全面整頓中被剝奪了中文名稱，所有中國工作人員也盡數被日本人替換，並將原有俄、漢、日三語廣播改為第一放送（日語）和第二放送（滿語，即漢語）〔註80〕，俄語廣播在 1942 年 12 月作為第三放送重新增設。1938 年偽滿洲電電株式會社制定了廣播五年計劃，將東北地區大連、新京（長春）、奉天（瀋陽）、哈爾濱四處放送局更名為中央放送局，因大連中央放送局僅持續了 4 個月，便在 8 月份由新京中央放送局接替了廣播任務，所以偽滿時期東北地區常設的中央放送局主要是哈爾濱、長春和瀋陽三處，而哈爾濱中央放送局是偽滿時期唯一

時間在 1923 年初（《局沿革》，《滿洲電信電話株式會社十年史》，滿洲電信電話株式會社文書科編，1943 年 8 月，第 476 頁），無線電台臺長劉瀚的同事及同鄉韓迭聲的回憶，又進一步將無線電臺的開播時間精確於 1923 年元旦前後。（材料來源於 1984 年 5 月 8 日陳爾泰在北京與韓迭聲的訪談記錄）。本研究就以這兩則史料為依據。

〔註79〕康蔭：《中國的第一座廣播電臺》，北京廣播學院新聞系編：《中國人民廣播史資料·上冊》，北京：北京廣播學院出版社 1961 年版，第 124 頁。

〔註80〕韋風：《記憶中的偽哈爾濱中央放送局及其文藝節目》，長春政協文史委員會編：《長春文史資料·第 2 輯》，1989 年版，第 74 頁。

「擁有三套廣播節目的廣播電臺」〔註81〕。

　　偽滿時期的哈爾濱中央放送局在事實上成為了日偽統治階層的文化宣傳工具。偽政府於康德三年（1936年）十敕令第154號頒布了《（偽）滿洲國電氣通信法》，其中第二十三條規定「通信有妨害公安或敗壞風俗之虞時對該電氣通信設備之設施者或發該通信者得命停止其通信。」〔註82〕隨後，又在昭和十四年（1939年）十社告第234號頒布、同年10月開始實施的「收聽無線廣播的規程」中，對希望接收無線廣播信號的人提出了十五條規定，其中第三條規定要求無線廣播信號接受者不僅要與收聽公司簽訂契約，而且該契約必須獲得偽滿洲國郵政總局長的認可，第四條規定信號接收費用是每月1元，第十條補充規定如接收費遲繳則解除契約〔註83〕。除卻統一轉播新京放送局固定節目外，哈爾濱地方臺每日十五分鐘自辦文藝節目的題目、內容和參演成員等詳細情況也要經過提前申報、層層審批和現場監督才能得以播放。根據八十年代中後期哈爾濱地方志編纂工作者爾泰和叢林對哈爾濱無線廣播的歷史親歷者的採訪和調研，二十世紀四十年代的哈爾濱中央放送局的廣播節目要經歷頗為周密的多重審查機制，其中第二放送的中文節目就要經過「監督室—憲兵隊—電電株式會社—弘報處—庶務課—監督室」六個基本環節的循環審查、層層審批：

　　　　「由國家行政當局的郵政管理局電政科業務股第二放送監督
　　　　室來審查並監聽……憲兵隊、電電管理局，也都進行監督管理。另
　　　　外還有偽滿思想文化統治中樞——『國務院弘報處』總監督（廣播
　　　　稿件一律要求一式五分，由放送局庶務課填表編號呈送給郵政管理
　　　　局。憲兵隊和電電管理局，放送局留一分，廣播者自己留一份）。稿
　　　　子到了郵政管理局電政科的業務股第二監督室，經過收發監聽，交
　　　　『係』主管，送『係』主任，再交股長，上交事務官，上送科長，
　　　　再送副局長、局長，層層審閱，簽字蓋章。」〔註84〕

〔註81〕韋風：《記憶中的偽哈爾濱中央放送局及其文藝節目》，長春政協文史委員會編：《長春文史資料・第2輯》，1989年版，第74頁。

〔註82〕劉春英，吳佩軍，馮雅編：《偽滿洲國文藝大事記・下》，哈爾濱：北方文藝出版社2017年版，第441頁。

〔註83〕劉春英，吳佩軍，馮雅編：《偽滿洲國文藝大事記・下》，哈爾濱：北方文藝出版社2017年版，第448～449頁。

〔註84〕爾泰，叢林：《哈爾濱電臺史話・尋蹤拾跡》，哈爾濱市人民政府地方志編纂辦公室1986年版，第31～32頁。

　　儘管如此，在這樣緊張的文化審查環境之中，哈爾濱電臺的中國籍工作人員與當時活躍在哈埠文壇的進步作家們秘密地聯合了起來，嘗試以文學和藝術作為向偽政府反抗的匕首與投槍。1929 年在哈爾濱廣播電臺擔任播音員工作的秦素，不僅曾與共產國際有接觸，而且與進步作家有著一定的交往。四十年代，她的好友張潔蓮、翻譯家張少岩（金人）的妹妹在國民黨中央廣播電臺擔任播音員，根據陳爾泰的考證，兩人曾與當時活躍在哈爾濱文壇的作家陳隄、方未艾等有過交往。張潔蓮還曾以筆名潔蓮、弓長（女士）等在《哈爾濱公報》的《公園》副刊和《國際協報》的《國際公園》副刊發表詩歌、散文等文學作品〔註 85〕。陳隄在回憶四十年代哈爾濱左翼文學事件時，曾寫到「大北風」同人在 1942 年 5 月至 10 月間陸續被捕入獄關押在東省特別區警察局拘留所內，當時與陳隄、問流、艾循、韓道誠、王光逖等左翼作家一同被關押的，還有哈爾濱放送局的趙文選，並特意補充道：「趙並不是寫文章的人，只不過他喜歡和我們這批人接近，被裹挾進來。」〔註 86〕在王光逖後人和關沫南的回憶性文章中，也對趙文選當時的被捕有著相似的描述〔註87〕。趙文選曾在 1931 年創辦《哈爾濱畫報》，這一民辦日報停刊後由原畫報攝影記者王岐山和孔羅蓀等人接辦，在 1933 年 8 月 25 日更名為《哈爾濱五日畫報》重新出版，研究者往往僅關注到《五日畫報》與哈爾濱新文學的密切關係，但卻幾乎未見關於其前身《哈爾濱畫報》的相關研究。根據地方報業志記載，黑龍江地區報紙行業最初擁有攝影攝相設備及專職記者制度，就始於趙文選在 1931 年創辦的《哈爾濱畫報》〔註88〕。並且與《哈爾濱新報》、《東北市聲報》〔註 89〕同為二十世紀三十年代哈爾濱登記在冊的少數報紙之

〔註85〕陳爾泰：《中國廣播史考》，北京：中國廣播電視出版社 2008 年版，第 128～130 頁。

〔註86〕陳隄：《我與哈爾濱左翼文學事件的始末》，彭放主編：《中國淪陷區文學研究·資料總匯》，哈爾濱：黑龍江人民出版社 2007 年版，第 424 頁。

〔註87〕關沫南：《鐵蹄下的作家》，中國人民政治協商會議黑龍江省哈爾濱市委員會文史資料研究委員會編：《哈爾濱文史資料·第 7 輯·紀念抗日戰爭勝利 40 週年專輯》，內部資料，1985 年版，第 160 頁。周勵：《火一樣的青春》，長春市政協文史和學習委員會：《長春文史資料·總第 56 輯·烽火年代的點滴回憶：長春市民革成員談往錄》，內部資料，1999 年版，第 88～89 頁。

〔註88〕黑龍江省地方志編纂委員會編：《黑龍江省志·第 50 卷·報業志》，哈爾濱：黑龍江人民出版社 1993 年版，第 305 頁。

〔註89〕《哈爾濱新報》是在中共哈爾濱黨組織領導之下的機關報紙，1931 年 8 月 15 日創刊，1932 年 2 月終刊，每週六出刊一次。《東北市聲報》是 1931 年 7 月 15 日創刊的民辦日報，社長與《松浦市聲報》同為慶錄。

一。民國時期著名的新聞史學研究者郭步陶，曾在 1936 年編著的《本國新聞事業》一書中，涉及到對當時全國重要都市新聞事業的考察和比較，其中對「九・一八」以後東北報紙狀況的考察中寫道：「（三十）哈爾濱已登記的報紙，計有東北市聲報，哈爾濱新報，哈爾濱畫報等三家。已登記的通訊社，計有華東通訊社一家。」〔註 90〕孔羅蓀、舒群、陳凝秋等都曾在這一報紙發表過散文、詩歌、小說等新文學作品。換言之，趙文選雖然並不是文學創作者，但的確是文藝活動的重要組織者。而且事實上，當時的實際情況可能比作家陳隄感受到的更為複雜。有學者提及，趙文選被捕不僅僅是哈爾濱左翼文學事件的牽連，而是在日偽警察署的放送局檢舉行動中被以「思想犯」罪名直接逮捕的：「日偽警憲每年都要實行春秋兩次大檢舉，逮捕他們所謂的『思想犯』，對於供職於放送局的中國人，自然也是他們的注目之的。1942 年秋，長春局的崔國治和哈爾濱局的趙文選同時被逮捕了⋯⋯」〔註 91〕有材料進一步顯示，當時受到日本憲兵隊指示而監管哈爾濱中央放送局內部情報的哈爾濱郵政管理局，持有一個《要注意觀察人名簿》，其中記錄了憲兵隊掌握的有「反動」嫌疑的「活躍分子」，而在這個名錄中「趙乃禾，邊永祿、趙文選⋯⋯都在冊。」〔註 92〕

　　此外，跟據放送局音樂藝員韋風的回憶，當時哈爾濱放送局出現了幾件反映著文藝工作者抗日民族情緒的重要文藝事件：其一是在放送局的中國工作人員努力下，在日偽意識形態宣傳劇目之外，還排演了左翼劇作家曹禺的《雷雨》、《日出》等著名話劇作品〔註 93〕；其二是哈爾濱口琴社曾於 1935 年舉辦了兩次口琴音樂會，會上演奏的社長袁亞成創作的口琴合奏曲博得觀眾滿堂喝彩，因此不久以後在哈爾濱放送局播放了這一首名為《瀋陽月》（原名《戰場月》）的合奏曲，讓反帝、反戰的民族情緒通過無線電廣播傳到更多人們的耳中和心裏；其三是趙乃禾創作的諷刺偽滿洲國偽政府黑暗統治的廣播劇《新天地》在廣播節目中播出，產生了較大的社會文化影響。

　　前兩件重要文藝事件的發生都與當時放送局內部成員組成的藝術組織

〔註90〕郭步陶：《本國新聞事業》，上海：上海申報館 1936 年版，第 105 頁。

〔註91〕趙家斌：《日偽統治下的東北廣播》，孫邦主編：《偽滿文化》，長春：吉林人民出版社 1993 年版，第 269 頁。

〔註92〕爾泰，叢林：《哈爾濱電臺史話・尋蹤拾跡》，哈爾濱市人民政府地方志編纂辦公室 1986 年版，第 31 頁。

〔註93〕韋風：《記憶中的偽哈爾濱中央放送局及其文藝節目》，長春政協文史委員會編：《長春文史資料・第 2 輯》，1989 年版，第 79～80 頁。

——哈爾濱放送話劇團關係密切。哈爾濱放送話劇團最初成立於 1935 年下半年，早期成員有金劍嘯哈醫專時的同班同學、後組織白鷗弦組的任國治（任白鷗）、左翼作家及蓓蕾社同人孔羅蓀的弟弟、口琴社低音口琴手孔繁緒等，也正是這一劇團帶來了二十世紀三十年代黑龍江地區放送劇（又稱無線電劇、廣播劇）這一新興演劇形式的發生和發展。在前述周密謹嚴的廣播審查機制制約之下，偽滿洲國時期東北地區播出的廣播劇作品，有很大一部分都是為日偽政治宣傳服務的、具有鮮明意識形態傾向的「國策劇」，哈爾濱地區也不能幸免。哈爾濱放送局受到偽滿洲國政府、偽滿洲國協和會及滿洲電信電話株式會社的嚴密審查，不僅提前一個月對廣播節目的內容進行核准，而且還在節目播出過程中派遣專員實時監聽。根據「滿洲演藝協會」會長三浦義臣及「國民演劇」理念倡導者飯冢友一郎的闡釋，基本上可以將當時的戲劇理論大致理解為「以強調日本主義為核心、以集體主義為標準」〔註94〕。在當時這樣一種日本民族主義創作規範的指導下，隸屬於放送局的職業劇團成員創作、排演出的過分強調意識形態及國家政治概念的類型話劇，也就被稱為「國策劇」〔註95〕。但是，就在這樣緊張而緊縮的文藝環境中，1940 年 7 月，哈爾濱放送話劇團在「十姊妹」〔註96〕小團體中資歷最長的塵沙（原名洪徽善，也化名為沉沙）帶領下，堅持排演了曹禺的話劇《日出》、《雷雨》及進步劇作《晦明風雨》，與當時反映「王道樂土」、「日滿親善」的「國策劇」爭奪文藝話語空間。同年，《大北新報》就開闢了文藝週刊《劇風》，發表過許多新派演劇文學劇本及劇評，此外《大北新報》的文藝副刊《兒童》和《大北文學》、《大同報》的《夜哨》副刊、《濱江時報》的文藝副刊、《濱江日報》的《文學與藝術》週刊、《粟末微瀾》文藝副刊、《國際協報》的文藝副刊《國際公園》等，都進一步為哈埠有志於創作廣播劇及新派演劇文學的青年作家提供平臺。

　　口琴社社長袁亞成的夫人陳涓曾經回憶過，當時口琴社得以在無線電臺播放口琴合奏曲，主要依託於在當時放送局工作的放送劇團成員孔繁緒：「（口

〔註94〕代珂編，〔日〕大久保明男，〔日〕岡田英樹著：《偽滿洲國文學研究在日本》，哈爾濱：北方文藝出版社 2017 年版，第 216 頁。

〔註95〕白萍：《職業劇團戰時下的責任和生存問題》，《大同報》1942 年 10 月 23 日。

〔註96〕「十姊妹」指的是哈爾濱放送話劇團中的十三位成員，有男有女，按年齡長幼排序分別為：塵沙、傅澄、曹雷、白蔦、白浪、蘇秀、侯爵、石笛、張揚、樂然、陸圜、風眠、韓梅。資料來源於爾泰，叢林：《哈爾濱電臺史話·尋蹤拾跡》，哈爾濱市人民政府地方志編纂辦公室 1986 年版，第 33 頁。

琴社）成立之初，擔任過口琴社幹事的孔繁緒君，在放送局工作，我們為擴大口琴社的影響曾在他工作的放送局內舉行過廣播演奏會。」〔註97〕那麼，這位孔繁緒究竟是為何人呢？

根據孔羅蓀在哈爾濱道外五道街郵局工作時的同事、密友陳紀瀅的回憶，孔羅蓀家中有兩個弟弟一個妹妹，孔羅蓀原名孔繁衍，大弟弟名叫孔繁緒，小弟弟名叫孔繁榮〔註98〕。這一情況在金劍嘯的女兒金倫撰寫口琴社簡介時，也有所提及〔註99〕，後在學者陳爾泰對孔繁緒家人提供的 1935～1938 年哈爾濱放送局時期史料的研究中，得以更為清晰地呈現。根據前輩學者的研究成果，大致可以將他的基本經歷梳理清晰：孔繁緒，祖籍上海，幼年時與父母一同在北京生活，少年時期與哥哥孔羅蓀一同跟隨在電報局任職的父親從北京調往哈爾濱，1928 年孔羅蓀考入哈爾濱郵局並在道外五道街支局同陳紀瀅一起工作，孔繁緒在 1934 年考入哈爾濱扶輪專科學校（後哈爾濱鐵道學院）。同年冬天又考入哈爾濱放送局問事處，起初僅做雇員工作，在 1935 年春季，哈爾濱放送局開始接納中國人做廣播工作，孔繁緒就在這一時期介入了無線電臺中文節目的工作中，擔任播音員兼任俄文翻譯和節目編輯等職，當時在放送局參與廣播工作的中國員工包括孔繁緒在內，也僅有兩人〔註100〕。孔繁緒因俄文水平較好，早年間曾為《國際協報》文藝副刊及《大北新報》、《五日畫報》撰寫翻譯文學稿件，因此與同時期在哈爾濱光華通訊社擔任俄文翻譯、時任中共滿洲省委宣傳部幹事的姜椿芳結識，並協助他和中共哈爾濱地下黨組織成員、左翼進步作家金劍嘯籌建口琴社，並與任白鷗一同擔任琴社顧問。經姜椿芳的介紹，孔繁緒也結識了口琴隊副隊長侯小古，孔、侯、任三人都作為核心力量參與到早期哈爾濱放送劇團的演劇活動中，是當時「可以自由出入放送局」〔註101〕的少數中國籍進步文藝工作

〔註97〕陳涓：《我和口琴社》，《東北現代文學史料（第六輯）》，黑龍江省社會科學院文學研究所編，1982 年 10 月，第 240 頁。

〔註98〕陳紀瀅：《記羅蓀》，羅蓀：《抗戰時期黑土作家叢書・羅蓀集》，哈爾濱：黑龍江大學出版社 2011 年版，第 256 頁。

〔註99〕里棟、金倫：《哈爾濱口琴社簡介》，《東北現代文學史料（第五輯）》，遼寧省社會科學院文學研究所編，1982 年 8 月，第 174 頁。

〔註100〕陳爾泰：《哈爾濱放送局播音員孔繁緒——見知史料報告》，《黑龍江史志》，2002 年 06 期，第 35 頁。

〔註101〕陳爾泰：《哈爾濱放送局播音員孔繁緒——見知史料報告》，《黑龍江史志》，2002 年 06 期，第 36 頁。

者。因 1937 年口琴社事件的牽連，社團成員侯小古和孔繁緒都被捕入獄，1938 年年末，孔繁緒在兄長孔羅蓀的幫助下離開哈爾濱逃亡重慶，並改名為孔柯嘉，擔任蘇聯軍事顧問翻譯，建國後翻譯、出版了許多蘇聯文藝作品及政治科普讀物。

由此不難看出，孔繁緒實際上是溝通中共哈爾濱地下黨組織、口琴社、放送話劇團、放送局之間的重要橋樑，那麼，為什麼既往學界卻幾乎很難見到關於他的正面研究呢？我們不妨從目前可考的黑龍江地區最早的放送劇劇本《愛國魂》及其評價入手。1937 年 1 月 23 日～2 月 21 日哈爾濱《國際協報》文藝副刊《國際公園》分十二期發表了黑龍江地區較早的廣播劇劇本（一說是最早）——《愛國魂》（15 場），作者署名孔繁緒。在八十年代哈爾濱地方文學史料中，曾經一度認為這部作品的作者孔繁緒與孔羅蓀是同一個人〔註102〕。在新世紀初期學者彭放編寫黑龍江文學通史時，還曾特意針對這一問題進行考證和糾偏，以證明「《愛國魂》的作者孔繁緒為另一人，不是孔羅蓀」〔註103〕。在研究中學者彭放進一步認為，孔繁緒的《愛國魂》這一部作品「思想內容十分混亂。不知戰爭雙方為誰，誰站在正義一方，誰是戰爭的發動者和侵略者，人們為誰而戰等等，可以顯見劇情是胡編出來替日偽宣傳『愛國』的，作者臆造出來一個假想的敵國，不過是為其反動宣傳服務罷了。」〔註104〕劇本將時間設定在 1936 年 9 月份，故事中交錯著 X 大學教授毅明和妻子妮娜的婚戀與「我軍」「敵軍」戰爭之間的矛盾和選擇，其中毅明弟弟毅先則是 ABC 放送局的放送員。故事人物的設置顯然有著作者生活的影子，首先，毅明與毅先的命名與繁衍和繁緒相近，其次，繁緒當時是哈爾濱放送局的廣播員，而且，孔繁緒的哥哥孔羅蓀（孔繁衍）與妻子周玉屏在 1932 年 9 月結婚，也的確因為日本關東軍佔領哈爾濱，生活和生存受到影響，不久後離開哈爾濱南下上海。雖然，這一劇本並未將時間、背景具象化，也未能明確表明立場，但是考慮到這是在中央放送局時期發表並播出的作品，能夠有著這樣幽微而曲折的民族情緒和文藝追求，已經頗為不易了。

〔註102〕林紅、周有良、安崎編：《東北淪陷時期作家與作品索引》，哈爾濱市圖書館館藏作品目錄整理（內部交流）1986 年版。

〔註103〕彭放編：《黑龍江文學通史·第 2 卷》，哈爾濱：北方文藝出版社 2002 年版，第 292～293 頁。

〔註104〕彭放編：《黑龍江文學通史·第 2 卷》，哈爾濱：北方文藝出版社 2002 年版，第 294 頁。

　　前述第三個重要文藝事件是 1944 年 7 月 25 日，偽滿洲國協和會成立十二週年紀念日當天，哈爾濱中央放送局晚 7 點檔兒童節目中播出了「孤帆」創作的廣播喜劇《新天地》。孤帆，原名趙乃禾，畢業於哈爾濱鐵道學院，與孔繁緒為校友，在四十年代中後期擔任哈爾濱無線廣播電臺的負責人。日本宣布無條件投降以後，哈爾濱中央放送局被蘇聯紅軍接管並改名為哈爾濱廣播電臺，趙乃禾擔任副臺長，與李兆麟、劉亞樓等哈爾濱黨組織重要領導者協同配合蘇聯紅軍少校，共同組織光復後的哈爾濱電臺恢復工作。由於解放戰爭時期戰局出現變化，哈爾濱廣播電臺在東北民主聯軍幫助下拆遷搬至佳木斯並更名為東北新華廣播電臺，重要任務之一就是轉播延安新華廣播電臺節目，並且受中共中央東北局宣傳部及《東北日報》社長的直接領導，趙乃禾繼續擔任新華電台臺長工作〔註 105〕。《新天地》講述了一個日本人當村長，俄國人、朝鮮人、中國人混居的山村，一天日本村長告訴村民當晚即將有特大山洪襲來，人們在恐慌中躲入石房中避難，在等待山洪來臨的時候俄國人、朝鮮人和日本人紛紛懺悔自己曾經做過的壞事，臨近清晨時中國人發現外面並沒有山洪來過，都是日本村長哄騙大家的謊言，故事在各國族村民圍著日本村長稱「哈哈原來你是一個大騙子！」的笑鬧中結束。顯然這個村莊就是偽滿洲國的象徵，這樣一齣尖銳抨擊日偽統治的諷刺劇不僅以廣播喜鬧劇名義在兒童檔節目放送，而且劇名「新天地」來源於 1932 年偽滿洲國國歌歌詞「天地內有了新滿洲，新滿洲便是新天地，無苦無憂，造成給我國家，只有親愛，並無怨仇」〔註 106〕，還選擇在偽滿協和會創立紀念日播放，有這三重精心「包裝」才得以鑽了偽政府廣播審查的空子。節目播出以後，直接驚動了新京偽滿洲國弘報處事務官，在趙乃禾好友、郵政局電政科第二放送監督室員工郝清廉、主任韓承愈的幫助下，將原稿焚毀並重新撰寫了另一個內容符合審查的新腳本呈送給弘報處，才得以了結此事。

　　一方面，哈爾濱的無線廣播是作家獲取新聞動態和最新消息的重要媒介，聽廣播這一活動也經常出現在作家文人的文學作品及回憶性文章中，方未艾的夫人王采南就曾經回憶到「白天，我翻閱報紙，收聽電臺廣播，注意四處

〔註 105〕趙乃禾：《東北新華廣播電臺誕生前後》，北京廣播學院新聞系編選：《中國人民廣播回憶錄》，北京：廣播出版社 1983 年版，第 160～162 頁。

〔註 106〕偽國務總理漢奸鄭孝胥作，偽大同二年偽滿洲國國歌（1932 年），周克讓：《吉林話舊、續三不畏齋隨筆》，長春：吉林人民出版社 1995 年版，第 314 頁。

傳來的消息」〔註107〕是自己三四十年代在哈爾濱時的生活常態。另一方面，無線廣播也成為接續報紙副刊以來，傳播作家文學作品的新型重要媒介。1939年12月，由金音、劉漢、吳郎等南滿作家組成了劇本研究會及放送文藝協會，並與哈爾濱等地放送局及放送劇團之間進行劇本文學交流。1949年長春的「中央放送局」舉行了「推薦放送文學節目」系列活動，其中不僅包括早期北滿青年作家李季風（署名季瘋）的《激流》、《成功之夜》、楊朔的《垃圾天堂》等新派演劇文學作品，還包括曾與蕭紅、蕭軍一同為《大同報》文藝副刊撰稿者的金音、冷歌等南滿作家《棄嬰》、《拓荒者》等劇作〔註108〕。吳瑛曾在《滿洲女性文學的人與作品》一文中，提到在哈爾濱進入文壇的女作家蕭紅、劉莉填補了此前滿洲女性文學的空白，接續她們而在滿洲文壇激起浪花的是梅娘、藍苓、左蒂、但娣、吳瑛等，發展到四十年代「鄉土文學」與「寫印主義」爭論以後，這一位放送話劇女作家杏柯是與苦土、君頤、冰壺一同繼續以女性群體為題材進行文學創作的代表，曾經創作過《姊妹之間》等放送話劇〔註109〕，梁山丁也曾提到過她是哈爾濱淪陷區「文學創作上發揮才華」〔註110〕的女作家之一。此外，關沫南回憶，哈爾濱放送局曾在四十年代廣播過他的小說《草原之夜》〔註111〕，作家陳隄編劇的廣播劇《追悔者》〔註112〕也曾經在哈爾濱放送局播放。更重要的是，哈爾濱廣播電臺也為作家及進步知識者之間交流、分享文藝觀念和文學理念搭建了重要平臺。根據陳隄的回憶，他曾在哈爾濱放送局組織的以「生活與創作」為主題的文藝座談會上與作家王光逖初遇：「哈爾濱放送局（電臺）召開一次文藝座談會，座談生活與創作的關係，一個人的講話立即引起了我的注意……只聽他說：『在現在應該傾吐我們的苦悶，應該找出一條我們應走的路子……讓那些風花雪月的東西

〔註107〕王采南：《難忘哈爾濱》，趙傑主編，張建軍，孫景光副主編：《遼寧文史資料‧總第五十三輯‧歷史珍憶》，瀋陽：遼寧人民出版社2004年版，第309頁。

〔註108〕從坤，王璐：《發端於哈爾濱的東北新潮演劇》，袁國興：《清末民初新潮演劇研究》，廣州：廣東人民出版社2011年版，第270頁。

〔註109〕吳瑛：《滿洲女性文學的人與作品》，彭放主編，中國淪陷區文學研究 資料總匯，黑龍江人民出版社，2007.1，第133頁。

〔註110〕梁山丁編：《長夜螢火‧女作家小說選集》，瀋陽：春風文藝出版社1986年版，序。

〔註111〕關沫南：《奇霧迷蒙——憶哈爾濱左翼文學事件》，周玲玉：《關沫南研究專集》，哈爾濱：北方文藝出版社1989年版，第244頁。

〔註112〕韋風：《記憶中的偽哈爾濱中央放送局及其文藝節目》，長春政協文史委員會編：《長春文史資料‧第2輯》，1989年版，第76頁。

見鬼去吧！』……他就是王光逖……」〔註113〕。此時已經是三十年代末四十年代初期文藝環境愈加緊縮的時候，在哈爾濱的文藝座談會上，進步作家仍然在熱烈討論著新文學未來的發展方向，這不能不歸因於哈爾濱充滿野性與張力的獨特文化性格。

第三節　文學哈爾濱的內部張力及出版體制考察

　　既往學界許多研究者都已經注意到這樣一種重要的文化現象，即民國以來哈爾濱地區文學的發生與發展對當地刊物及報紙文藝副刊等紙質媒介平臺的依附性很大，甚至可以說，幾乎有影響的北滿作家的絕大多數作品都是通過同人刊物及報紙文藝副刊才發表出來的。想要充分把握與理清哈爾濱文學機制，必須先要回顧民國時期哈爾濱地區針對報紙刊物制定的相應文藝政策。

　　1915年，中華民國內務部制定了《報紙條例》，該條例頒布兩年後，黑龍江省公署受命於內務次長代理部務謝遠涵，奉令廢止了這一報紙條例的施行〔註114〕。1918年初，黑龍江省長公署發布「嚴禁報紙登載失當言辭」的訓令，專門針對黑龍江地區報紙廣告上多「猥褻之詞」的文化現狀，敦促官廳對這種為謀求銷路的「淫褻」性商業廣告加以「勸解」或「選擇」，使得既「於營業之收入無虧損」，又「於報章之價值有增加」〔註115〕。

　　1922年3月，濱江道尹與吉林省長就「現在及將來新設之各報館一律令其取保備案」達成一致〔註116〕，此後哈爾濱地區民營新舊報館的機構、組織和人員情況都要在警察廳的掌握和審批之下。1925年，哈爾濱特警處在東三

〔註113〕陳隄：《潔淨街五十六號——悼念老友王光逖》，《東北文學研究叢刊》第2輯，1985.10。

〔註114〕參見《黑龍江省公署為奉令即行廢止報紙條例飭》（民國五年八月三日）、《內務部為議定報館犯罪負責辦法的咨》（民國五年十一月三十日），黑龍江省檔案館編：《黑龍江報刊》，哈爾濱：黑龍江省檔案館1985年版，第15頁。

〔註115〕參加《黑龍江生長公署為奉令嚴禁報紙登載失當言詞給龍江道尹的訓令》（民國留念一月十日），黑龍江省檔案館編：《黑龍江報刊》，哈爾濱：黑龍江省檔案館1985年版，第16頁。

〔註116〕參見《濱江道道尹張壽增請示將各報館一律取保以防滋生流弊呈》（民國十一年三月四日）、《吉林省長公署為照准各報館一律取保備案給濱江道道尹的指令》（民國十一年三月十五日），黑龍江省檔案館編：《黑龍江報刊》，哈爾濱：黑龍江省檔案館1985年版，第17頁。

省督辦公署張作霖的批准下，按照《東省特別區警察總管理處暫行限制派銷外來俄報辦法》對哈爾濱地區俄文報紙的出版、發行及通信機構加以取締和查處。在隨後一年時間內。逐漸開始對本埠各報館的主辦人、報紙名稱、辦報宗旨、資本等詳細情形的查驗與報備行動，同時每日將發行報紙送至警察廳以備查驗，一旦被查出有不當言論和過激行為時，則予以「嚴行取締」〔註117〕。此時登記在冊的進步文藝報刊有《國際協報》、《濱江時報》、《午報》、《晨光報》、《東三省民報》等九家〔註118〕。據《滿洲雜誌小史》一文相關史料顯示，1926 年哈爾濱東省特別區文物委員會調查哈埠出版雜誌分類情況如下圖所示：

統計　其他　兒童讀物　青年刊物　藝術文　宗教　教育　技術與農業　輕濟工商　文學藝術　政治及文學

一〇二種　二九種　六種　一五種　一三種　一七種　三種　四種　一三九種　三一種

〔註119〕

〔註117〕 參見《濱江道道尹蔡運升為調查本埠各報館情形給警察廳的指令》（民國十五年十一月六日），黑龍江省檔案館編：《黑龍江報刊》，哈爾濱：黑龍江省檔案館 1985 年版，第 19 頁。

〔註118〕 參加《濱江各報館清單》，黑龍江省檔案館編：《黑龍江報刊》，哈爾濱：黑龍江省檔案館 1985 年版，第 21 頁。

〔註119〕 王秋螢：《滿洲雜誌小史》，《青年文化（吉林新京）》，1945 年第 2 卷第 1 期，第 37 頁。

從上圖可以看出，當時哈爾濱可查的出版雜誌中文學藝術有 31 種，不僅凝聚了哈爾濱進步文藝工作者和中共哈爾濱地下黨組織成員的主要力量，而且文學刊物約佔據總刊物數額的 30.4%，因此也格外受到警察廳的關注與監察。1928 年 4 月，東省特別區教育廳公開《未經審核許可之著作不准付印、出售》的布告，規定「本廳對於特區界內各書肆所售書籍，均須派員檢查後方准出售；其他待印出版之著作、書籍，亦必須呈由本廳審核許可，始准付印。」〔註120〕但根據請呈中列舉的近期發現的未經審核許可出版的雜誌、專著名目來看，基本都是俄文書籍和雜誌，可以推斷該布告也是對 1925 年俄文報紙檢查辦法精神的延續。

　　1929 年 6 月 4 日，南京國民政府發布了《查禁反動刊物》訓令，同月內又接連公布了《取締銷售共產書籍辦法令》、《取締銷售共產書籍辦法》等法令，對與共產黨關係密切的諸多書籍、報紙及刊物的印刷、出版和流通嚴加管制、嚴密查禁。民國二十年（1931 年）10 月 7 日國民政府內政部公布《出版法施行細則》，針對有關「黨義黨務事項之出版品」包括新聞紙、雜誌、文書、圖畫等，制定了二十五條相關細則〔註121〕。1932 年 10 月 24 日，偽滿洲國政府制定並頒布了言論文化專制法令──《出版法》（教令 103 號），後於 1934 年 3 月修定此案，該法案共包括六章四十五條，其中第四至第六條內容明確針對出版品制定了限制條例，內容如下：

　　「第四條　出版物不得揭載下列事項

　　一、不法變革國家組織大綱或危害國家存立之基礎事項；

　　二、關於外交或軍事之機密事項；

　　三、恐有波及國交上重大影響之事項；

　　四、煽動曲庇犯罪，或賞恤陷害刑事被告人或犯人之事項；

　　五、不公開之訴訟辯論；

　　六、恐有惑亂民心、擾亂財界之事項；

　　七、由檢查官或執行警察職務人員所禁止之事項；

　　八、其他淆亂安寧秩序或敗壞風俗之事項。

〔註120〕《未經審核許可之著作不准付印、出售》，黑龍江省檔案館編：《黑龍江報刊》，哈爾濱：黑龍江省檔案館 1985 年版，第 21～22 頁。

〔註121〕《出版法施行細則》，劉哲民編：《近現代出版新聞法規彙編》，上海：學林出版社 1992 年版，第 113～116 頁。

　　第五條　出版物對於官公署或依法令組織之議會所未公示之
文書及不公開會議之議事，非受各該官公署之准許，不得揭載。
　　第六條　民政部大臣、軍政部大臣或外交部大臣關於外交、軍
事或財政上認為有障礙，或於治安維持上認為有必要之事項，得將
該事項特別指明，禁止或限制揭載於新聞紙及雜誌。」〔註122〕

不難發現，這一時段較之一年前頒布的《出版法施行細則》明確增加三條八
項出版品「不得揭載」的限制條例。前輩學者馮為群、李春燕曾將該《出版
法》對文藝出版品的內容限制條例概括為：「凡是有變革偽國家組織的嫌疑，
危及偽國家存在的基礎，鼓動民心或對偽國進行破壞行為等宣傳品，一律禁
止出版；對具有民族意識和有反滿抗日內容的書刊嚴加取締。」〔註123〕並據
此認為，這是偽滿洲國政府嚴格控制出版事業的政策開端。但實質上，「民族
意識」、「反滿抗日」這樣的字眼在《出版法》正文中並未真正出現，而是由
於偽政府政權本身的非正義性和侵略性，使得維護偽政府的相關規約也帶有
了民族主義色彩。我們不妨對照一下清宣統三年（1909年）的《欽定報律》、
民國四年（1915年）的《報紙條例》和民國二十六年（1937年）的《出版法》，
來看一下各時段政府關於出版品不得登載內容的規定：

　　《欽定報律》第十條「左例各款報紙不得登載」的四項內容為：

　　　　「一、冒瀆乘輿之語；

　　　　二、淆亂政體之語；

　　　　三、妨害治安之語；

　　　　四、敗壞風俗之語。」〔註124〕

〔註122〕《出版法》（1932年10月24日頒布；1934年3月修正），劉哲民編：《近現
　　　　代出版新聞法規彙編》，上海：學林出版社1992年版，第639～646頁。
〔註123〕此番概述最早見於馮為群，李春燕：《東北淪陷時期文學新論》，長春：吉林
　　　　大學出版社1991年版，第47頁。隨後在李春燕的《就東北淪陷時期文學的
　　　　幾個問題評古丁》、馮為群的《談東北淪陷時期的文學期刊》、《日本對東北淪
　　　　陷時期的文藝統治》等文章中出現，後在王承禮：《中國東北淪陷十四年史綱
　　　　要》，北京：中國大百科全書出版社1991年版；吉林省地方志編纂委員會編
　　　　纂：《吉林省志·卷三十九·文化藝術志·文學》，長春：吉林人民出版社1996
　　　　年版；劉信君，霍燎原主編：《中國東北史（修訂版）第六卷》，長春：吉林
　　　　文史出版社2006年版；詹麗：《偽滿洲國通俗小說研究》，哈爾濱：北方文藝
　　　　出版社2017年版等專著中被當做法律原文挪用。
〔註124〕《附一：欽定報律》，黑龍江省檔案館編：《黑龍江報刊》，哈爾濱：黑龍江省
　　　　檔案館1985年版，第2～3頁。

《報紙條例》第十條「左列各款報紙不得登載」的九項內容為：

「一、淆亂政體者；

二、妨害治安者；

三、敗壞風俗者；

四、外交、軍事之秘密；

五、各項政務經該管官署禁止登載者；

六、預審未經公判之案件及訴訟之禁止旁聽者；

七、國會及其他官署會議按照法令禁止旁聽者；

八、煽動、曲庇、讚賞、救護犯罪人，刑事被告人或陷害刑事
被告人者；

九、攻訐他人陰私損害其名譽者。」〔註125〕

國民政府《出版法》第四章「出版品登載事項之限制」的五條內容為：

「第二十一條　出版品不得為下列各款言論或宣傳之記載：

一、意圖破壞中國國民黨或違反三民主義者；

二、意圖顛覆國民政府或損害中華民國利益者；

三、意圖破壞公共秩序者。

第二十二條　出版品不得為妨害善良風俗之記載。

第二十三條　出版品不得登載禁止公開訴訟事件之辯論。

第二十四條　戰時，或遇有變亂及其他特殊必要時，得依國民
政府命令之所定，禁止或限制出版品關於政治、軍事、外交或地方
治安事項之登載。

第二十五條　以廣告、啟事等方式登載於出版品者，應受前四
條所規定之限制。」〔註126〕

除卻因「偽滿洲國」和國民政府政權體制及民族精神的本質差異性而帶來的
區別以外，以上三個版本出版法律條例與偽滿洲國出版法規制定的基本思路
有著非常明晰的相似性。雖然偽滿《出版法》第四條第八項「其他淆亂安寧
秩序或敗壞風俗之事項」對文藝出版物提出了嚴禁擾亂「秩序」和「風俗」
的規約，但仍然是相對寬泛、鬆散的模糊性定義，殖民法律初創時期的出版

〔註125〕原材料來源於北洋政府內務部檔案，《中華民國史檔案資料彙編‧文化》，第
301頁。

〔註126〕《出版法》，劉哲民編：《近現代出版新聞法規彙編》，上海：學林出版社1992
年版，第137頁。

限制重心顯然主要集中在政治、軍事、外交、法律等涉及「國家」機密的重要事項方面。那麼，在這段時間內持續推行的《出版法》是否起到了控制出版事業的實際效果呢？我們不妨來看一下《出版法》制定以後一年內哈爾濱出版業的進步文藝成果：

1932 年 11 月哈爾濱水災以後，金劍嘯、羅烽等中共地下黨員聯合蕭紅、蕭軍等青年作家及馮詠秋、白濤、王關石等進步畫家，共同舉辦了「維納斯賑災畫展」並在隨後不久成立「維納斯畫會」。同月 20 日，《哈爾濱五日畫報》開闢「維納斯助賑畫展專頁」，不僅刊載了參與畫展的部分畫作，而且還有蕭軍的評論《一勺之水》、楊朔的詩歌《秋興》和《國際協報》編輯裴馨園的發刊詞《關於畫展》等文章。1933 年年初，蕭紅應《國際協報》元旦徵文邀約，初次以筆名「悄吟」在「新年增刊」上發表了短篇小說《王阿嫂之死》，同年 3 月 10 日、11 日又在《國際協報》文藝副刊《國際公園》連載中短篇小說《離去》。1933 年 3 月，「牽牛坊」同人作家溫佩筠在哈爾濱精益書局自費出版了自己的業餘翻譯作品《零露集》，這是一本俄漢雙語對照的詩歌、散文集，其中包括普希金、萊蒙托夫、果戈里、托爾斯泰等俄國著名古典作家的三十餘篇作品。這本書在蕭紅、蕭軍離開哈爾濱南下時從哈爾濱帶走並交付給魯迅，在魯迅 1935 年 1 月 29 日給二蕭的信中專門提到過「《零露集》如果可以寄來，我是想看一看的。」〔註 127〕同年 8 月 6 日，新京《大同報》文藝副刊《夜哨》在哈爾濱「牽牛坊」同人作家的努力集稿之下創刊，至 12 月 24 日終刊期間先後刊載了蕭紅的中、短篇小說《兩個青蛙》、《啞老人》、《夜風》、白朗的短篇小說《只是一條路》、羅烽的短篇小說《口供》、金劍嘯的獨幕劇《窮教員》、《幽靈》、《藝術家與洋車夫》等進步文藝作品。1933 年 10 月，蕭紅、蕭軍合著的第一部小說、散文集《跋涉》，在友人舒群的幫助下，自費由哈爾濱「五日畫報社」印刷出版。除卻《大同報》的《夜哨》以外，《國際協報》、《哈爾濱新報》、《哈爾濱公報》、《哈爾濱畫報》、《哈爾濱五日畫報》、《黑龍江民報》、《東三省商報》、《晨光報》、《午報》等民間進步報紙的文藝副刊在這段時間內發表的新文學作品更如雨後春筍般層出不窮。

顯見的是，哈爾濱蓬勃而張揚的新文學力量並沒有因為《出版法》的頒

〔註 127〕魯迅：《第十五信·1935 年 1 月 29 日·上海發》，蕭軍：《魯迅給蕭軍蕭紅信簡注釋錄·第六信》，《蕭軍全集·第 9 卷·魯迅給蕭軍蕭紅信簡注釋錄·蕭紅書簡輯存注釋錄》，北京：華夏出版社 2008 年版，第 108 頁。

布而被扼殺在萌芽中，甚至許多最有影響力的作家團體、文學刊物和作品集正是在《出版法》頒布以後的這短短一年時間內迅速生長、發展、壯大乃至影響傳遞至整個偽滿洲國地區的。1932 年 11 月 24 日，偽滿洲國《出版法》頒布正好 1 個月的時間，國民黨中央常務會議通過了《宣傳品審查標準》，直接將共產主義文藝宣傳品明確定義為「危害民國」的「反動的宣傳」〔註 128〕，1933 年 10 月至 1934 年 7 月間，國民政府行政院又在《審查標準》的基礎上進一步發布了《查禁普羅文藝密令》（1933.10.30）、《修正圖書雜誌審查辦法》（1934.6.1）、《取締發售業經查禁出版品辦法》（1934.7.17）等多部出版業相關法律，使得國民政府文藝鉗制及思想管控愈加周密與謹嚴。反觀偽滿洲國政府在制定《出版法》之後並未繼續在圖書、新聞紙、雜誌等紙質媒體方面提出更為緊縮的監管與查禁法案，而是具體從電影、無線電臺等藝文方面出發制定了更為具體、細緻的限制法令，比如《電影片取締規則施行細則法令》（1934.3.8）、《（偽）滿洲國電氣通信法》（1936）等。由此，我們有理由推斷，《出版法》只是偽政府草創階段按照一般規範而初步嘗試制定的文藝政策，其收效甚微。正如加拿大學者諾曼‧史密斯所說的那樣，「在（《出版法》）章程被雜亂地執行間，一個中國語言的復興開始了。」〔註 129〕

　　1932 年，偽滿洲國政治體制初期建立時，文藝管轄機構資政局「弘法處」也隨之成立，執行與統籌偽政府的文化殖民活動和輿論宣傳工作。1933 年年末，偽政權將資政局「弘法處」撤銷並改為國務院總務廳「情報處」，進一步增強情報信息的搜集、管控和監督力度。1936 年 9 月，偽滿洲國國務院在新京（長春）設立「株式會社（偽）滿洲弘報協會」，哈爾濱作為四個中心城市之一，其《大北新報》、《哈爾濱日日新聞》（日文）、《哈爾濱時報》（俄文）等報紙都被列入弘報協會的「第一批加盟社」〔註 130〕。1937 年，將國務院總務廳「情報處」廢除並在總務廳內另設「弘報處」，成為統籌與管制全滿文藝活動和文化宣傳事務的最高機構。1940 年 12 月，「（偽）滿洲弘報協會」解散

〔註 128〕劉哲民編：《近現代出版新聞法規彙編》，上海：學林出版社 1992 年版，第222 頁。

〔註 129〕〔加拿大〕諾曼‧史密斯著，任玉華譯：《偽滿洲國時期的鴉片與文學》，李建平，張中良主編：《抗戰文化研究‧第二輯》，桂林：廣西師範大學出版社2008 年版，第 221 頁。

〔註 130〕哈爾濱市政協文史和學習委員會編：《哈爾濱文史資料‧第二十四輯‧外國人在哈爾濱》，內部資料，2002 年版，第 248 頁。

後，由位於長春的偽滿洲國國務院總務廳弘報處（後改為偽民政部為警務司）繼承了協會的部分職能〔註131〕，所謂弘報處中的「弘報」，是來源於日語的詞彙，在日文中一般寫作「広報」或「弘報」，平假名為こうほう，意指宣傳、報導。所謂「弘報」處，也就是專司宣傳報導的機構，此後，總務廳弘報處成為了偽滿洲國思想文化統治的中樞。

　　《藝文指導要綱》（以下簡稱《要綱》）是民生部與弘報處在康德八年（1941年）3月23日發布的文藝制度，原內容來源於《盛京時報》1941年3月24日第二版，原題目為《謀我國文化發展　確立藝文指導要綱　並將設藝文學院養成藝文家》，《要綱》內容共分為「趣旨」、「我國藝文之特質」、「藝文團體組織之確立」、「藝文之促進活動」、「藝文教育及研究機關」等五部分。其中第二部分第一條內容是：「我國藝文乃以建國精神為基礎，是為八紘一宇精神之美的體現，故須以移植我國土之日本藝文為經，原住民族固有之藝文為緯，取世界藝文之粹而造成渾然獨特之藝文為目標焉。」〔註132〕「八紘一宇」（はっこういちう）本是日本軍國主義政治專用名詞，「八紘」即「八荒」，也就是四海八方、天下各地之意，是日本戰時建設「大東亞共榮圈」時企圖將軍事侵略正當化的用語，意為全世界都是一家。在《要綱》「我國藝文特質」的第一條即將「八紘一宇」用作規定偽滿洲國文藝發展的精神內核，也就充分暴露了日偽試圖將文學藝術作為政治侵略工具的意圖。《要綱》第四部分第三條內容是：「各報社、各雜誌社、滿洲映畫協會、滿洲電電會社放送部、滿洲演藝協會、滿洲蓄音機會社〔註133〕及其他弘報機關等，關於藝文事宜，須以哺育者之責務自任，以期弘報與藝文之結合及密化。」〔註134〕這一條內容規定了文藝活動的組織、團體與政府弘報機關間的密切層級關係，電影、無線廣播、演劇（廣播劇、話劇、戲曲）、音樂（樂團、樂隊及合唱隊）等各類文藝群團均要服從於上級相應組織且受其監管與審查，同時各層級弘報機關均受到偽政府的直接指導。在民族戰爭結束之前，這一要綱成為偽滿政府最

〔註131〕吉林省地方志編纂委員會編纂：《吉林省志·卷三十九·文化藝術志·出版》，長春：吉林人民出版社1993年版，第6頁。

〔註132〕劉春英，吳佩軍，馮雅編：《偽滿洲國文藝大事記·下》，哈爾濱：北方文藝出版社2017年版，第453頁。

〔註133〕原文為「蓄音機會社」，但筆者未能查到其他有相同表述的佐證材料，其他史料大都記載為「滿洲蓄音株式會社」，此處可能為印刷錯誤。

〔註134〕劉春英，吳佩軍，馮雅編：《偽滿洲國文藝大事記·下》，哈爾濱：北方文藝出版社2017年版，第454頁。

高文藝指導準則，但也不過推行不足四年時間，因此有學者曾說過：「遲至 1941 年出籠的《藝文指導要綱》，缺少能夠實施影響的時間週期，未能促進『滿洲國』後期官方文藝創作的繁榮，但它是滿洲非官方文壇進一步衰落的原因之一。」〔註 135〕這一時期的哈爾濱早已不復三十年代北滿文化中心的榮光，四十年代初期的哈埠已經流失了蕭紅、蕭軍、舒群、羅烽、白朗、駱賓基、楊朔、金人等南下關內的核心文學力量，也痛失了金劍嘯、侯小古、陳晦生等為進步文藝而付出生命的文學烈士。曾在三四十年代之交努力振奮文壇風氣的「大北風」作家陳隄、關沫南、王光逖、艾循、問流、朱繁、支持、韓道誠、李季風、趙文選等人則已經被以「哈爾濱左翼文學事件」名義拘捕，除卻艾循、問流在 1943 年 7 月保外就醫時死亡以外，其他人雖然在 1942 年末至 1943 年間陸續重獲自由，但也幾乎都進入了持續近兩年時間的沉潛期。

王秋螢在《要綱》發布後一個月內，即在《盛京時報》發布評論文章《藝文政策之實施》，表達了對偽政府文藝政策制定以後偽滿洲文藝生態的悲觀情緒：

> 「我們不要漠視了藝文政策的實施。這政策實施了以後滿洲的文藝……一改散漫的個人的活動，而將加以有計劃的有限制的規准了……我們預想此後的作品，一定不再容許個性的活動，而要掃除黑暗面的描寫……也許有的作者沒落的放下了筆，也許又將有新人的產出，大量的產生出『明朗』的作品。」〔註 136〕

早年受白朗邀請在哈爾濱《國際協報》《文藝》週刊擔任編輯的「夜哨」同人作家梁山丁，曾在八、九十年代撰寫的回憶性文章《東北鄉土文學的主張及其特徵》中將四十年代初期民生部、弘報處頒布的《藝文指導要綱》稱為「八不主義」：

> 「指導要綱明確意識到要『鄉土文學』的存在，規定不許寫黑暗面等八項不准寫的內容，我們私下稱要綱為『八不主義』……在『八不主義』的統治下，發表鄉土文學作品是極為困難的。不許暴露黑暗面，而黑暗又無處不在。」〔註 137〕

〔註 135〕張泉：《殖民拓疆與文學離散‧「滿洲國」「滿系」作家文學的跨域流動》，哈爾濱：北方文藝出版社 2017 年版，第 84 頁。
〔註 136〕秋螢：《藝文政策之實施》，《盛京時報》1941 年 4 月 8 日。
〔註 137〕梁山丁：《東北鄉土文學的主張及其特徵》，日本社會文學會編：《殖民地與文學》，Origin 出版中心 1993 年版，第 155～157 頁。

相似的表述，也出現在黃玄（王秋螢）的文章《東北淪陷時期文學概況》中：「綱要中提出的八不主義，特別強調在作品中不許寫黑暗面，不許流露悲觀失望情緒。」〔註138〕結合前述作家對《要綱》制定以後對文學藝術限制的描述來看，最讓作家感到不滿的核心點是，偽滿政府要求作家必須在制度的規訓下進行「偽裝」和「粉飾」的官方文學生產，尤其嚴禁文學作品涉及到對社會現實黑暗面的暴露和批判，甚至不允許作家在作品中流露出對於社會現實的悲觀失望情緒。承前所述，顯然《要綱》中並沒有明確規定八項不准寫的文藝內容，根據日本學者田岡英樹的研究表明，「八不主義」來源於 1941年 2 月 21 日《滿洲日日新聞》報紙上發表的一篇關於總務廳參事官的採訪文章《最近的禁止事項——關於報刊審查（上）》，這篇文章發表在《藝文指導要綱》正式發布之前。《滿洲日日新聞》是南滿鐵路株式會社（簡稱「滿鐵」）指導下，在二十世紀初由日本報業人士森山守次在大連創辦的「滿鐵」機關報，直接代表著日本政府的在東北淪陷區的政治輿論立場。這篇採訪中提到了關於當下文藝出版物及宣傳品不得涉及的八條內容規定：

> 「一、對時局有逆行性傾向的。
>
> 二、對國策的批判缺乏誠實且非建設性意見的。
>
> 三、刺激民族意識對立的。
>
> 四、專以描寫建國前後黑暗面為目的的。
>
> 五、以頹廢思想為主題的。
>
> 六、寫戀愛及風流韻事時，描寫逢場作戲、三角關係、輕視貞操等戀愛遊戲及情慾、變態性慾或情死、亂倫、通姦的。
>
> 七、描寫犯罪時的殘虐行為或過於露骨刺激的。
>
> 八、以媒婆、女招待為主題，專事誇張描寫紅燈區特有世態人情的。」〔註139〕

這第四條也就是作家所言的「不許描寫黑暗面」，基本上可以判定這八條內容也就是作家私下稱為「八不主義」的文藝規定。與《出版法》相比，這八條代表偽政府官方文藝精神的規定非常清晰、準確，一面將「民族意識」、「頹廢思想」、「顛覆政權」、「暴露黑暗」納入文藝出版品不得涉及的內容，也就

〔註138〕黃玄：《東北淪陷時期文學概況2》，《東北現代文學史料》第 6 輯，1983 年，第 134 頁。

〔註139〕〔日〕岡田英樹著，靳叢林譯：《偽滿洲國文學》，長春：吉林大學出版社 2001年版，第 304 頁。

是嚴禁「反滿抗日」、「批判現實」的左翼精神在文學作品中出現；另一方面，也不容許文藝工作者如實描寫「變態戀愛」、「暴虐犯罪」、「老鴇妓女」等真實存在於偽滿社會中的亂象、怪象，也就是強制進步作家製造粉飾太平、歌功頌德的「國策」文學。

　　偽滿洲國政府文藝政策在四十年代進入更為緊縮的狀態，尤其是弘報處成立以後，對文藝活動者的民間結社和文學言論限制頗多，三十年代初期聲勢壯大的民間「同人」作家結社及辦刊模式，在這一時期的文學生態中則顯得十分尷尬。這一時段，此前曾產生過較大文化影響的諸多哈爾濱作家紛紛選擇出走、隱忍或沉默，但我們並不能據此斷定全然是文學青年的退縮和怯懦，更加嚴密的新聞管制極大地限制了出版機構使用新聞紙的權限，增大了出版經費和扶持資本的審查難度，正如阮英所言，「並不是文學青年熱血的冷卻，而是在這非常時受了紙與經濟的壓迫，再不能苦行下去。」〔註140〕「弘報處」的成立、「八不主義」及《藝文指導要綱》的頒布，使得偽滿洲國真正進入了凝重而黑暗的「官制」文藝時代，但這並不意味著這一時段的本地文壇如死水一潭般不起一絲波瀾，我們仍能夠看到從哈爾濱走出的進步作家像黑暗中的點點星火一般，努力而執著地堅持著自北滿新文學發生伊始的「五四」精神與現實主義初心。

　　1938 年 7 月，以早期北滿作家梁山丁為中心，梅娘、柳龍光、吳瑛、吳郎、金音等一群作家圍繞新京（長春）《大同報》的《文藝專頁》組織起文叢刊行會，該刊行會同人被稱為「文叢派」，並刊行了包括山丁的《山風》、梅娘的《第二代》等長篇小說在內的「文藝叢書」。1938 年 12 月，以王秋螢為首，袁犀、陳因、李喬等一群作家在奉天（瀋陽）結為文選刊行會並開闢純文學雜誌《文選》，該刊行會同人被稱為「文選派」。「文叢派」與「文選派」的核心發起人梁山丁與王秋螢都是曾在哈爾濱地區參與文學活動的青年作家，兩個文學流派包含的同人作家互有交叉和重複，文藝觀點也十分切近，更接近於三十年代中後期哈爾濱同人群團的狀態。

　　與之文藝觀相左的「藝文志派」，指的是 1937 年 3 月在「月刊滿洲社」社長、商人城島舟禮的資助之下，由古丁、外文、疑遲、小松、辛嘉等與偽滿洲國總務廳關係密切的南滿作家們組成的文學群體。他們首先在新京（長春）創辦了綜合性中文雜誌《明明》月刊，刊行 18 期後停刊，由 1939 年 6

────────────

〔註140〕阮英：《文壇的沈寂》，《盛京時報》1942 年 7 月 8 日。

月趙孟原任編輯人、「（偽）滿洲藝文聯盟」事務局長宮川靖五郎任創刊發行人的新京（長春）文藝雜誌《藝文志》接替，古丁及《明明》刊物同人作家組織了藝文志事務會，這一作家群體被稱為「明明派」或「藝文志派」。王秋螢曾經在 1945 年《青年文化》雜誌上發表的小文《滿洲雜誌小史》中，這樣評價雜誌《明明》：「《明明》創刊當時，尚係著重大眾趣味之刊物，自第六期改為純文藝志後，相當確定性格，對於滿洲文運之促進，留有甚大之功績，成為當時一般青年唯一熱愛之讀物。」〔註 141〕這其中傳達出了兩個重要信息，其一是《明明》雜誌從第六期開始，改綜合性雜誌為純文學雜誌，而這種改變也使得雜誌距離創辦初期「著重大眾趣味」的初衷愈來愈遠；其二是純文學雜誌《明明》作為民間一般流行刊物，在四十年代初期幾近荒蕪的偽滿文壇產生了不容小覷的文化影響力，而這種文化影響是促進「滿洲文運」的。那麼，如何理解這種意味深長的「促進」作用呢？據目前可考的歷史材料顯示，在藝文志事務會的官員名錄表中，除卻監理長城島舟禮以外，還有滿日文化協會的杉村勇造和大內隆雄〔註 142〕，其他成員均為古丁、小松、外文、疑遲等《明明》同人作家。也就是說，藝文志事務所的事實上與日本政府關係頗為密切，在其指導下進行文藝活動的南滿作家，也不可避免地要為偽滿政府的文藝政策所禁錮。《藝文志》的創刊號上曾發表《藝文志序》作為代發刊詞，其中部分內容與《藝文指導要綱》第一部分「趣旨」的第二條有異曲同工之妙〔註 143〕，現將其中最能表明其文藝宗旨及核心觀念的段落呈現如下，以應論述之便：

> 「本志願意糾合全國的有筆者，不存派閥之見，不留小我之識，
> 共同來分擔這任務的。藝文之事，端在寫與印……望國內識者，以

〔註 141〕 王秋螢：《滿洲雜誌小史》，《青年文化（吉林新京）》，1945 年第 2 卷第 1 期，第 38 頁。

〔註 142〕 梅定娥：《妥協與抵抗：古丁的創作與出版活動》，哈爾濱：北方文藝出版社 2017 年版，第 151 頁。

〔註 143〕 《要綱》第一部分「趣旨」的第二條內容為「為鑒於我國藝文之發展，較諸產業、經濟、交通等其他部門，尚在水準以下之跛行狀態茲擬確立藝文指導方針，施行育成指導，俾使與其他諸部門，互相調和，而普及於全國，以期精神的建設與物的建設工作相輔而行。」《藝文志序》的部分內容為「一國倘無一國的藝文，則不足以矜誇於世界，一代倘無一代的藝文家，則不足以銘刻永劫。我國肇兼，於茲八載，政治的經濟的社會的諸部門，無不突飛猛進，日臻至善最高階段，唯獨文化部門，雖有末梢的滋長，但仍無根幹的拓展。」

其大戟長槍之筆，來拓展這塊荒蕪的文苑。則藝文可興，民風可敦，
國光可彰也。」〔註144〕

正是由此引發了「文選」、「文叢」派的「鄉土文學」主張和「藝文志」派的
「寫印主義」兩種文藝觀念之間的激烈論爭，因此山丁在梅娘、柳龍光留日
期間參與開辦的《華文大阪每日》刊物上發表的《閒話滿洲文場》一文中，
將這一時段同人刊物和作家群體的對壘狀態與此前三十年代哈爾濱文壇相對
比：「滿洲文壇過去曾一度組織『社』……而今滿洲文場又有所謂『同人』，
此舶來品相信與『社』無何差別……但願我們的同人以同人為集團推拉的活
動，而非據之為抗爭之戰壘……友與敵，絕對不是以『同人』的有色眼鏡能
辨別的事物。」〔註145〕既往北滿文壇的同人結社，是有相近文學追求和文藝
理念的朋輩作家們自發集結起來，組成某種群團或文藝組織，並開創社團刊
物以為同人作家們發表文學作品提供平臺和媒介。而當下南滿文壇的同人結
社則是以同人作為派系或集團，來與其他集團爭短長、論是非、分敵我的戰
地和堡壘，將文學內部的主義和理念紛爭擴大到民間知識者的文藝觀與偽政
府「官方」文藝政策之間的敵我矛盾，那麼這種帶有偽政權意識形態色彩的
「同人」和「結社」就失去了原本的民間立場，有向著政治鬥爭的工具和武
器之角色傾斜的嫌疑。

〔註144〕原材料來源於城島舟禮：《藝文志序》，《藝文志》創刊號，1939 年 6 月第 1
　　　　頁，轉引自劉曉麗：《異態時空中的精神世界：偽滿洲國文學研究》，哈爾濱：
　　　　北方文藝出版社 2017 年版，第 57～58 頁。
〔註145〕山丁：《閒話滿洲文場》，《華文大阪每日》，1940 年第 4 卷第 5 期，第 35 頁。

結語：「哈爾濱作為方法」的獨特價值

　　在本研究的前言部分，筆者曾經提出過這樣一個問題：「地域／區域」是否可以成為一種方法？本書也就是以「哈爾濱作為方法」的初步嘗試，以期對前述這一問題做出回答。

　　哈爾濱，不僅是一個客觀實在居於東北地區北疆邊陲的地理區域，更是包含著文人、政客、商人、平民等各階層民眾的主觀情感及想像的動態社會文化實體，在純粹地理空間概念之外，更具體地指向生長、活動與此的人們的日常生活狀況及其創造的豐富的物質及精神文化。因此，作為方法的哈爾濱，也是被不斷動態變化的人類生活實踐建構起來的精神文化空間，其方法論意義也必然指向「人」。本書的四個部分「哈爾濱文學團體、作家活動的基本面貌及特點」、「『紅色之路』與哈爾濱現代文學」、「雜色的哈爾濱：多重殖民統治語境下的民族主義書寫」、「哈爾濱文學的特殊生成機制」論述的展開，也始終以作家的個體活動和個人體驗為依託，嘗試以「哈爾濱作為方法」打開自八九十年來以來既往研究界關於區域文化及地域文學的固有研究思路，為現代中國文學發展進程中如作為東北作家群前身的北滿作家文人圈子及同人群團的自發集結與民間形成、紅色政治與左翼文學的複雜關係、殖民政治與民族主義的文學表達等諸多衍生問題提供更為多元而豐富的闡釋可能與意義空間。

　　靳叢林曾將日本學者岡田英樹論及偽滿洲國文學時對哈爾濱淪陷區文化場域的評價翻譯為「異色的哈爾濱文壇」，這個「異色」可以說十分敏銳而恰切地捕捉到哈爾濱在現代中國文學中的「異質」性特徵。

　　異質之一在於，在地理位置上遙遙疏離於北京、上海等文化核心地區的

哈爾濱，卻成為了蕭紅、蕭軍、羅烽、白朗、舒群、山丁、陳隄、張少岩、姜椿芳等從北滿走出的東北作家所共同擁有的「文學故鄉」和啟蒙原點。哪怕哈爾濱給他們青春時代烙印上窮困潦倒、飢餓凍餒的創傷記憶，哪怕他們曾經在這裏遭受牢獄之災，甚至數次面臨生命危險，不論走到哪裏，他們都筆耕不輟地在小說、散文、詩歌等各種題材的文學作品中持續表達著對哈爾濱這個城市的懷念和熱愛。駱賓基就曾經在八十年代的北京回憶自己青少年時期剛剛來到哈爾濱時的所見所悟，並感歎道：「在我已近四十五年的文學生涯中，哈爾濱是我的起航點，而左翼畫家金劍嘯烈士給了我方向性的信息。我就這樣悄悄地離開了哈爾濱，但又戀戀不捨。」〔註1〕而且，從東北淪陷時期哈爾濱出走的青年作家們，在解放時期幾乎都重新回到了這既帶給他們文學啟蒙和文化滋養，同時也帶給他們疼痛與創傷的北國邊城，其中很大一部分作家已經帶著祖國各地文壇的各色光環，可他們仍然義無反顧地投身於重建幾近荒蕪的戰後文壇工作中來，孜孜不倦地培育著後輩新人。梁山丁曾在散文名篇《文學的故鄉》中提及這一文化現象：

> 「我為我文學的故鄉──哈爾濱，擁有眾多人材而感到自豪……在東北淪陷時期從哈爾濱走出去的作家，大部分都回來了……這些喝著松花江奶水成長起來的兒女們，回到文學的故鄉來了，因為這些不願做奴隸的人，出過《奴隸叢書》的人，他們為文學的故鄉爭來了榮譽，他們像那奔流不息的松花江，源源不斷的哺育著新的一代作家，讓他們飛向祖國，飛向世界！」〔註2〕

如唐景陽（林玨），在1945年重新回到哈爾濱，曾任《哈爾濱日報》社社長、哈爾濱文學工作者協會主任委員、中共哈爾濱市委秘書長、黑龍江省文教廳長、文委副主任等職位；如舒群（黑人），在1946年隨中共中央東北局文工團成員撤回哈爾濱，出任東北局宣傳部文委副主任、東北文協副主席、東北電影製片廠廠長等職；同年7月，蕭軍隨延安魯迅文藝大隊重返哈爾濱，擔任東北文協研究部長，並創辦魯迅文化出版社，擔任《文化報》主編；又如張少岩（金人），在1947年重新回到哈爾濱以後，擔任東北文協研究部副部

〔註1〕駱賓基：《初到哈爾濱的時候》，《初春集》，南昌：江西人民出版社1982年版，第295頁。

〔註2〕梁山丁：《文學的故鄉》，《東北現代文學史料（第二輯）》，黑龍江省社會科學院文學研究所編，1984年4月，第96～97頁。

長、出版部部長等職位。這種文化「反哺」現象不僅源於哈爾濱土地的黏性，更是此地文化性格獨特風致的體現。

這裡對於很多作家來說，提供了其他地方未曾提供的開放、多元而充滿野性與張力的文化氛圍，見證了他們走上文學道路的辛酸與成長，也充滿了與文學友伴共同進步的珍貴回憶。以蕭軍為例，哈爾濱對於蕭軍的意義在於，這是他棄軍從文、走上文學道路的轉折地，也是他文學作品在報紙副刊大量刊載而在文壇得名的舞臺，還是他因松花江漲水沖破道外堤壩而與曾經的文學伴侶蕭紅結識的地方，更是《跋涉》、《八月的鄉村》、《涓涓》等多部重要作品創作靈感的源泉。而且，蕭軍也是在哈爾濱形成了自己的文人好友圈與文壇生態圈，他此後不論輾轉何地，都與這批作家密不可分。正是這種感情的複雜性為哈爾濱賦予了特殊的意義。

異質之二在於，北國邊地哈爾濱的文學生態，並不是純然依靠本地作家及本土文化的內部張力而獨立成長以至完熟的，而是在本省作家與外省作家的共同影響及交互作用下逐漸發展起來，又在區域間作家的動態流轉及文學互動的過程中漸臻成熟的。自新文學發生以來，曾經在哈爾濱短暫生活並在此進行過文藝創作、參與過文學活動的現代作家、學者有很多，如瞿秋白、胡適、朱自清、徐志摩、季羨林、馮至、楊朔、周立波、趙樹理、袁犀、丁玲、李又然、宋之的、高長虹、劉白羽、艾青等，留下了《餓鄉紀程》、《赤都心史》、《西行通訊》、《漫遊的感想（一）東西方文化的界限》、《北遊及其他》、《雪花飄在滿洲》、《鐵流的故事》、《暴風驟雨》、《孟祥英翻身》、《歷史的回聲》、《太陽島》等膾炙人口的文藝作品。

更重要的是，外省作家在參與哈爾濱文學場域生成的同時，也在潛移默化中被這裡特殊的文化氛圍所影響和形塑著，許多作家在離開哈爾濱以後，仍然對這裡的人情風物和文化氛圍念念不忘。比如俄蘇翻譯家姜椿芳、張少岩（金人）、楚圖南等人，就是得益於哈爾濱俄蘇文化環境和白俄移民社會結構而掌握了較為熟練的俄語能力，並在離開哈爾濱以後的很長一段時間都仍然持續著俄蘇文學的翻譯活動。比如1923年考入北京交通大學並加入國民黨的張沖，因有著兩年俄語預科基礎，在1925年作為5名公費生之一轉學至哈爾濱中俄工業大學學習，不久以後決定改變專業轉考哈爾濱中俄法政大學經濟科，曾赴俄短期遊學。在哈爾濱求學期間，張沖接觸到許多與蘇維埃政權、社會狀態、經濟政策以及民族主義問題相關的思想和知識。國共合作初期，

國民黨哈爾濱市黨部成立後遭到奉系軍閥破壞，1926 年 4 月重組後，張沖當選為哈爾濱市國民黨部執行委員兼任青年部長，與時任中共北滿地委書記吳麗實合作〔註 3〕。由吳麗實負責的中共北滿地委機關報《哈爾濱日報》，即是以國民黨哈爾濱市黨部名義備案並出版發行的。因此，可以說張沖「在哈爾濱經歷了他人生的第一次大磨難，從此改變了一生的命運」〔註 4〕，尤其是改變了他在國共合作初期的政治態度。三十年代曾在上海從事左翼文學活動的俄蘇翻譯家孟十還（孟斯根），在 1933 年 5 月 19 日寫的散文《憶哈爾濱》中，甚至明確表示在二三十年代之交的中國都市中，相較於上海和杭州這種一般人眼中「最好的地方」而言，自己更喜歡哈爾濱。在抗日民族戰爭的戰火燃及哈埠之時，更是深切地掛念著仍然「曝曬於暴日下」的彼地：「我愛哈爾濱，是愛它的獨有的風格、情調。我雖然離開哈爾濱又有五六年了，可是我沒有一天能忘記它，沒有一天我不想念它⋯⋯什麼時候我才能夠再去看看哈爾濱呢？⋯⋯但願今日，曝曬於暴日下的哈爾濱無恙！」〔註 5〕

在曾經到訪、交遊、居留與此的文人作家筆下，在這一因殖民文化興起的北國洋場形成的新文學場域，一面充斥著荒涼、黯淡、消極的黑暗，同時另一面卻又散發著炙熱、蓬勃、迷人的光輝，正如作家駱賓基所言，哈爾濱是「又富麗又貧困，又華貴又破破爛爛」〔註 6〕的異質世界。在沙俄殖民文化影響下形成的道里區，與聚居著本地平民的道外區「好像是兩個世界」、「儼然是兩個『國度』」，「俄羅斯的流亡貴族，黃髮藍眼睛的富商，與穿戴襤褸的中國『苦力』，還有盤著一膝坐在街頭上縫窮的婦女」〔註 7〕經常同時出現在哈爾濱的中國大街上。曾在哈爾濱短暫生活的外省詩人馮至對《北遊及其他》的修改，恰是對哈爾濱這種文化場域的複雜性書寫的生動例證。

1927 年夏，來自河北涿州的馮至從北京大學德文系畢業，在「沉鐘社」好友楊晦的勸說下，來到哈爾濱擔任東省特別區第一中學國文教師，期間發表評論《談 E. T. A. 霍夫曼》並翻譯了霍夫曼的《亞瑟王廳堂》，在同年 7 月

〔註 3〕馬雨農：《張沖傳》，北京：團結出版社 2012 年版，第 39 頁。
〔註 4〕馬雨農：《張沖傳》，北京：團結出版社 2012 年版，第 38 頁。
〔註 5〕孟斯根，《憶哈爾濱》，論語杜編：《東京花見》，上海：上海書店出版社 2015 年版，第 40～41 頁。
〔註 6〕駱賓基：《初到哈爾濱的時候》，《初春集》，南昌：江西人民出版社 1982 年版，第 289 頁。
〔註 7〕駱賓基：《初到哈爾濱的時候》，《初春集》，南昌：江西人民出版社 1982 年版，第 289 頁。

10 日《沉鐘》特刊號發表。這一年，馮至持續翻譯了海涅的《哈爾茨山遊記》，並在次年 3 月由上海北新書局出版，並主編、發行第一中學的校刊——半月刊《松花江》〔註 8〕。1928 年元旦期間，馮至據中國邊地哈爾濱的在地經驗而創作了長詩《北遊》，1 月 10 日學校放寒假返回北京後，於 22 日與陳翔鶴、陳煒謨、馮雪峰在楊晦的公寓聚會，第一次朗誦了這首作品。春節假期結束後，馮至回到東省特別區第一中學繼續任教，陳煒謨也隨之來哈並在該校擔任英文教員工作。1928 年暑假期間馮至返回北平，在孔德學校（現北京市第二十七中學）任教並兼任北大德文系助教，結束了在哈爾濱為期一年的中學教員工作及生活體驗。《北遊》長詩最初連載於 1929 年 1 月 6 日至 17 日《華北日報》副刊第 3 至 12 號，全詩共十三章，刊載時署名為鳥影。同年 8 月，由北平沉鐘社出版單行本《北遊及其他》，此時未收錄第五首《雨》。至 1984 年該首詩的遺漏被研究員張曉翠發現後，次年 8 月四川文藝出版社版《馮至選集》及全集才首次將《雨》重新收錄至《北遊》長詩中，形成現在通行的十三章詩貌。相對於馮至的十四行詩，學界對《北遊》這首長詩的關注較為有限。目前可見的少量研究成果主要圍繞詩人「被放逐」的「陰鬱」心態及詩作與艾略特「荒原」之間的比較研究〔註 9〕，也有漢學家從詩歌的連載方式及版本輯錄等外部因素進行分析〔註 10〕。可貴的是，的確有學者已經發現了哈爾濱對於馮至的特殊意義：「馮至在邊陲北鎮哈爾濱的遠遊體驗無論在詩歌創作上還是在詩人的人生里程中都是一次重大的轉折性事件，《北遊》長詩就是這次轉折性事件的見證」〔註 11〕，然而論述仍然不夠清晰與充分。

馮至在《北遊及其他》初版本序言中，記錄了自己最初到哈爾濱時的直觀感受：「一九二七年的初秋，我離開了大學校的寄宿舍，登上了往一個北方的大都市裏去的長途……來到那充滿了異鄉情調，好像在北歐文學裏時時

〔註 8〕 張偉民，陳春江主編：《黑龍江省志・出版圖書期刊總目（下）第 77 卷》，哈爾濱：黑龍江人民出版社 1998 年版，第 1623 頁。

〔註 9〕 如吳武洲：《〈北遊〉：放逐者的自在訴求與理性追索——兼論馮至的詩學轉型》，《西南交通大學學報（社會科學版）》2003 年 01 期；張莉：《「陰沉」主題的變奏——馮至〈北遊〉賞析》，《名作欣賞》，2015 年 02 期等。

〔註 10〕 〔日〕佐藤普美子：《現代詩歌文本與媒介物——以長詩〈北遊〉為例》，選自白薇，楊天舒主編：《傳媒與 20 世紀文學：現代傳媒與中國現當代文學國際學術研討會論文集 =THE MEDIA AND TWENTIETH CENTURY LITERATURE》，北京：中央民族大學出版社 2012 年版，第 233 頁。

〔註 11〕 王巨川：《地理空間與詩歌體驗——兼談馮至〈北遊〉的現實主義批評傾向》，《名作欣賞》，2010 年 16 期，第 37 頁。

見到的，那大的，灰色的都市……自己竟像是一個無知的小兒被戲弄在一個巨人的手中，也不知怎樣求生，如何尋死，唯一的盼望便是北平的來信。」〔註12〕馮至決意來到哈爾濱是在好友楊晦（慧修）的勸說之下，希望他能在「黑暗而且寒冷」的前途中，能「於人事的艱苦中多領略一點滋味，於生活的寂寞處多做點工」，哈爾濱之行是馮至聽從此番勸說而來到邊地進行的自覺性的自我「試煉」。而真正進入異質環境之後，馮至產生了作為本埠文化「闖入者」與「外來者」的「陌生感」與「手足無措」，這是出乎人性自然的心理保護反應。在序言結尾，詩人寫下：「朋友，現在我把這死去了的兩年以來從生命裏蒸發出來的一點可憐的東西交給你，我的心中感到意外的輕鬆了。正如一個人死了，把他的屍體交給他，把他的靈魂交給天一樣地輕鬆」這樣痛徹而決絕的字句，的確極易讓研究者產生一種錯覺，即哈爾濱對於馮至來說是一個充滿痛苦與晦暗的「觀感差到絕頂」又「不曾給他帶來一點好處」的城市〔註13〕。

二十年代中後期的哈爾濱，給外來者的第一印象就是這樣灰暗而且冰冷的直觀感受，甚至讓敏感而多思的少年詩人馮至聯想到死亡。但值得注意的是，以上幾句自 1980 年四川人民出版社版《馮至詩選》後，經作者本人修改變為「登上往北方的一個大都市哈爾濱去的長途……來到那分明是中國領土、卻充滿了異鄉情調的哈爾濱，它像是在北歐文學裏時常讀的、龐大的、灰色的都市」〔註14〕，結尾處把「死去了」改為「消逝了」，並把「正如一個人死了」該句至尾字全部刪除。經歷 1929 年到 1979 年間五十餘年的思索與沉澱，他也開始意識到哈爾濱的時空場域對他少年時期的思想及文學創作產生的意義。

我們不妨重讀《北遊》第四節「哈爾濱」中的詩句，來體會自哈爾濱一行以後馮至詩歌的變化：

> 「聽那怪獸般的汽車，
>
> 在長街短道上肆意地馳跑，
>
> 瘦馬拉著破爛的車，
>
> 高伸著脖子嗷嗷地呼叫。

〔註12〕馮至：《北遊及其他》，北平沉鐘社 1929 年年版，第 3 頁。
〔註13〕許道明：《京派文學的世界》，上海，復旦大學出版社 1994 年版，第 135 頁。
〔註14〕馮至：《馮至詩選》，成都：四川人民出版社 1980 年版，第 197 頁。

猶太的銀行、希臘的酒館、

日本的浪人、白俄的妓院，

都聚在這不東不西的地方，

吐露出十二分的心足意滿。

還有中國的市儈，

面上總是淫淫地嘻笑。

姨太太穿著異樣的西裝，

紙糊般的青年戴著瓜皮小帽，

太太的腳是放了還纏，

老爺的肚子是豬一樣地肥飽。

在他們『幸福』的面前，

滿街都灑遍了金銀，

更有那全身都是毒菌的妓女，

戴著碗大的紙花搖盪在街心。

我像是遊行地獄，

一步比一步深，

我不敢望那欲雨不雨的天空，

天空充滿了陰沉，陰沉……」〔註15〕

在馮至的筆下，「汽車」、「馬車」，「姨太太」、「妓女」，「西裝」、「瓜皮小帽」，「銀行」、「酒館」、「妓院」，這些相互間格格不入的錯亂街景都雜燴在這「不東不西」的哈爾濱。二十年代中後期的哈爾濱，如東西方異質文明絞纏而孕育的畸胎，它披著極為華麗的「歐化」外衣，卻有著千瘡百孔的衰頹軀體。馮至面對著這樣的哈爾濱經歷了半年的「失語」，而後集中三日創作出的《北遊》顯然已經從《昨日之歌》中關於「人間」、「愛情」、「夢境」、「孤獨」等個體性浪漫主義詩思中跳脫出來，突轉走向對現代文化與現代文明的觸底批判，及關於「死亡」、「生命」、「意義」等終極問題的現代性反思。可以說，正是因由北國哈爾濱將社會現實最真切的面貌呈現在詩人面前，才使得馮至從封閉的自我空間中掙脫出來，形成他完整、豐滿而宏闊的詩歌世界。

異質之三在於，哈爾濱因中東鐵路而發展成為東三省經濟最為繁盛、最具規模的商埠。在1891年～1897年間，俄國濱海省輸入中國東北的商品總價

〔註15〕馮至：《馮至詩選》，成都：四川人民出版社1980年版，第63～64頁。

值為 8,302,648.5 盧布〔註16〕，約為 88 萬人民幣，中東鐵路開通以後的 1903
年～1910 年間，俄國以彌補鐵路經營「虧損」的形式提供給中國東北中東鐵
路公司的資金總額為 150,679,000 盧布〔註17〕，約為 1600 萬人民幣，是 1891
～1897 年輸入商品總價值的近 20 倍。作家陳紀瀅也曾經在回憶孔羅蓀的文章
裏面提及：「那時期，哈爾濱可算是東三省最大的商埠，雖然只有三十幾萬人
口，可是由於華洋雜處，特別是俄國人（白俄）多，再因中東鐵路關係，市
面繁盛情形，超過天津。」〔註18〕這段表述中，涉及到另一個重要的現象，
那就是華洋雜處的社會結構和移民都市的城區格局，使得這裡成為白俄、猶
太及混血族群聚居的中心地區。因殖民政治及地緣優勢而獲得的經濟繁榮，
帶來大量外籍政客、商人、工人、貧民等異國人口移居此地，使得哈爾濱在
短短十年間從偏居一隅、默默無名的小漁村迅速發展為聞名遐邇的「半歐化」
國際都市，並將哈爾濱塑造成一個極具異域風情的地域空間，甚至在不熟悉
的人心目中，這裡似乎已經不像是中國轄區了。在孟十還的筆下就曾經寫道，
有位先生得知他到訪過哈爾濱以後，驚訝的追問「哈爾濱在哪裏」，「是不是
中國的地界」〔註19〕。殖民經濟的繁盛與移民社會結構的複雜面貌，使得哈
爾濱出現了現代中國文學歷史進程中極為特殊的民族主義文學書寫，作家的
筆下隨處可見在酒吧裏出賣色相和肉體的白俄男女，而這些四處漂泊的無國
籍的人們，卻又「差不多全無一技之長，只靠『命運』去找飯吃」〔註20〕，
這種民族主義文學書寫又成為從哈爾濱走出的東北離散作家的家國情懷與國
族認同的情感投射。

　　以「哈爾濱作為方法」，並不是研究哈爾濱與現代中國文學之關係這一議
題所得出的結論，而是理解現代文學進程中諸多文化現象的前提。自二十世
紀八九十年代以來，在以往很長時間的現代文學研究中，「區域／地域」一直

〔註16〕張鳳鳴：《中國東北與俄國（蘇聯）經濟關係史》，北京：中國社會科學出版
　　　　社 2003 年版，第 42 頁。
〔註17〕1903～1910 年間資金數據表格資料來源於，〔蘇〕斯拉德科夫斯基著，宿豐林
　　　　譯：《俄國各族人民與中國貿易經濟關係史》，北京：社會科學文獻出版社 2008
　　　　年版，第 333 頁。
〔註18〕陳紀瀅：《記羅蓀》，羅蓀：《抗戰時期黑土作家叢書・羅蓀集》，哈爾濱：黑
　　　　龍江大學出版社 2011 年版，第 256 頁。
〔註19〕孟斯根，《憶哈爾濱》，論語杜編：《東京花見》，上海：上海書店出版社 2015
　　　　年版，第 35 頁。
〔註20〕孟斯根，《憶哈爾濱》，論語杜編：《東京花見》，上海：上海書店出版社 2015
　　　　年版，第 39 頁。

被視為是現代文學整體多樣性的體現，其中的重要原因就是，既往學界傾向於將「區域／地域」視為一種「景觀」而非「方法」。然而，現代中國文學的整體面貌顯然並非是一個個「區域／地域」內文學的景觀式拼貼或組裝，整體文學與區域文學間的關係也並非是簡單的單向度靜態呈現。現代中國文學應與各區域文學同處於雙向交流的動態歷史進程中，區域文化及地域文學因子是現代文學母體生成機制的重要組成部分，不同區域文學的發展和動向也應該有著文學母體的記憶基因。簡言之，不同「區域／地域」間文學的有機聯結形成了現代中國的文化共同體，地域文學中呈現出的複雜生態、生長出的問題意識，也直接關聯著現代中國文學整體相關面向的闡釋可能。

正如學者所言：「東北現代文學和淪陷區文學與中國現代文學母體之間，是在雙向交流中，以互補的勢頭共同發展的……在東北大地發展的關東文學，從來不是封閉的、狹窄的存在。在它的發展中，始終融貫著母體的血脈，並且保持著直接的聯繫。」〔註21〕而東北大地上的哈爾濱地區，作為世界無產階級運動前期共產國際與中國接軌的文化前哨，作為民族戰爭時期「偽滿洲國」政權建立的異質空間，作為以蕭紅、蕭軍、羅烽、舒群、白朗等為代表的流亡東北作家的故鄉熱土，更與現代文學母體之間有著無法斬斷的血脈聯繫。重新建構「區域／地域」與現代中國文學整體間的關係，也就為我們以「哈爾濱作為方法」重新進入中國現代文學的諸多重要議題提供了充分的理論依據。

但務必需要正視的是，任何一種理論的建構都不是盡善盡美的。以「區域／地域」作為方法重新趨近與還原現代中國文學的具體歷史情境，其研究的重心仍然在於「文學」而非「歷史」或者「地理」，也就是說，本研究在很大程度上仍然聚焦在於人的意識和人的認知活動，可能會帶來在客觀力量起作用或非個人決策影響的地方也過於觀照個人意願的潛在風險。同時，在涉及到人類藝術活動的影響研究時，雖然已通過對地方報志、調查報告、文學制度、法律條令等歷史材料的考察，力圖盡力考量到客觀環境和現實體系的高度複雜生成機制，但仍很難將天然地具有主觀性的文學感知予以準確化和量化。因而，本研究並不執著於得出明朗、清晰的定論，僅傾向於將文化現象的複雜面向勾勒與描述出來，以期呈現出一種文學研究的新的延展可能，

〔註21〕孫中田、逄增玉、黃萬華等：《鐐銬下的繆斯——東北淪陷區文學史綱》，長春：吉林大學出版社 1999 年版，第 5 頁。

與學界其他研究者共同探討。

而且遺憾的是，由於抗日民族戰爭動亂及偽政權時期大量文學史料散佚，本研究所涵蓋的作家、文本及文學現象仍然僅僅是哈爾濱與現代中國文學之關係議題之中的冰山一角，在未能窮盡材料的情況下，又因研究者本人文學感受能力及文化積澱的侷限性，本研究部分結論的推理也必然有不慎嚴密之嫌，只能留待日後愈來愈充分的史料得以被重現之時，再進一步修繕與補足。此外，仍有諸多與本研究密切相關的重要議題值得被繼續展開和深入挖掘，比如與延安對接之後的哈爾濱解放區文壇及新中國文藝體制建構的初步嘗試、哈爾濱地區與臺灣、香港及海外等地間的作家流動與文學互動、殖民語境下的哈爾濱地區吉卜賽族群及文學敘事等，由於個人能力所限，暫時未能盡數涵蓋於本研究中，希望在今後的學術研究中能有機會在這些論題方面再深入探究。

正如有學者指出：「區域之間的文學與文化交流也是我們學術研究的重要內容，而且因為其中夾雜著更為豐富的文化的互動關係，因而可以為我們的研究提供一系列新的課題」〔註22〕，以哈爾濱作為方法重新進入現代中國文學，正是嘗試在這種區域交流的動態過程中發現一種新的研究可能。本文涉及的議題只是以「區域／地域」作為方法的初步嘗試，僅僅呈現出部分基礎材料和基本思路，而這一文化現象背後還有更為豐富的空間等待我們的闡釋與發現。

〔註22〕李怡：《舊世紀文學》，成都：巴蜀書社 2014 年版，第 283 頁。

參考文獻

（按照時間升序排列）

作家作品

1. 陳隄著；阿鴿編：《未名集》，哈爾濱文學院，時間不詳。
2. 瞿秋白：《哈爾濱之勞工大學》，《哈爾濱晨報》，1920 年 12 月 2 日。
3. 任國楨譯：《蘇俄的文藝論戰》，北京：北新書局 1925 年版。
4. 馮至：《北遊及其他》，北京：北平沉鐘社 1929 年年版。
5. 〔美〕哥爾德著，楊昌溪譯：《無錢的猶太人》，上海：上海現代書局 1931 年版。
6. 彭家煌：《明天》，《申報·自由談》，1933 年 5 月 27 日第 6 張。
7. 靳以：《青的花》，上海：上海書店出版社 1934 年版。
8. 秦心丁：《十字街口·心丁劇本集》，上海：春秋書社 1934 年版。
9. 悄吟：《商市街》，上海：文化生活出版社 1936 年版。
10. 蕭軍：《綠葉底的故事》，上海：文化生活出版社 1936 年版。
11. 石軍：《混血兒》，《青年文化·創刊號》1943 年 8 月。
12. 馮至：《馮至詩選》，成都：四川人民出版社 1980 年版。
13. 魯迅著，魯迅紀念館編：《魯迅日文作品集·日漢對照》，上海：上海文藝出版社 1981 年版。
14. 駱賓基：《初春集》，南昌：江西人民出版社 1982 年版。
15. 羅烽：《羅烽文集》，瀋陽：春風文藝出版社 1983 年版。
16. 舒群著：《舒群文集·2》，瀋陽：春風文藝出版社 1983 年版。
17. 舒群：《舒群文集·1》，瀋陽：春風文藝出版社 1984 年版。
18. 郁達夫：《郁達夫文集·第 9 卷·日記、書信》，廣州：花城出版社 1984 年版。

19. 周立波：《周立波文集·第6卷·文學論文》，長沙：湖南人民出版社1984年版。

20. 穆木天著，蔡清富，穆立立編：《穆木天詩文集》，長春：時代文藝出版社1985年版。

21. 瞿秋白：《瞿秋白文集·文學編·第一卷》，北京：人民文學出版社1985年版。

22. 梁山丁編：《長夜螢火·女作家小說選集》，瀋陽：春風文藝出版社1986年版。

23. 馮乃超著，馮乃超文集編輯委員會編：《馮乃超文集（上卷）》，廣州：中山大學出版社1986年版。

24. 蕭軍等著：《燭心集》，瀋陽：春風文藝出版社1989年版。

25. 毛澤東：《論人民民主專政》，《毛澤東選集·第4集》，北京：人民出版社1991年版。

26. 孫席珍著，呂蘋編：《孫席珍創作選集》，杭州：杭州大學出版社1991年版。

27. 蕭紅：《蕭紅全集·上下》，哈爾濱：哈爾濱出版社1991年版。

28. 古丁著；李春燕編：《古丁作品選·東北淪陷時期作家》，瀋陽：春風文藝出版社1995年版。

29. 魯迅：《魯迅文集·第23卷·文藝書簡·上》，哈爾濱：黑龍江人民出版社1995年版。

30. 胡風：《胡風全集·第2卷·評論》，武漢：湖北人民出版社1999年版。

31. 胡風：《胡風全集·第5卷·集外編1》，武漢：湖北人民出版社1999年版。

32. 爵青著，中國現代文學館編：《爵青文集》，北京：華夏出版社2000年版。

33. 沈從文：《沈從文全集·（第25卷）·書信》，太原：北嶽文藝出版社2002年版。

34. 徐志摩著，韓石山編：《徐志摩書信集》，天津：天津人民出版社2006年版。

35. 蕭軍：《蕭軍全集·1·八月的鄉村·羊·桃色的線·江上》，北京：華夏出版社2008年版。

36. 蕭軍：《蕭軍全集·6·涓涓·毀滅與新生·中國歷史小故事拾譯》，北京：華夏出版社2008年版。

37. 蕭軍：《蕭軍全集·9·魯迅給蕭軍蕭紅信簡注釋錄·蕭紅書簡輯存注釋錄》，北京：華夏出版社2008年版。

38. 蕭軍：《蕭軍全集·10·我的童年·從臨汾到延安·憶長春·哈爾濱之歌

三部曲》，北京：華夏出版社 2008 年版。

39. 蕭軍：《蕭軍全集·12·蹲在牛角上底蒼蠅·灰敗思想的根源一解·舊事重題·漫談北京過去的曉市》，北京：華夏出版社 2008 年版。

40. 蕭軍：《蕭軍全集·17·致家人友人讀者公函（續）》，北京：華夏出版社 2008 年版。

41. 羅蓀：《抗戰時期黑土作家叢書·羅蓀集》，哈爾濱：黑龍江大學出版社 2011 年版。

42. 周文：《周文文集·第四卷·諷刺小品·詩歌·日記·書信·編輯記·自傳》，北京：作家出版社 2011 年版。

43. 草明：《草明文集·第五卷·散文·報告文學·隨筆》，北京：中國青年出版社 2012 年版。

44. 姜椿芳：《姜椿芳文集·第九卷·隨筆三·懷念·憶舊》，北京：中央編譯出版社 2012 年版。

45. 邵荃麟：《邵荃麟全集·第 1 卷·文藝理論與批評·上》，武漢：武漢出版社 2013 年版。

46. 蕭紅著；章海寧主編：《蕭紅全集·詩歌戲劇書信卷》，北京：北京燕山出版社 2014 年版。

47. 論語杜編：《東京花見》，上海：上海書店出版社 2015 年版。

48. 山丁著；牛耕耘編：《山丁作品集》，哈爾濱：北方文藝出版社 2017 年版。

研究專著

1. 《白城地區教育年鑒》編寫辦公室：《白城地區教育年鑒 1945～1985》，時間不詳。

2. 高希聖，郭真，高喬平，龔彬編：《社會科學大詞典》，上海：世界書局 1929 年版。

3. 顧鳳城編：《現代新興作家評傳》，上海光華書局 1933 年版。

4. 郭步陶：《本國新聞事業》，上海：上海申報館 1936 年版。

5. 哈爾濱日本商工會議所：《北滿的外國資本及其活動狀況》，哈爾濱日本商工會議所 1936 年版。

6. 王秋螢編：《滿洲新文學史料》，長春：開明圖書公司 1944 年版。

7. 劉芝明：《蕭軍批判》，天津：知識書店 1949 年版。

8. 蘇聯部長會議中央統計局編，中華人民共和國國家統計局編譯處譯：《蘇聯國民經濟》，北京：統計出版社 1956 年版。

9. 北京廣播學院新聞系編：《中國人民廣播史資料·上冊》，北京：北京廣播學院出版社 1961 年版。

10. 程季華等編著:《中國電影發展史‧初稿‧第 1、2 卷》,北京:中國電影出版社 1963 年版。

11. 劉心皇:《抗戰時期淪陷區文學史》,臺北:臺北成文出版社 1980 年版。

12. 孫陵:《我熟識的三十年代作家》,臺北:成文出版社 1980 年版。

13. 遼寧省社會科學院文學研究所,黑龍江社會科學院文學研究所編:《東北現代文學史料‧第 1~9 輯》,1980~1984 年。

14. 上海文藝出版社輯印:《中國現代文藝資料叢刊‧第 6 輯》,上海:上海文藝出版社 1981 年版。

15. 蕭軍:《蕭紅書簡輯存注釋錄》,哈爾濱:黑龍江人民出版社 1981 年版。

16. 北京廣播學院新聞系編選:《中國人民廣播回憶錄》,北京:廣播出版社 1983 年版。

17. 中國人民政治協商會議全國委員會文史資料研究委員會編:《文化史料叢刊‧第 7 輯》,北京:文史資料出版社 1983 年版。

18. 中國社會科學院青少年研究所青運史研究室編:《青運史資料與研究‧第 2 集》,中國社會科學院青少年研究所青運史研究室 1983 年版。

19. 司馬桑敦等著:《張教師與張少帥》,北京:傳記文學出版社 1984 年版。

20. 中國人民政治協商會議山西省委員會文史資料研究委員會編:《山西文史資料‧第 34 輯》,太原:山西人民出版社 1984 年版。

21. 哈爾濱業餘文學院編:《東北文學研究叢刊‧第 1~2 輯》,1984~1985 年。

22. 哈爾濱業餘文學院編:《東北文學研究史料‧第 1~6 輯》,1984~1987 年。

23. 《王稼祥》選集編輯組:《回憶王稼祥》,北京:人民出版社 1985 年版。

24. 白韋主編:《文藝史志資料‧第 2 輯‧哈爾濱市專號》,哈爾濱:黑龍江省文化廳《文藝志》編輯部 1985 年版。

25. 黑龍江省哈爾濱市委員會文史資料研究委員會編:《哈爾濱文史資料‧第 7 輯‧紀念抗日戰爭勝利 40 週年專輯》,內部資料,1985 年版。

26. 劉明逵編著:《中國工人階級歷史狀況(1840~1949)第一卷‧第一冊》,北京:中共中央黨校出版社 1985 年版。

27. 劉心皇:《抗戰時期淪陷區地下文學》,臺北:臺北正中書局 1985 年版。

28. 張瑞麟述,張靜整理:《在漫漫長夜中‧張瑞麟回憶錄》,哈爾濱:黑龍江人民出版社 1985 年版。

29. 中共黑龍江省委黨史工作委員會:《黑龍江黨史資料‧第四輯》,1985 年版。

30. 中國人民政治協商會議黑龍江省哈爾濱市委員會文史資料研究委員會編:《哈爾濱文史資料‧第 6 輯》,內部資料,1985 年版。

31. 中國人民政治協商會議黑龍江委員會文史資料研究委員會：《黑龍江文史資料·第 16 輯》，哈爾濱：黑龍江人民出版社 1985 年版。

32. 爾泰，叢林：《哈爾濱電臺史話·尋蹤拾迹》，哈爾濱市人民政府地方志編纂辦公室 1986 年版。

33. 哈爾濱業餘文學院編：《東北現代文學研究·第 1～2 期》，1986～1989 年。

34. 林紅、周有良、安崎編：《東北淪陷時期作家與作品索引》，哈爾濱市圖書館館藏作品目錄整理（內部交流）1986 年版。

35. 劉大年主編：《孫中山書信手跡選》，北京：文物出版社 1986 年版。

36. 齊齊哈爾市檔案館：《金劍嘯紀念文集》，齊齊哈爾市檔案館 1986 年版。

37. 中共黑龍江省委黨史工作委員會：《黑龍江黨史資料·第五輯》，1986 年版。

38. 中國人民政治協商會議廣東省汕頭市委員會文史資料研究委員會：《汕頭文史·第 3 輯》，1986 年版。

39. 趙玉明：《中國現代廣播簡史》，北京：中國廣播電視出版社 1987 年版。

40. 中共哈爾濱市委黨史工作委員會編：《哈爾濱黨史資料·第 1 輯》，內部發行，1987 年版。

41. 中國社會科學院文學研究所魯迅研究室編：《1913～1983 魯迅研究學術論著資料彙編（第四卷）》，北京：中國文聯出版公司 1987 年版。

42. 遼寧、吉林、黑龍江省總工會工運史志研究室編：《東北工人運動大事記 1860～1954》，內部資料，1988 年版。

43. 徐光金、金倫：《金劍嘯傳》，哈爾濱：黑龍江人民出版社 1988 年版。

44. 楊蘇，楊美清：《白子將軍·民族英雄周保中將軍文學傳記》，昆明：雲南民族出版社 1988 年版。

45. 賈植芳主編：《中國現代文學社團流派·上下》，南京：江蘇教育出版社 1989 年版。

46. 長春政協文史委員會編：《長春文史資料·第 2 輯》，內部資料，1989 年版。

47. 中央檔案館編：《中共中央文件選集·第 1 冊·1921 年至 1925 年》，北京：中共中央黨校出版社 1989 年版。

48. 周玲玉：《關沫南研究專集》，哈爾濱：北方文藝出版社 1989 年版。

49. 《北滿革命根據地專題論文集》，哈爾濱：哈爾濱出版社 1990 年版。

50. 胡昶，古泉：《滿映：國策電影面面觀》，北京：中華書局 1990 年版。

51. 吉林省公安廳公安史研究室、東北淪陷十四年史吉林編寫組編譯：《滿洲國警察史》，內部資料，長春：長春人民印刷廠 1990 年版。

52. 馬維權主編・施羽堯副主編：《南崗文史・第二輯》，中國人民政治協商會議哈爾濱市南崗區委員會 1990 年版。

53. 中華文學史料學學會編：《中華文學史料・第 1 輯》，上海：百家出版社 1990 年版。

54. 馮為群，李春燕：《東北淪陷時期文學新論》，長春：吉林大學出版社 1991 年版。

55. 李士非等編：《李克異研究資料》，廣州：花城出版社 1991 年版。

56. 申殿和，黃萬華：《東北淪陷時期文學史論》，哈爾濱：北方文藝出版社 1991 年版。

57. 王承禮：《中國東北淪陷十四年史綱要》，北京：中國大百科全書出版社 1991 年版。

58. 余仁凱編：《草明葛琴研究資料》，北京：北京十月文藝出版社 1991 年版。

59. 鄭化順，尹吉堂主編；中共哈爾濱市委黨史研究所編：《解放戰爭中的哈爾濱》，哈爾濱：黑龍江人民出版社 1991 年版。

60. 馮為群等編：《東北淪陷時期文學國際學術研討會論文集》，瀋陽：瀋陽出版社 1992 年版。

61. 遼陽市政協文史資料委員會編：《遼陽文史資料・第六輯》，內部資料，1992 年版。

62. 劉哲民編：《近現代出版新聞法規彙編》，上海：學林出版社 1992 年版

63. 馬清福：《東北文學史》，瀋陽：春風文藝出版社 1992 年版。

64. 中共黑龍江省委組織部，中共黑龍江省委黨史研究室，黑龍江省檔案館：《中國共產黨黑龍江省組織史資料・1923～1987》，哈爾濱：黑龍江人民出版社 1992 年版。

65. 中國人民政治協商會議滿洲里市委員會文史資料研究委員會編：《滿洲里文史資料選輯・第 4 輯》，1992 年版。

66. 陳伯海，袁進主編：《上海近代文學史》，上海：上海人民出版社 1993 年版。

67. 范泉主編：《中國現代文學社團流派辭典》，上海：上海書店出版社 1993 年版。

68. 黑龍江省文史研究館編：《黑土金沙錄》，上海：上海書店出版社 1993 年版。

69. 日本社會文學會編：《殖民地與文學》，Origin 出版中心 1993 年版。

70. 孫邦主編：《偽滿文化》，長春：吉林人民出版社 1993 年版。

71. 張淑媛，王競，柳彥章主編：《黑土金沙錄》，北京：中華書局 1993 年版。

72. 中國人民政治協商會議黑龍江省委員會文史資料委員會：《黑龍江文史資料・第 34 輯・老哈爾濱醫科大學》，哈爾濱：黑龍江人民出版社 1993 年版。

73. 姜志軍：《魯迅與蕭紅研究論稿》，哈爾濱：黑龍江人民出版社 1994 年版。

74. 陸毅，王景主編：《中國共產黨東北地方組織的活動概述 1919.5～1945.10》，哈爾濱：黑龍江人民出版社 1994 年版。

75. 許道明：《京派文學的世界》，上海，復旦大學出版社 1994 年版。

76. 黃萬華：《中國抗戰時期淪陷區文學史》，福州：福建教育出版社 1995 年版。

77. 王齊洲，王澤龍：《湖北文學史》，武漢：華中理工大學出版社 1995 年版。

78. 徐迺翔，黃萬華：《中國抗戰時期淪陷區文學史》，福州：福建教育出版社 1995 年版。

79. 張福山，周淑珍著，中共哈爾濱市委黨史研究室編：《哈爾濱革命舊址史話》，哈爾濱：黑龍江人民出版社 1995 年版。

80. 中國人民政治協商會議哈爾濱市委員會文史資料委員會方正縣委員會文史資料委員會編：《哈爾濱文史資料・第 19 輯》，哈爾濱：黑龍江人民出版社 1995 年版。

81. 周克讓：《吉林話舊、續三不畏齋隨筆》，長春：吉林人民出版社 1995 年版。

82. 朱曉進：《「山藥蛋派」與三晉文化》，長沙：湖南教育出版社 1995 年版。

83. 田仲濟，蔣心煥主編：《中國新文藝大系：1937～1949：散文雜文集》，北京：中國文聯出版公司 1996 年版。

84. 張毓茂主編：《東北現代文學大系 1919～1949・第 1～14 集》，瀋陽：瀋陽出版社 1996 年版。

85. 逄增玉：《黑土地文化與東北作家群》，長沙：湖南教育出版社 1997 年版。

86. 喬勇主編，中共滿洲里市委《簡史》編寫組：《中共滿洲里市地方簡史》，北京：中共黨史出版社 1997 年版。

87. 張福山：《哈爾濱文史資料・第 20 輯・哈爾濱文史人物錄》，中國人民政治協商會議黑龍江省哈爾濱市委員會文史資料委員會 1997 年版。

88. 中共中央黨史研究室第一研究部譯：《共產國際、聯共（布）與中國革命檔案資料叢書・卷 1・1920～1925》，北京：書目文獻出版社 1997 年版。

89. 中共中央文獻研究室：《劉少奇傳・上下》，北京：中央文獻出版社 1998 年版。

90. 中共哈爾濱市委黨史研究室，中共賓縣縣委黨史研究室編：《中共中央北滿分局》，哈爾濱：黑龍江人民出版社 1998 年版。

91. 〔德〕哈貝馬斯著，曹衛東譯：《公共領域的結構轉型》，上海：學林出版社 1999 年版。

92. 蔡鴻源主編：《民國法規集成・第八十六冊》，合肥：黃山書社 1999 年版。

93. 劉納：《創造社與泰東圖書局》，南寧：廣西教育出版社 1999 年版。

94. 麻星甫編：《一生心事問梅花：楚圖南誕辰百週年紀念文集》，北京：朝華出版社 1999 年版。

95. 孫中田、逄增玉、黃萬華等：《鐐銬下的繆斯——東北淪陷區文學史綱》，長春：吉林大學出版社 1999 年版。

96. 長春市政協文史和學習委員會：《長春文史資料·第 56 輯·烽火年代的點滴回憶：長春市民革成員談往錄》，內部資料，1999 年版。

97. 趙玉明：《中國廣播電視通史·上下》，北京：中國廣播電視出版社 2000 年版。

98. 〔日〕岡田英樹著，靳叢林譯：《偽滿洲國文學》，長春：吉林大學出版社 2001 年版。

99. 張福山，周淑珍編著；中共哈爾濱市委黨史研究室編：《哈爾濱與紅色之路》，哈爾濱：黑龍江人民出版社 2001 年版。

100. 中共哈爾濱市委黨史研究室編：《中國共產黨哈爾濱歷史·第一卷》，哈爾濱：黑龍江人民出版社 2001 年版。

101. 哈爾濱市政協文史和學習委員會編：《哈爾濱文史資料·第二十四輯·外國人在哈爾濱》，內部資料，2002 年版。

102. 劉明逵編著：《中國近代工人階級和工人運動·第 2 冊·中國工人階級的早期鬥爭和組織》，北京：中共中央黨校出版社 2002 年版。

103. 彭放編：《黑龍江文學通史·第 1～4 卷》，哈爾濱：北方文藝出版社 2002 年版。

104. 石方：《黑龍江區域社會史研究（1644～1911 年）》，哈爾濱：黑龍江人民出版社 2002 年版。

105. 中共中央黨史研究室第一研究部編：《聯共（布）、共產國際與中國蘇維埃運動（1927～1931）第八卷》，北京：中央文獻出版社 2002 年版。

106. 姜東豪：《哈爾濱電影志》，哈爾濱：哈爾濱出版社 2003 年版。

107. 楊義著；郭曉鴻輯圖：《京派海派綜論·圖志本》，北京：中國社會科學出版社 2003 年版。

108. 張鳳鳴：《中國東北與俄國（蘇聯）經濟關係史》，北京：中國社會科學出版社 2003 年版。

109. 中共廣東省委黨史研究室編；陳弘君主編：《廣東黨史研究文集》，北京：中共黨史出版社 2003 年版。

110. 劉洪才，邸世傑主編，本書編委會編：《廣播電影電視科技發展歷程回顧文選》，北京：中國廣播電視出版社 2004 年版。

111. 曲偉，李述笑主編：《哈爾濱猶太人》，北京：社會科學文獻出版社 2004 年版。

112. 石方:《黑龍江區域社會史研究（1644～1911 年續）》,哈爾濱:黑龍江人民出版社 2004 年版。

113. 尾崎秀樹著,陸平舟、間ふさ子合譯:《舊殖民地文學的研究》,臺灣:人間出版社 2004 年版。

114. 趙傑主編:《遼寧文史資料·第 53 輯·歷史珍憶》,瀋陽:遼寧人民出版社 2004 年版。

115. 郭崇林,郭淑梅,楊福臣主編:《龍江春秋·黑水文化論集之三》,哈爾濱:哈爾濱地圖出版社 2005 年版。

116. 孔瑞,邊震遐編:《羅蓀·播種的人》,北京:社會科學文獻出版社 2005 年版。

117. 許寧,李成編:《別樣的白山黑水——東北地域文化的邊緣解讀》,哈爾濱:黑龍江人民出版社 2005 年版。

118. 張鐵江:《揭開哈爾濱猶太人歷史之謎·哈爾濱猶太人社區考察研究 a survey of the Harbin Jewish community》,哈爾濱:黑龍江人民出版社 2005 年版。

119. 黃萬華:《中國現當代文學·第一卷·五四～1960 年代》,濟南:山東文藝出版社 2006 年版。

120. 李向東,王增如編著:《丁玲年譜長編·1904～1986·上》,天津:天津人民出版社 2006 年版。

121. 劉寶全主編:《我所認識的愛潑斯坦》,北京:新世界出版社 2006 年版。

122. 劉信君,霍燎原主編:《中國東北史（修訂版）第六卷》,長春:吉林文史出版社 2006 年版。

123. 王笛主編:《時間·空間·書寫》,杭州:浙江人民出版社 2006 年版。

124. 〔以色列〕西奧多·特迪·考夫曼著:《我心中的哈爾濱猶太人》,哈爾濱:黑龍江人民出版社 2007 年版。

125. 彭放主編:《中國淪陷區文學研究·資料總匯》,哈爾濱:黑龍江人民出版社 2007 年版。

126. 張泉主編:《抗日戰爭時期淪陷區史料與研究·第一輯》,南昌:百花洲文藝出版社 2007 年版。

127. 〔俄〕斯拉德科夫斯基著,宿豐林譯:《俄國各族人民與中國貿易經濟關係史》,北京:社會科學文獻出版社 2008 年版。

128. 包亞明主編:《現代性與都市文化理論》,上海:上海社會科學院出版社 2008 年版。

129. 陳爾泰:《中國廣播發軔史稿》,北京:中國廣播電視出版社 2008 年版。

130. 陳爾泰:《中國廣播史考》,北京:中國廣播電視出版社 2008 年版。

131. 李建平，張中良：《抗戰文化研究・第二輯》，桂林：廣西師範大學出版社 2008 年版。

132. 李新芝，譚曉萍主編：《劉少奇珍聞・（上冊）》，北京：中央文獻出版社 2008 年版。

133. 紹興魯迅紀念館，紹興市魯迅研究中心編：《紹興魯迅研究・2008》，上海：上海文藝出版社 2008 年版。

134. 王德芬：《我和蕭軍五十年・（第二版）》，北京：中國工人出版社 2008 年版。

135. 張勇，汪寧主編：《楚圖南紀念文集》，昆明：雲南美術出版社 2008 年版。

136. 〔以色列〕丹・本・卡南著；尹鐵超，孫晗譯：《卡斯普事件：1932～1945 年發生在哈爾濱的文化與種族衝突》，哈爾濱：黑龍江人民出版社 2009 年版。

137. 金倫，里棟：《塵封的往事》，哈爾濱：北方文藝出版社 2009 年版。

138. 劉小磊：《中國早期滬外地區電影業的形成 1896～1949》，北京：中國電影出版社 2009 年版。

139. 石方：《黑龍江區域社會史研究（1912～1931 年）》，哈爾濱：黑龍江人民出版社 2009 年版。

140. 王宏波：《高山莽莽》，哈爾濱：黑龍江人民出版社 2009 年版。

141. 楊義：《文學地圖與文化還原——從敘事學、詩學到諸子學》，北京：北京師範大學出版社 2009 年版。

142. 張澤賢：《中國現代文學歌版本聞見續集 1923～1949》，上海：上海遠東出版社 2009 年版。

143. 〔日〕古市雅子：《「滿映」電影研究》，北京：九州出版社 2010 年版。

144. 丁文江：《丁文江集》，廣州：花城出版社 2010 年版。

145. 董興泉編：《舒群研究資料》，北京：知識產權出版社 2010 年版。

146. 劉振生：《鮮活與枯寂：日本近代現代文學新論》，長春：吉林大學出版社 2010 年版。

147. 上海嘉定區政協《嘉定文史資料》編輯委員會編：《嘉定文史資料・第 21 輯》，上海嘉定區政協《嘉定文史資料》編輯委員會 2010 年版。

148. 唐沅，韓之友，封世輝等編著：《中國現代文學期刊目錄彙編・第 3 卷・中國文學史資料全編・現代卷》，北京：知識產權出版社 2010 年版。

149. 吳俊：《中國現代文學期刊目錄新編・全 3 冊》，上海：上海人民出版社 2010 年版。

150. 孔海珠：《魯迅——最後的告別》，北京：人民文學出版社 2011 年版。

151. 袁國興：《清末民初新潮演劇研究》，廣州：廣東人民出版社 2011 年版。

152. 張岩：《〈濱江時報〉研究》，長春：吉林文史出版社 2011 年版。

153. 章海寧主編：《蕭紅印象‧記憶》，哈爾濱：黑龍江大學出版社 2011 年版。

154. 白薇，楊天舒主編：《傳媒與 20 世紀文學：現代傳媒與中國現當代文學國際學術研討會論文集=THE MEDIA AND TWENTIETH CENTURY LITERATURE》，北京：中央民族大學出版社 2012 年版。

155. 程曼麗，喬雲霞主編：《新聞傳播學辭典》，北京：新華出版社 2012 年版。

156. 郭淑梅：《黑龍江歷史文化資源戰略研究》，哈爾濱：黑龍江大學出版社 2012 年版。

157. 河北省政協文史資料委員會編：《河北文史資料全書‧承德卷‧上》，北京：中國文史出版社 2012 年版。

158. 姜玉田、叢坤主編，曹力群、王為華副主編：《黑土文化》，北京：中央廣播電視大學出版社 2012 年版。

159. 馬雨農：《張沖傳》，北京：團結出版社 2012 年版。

160. 彭真傳編寫組：《彭真年譜第一卷》，北京：中央文獻出版社 2012 年版。

161. 孫建偉：《黑龍江電影百年》，哈爾濱：黑龍江大學出版社 2012 年版。

162. 涂紹鈞：《圖本丁玲傳》，長春：長春出版社 2012 年版。

163. 于世軍，喬樺，呂品：《東北小延安‧文化名人譜》，北京：中國戲劇出版社 2012 年版。

164. 張澤賢：《民國出版標記大觀‧精裝本》，上海：上海遠東出版社 2012 年版。

165. 張澤賢：《民國出版標記大觀續集‧精裝本》，上海：上海遠東出版社 2012 年版。

166. 趙鑫珊：《一個人和一座城：上海白俄羅森日記》，上海：上海文藝出版社 2012 年版。

167. 中共青島市委黨史研究室編；張紹麟主編；宮麗雲，翟向東副主編：《武胡景烈士專集》，北京：中共黨史出版社 2012 年版。

168. 中共一大會址紀念館編：《中國共產黨創建史研究》，上海：上海人民出版社 2012 年版。

169. 鍾瑾：《民國電影檢查研究》，北京：中國電影出版社 2012 年版。

170. 〔俄〕烏索夫著；賴銘傳譯：《20 世紀 30 年代蘇聯情報機關在中國》，北京：解放軍出版社 2013 年版。

171. 阿成：《他鄉的中國：密約下的中東鐵路秘史》，武漢：武漢大學出版社 2013 年版。

172. 范慶超：《抗戰時期東北作家研究 1931～1945》，北京：中國社會科學出版社 2013 年版。

173. 高中永主編；陳夕，劉榮剛副主編：《中國共產黨口述史料叢書·第4卷》，北京：中共黨史出版社 2013 年版。

174. 劉秀華，張旭東主編：《中共滿洲省委史話》，瀋陽：瀋陽出版社 2013 年版。

175. 中共黑龍江省委黨史研究室著：《中共黑龍江歷史·第一卷 1921～1949·上冊》，北京：中共黨史出版社 2013 年版。

176. 〔美〕葛浩文著，史國強總編輯，閆怡恂總翻譯：《葛浩文隨筆》，北京：現代出版社 2014 年版。

177. 李海英，金在湧：《韓國文學的跨語際符碼「滿洲」》，上海：上海交通大學出版社 2014 年版。

178. 李怡：《舊世紀文學》，成都：巴蜀書社 2014 年版。

179. 上海圖書館編；祝均宙主編：《上海圖書館館藏近現代中文期刊總目》，上海：上海科學技術文獻出版社 2014 年版。

180. 仕祐：《馬迭爾綁票案之謎》，哈爾濱：哈爾濱出版社 2014 年版。

181. 吳文銜，張秀蘭：《早期中東鐵路簡史》，哈爾濱：黑龍江人民出版社 2014 年版。

182. 俞子林：《書林歲月》，上海：上海書店出版社 2014 年版。

183. 中共中央黨史研究室第一研究部編：《中共六大代表回憶錄》，北京：中共黨史出版社 2014 年版。

184. 中國人民政治協商會議遼寧省營口市委員會，文化和文史資料委員會：《營口抗戰記憶·營口文史資料·第14輯》，2014 年版。

185. 中國藝術研究院電影電視藝術研究所，上海大學影視藝術技術學院主辦；丁亞平，聶偉主編：《影視文化11》，北京：中國電影出版社 2014 年版。

186. 〔德〕維爾納·桑巴特著；安佳譯：《猶太人與現代資本主義》，上海：上海人民出版社 2015 年版。

187. 陳建功，吳義勤主編：《中國現代翻譯文學初版本圖典·上》，南昌：百花洲文藝出版社 2015 年版。

188. 郭宇春：《俄國猶太人研究·18世紀末～1917年》，哈爾濱：黑龍江人民出版社 2015 年版。

189. 呂欽文主編：《長春，偽滿洲國那些事》，長春：吉林出版集團有限責任公司 2015 年版。

190. 彭軍榮編著：《紅場記憶：中共早期留蘇檔案解密》，北京：中國文史出版社 2015 年版。

191. 吳景明：《蔣錫金與中國現代文藝運動》，長春：東北師範大學出版社 2015 年版。

192. 張鵬翔，張樹東，呂品編著：《東北三江流域文化叢書‧北滿合江‧東北小延安》，哈爾濱：黑龍江教育出版社 2015 年版。

193. 黃仁偉主編：《江南與上海‧區域中國的現代轉型》，上海：上海社會科學院出版社 2016 年版。

194. 季紅真：《蕭紅全傳‧呼蘭河的女兒（修訂版）》，北京：現代出版社 2016 年版。

195. 雷鳴：《東北淪陷時期日本殖民文學研究與批判》，廣州：中山大學出版社 2016 年版。

196. 李其榮主編：《協同發展‧華僑華人與「長江經濟帶」「一帶一路」 =Coordinated development overseas Chinese and "the Yangtze river economic zone" "belt and road initiative"》，廣州：暨南大學出版社 2016 年版。

197. 遼寧報業通史編委會：《遼寧報業通史‧第 1 卷‧1899～1978‧上》，瀋陽：遼寧人民出版社 2016 年版。

198. 嚴家炎：《師道師說‧嚴家炎卷》，上海：東方出版社 2016 年版。

199. 中共一大會址紀念館編：《中共首次亮相國際政治舞臺‧檔案資料集》，上海：上海人民出版社 2016 年版。

200. 周月峰編：《新青年通信集》，福州：福建教育出版社 2016 年版。

201. 〔日〕大久保明男編：《偽滿洲國主要漢語報紙文藝副刊目錄》，哈爾濱：北方文藝出版社 2017 年版。

202. 〔日〕岡田英樹：《偽滿洲國文學‧續》，哈爾濱：北方文藝出版社 2017 年版。

203. 陳國燦編：《江南城鎮通史‧民國卷》，上海：上海人民出版社 2017 年版。

204. 陳因編：《偽滿時期文學資料整理與研究‧研究卷‧滿洲作家論集》，哈爾濱：北方文藝出版社 2017 年版。

205. 代珂編，〔日〕大久保明男，〔日〕岡田英樹著：《偽滿洲國文學研究在日本》，哈爾濱：北方文藝出版社 2017 年版。

206. 戴茂林，李波：《中共中央東北局‧1945～1954》，瀋陽：遼寧人民出版社 2017 年版。

207. 劉春英，吳佩軍，馮雅編著：《偽滿洲國文藝大事記‧上、下》，哈爾濱：北方文藝出版社 2017 年版。

208. 劉曉麗，〔日〕大久保明男編著：《偽滿洲國的文學雜誌》，哈爾濱：北方文藝出版社 2017 年版。

209. 劉曉麗：《異態時空中的精神世界：偽滿洲國文學研究》，哈爾濱：北方文藝出版社 2017 年版。

210. 劉曉麗編：《偽滿洲國文學研究資料彙編》，哈爾濱：北方文藝出版社 2017 年版。

211. 梅定娥：《妥協與抵抗：古丁的創作與出版活動》，哈爾濱：北方文藝出版社 2017 年版。

212. 王式斌等：《文化靈苗播種人·回憶姜椿芳》，北京：中國文史出版社 2017 年版。

213. 詹麗：《偽滿洲國通俗小說研究》，哈爾濱：北方文藝出版社 2017 年版。

214. 張泉：《殖民拓疆與文學離散·「滿洲國」「滿系」作家文學的跨域流動》，哈爾濱：北方文藝出版社 2017 年版。

地方志、檔案材料

1. 北洋政府內務部檔案，《中華民國史檔案資料彙編·文化》，時間不詳。

2. 黑龍江省檔案館編：《黑龍江報刊》，黑龍江省檔案館 1985 年版。

3. 遼寧省文化廳《文化志》編輯部編：《遼寧省文化志資料彙編·第 1 輯》，內部資料，1986 年版。

4. 黑龍江省地方志編纂委員會：《黑龍江省志·18·鐵路志》，哈爾濱：黑龍江人民出版社 1992 年版。

5. 黑龍江省地方志編纂委員會編：《黑龍江省志·50·報業志》，哈爾濱：黑龍江人民出版社 1993 年版。

6. 遼寧省文化廳《文化志》編輯部編：《遼寧省文化志資料彙編·第 6 輯》，內部資料，1993 年版。

7. 黑龍江日報社：《黑龍江日報歷史編年 1945～1993》，內部資料，1994 年版。

8. 哈爾濱市地方志編纂委員會編：《哈爾濱市志·25·報業·廣播電視》，哈爾濱：黑龍江人民出版社 1994 年版。

9. 哈爾濱市地方志編纂委員會編：《哈爾濱市志·5·建築業·房產業》，哈爾濱：黑龍江人民出版社 1995 年版。

10. 哈爾濱鐵路局志編審委員會編：《哈爾濱鐵路局志·1896～1994·下冊》，北京：中國鐵道出版社 1996 年版。

11. 黑龍江省地方志編纂委員會編：《黑龍江省志·52·出版志》，哈爾濱：黑龍江人民出版社 1996 年版。

12. 黑龍江省地方編纂委員會編：《黑龍江省志·70·共產黨志》，哈爾濱：黑龍江人民出版社 1996 年版。

13. 吉林省地方志編纂委員會編纂：《吉林省志·39·文化藝術志·文學》，長春：吉林人民出版社 1996 年版。

14. 黑龍江省地方志編纂委員會編：《黑龍江省志·77·出版圖書期刊總目》，哈爾濱：黑龍江人民出版社 1998 年版。

15. 哈爾濱市地方志編纂委員會編：《哈爾濱市志‧24‧教育‧科學技術》，哈爾濱：黑龍江人民出版社 1998 年版。

16. 哈爾濱年鑒編輯部編：《哈爾濱年鑒 1998》，哈爾濱：哈爾濱年鑒社 1998 年版。

17. 哈爾濱市地方志編纂委員會編：《哈爾濱市志‧29‧政權》，哈爾濱：黑龍江人民出版社 1998 年版。

18. 哈爾濱市地方志編纂委員會編：《哈爾濱市志‧2‧大事記‧人口》，哈爾濱：黑龍江人民出版社 1999 年版。

19. 哈爾濱市地方志編纂委員會編：《哈爾濱市志‧26‧文化‧文學藝術》，哈爾濱：黑龍江人民出版社 1999 年版。

20. 哈爾濱市地方志編纂委員會：《哈爾濱市志‧36‧人物附錄》，哈爾濱：黑龍江人民出版社 1999 年版。

21. 哈爾濱鐵路分局志編審委員會編；劉成軒主編：《哈爾濱鐵路分局志‧1896～1995》，北京：中國鐵道出版社 1999 年版。

22. 黑龍江省地方志編纂委員會編：《黑龍江省志‧1‧總述》，哈爾濱：黑龍江人民出版社 1999 年版。

23. 黑龍江省地方志編纂委員會編：《黑龍江省志‧76‧人物志》，哈爾濱：黑龍江人民出版社 1999 年版。

24. 遼寧省地方志編纂委員會辦公室主編：《遼寧省志‧出版志》，瀋陽：遼寧科學技術出版社 1999 年版。

25. 哈爾濱市地方志編纂委員會編：《哈爾濱市志‧總述》，哈爾濱：黑龍江人民出版社 2000 年版。

26. 黑龍江省地方志編纂委員會編：《黑龍江省志‧46‧文學藝術志》，哈爾濱：黑龍江人民出版社 2003 年版。

27. 中華文化通志編委會編：《中華文化通志 97‧第十典中外文化交流‧中國與俄蘇文化交流志》，上海：上海人民出版社 2010 年版。

28. 遼寧省檔案局（館）編：《紅色記憶：中共滿洲省委檔案文獻圖集》，瀋陽：遼寧民族出版社 2011 年版。

報紙、期刊論文

1. 陳獨秀：《隨感錄七十五‧新出版物》：《新青年》第七卷第二號，1920 年 1 月 1 日。

2. 韻鐸：《二月二十日哈爾濱來信：無產文藝的故鄉（消息兩則）》，《大眾文藝》，1930 年第 2 卷第 5～6 期。

3. 三立譯：《散佈全世界的白俄》，《東方雜誌》，1932 年第 29 卷第 4 期。

4. 徐懋庸著：《猶太人‧6》，《時事問題叢刊》1933 年 8 月。

5. 山丁：《閑話滿洲文場》，《華文大阪每日》，1940 年第 4 卷第 5 期。

6. 秋螢：《藝文政策之實施》，《盛京時報》1941 年 4 月 8 日。

7. 阮英：《文壇的沈寂》，《盛京時報》1942 年 7 月 8 日。

8. 白萍：《職業劇團戰時下的責任和生存問題》，《大同報》1942 年 10 月 23 日。

9. 王秋螢：《滿洲雜誌小史》，《青年文化（吉林新京）》，1945 年第 2 卷第 1 期。

10. 鄧森：《古今王通》，《生活報》，1948 年 5 月 1 日。

11. 趙玉明：《外國人最早在我國辦的廣播電臺》，《新聞研究資料》，1979 年第 1 期。

12. 李述笑：《「五四」時期哈爾濱人民的革命鬥爭》，《學習與探索》，1979 年第 2 期。

13. 錫金：《魯迅與任國楨——兼記與李秉中》：《新文學史料》，1979 年第 2 期。

14. 嚴家炎：《從歷史實際出發，還事物本來面目》，《中國現代文學研究叢刊》1980 年第 4 期。

15. 袁時潔：《牽牛坊憶舊》，《哈爾濱日報》1980 年 8 月 3 日。

16. 羅蓀：《哈爾濱之憶：記「九一八」前哈爾濱文學生活片斷》，《長春》，1980 年 9 月號。

17. 趙玉明：《舊中國廣播的產生、發展和終結》，《現代傳播》1982 年 01 期。

18. 趙玉明：《我國廣播事業之發軔》，《新聞研究資料》1982 年 02 期。

19. 蔣原倫：《創作生涯四十年——關沐南文學活動簡述》，《東北現代文學史料》第 6 輯，1983 年。

20. 支持：《解放前哈爾濱文藝界：回憶〈漠煙〉》（待續），《黑龍江日報》，1984 年 4 月 18 日。

21. 陳隄：《哈爾濱左翼文學事件始末（一）》，《黑龍江日報》1984 年 5 月 9 日。

22. 陳隄：《哈爾濱左翼文學事件始末（二）》，《黑龍江日報》1984 年 5 月 13 日。

23. 陳爾泰：《中國第一座廣播電臺》，《新聞研究資料》1985 年第 1 期。

24. 陳金波：《在哈爾濱成長的〈蓓茵社〉》，《黑龍江日報》1985 年 2 月 27 日。

25. 石方：《黑龍江地區的外國移民》，《學習與探索》，1986 年第 4 期。

26. 斯諾著，安危譯：《魯迅同斯諾談話整理稿》，《新文學史料》1987 年第 3 期。

27. 張毓茂：《蕭軍是怎麼從文壇消失的──重評〈生活報〉與〈文化報〉的論爭》，《遼寧師範大學學報》，1988 年第 4 期。

28. 高升斗：《五四運動在哈爾濱》，《北方文物》，1989 年第 2 期。

29. 封世輝：《華北淪陷區文藝期刊鈎沉》，《中國現代文學研究叢刊》，1993 年第 1 期。

30. 徐新：《哈爾濱歷史上的猶太人》，《遼寧師範大學學報》1995 年第 1 期。

31. 李怡：《多重文化的衝撞和交融──論現代外省作家的入蜀現象》，《貴州社會科學》1996 年第 2 期。

32. 周淑珍，王豔陽：《「五四」運動時期的哈爾濱人民反帝愛國鬥爭》，《學理論》，1999 年第 5 期。

33. 張鐵江：《第一個來哈爾濱的猶太人──格利高里·德里金的墓碑發現記》，《黑龍江日報》1999 年 12 月 23 日。

34. 高翔等：《東北淪陷區文學史研究五十年尋蹤》，《瀋陽師範學院學報》，2000 年第 6 期。

35. 陳爾泰：《奧斯邦臺不是中國的廣播電臺》，《中國廣播電視學刊》2001 年第 2 期。

36. 張福山，張洪濤：《「五四」運動在哈爾濱》，《學理論》，2001 年第 5 期。

37. 陳爾泰：《哈爾濱放送局播音員孔繁緒──見知史料報告》，《黑龍江史志》，2002 年 06 期。

38. 吳武洲：《〈北遊〉：放逐者的自在訴求與理性追索──兼論馮至的詩學轉型》，《西南交通大學學報（社會科學版）》2003 年 01 期。

39. 姜椿芳：《才華橫溢的抗戰文藝拓荒者──金劍嘯》，《中國藝術報》，2005 年 7 月 8 日。

40. 張大庸：《清末馬克思主義在我國東北的傳播》，《黨史縱橫》，2006 年第 9 期。

41. 郭淵：《五四時期哈爾濱的青年學生運動》，《黨史研究與教學》，2008 年第 5 期。

42. 王翠榮：《抗戰文學的先鋒陣地：哈爾濱〈國際協報〉副刊》，《學術交流》，2010 年第 1 期。

43. 林超然：《作為現象的 20 世紀 90 年代黑龍江文學》，《文藝評論》，2010 年第 3 期。

44. 王巨川：《地理空間與詩歌體驗──兼談馮至〈北遊〉的現實主義批評傾向》，《名作欣賞》，2010 年 16 期。

45. 柳書琴：《殖民都市、文藝生產與地方反應──1930 年代臺北與哈爾濱都市書寫的比較》，《中國現代文學研究叢刊》，2011 年第 3 期。

46. 楊慧：《一次穿越「異國情調」的文學旅程——略論靳以 1930 年代初的白俄敘事》，《中國現代文學研究叢刊》，2011 年第 5 期。

47. 張惠苑：《在文學中復活的城市：西安哈爾濱——論新世紀以來城市懷舊中新興城市類型的再現》，《學術論壇》，2011 年第 9 期。

48. 范可：《移民與「離散」：遷徙的政治》，《思想戰線》，2012 年第 1 期。

49. 宋喜坤，張麗娟：《〈文化報〉研究資料考辨》，《中國現代文學研究叢刊》，2012 年第 12 期。

50. 劉樹聲：《解放前哈爾濱文藝界散記》：《小說林》，2013 年 03 期。

51. 楊慧：《苦難的「風景」——20 世紀 30 年代中國文學的白俄乞丐敘事》，《南開學報（哲學社會科學版）》，2013 年第 4 期。

52. 楊慧：《真實的幻象——略論中國普羅小說中的白俄敘事》，《四川大學學報（哲學社會科學版）》，2013 年第 4 期。

53. 楊慧：《隱秘的書寫——1930 年代中國東北流亡作家的白俄敘事》，《中國現代文學研究叢刊》，2014 年第 3 期。

54. 張莉：《「陰沉」主題的變奏——馮至〈北遊〉賞析》，《名作欣賞》，2015 年第 2 期。

55. 陳言：《「五四」脈絡中的「滿洲國」敘事》，《文學評論》，2015 年第 6 期。

56. 陳穎：《臺灣東北籍作家抗日小說創作概觀》，《東北師大學報（哲學社會科學版）》，2015 年第 6 期。

57. 郭淑梅：《哈爾濱作家在抗戰文學中的先鋒地位》，《知與行》，2016 年第 1 期。

58. 葉紅：《文學地理與城市文化異質性——以哈爾濱文學書寫為例》，《學術交流》，2016 年第 3 期。

59. 曾大興：《「地域文學」的內涵及其研究方法》，《東北師大學報（哲學社會科學版）》，2016 年第 5 期。

60. 教鶴然：《蕭紅的小說、散文集〈橋〉與民國時期哈爾濱城市空間》，《宜賓學院學報》，2017 年第 2 期。

61. 包學菊：《偽滿洲國文學「雙城記」——東北淪陷時期哈爾濱、長春的文學圖景》，《文藝評論》，2017 年第 2 期。

62. 教鶴然：《哈爾濱作家活動、文學機制與現代文學史變遷》，《勵耘學刊》，2018 年 02 期。

63. 教鶴然：《魯迅與東北淪陷區哈爾濱地區左翼文學活動之關係》，《魯迅研究月刊》，2019 年第 1 期。

學位論文

1. 王盤根：《中國哈爾濱的俄僑文學》，浙江大學，碩士學位論文，2007 年。

2. 蔣蕾：《精神抵抗：東北淪陷區報紙文學副刊的政治身份與文化身份——以〈大同報〉為樣本的歷史考察》，吉林大學，博士學位論文，2008 年。

3. 卞策：《黑龍江淪陷時期報紙文藝副刊研究綜述》，哈爾濱師範大學，碩士學位論文，2009 年。

4. 楊慧：《熟悉的陌生人——中國現代文學中的白俄敘事（1928～1937）》，廈門大學，博士後學位論文，2010 年。

5. 宋喜坤：《蕭軍和〈文化報〉》，東北師範大學博士學位論文，2011 年。

6. 陶曉宇：《在摩登背後：二三十年代哈爾濱形象的再認知》，哈爾濱師範大學，碩士學位論文，2012 年。

7. 佟雪：《淪陷初期（1931～1937）的東北文學研究——以〈盛京時報〉〈大同報〉〈國際協報〉文學副刊為中心》，東北師範大學，博士學位論文，2012 年。

8. 熊雪菲：《〈濱江時報〉廣告視野中的哈爾濱社會生活》，哈爾濱師範大學，碩士學位論文，2013 年。

9. 時新華：《新時期中長篇小說中的哈爾濱書寫》，華中師範大學，碩士學位論文，2013 年。

10. 張瑞：《〈大北新報〉與偽滿洲國殖民統治》，吉林大學，博士學位論文，2014 年。

11. 李偉峰：《哈爾濱市民消費文化變遷——以〈遠東報〉廣告為例》，黑龍江省社會科學院，碩士學位論文，2015 年。

12. 鈴坤：《〈哈爾濱五日畫報〉研究》，哈爾濱師範大學，碩士學位論文，2016 年。

13. 閻瀟：《文學中的哈爾濱與民族國家觀念的多重建構》，西南大學，碩士學位論文，2017 年。

原始報刊

1. 《遠東報》（1906～1921，哈爾濱）。

2. 《東方曉報》（1907～1908，哈爾濱）。

3. 《濱江日報》（1908～1910，哈爾濱；1937～1945，哈爾濱）。

4. 《國際協報》（1918～1919.11，長春；1919～1937，哈爾濱）。

5. 《濱江時報》（1921～1937，哈爾濱）。

6. 《東三省商報》（1921～1944，哈爾濱）。

7. 《大同報》（1921～1943，長春）。

8. 《大北新報》（1922～1945，哈爾濱）。

9. 《哈爾濱晨光》（1923～1931，哈爾濱）。

10. 《東北早報》（1925.8～1925.12，哈爾濱）。

11. 《哈爾濱公報》（1926～1954，哈爾濱）。

12. 《哈爾濱日報》（1926.6～1926.10，哈爾濱）。

13. 《燦星》（1928～1930，哈爾濱）。

14. 《哈爾濱新報》（1931～1932，哈爾濱）。

15. 《國際畫刊》（1931～1932，哈爾濱）。

16. 《哈爾濱五日畫報》（1932～1941，哈爾濱）

17. 《大北新報畫刊》（1933～1936，哈爾濱）。

18. 《夜哨》（1933.8～1933.12，長春）。

19. 《東北日報》（1945.11～1946.5，瀋陽；1946.5～1948.12，哈爾濱）。

20. 《華北作家日報》創刊號，1942 年 10 月。

21. 《文化報》（1947～1948，哈爾濱）。

哈尔滨左翼文学事件始末

陈堤

一九四一年末，东北发生了两起引人注目的大事件，那就是「一二三○事件」和「哈尔滨左翼文学事件」。两大事件的背景都是太平洋战争爆发之后，日本军国主义为了安定东北后方，在十二月三十日，进行了东北范围的「大检举」，凡是他们认为不稳的分子全都拘捕起来，这一事件名为「一二三○事件」。

第二天，他们又重点地「检举」了哈尔滨文学界，我和关沫南、王光逖是经常发表作品的人，灾难便毫无疑问地落在我们的身上了。关沫南、王光逖是在十二月三十一日夜半从他们的家里抓走的，我是第二天早晨在我任教的南岗小学正在举行元旦团拜时被抓走的。

我们都被关押在中央大街和西察察大街拐角的秘密拘留所里，或「一二三一事件」。

我们被捕的主要原因是从事左翼文学活动，我们继续了萧军、萧红、罗烽、舒群、白朗……等人出走后，未竟的文学事业，以文学为武器和日伪统治者作了针锋相对的不妥协的斗争。我们在以高山、小辛为中心人物的自发下，从他们的手里接过并秘密传阅着《马克思读本》、高尔基和鲁迅的作品，以及艾思奇的《大众哲学》等被查禁的书籍。

我们经过几次酝酿和讨论，决定利用日本浪人山本久治的《大北新报》创办《大北风》文学周刊，让风自北方来，也就是自苏联来，吹醒酣睡中的人们。

在决不屈服的思想指导下，我们拥有了一批志同道合的文学友人，艾循、向流、沙郁、李作东、铁川……大家都想何机摆脱亡国奴的悲惨命运。

一九三九年秋，《大北风》以它斗志昂扬的姿态，闯入了哈尔滨文学界，除掉两些广告，几乎是整版的大报篇幅的版面，逐期发表揭露黑暗、传播光明的现实主义理论、批评、创作，也着重以杂文形式抨击那些认贼作父、淫声浪气的娼妇文学，不容那些哀感顽艳文学来麻醉和饰升平的汉奸文学，扫荡那些搔首弄姿、毒害群众。

（待续）

克履带上粘，这样连粘带凳，一了。我看到肖俭这种爱国主义精神，一面鼓励肖俭坚持军工武器科研生产，指令木工组制作木箱。木……自领着有实践经验的技术工人装瓶，用刨花或锯末塞好，然后装……

哈尔滨左翼文学事件始末

陈堤

《解放前哈尔滨文艺界》刊行随谈

刘树声

青春图（国画） 徐方

《解放前哈尔滨文艺界》刊行随谈

刘树声

二十年代末，哈埠已成为北满重镇，居民日多，外侨也甚多，并逐渐成为国际都市。这时，由鲁迅撰写前记的《苏俄的文艺论战》一书的翻译家任国桢，任中共哈尔滨市委书记，党的影响在全市人民中不断扩大。诗人冯至、小说家章铁以、作家孔罗荪、散文家杨蜜叔（杨朔）等，都在这里生活、写作。罗荪曾在《国际风报》编辑文学周刊《蓓蕾》。

"九一八"的枪声，进一步激发了松花江上人民的爱国热忱，一批青年作家以笔战斗。东北作家群，如三郎（萧军）、悄吟（萧红）、林郎（方未艾）、黑人（舒群）、洛虹（罗烽）、刘莉（白朗）、达秋（林珏）、金人等在这里崛起。一九三三年，三郎（萧军）、悄吟（萧红）的合集《跋涉》，给沦陷区的人民留下深刻的印象，其中尤以《下等人》、《孤雏》、《王阿嫂的死》、《放风筝》，表示出作者的抗争。

一九三六年春天，青年作家骆宾基也飘泊到哈尔滨，夏末他也流亡到上海。

当时，活跃在译文界，则有金人、温沛珊、葆强、震涛等人。译文多为苏俄文学，兼有他国进步文学。

三十年代初，哈尔滨有人组织寒光和明声影片有限股份公司，曾以顺乡屯底层人生活为外景，现场拍摄，制作《人间地狱》、《可怜的她》等片，导演是刘焕秋。三十年代中叶出版的画报，除追求小市民趣味的《五日画报》外，中共党员巴来编辑的"大北新报画刊"，内容激进，图文并茂，后来成为女翻译家的陈涓等，都在画报上发表过文章。我希望，对三十年代的剧坛、影坛、画坛等，有识者专作些介绍。

如果说到文艺上的结社，除《蓓蕾社》，还有音乐上的《口琴社》、《白鸥弦组》。去年夏天，社长袭亚成由沪来哈，我曾陪他到烈士馆参遇烈士巴来，侯小古陈列室。至于文学上的《黎明社》、《松北社》，则是昙花一现而已。令人陌生的是二偻《无因社》。二偻即双城，该社作者的作品多发表在哈市报刊，作者却富居双城。其主要成员许默语，他有个奇怪的笔名叫蟹正，另一笔名叫魔女，作品中渗透着进步的倾向，后被敌伪逮捕入狱。另一成员邓开梅，是我的友人。他写小说，曾发表过《漂流人的遭迹》，现仍生活在哈尔滨。

在哈尔滨，那时还有青年作家的小说集出版。如关沫南的短篇《蹉跎》，陈堤的长篇小说《变歌者》。前者在一九三八年，后者在一九三五年，均由精益印书局出版。

三十年代末和四十年代初，掀起了另一次文学创作的新浪潮。一批青年文人，利用敌伪和私人报刊，开辟《大北风》等文学副刊，反映沦陷区人民的苦闷、挣扎，曲折地揭露黑暗。后来，不断受到敌伪的窥视和盘查，一些文学副刊只能时开时闭，时停时续。一九四一年十二月，爆发了"太平洋战争"，接着就发生了"哈尔滨左翼文学事件"，沫南、陈堤被敌伪逮捕入狱。一九四二年七月二十七日艾循、同流、沙郎（朱萦）等，也同遭厄运。在伪都继李季风之后，鲁犁等也曾被捕。

哈尔滨哺育过许多作家。它是许多文艺家成长的摇篮和故乡。我们应用历史唯物主义的观点，把解放前的丰富的文艺史料，真实准确的介绍出来，包括富有思想启示的文坛轶事。

殷盼熟悉哈尔滨解放前文艺史料的研究家、作家、文艺界人士，大力支持，执笔赐文。让我们在北方的风土上，绽放出文艺史料的美丽花朵！

（始贵）

回忆《漠烟》

支援

《漠烟》是一九四一年《滨江日报》上的一个文学副刊。《滨江日报》是哈尔滨出版的一家私人报纸。在这时期，该报出过不少文学副刊，除《漠烟》外，还有《行行》、《诗经》、《青鸟》、《大荒》等等。在敌伪统治的年代里，在荒凉暗淡的哈尔滨文坛上，这些副刊多少起过一点点烟火作用，发过一定的光和热。

特别值得回忆的，是当时该报的副刊编辑们，还有一些青年文学爱好者。大家相互比较陌生，不常接触，但我觉得，处在那凄风苦雨的年代，我们许多人共同跳动着的是一颗赤诚而火热的心。《漠烟》的发起，只是几个无名小辈。大家喜爱文学，到处搜导进步作品，相互传看，甚或抄录某些语句背诵，如"我不入地狱谁入地狱"、"我的痛苦是我的骄傲，我的悲哀是我的快乐"等等，当时很少有人懂得马列主义，有的只是一点民族意识和国家观念。根据过去的历史记忆和现实生活感受，有时也写些小稿，抒发他们对社会的观察和对人生探索的思想感情。一天，有个姓赵的工大学生向我，愿不愿编个副刊，说《滨江日报》正找人出副刊，只要按好集好稿子，他们就给刊印，这在我是求之不得的，于是次日便同他到《滨江日报》编辑部去商谈。

《滨江日报》地址在《大北新报》（现《黑龙江日报》社址）的后身。虽说是二层小楼，但很狭窄，设备也较简陋。当时有两位编辑接待我，一个近三十岁，经介绍得知他就是支离，本名支国贤，笔名还有"星芒"、"启明"，过去我读过他的作品，还以为是笔名。岂知他真姓支，相见之下格外亲切，他唤我"一家子"。另一个编辑年龄与他仿佛，长得很英俊，文质彬彬，比我大七八岁，名叫王克胜。在他们面前，我自感幼稚、渺小，表示应有的谦逊。想不到他们对我也相当信任和尊重，根本没有查问我将要编辑的副刊的宗旨、目的等，开门见山地问副刊的命名。我说是否可以叫《漠烟》，他们赞许了。同时又商定受理外稿的办法和集稿日期。最后支离带有歉意地说，所有副刊一律没有稿费，每人可赠十份报纸。我们这次谈话很短促，但很诚挚，丝毫没有虚伪客套以及社会上的世俗习气。

（待续）

回忆《漠烟》

支援

这样，《漠烟》便于一九四一年二月问世了。刊头画有黑暗的夜空一颗孤星和广阔的沙漠上远远开起一缕烟火。内容有新诗、散文、中短篇小说、文艺评论和少许译文等。艺术质量虽不太高，但绝无那种风花雪月的庸俗作品与献媚文学。当时东北同样受普罗文学的影响，所以《漠烟》基本上是反映底层劳动者生活情景，具有困苦、辛酸、悲凉与忧郁的情调。许多相识与不相识的青年朋友为之撰稿。主要有陈堤、李作东、张志阁（王和）、陈敦容（阿克）、程斑（女）、冰旅、杨柳青和我等。副刊出了十期左右，没有听到任何反响。一日我又去送稿，王克胜悄声对我说，"最近风声挺紧，别再出了。"他神色忧郁，感慨万分。还说："我们都是傻子，脑袋挂在裤腰带上。其实，明白人早就明白，不明白的我们再喊也是糊涂的。"他那颓丧的样子，使我心里感到一阵寒冷。于是《漠烟》便偃息鼓，寂无声息。过了两个来月，王克胜又找我说，"没啥大事，《漠烟》还可以出，尽量再好些。"看得出他是竭尽全力予以支持的。随着我又重编好稿件，不料原刊头找不到了，于是就用题目的初号大字代替，就这样又刊印了十期左右。以后敌人的检查甚严，同时又由于太平洋战争爆发，不仅《漠烟》，所有的副刊都消声匿迹了。不久，伪哈尔滨警察厅对文艺青年开始大逮捕，有"一二三〇"和"一二三"一事件，据说敌伪称为"左翼文学事件"。

我被迫逃避回家乡，但时刻挂念这些朋友和该报的编辑。以后得知有的被捕，有的逃避。据王克胜之弟王为群说，他哥哥是在一九四二年冬被逮捕的，敌人要他供出反满抗日的文人，他拒不回答。后虽因病取保释放，但敌人仍不断对他传讯。一日，他倒锁了办公室的房门，偷偷吞了鸦片烟，不救身亡。

无论是殉难者或幸存者，在《漠烟》这块园地上，都曾洒下他们斑斑血泪，捧献过他们颗颗火热的心。这在我是终生难忘的。

（续完）

三江春

李元军

点滴的回忆

魏树栢

我是一九四〇年初来到哈尔滨的，由于对文学的爱好，我经常阅读一些报纸上的文艺副刊。那时哈尔滨的报纸有《大北新报》、《滨江日报》和《午报》三种，我对《大北新报》副刊上发表的沬南、陈堤、牢辛、问流、疑正等作者的作品，十分喜爱。我也是在《大北新报》文艺副刊的吸引下，开始尝试写作的。

那时《大北新报》的文艺副刊，继《大北风》之后，出过《晓日》，后又改出《大北文学》和每星期日出版一期的《大北文周》，我用林灵的笔名在这几个副刊上发表了一些诗和散文。

和我在一起学习的一个同学官邵庆（笔名冰兵）也经常在大北副刊上发表一些诗。由于共同的文学爱好，我们两个人利用一切时间，倾注全部热情比赛似的写着，在《大北文学》，和《大北文周》上每期都有我们的作品发表。对我们这些年青的无名的作者，是很大的鼓舞。

那时对我们这些年青的写稿者，是不付稿费的。我们也根本没想到稿费，只是希望我们所写出的东西能有块园地给发表就满足了。

当然得到鼓舞的不仅是我们两个人，好多青年文学爱好者，都是在《大北新报》文艺副刊的吸引和鼓舞下开始写作的。

记得是在五月份，《大北新报》召开了一次《文艺座谈会》，我和冰兵都接到了邀请。参加这次座谈会，中午一次便餐，每人一个日本式的刨花饭盒。参加的大约有二十人左右，那个签名录第二天在报上刊出后，我剪了下来，珍贵地保存着不幸于"文革"中被烧毁了。现在依稀记得有沬南、陈堤、牢辛、问流、若华……一些人，更多的记不起来了。

在哈尔滨的刊物中，有一个叫《家庭》的期刊，很多人并不知道，只是由于朋友向我要一份稿件，刊出后给我一本刊物我才知道的。一些情况完全不了解，没有什么名声，没引起人们的注意。那时最受青年人欢迎的，是在日本出版的《华文每日》，它拥有广大的读者。尤其那年伪汪政权扮演还都南京时，《华文每日》在封面上刊出了中国国旗。刊物一出现到柜台上，立即被抢购一空。沦陷将近十年的东北青年人并没有忘记自己的祖国。

我们一些无名的年青的文学爱好者，为了更大的追求，曾想联合一些人自创刊物，收集了一些稿件，连刊名也定了，叫《朔风》，但一九四〇年六月末我和冰兵相继离开了哈尔滨，我们的愿望没有能够实现。不过对《大北新报》这块哺育过我的文艺园地，并没有失去联系，还在寄稿。后来留在哈尔滨的卢郎、对未能出版刊物不死心，他和《滨江日报》联系，要了一个副刊版面，出过《青鸟》和《驼铃》。我们始终保持着联系。直到左翼文联事件发生，我们这些无名小人物，虽然没受到什么株连，但也和哈尔滨文艺一起沉郁无声了。

我在哈尔滨只有半年时间，我对哈尔滨解放前文艺界的情况接触了解不多，但在读过刘树声、支援二位的文章后，勾起了一些回忆。虽只是一鳞半爪，但这点滴片断，也许会引起别人更多的回忆，所以还是写了出来。

哈尔滨之忆

——记「九·一八」前哈尔滨文学生活片断

罗荪

东北作家回忆录

哈尔滨，这个城市给我留下了极深的印象，在我离开很久以后，仍时刻萦回在我的记忆中。使我难以忘却的并不是那些充满异国情调的街，那些飘着动人音乐的咖啡店，那吸引游（客）的太阳岛，以及松花江上的游艇，中国大街上（散）步的人群，大直街中心的喇嘛台……等等。而（是）由于我在这个城市开始了生活的道路，引起了（对）文学的兴趣。在这个城市里留下了我最初的足迹，多少人和事，储存在我的记忆箱里，在我离开哈尔滨多年之后，曾写过几篇散文，寄托我的怀念，特别是在那战争的年代，旧友和往事，常常涌上心里。特别是对于在敌人高压下坚持斗争的战士，其中甚至献出了宝贵生命的先烈，更是怀着无限崇敬的心情，纪念着他们。在一九四〇年前后，我写过：《哈尔滨城头的梦》、《二月五日》、《最后的旗帜》和《职业》。

我是一九二七年冬天，从北京到哈尔滨的，因为父母都在哈尔滨。原来准备继续升学的，父亲却要我报考邮政局——过去被称为"铁饭碗"，"不幸"的是竟然考取了，从而使我在这个"铁饭碗"里度过了二十年。

一九二八年，我开始在道外五道街邮政支局的挂号信窗口工作。这是一个非常忙碌的工作位置。窗口外总是挤满了寄信的人，顾客大都是"跑关东"的山东老乡，汇钱、寄信，把窗口外边咫尺地方挤得满满的，有时甚至把柜台台挤移了位，递进来的信件往往在封口处粘上一根鸡毛，还用火烧得焦黄，一边把信塞进窗口，一边喊着"双保险"（老乡汇款的信都是寄双挂号，他们称之为"双保险"）。当时，我还只是个十七岁的孩子，一天忙下来真个是头昏眼花。没有多久，我闹了一场大病：急性白喉，高烧到40度，眼睛一闭就出现无数的人头，无数只手。这是我刚刚走进社会留下的一个极深的印象。

病好后，我就搬进了单身宿舍，这样可以利用工余的时间读书。在北京读中学的时候，我就爱上了文学，曾和同学一起办过油印的刊物。这时，对自己从事的繁忙而又简单的劳动产生了烦恼，读书看小说就成为自己的精神寄托了。

之后，开始注意阅阅本地出版的报纸，在这三十万人口城市里，也有六七份报纸。引人注目的有《国际协报》、《晨光报》、《哈尔滨公报》以及日

27

本人办的《大北新报》……等。每张报纸都有文艺
副刊。引起我兴趣的是《国际协报》的副刊"绿野"、
"国际公园",《晨光报》的"江边"。这二张副刊都
是用白话文的,另外的报纸大都还在使用文言文
和发表旧诗词。《晨光报》还出了每周诗刊。不久,
就引起了我投稿的兴趣。我写了一首诗,投寄给
"江边"。过了几天居然发表出来了,大大鼓舞了我
投稿的兴趣。接着我又向"绿野"寄出了一篇小说。

从此,我结识了这两个编辑部的副刊编辑,
如《晨光报》的塞克、金剑啸、范星火和孟弱
水等,《国际协报》的赵惜梦。剑啸、星火的年龄
和我差不多,还属于青少年,共同语言多一点,
便常去编辑部玩。赵惜梦的年龄要比我大上十来
岁,在我的眼里他是"大人"了。但是他十分热
情,常常邀请我和当时也在邮局工作的同事陈纪
滢(也是常投稿的),到他家里去玩。渐渐熟起来,
他就约我为他的副刊写长篇小说。那时少年气
盛,就承诺下来,每天写一段,居然连载了几个
月。题目是《新坟》,有十万字光景。

由于投稿的关系,先后结识了不少作者,如
冯文蔚、关吉罡、崔汗青、张铁弦等。

一九二九年,很想自己办一个刊物,便约了
二三位作者,在惜梦家里议论起来,他很支持我的
想法,就决定成立一个文学团体,命名为《蓓蕾》,
在《国际协报》出一张副刊,每周一次。副刊的
格式与一般的副刊不同,采取印书的版式,每期
半张纸,三十二开横排,两面印,每次由报社增
印一二百份,积累到一定时候,便可以装订成册,
成为一本杂志,由书店代售。从第二辑开始,把
版式改为直排,十六开本。先后共出了四辑,从一
九二九年开始到一九三一年"九·一八"事变后,
报社受了警告,《蓓蕾》也就没有再出下去了。这
几本合订的杂志,我在一九三二年离开哈尔滨的
时候,设法带了出来,三十多年一直保存着,却
在"十年灾难"中被抄没了。

当时,在《国际协报》同样采取这种方式出
副刊的还有一家叫《灿星》,是哈尔滨市第一中学
的同学办的,并得到了教师的支持。当时担
任教师的地图南同志,就用"高寒"的笔名在
《灿星》上发表过诗作和译诗。

《蓓蕾》的出版,团结了一批青年人,吸引了
一些新的作者,当时在哈尔滨工业大学读书的张

28

全新就是其中之一,开始他用"秋子"的笔名写
诗,他写的是自由体,却很有敏锐的风格,引起
读者的注意。后来,他还翻译了一些苏联和俄罗
斯作家的作品,用"铁弦"的笔名发表的。

《蓓蕾》基本上是一个"同人刊物",外来的
投稿也有,但不是很多。有的人开始是投稿者,
不久也变成了"同人"。

一九三〇年春,我调到长春工作,C君调往
满洲里,只有F君留在哈尔滨,这时,我们就用
通信来进行编辑工作,主要是动手写稿子来支持
刊物的出版。

我到长春后,阅读的时间多起来,而且经常
往书店里跑。城里有一家老式书店,它却出售大
量从上海来的书籍和文学刊物。三十年代上海出
版的各种文学杂志,都可以在这家书店买到,如
当时左联出版的《拓荒者》、《萌芽》、《大众文艺》
等刊物,几乎每一本买到后就一口气读完,这家书
店还出售从上海运来的社会科学和哲学的书籍,
都开始吸引了我的注意。我在长春写的一首诗:
《我在谛听》,诗中有了工厂的汽笛声,从小资产
阶级抒发自己情绪的小圈圈中摆脱出来。还写了
一篇小说:《红头火柴》,是写一家火柴工厂剥削和
压迫童工的现象。这里明显地说明了三十年代左
联的文艺思想开始在我的头脑里产生了影响。以
后,在《蓓蕾》这个刊物的文字上,也出现了"普
罗"文艺的字样,我写的小说《闸》等篇的内容
也有了变化,这都反映了我在长春的一年多一点
的生活对我的影响是较大的。一方面是由于大
量地阅读了左翼的书刊,另一方面日本军国主义
在长春殖民地的凶恶行为引起了强烈的爱国主义
思想。

一九三一年我又回到哈尔滨,继续主持《蓓
蕾》的工作。这时,哈尔滨除了一家原来的"天
山书店"外,又在道里开设了一家"哈尔滨书店",
这家书店完全是以一种新的姿态出现的,首先,
它经售的新书刊种类较多,特别是从上海来的进
步书刊。其次,许多读者不都是来买书的,而是
来看书的,几乎成了一个小型的图书馆。因为店
面本来不大,就显得特别拥挤。那时还没有打打
小报告的特务,所以读者尽管大胆地选择自己喜
欢的书刊。我那时也经常跑到"哈尔滨书店"来
翻阅各种杂志和新出版的书籍。一进这书店就成

是一种自由和舒畅的气氛。这家书店虽只有三四个人，经理是一位三十岁左右的妇女，她几乎每天都在自己的岗位上，同店员一样热情地为顾客服务，从来不干预来客自由地阅览书刊。后来知道她是上海来的。由于这家书店的经营方式，渐渐引起了某些人的注意，开始有了一些"流言"，终于这位年轻的女经理失踪了，有人说她被逮捕了，也有人说她悄悄地离开了哈尔滨。表现了大家对她的深切的关心。不久以后，终于证实了她确实是被捕了，罪名是共产党员。当然，这家书店也从此不再存在了。而她的命运也可想象而知了。我虽然常到书店去，也同她谈过话，但从来没有问过她的姓名，所以始终不知她叫什么名字，特别是听到她终于为革命献出了她的生命时，感到无限的遗憾。

回哈尔滨后不久，当地的法政大学招收夜班生，我报了名，交了费，每天下班后又增加了一个作学生的生活；但是时间还不到一年，就给"九一八"的炮声轰掉了。

这时，《蓓蕾》也停掉，几个朋友创办的一个"寒光剧社"也只是在"同记商场"的俱乐部演出过一次话剧，也烟消云灭了。

不久，马占山在嫩江率兵起义，同日本军队打起来了，丁超、李杜也领了一支队伍开进了哈尔滨，在大家的心里又燃起了希望。我又聚集在《国际协报》的编辑部里，准备编一本画报，为抗日义勇军进行宣传，要全国人民知道在"不抵抗"的喊声中，还有爱国志士举起了枪，抵抗日本的侵略。当时搜集了不少从前线摄制的照片，撰写了文字和通信稿件，我们想争取在敌人攻占哈尔滨之前，把画报编出来。这一年的除夕，我们在《国际协报》的编辑部里进行最后一次校对工作，一直工作到深夜，把最后的清样送到印刷间，我们方才离开报社，寄希望于第二天的黎明。

但是第二天的一早，当我醒来的时候，太阳已经照满窗了。传来的消息却是极坏极坏。原来正当我们紧张的工作时，日本在哈尔滨的代理人已经迫不及待地要掌握舆论阵地，把不稳的报纸不准继续出版，《国际协报》就遭到了封闭的命令，连同正在开始印刷中的这一期画报，也被封闭在车间里了。

一九三二年二月五日，丁超、李杜的军队撤出了哈尔滨，日本军队跟踪占领了哈尔滨。在这之前，赵惜梦、关吉罡先后投笔从戎了，他们参加了义勇军。

这时，全市只剩下海关和邮局的楼顶上还悬挂着国旗，当然，敌人是不甘心的。七月，他们终于来接管邮局了，我们采取了不合作态度，开始罢工，并一致要求撤退进关，经过反复斗争，终于达成了协议，凡自愿撤退的，允许到天津或上海报到。

我匆匆忙忙料理了来日的事，这时哈尔滨正处于洪水之中，我的家也早已淹了水。来不及去顾了，匆匆办了婚事，便离开了哈尔滨，这是一九三二年九月十二日的事。

一九八○年五月末

（责任编辑　桂未明）

附錄 2

哈爾濱部分中文報紙期刊情況一覽：

報紙名稱	創辦時間	創辦人／機構
《遠東報》	1906	中東鐵路管理局 新聞出版處
《東方曉報》	1907	奚廷黻
《濱江日報》	1908	奚廷黻
《東陲公報》 （後為《新東陲報》， 又更名為《東陲商報》）	1910	遊少博、姚岫雲
《濱江畫報》	1911	王子山
《東亞日報》	1916	濱江縣勸學所 刁子明、王趾舒、周祉民等
《白話畫報》	1917	牛安甫
《極東新報》	1918	齋藤竹蔵
《國際協報》	1919	張復生
《東省鐵路通訊》	1920	東省鐵路局
《哈爾濱雜誌》	1921	濱江道泰東印書館
《濱江時報》 （1937 年 10 月 31 日與《國際協報》、 《哈爾濱公報》合併）	1921	範介卿
《午報》 （《濱江午報》）	1921	趙鬱卿
《東三省商報》	1921	葉元宰

《大北新報》	1922	中島真雄、山本久治
《哈爾濱晨光》	1923	哈爾濱救國喚醒團 初為韓迭聲、李震瀛、陳為人等 後為趙惜夢、陳凝秋繼任
《松江日報》	1923	郭瑞齡
《北方雜誌》	1925	北方雜誌社
《東北早報》	1925	張昭德
《滿洲通訊》	1925	中共滿洲臨時省委
《哈爾濱公報》	1926	關鴻翼
《滿洲工人》	1926	中共北滿地委
《哈爾濱日報》	1926	吳麗實、穆景周
《東北月報》	1927	東北月報社
《松花江》	1927	東省特別區第一中學校刊 馮至主編
《遼東月刊》	1928	遼東月刊社
《白話報》	1929	中共哈爾濱市委
《濱江工人》 （後改為《北滿工人》）	1930	中共北滿特委
《無產者》 （後改為《北滿紅旗》）	1930	中共北滿地委
《知行月刊》	1930	知行儲蓄合作社 羅烽主編
《民眾》	1931	黑龍江省立民眾教育館
《哈爾濱畫報》	1931	趙文選
《哈爾濱新報》		中共北滿特委
《滿洲紅旗》	1932	中共滿洲省委
《北滿歌人》	1932	北滿歌人社
《哈爾濱五日畫報》	1933	曲狂夫、王岐山
《寒流》	1932	寒流書店 塞克主編
《露滿蒙時報》	1933	哈爾濱商品陳列館
《哈爾濱市公報》 （從月刊改半月刊）	1935	偽哈爾濱特別市公署 總務處庶務科

《大北畫刊》	1936	金劍嘯
《濱江日報》	1937	王維周
《韃靼》	1938	哈爾濱學院黑水會
《北窗》	1939	滿鐵哈爾濱圖書館
《人民戲劇》	1946	人民戲劇社 塞克主編
《大中華月刊》	1946	大中華劇團
《大北風》	1946	大北風月刊社
《東北文藝》	1946	中華全國文藝協會 東北總分會 哈爾濱東北文藝編委會
《青年知識》	1946	青年知識社 草明主編
《文化青年》	1946	文化青年會
《熱風》	1946	哈爾濱中蘇友好協會
《先鋒》	1946	哈爾濱中蘇友好協會
《鐸風雜誌》	1946	鐸風週刊雜誌社
《求是》	1946	求是青年社
《文藝》	1946	文藝週刊社
《文學月刊》	1946	文學月刊社
《國風月刊》	1946	國風月刊社
《文化報》	1947	中共中央東北局
《社會新報》	1947	哈爾濱公安總局機關報
《文學戰線》	1948	文學戰線社
《生活報》	1948	中共中央東北局宣傳部
《群眾畫報》	1949	哈爾濱中蘇友好協會 哈爾濱市文藝協會美術組
《文藝工作》	1949	文藝工作者協會

哈爾濱部分文藝副刊情況一覽：

《哈爾濱晨光‧光之波動》 （原為《藝林》，後為《光之波動》， 1926 年更名為《江邊》）	1924	趙惜夢、陳凝秋、金劍嘯等

《國際協報‧國際博覽會》 （1926 年更名《國際公園》）	1925	歷任主編有趙惜夢、裴馨園、方未 艾等
《東三省商報‧逍遙津》	1925	原為吳春雷，淪陷後為張子淦
《燦星》 （後為《國際協報》副刊）	1928	燦星社，楚圖南指導 高鳴千、張逢漢主編
《國際協報‧綠野》	1928	趙惜夢
《蓓蕾》 （後為《國際協報》副刊）	1929	蓓蕾社，趙惜夢指導 孔羅蓀、陳紀瀅主編
《濱江時報‧文藝》	1931	范德純
《哈爾濱公報‧公田》	1931	初為關鴻翼，後為裴馨園
《哈爾濱新報‧新潮》	1931	吳雅泉、何安仁
《東三省商報‧晚刊》 （有《雲影》、《玲瓏塔》、《婦女》、《小 朋友》、《醫學》、《荒園》、《遊藝》等 文化及創作專刊）	1932	王宿辰、張再逢
《大同報‧夜哨》	1932	陳華、蕭紅、蕭軍等
《大北新報‧畫刊》	1933	晉輯五、李笑梅、孫惠菊 後為金劍嘯、姜椿芳接辦
《國際協報‧文藝》	1934	白朗主編
《大北新報‧大北風》	1939	關沫南、佟醒愚

　　此外，《大北新報》相繼創辦了《大北文學》、《北地人語》、《南北極》、《大北文藝》、《夜風》、《淞水》、《兒童》、《兒童樂園》、《大千世界》、《荒火》、《劇潮》、《新聲》等文藝副刊，《國際協報》還相繼創辦了文藝副刊《薔薇》、《遊藝》、《珊瑚網》、《家庭》、《兒童》、《電影》、《文藝週刊》、《夕刊‧江流》等，《濱江日報》相繼創辦了《文藝》、《雜俎》、《粟末微瀾》、《珊瑚島》、《大荒》、《漠煙》、《暖流》、《北地文藝》等文藝副刊。

附錄 3

哈爾濱淪陷區部分文藝社團情況一覽：

社團名稱	創辦時間	主要成員	社團刊物
春潮	1924	趙惜夢、于浣非、陳凝秋、周東郊	《漫聲》、《文藝》、《光之波動》（《江邊》）
燦星	1928	楚圖南、高鳴千、張逢漢	《燦星》
綠野	1928	趙惜夢及青年學生	《綠野》
蓓蕾	1928	趙惜夢、陳紀瀅、于浣非、孔羅蓀、任國治	《蓓蕾》
白鷗弦組	1929 前後	任國治及家人	
寒光劇社	1929 前後	于浣非、尤致平、周玉屏等東特女一中學生	
抗日劇社	1930	金劍嘯、陳凝秋、任國治、黃耐霜等	
知行儲蓄合作社	1931	羅烽及鐵路工人	《知行月刊》
寒流	1932	陳凝秋、林寒流	《寒流》
新潮	1932	羅烽、蕭軍、蕭紅、舒群、金人、林珏、山丁、林郎、白朗、金劍嘯、姜椿芳、塞克等	《哈爾濱新報・新潮》
天馬廣告社	1932	金劍嘯、侯小古等	

維納斯畫會	1932	蕭紅、蕭軍、金劍嘯、馮詠秋、白濤、王關石等	《哈爾濱五日畫報》
夜哨	1933	蕭軍、蕭紅、舒群、李文光、白朗、山丁、金劍嘯、羅烽等	《大同報·夜哨》《國際協報·文藝》《黑龍江民報·蕪田》《黑龍江民報·藝文》
星星劇團	1933	金劍嘯、蕭軍、蕭紅、羅烽、舒群、白朗	
二堡無因社	1933	許默語、鄧介眉（芥梅）、白雲深、陳金波、冷淵、張璟玠、許慶春等	曾給《新生代》、《行行》等供稿
白光劇團	1935	金劍嘯、《黑龍江民報》社員、學生	
哈爾濱口琴社	1935	金劍嘯、姜椿芳、陳涓、袁亞成、侯小古等	《大北新報畫刊》
哈爾濱放送話劇團	1935	任國治、孔繁緒等	
馬克思主義文藝學習小組	1937	關毓華、宋敏、孔廣埜、王忠生、關沫南等	
大北風作家群	1939	關沫南、佟醒愚、厲戎、陳隄、支持、艾循、王光遜、沙郁、小辛等	《淞水》、《大北風》、《。大北文藝》、《北地人語》等
劇團哈爾濱	1942	東紀江、羅光、鄔風、王人路、陳沙等	
中華全國文藝協會東北文化藝術協會	1946	蕭軍、舒群、羅烽、白朗、金人、草明、陳隄、華君武、唐景陽、鑄夫等	《東北文藝》
東北文藝家協會文藝工作團	1947	羅烽、張東川、張凡夫、陳沙、白鳶、沙青等	

致　謝

　　我自2009年9月進入北京師範大學文學院就讀至今，已有將近十個年頭。在這近十年的學習生活裏，文學院的每一位老師都給予我很大的關護和幫助。本科階段我曾經十分幸運地在劉勇老師、鄒紅老師、沈慶利老師、黃開發老師、錢振綱老師、林分份老師及其他專業方向諸多老師的課堂上學習到了中國文學專業的基本知識，也逐漸形成了對於文學現象、作家及經典作品的初步理解，因而也進一步產生了對於現代文學研究的興趣與熱情。這一路走來，雖然尚未取得些許引人注目的學術成績，但自己對於文學的理解、對於學術研究的思考也在不斷積累著厚度，因而，我的所思所得都離不開諸位老師的文學啟蒙和學術引領。

　　從本科到碩士研究生再到博士研究生這三個學習階段的畢業論文寫作，我都是在導師李怡老師的指導之下完成的。在博士論文選題確立、思路釐清、具體論證和結論完善的各個階段性過程中，李老師給予了我極大的耐心和鼓勵，指引我不斷發現新的問題，不斷思索研究的意義、加深對論題的理解深度和把握準度。儘管由於個人能力所限，博士論文目前達到的水平仍然遠遠不及老師的預期，但通過這次寫作的過程，也讓我對於文學研究有了更豐富而具象的感知，為我今後很長一段時間內的研究路徑指明了方向。遇到李老師，是我在北師求學的最大幸事。

　　博士論文選題的草擬其實最初起源於自己的小小私心。

　　「二人轉」表演藝人們以小品、喜劇、影視劇等形式將東北風俗文化帶入中原腹地，同時，也將「俗」、「土」、「沒素質」等符號化定義以及知識的貧瘠、文化的蠻荒感深深烙印在東北人身上。近兩三年來，在社交媒體、網

絡平臺、新聞報紙等諸多信息場域中，似乎有一種「政治正確」的聲音，那就是曾經為新中國建設立下汗馬功勞、贏得無限榮光的老工業基地，迎來了無法遏制的「東北的沒落」，成為亟待「振興」與「轉型」的一片衰土。更讓我感到痛心的是，這種「唱衰」的聲音逐漸從政治、經濟蔓延到了歷史、文學與文化方面。東北的文學，在很大一部分人心目中，不過是自然條件惡劣、地理位置偏遠、民風野蠻剽悍的「墾荒文學」，只能夠視為文學在東北邊地的多樣性體現，不過是主流文學生態的一脈旁支。長久以來，自 1937 年 7 月 7 日「盧溝橋事變」抗日民族戰爭全面爆發的「八年抗戰」已經成為各類歷史教材中毋庸質疑的權威定義，而自 1931 年 9 月 19 日的「九‧一八」事變以後淪陷的東北國土上積澱的沉重歷史和複雜文化，似乎成為了一段塵封的回憶。原中共中央顧問委委員、黑龍江省長陳雷的夫人，曾任黑龍江省政協副主席、老外專教師的東北抗聯最年輕的女兵李敏女士，曾在臨終前組織抗聯老兵集體呼籲改寫中國基礎教育歷史教材，將八年抗戰改為十四年，提倡充分重視從 1931 年「九‧一八」事變開始後的東北抗戰活動和抗戰文藝。從 2017 年，教育部要求各類中小學教材全面落實「十四年抗戰」的概念，並根據情況修改此前的相關表述。於是，作為土生土長的哈爾濱人，我驀然間萌生了一種為「東北」正名的想法。想要選擇哈爾濱作為研究對象，一方面考慮到這是生養我的故鄉，我對它的歷史及文學狀態有著一定的瞭解，另一方面，也是希望通過對現代中國文學與東三省邊緣的哈爾濱地區之關係的研究，讓東北地區的文學力量重新發出些微光。

　　本研究所用到的許多報紙、期刊及地方志等相關史料，有很大一部分得益於黑龍江大學圖書館、哈爾濱市圖書館、黑龍江省圖書館、哈爾濱師範大學圖書館及佳木斯大學圖書館，在此感謝我的母親和曾經為我查閱材料並拍照、複印的閱覽室工作人員，他們的辛苦付出為我論文寫作前期的基礎材料搜集節省了時間，本研究附錄中收錄的部分材料影印版就是經由我的母親和這些工作人員製作並提供於我的。同時，也要感謝孔夫子舊書網銷售《東北文學研究叢刊》、《東北文學研究史料》、《東北現代文學研究》及《東北現代文學史料》等珍貴刊物的經銷書商，他們的熱心幫助為我的研究提供了寶貴的歷史材料。論文寫作過程中，還曾有多處涉及到日語及俄語相關詞彙的語法知識與語意解釋，我本人並沒有這方面的才能，在此要感謝為我提供俄語指導的六姨，以及為我提供日語指導的室友爾雅。同時，還要感謝曾在我論

文寫作過程中給予我各方面幫助的師友，以及共同學習、共同進步，互相寬慰、互相鼓勵的同門們，還有在論文寫作過程中並肩作戰的室友萌萌、爾雅。

最應該感謝的，是一直以來默默支持我的父母，他們在我求學的道路上始終堅定地做我最堅強的後盾，讓我在每個假期都享受到平靜和安寧，能夠有一個良好的心態度過這三年苦樂參半的博士生活，也為今後步入社會做好充分的心理準備。還要感謝我的男朋友劉詩宇，他與我在求學路上相互為伴，討論學術問題之餘也一同交流漫畫、電影、遊戲、通俗小說等大眾文化潮流中的新現象，經常能夠幫助我、開導我從陰鬱和苦惱的情緒中走出來。如今兩人都要為博士生涯畫上句點，感謝之餘，也期盼未來能攜手共同面對更多困難與挑戰。

一路走來磕磕絆絆，雖然天資平庸，但也算是如願與自己喜歡的專業相伴十年。千言萬語說不盡，只能借用啟功先生的話：「入學初識門庭，畢業非同學成。涉世或始今日，立身卻在生平」，我也希望自己博士畢業離開師大只是一個開始，而這篇博士論文能作為一面結實的帆，帶我起航，去往更遼遠的地方。

2019 年 5 月於北師大圖書館